Aldous Huxley
Narrenreigen

SERIE PIPER
Band 310

Zu diesem Buch

»Narrenreigen«, 1923 in England erschienen, liegt hiermit erstmals in deutscher Übersetzung vor. Mit diesem seinem zweiten Roman wurde Aldous Huxley zu einer Schlüsselfigur der zeitgenössischen englischen Literatur.

Theodore Gumbril, der schüchterne Held, hat Hosen erfunden, die bei Bedarf aufgeblasen werden können, und versucht, sein Patent an den Mann zu bringen. Er verkehrt in Künstlerkreisen, begegnet Wissenschaftlern und Kritikern, gerät in die Fänge einer sinnlichen Lady. Alle Personen dieses satirischen Gesellschaftsromans sind auf der Suche nach einem eigenen Stil, doch werden ihre Prätentionen entlarvt, ihre Marotten belächelt.

Bereits in diesem Jugendroman zeigt sich Huxleys eminente Begabung, Personen plastisch darzustellen und mit Eleganz und Ironie die Unzulänglichkeiten unserer modernen Gesellschaft unter die Lupe zu nehmen.

Aldous Leonard Huxley, 1894 in Godalming (Surrey) geboren, wurde in Eton erzogen, studierte nach einer schweren Augenkrankheit englische Literatur in Oxford und war ab 1919 zunächst als Journalist und Theaterkritiker tätig. 1921 begann er mit der Veröffentlichung seines ersten Romans »Die Gesellschaft auf dem Lande« seine literarische Laufbahn. Von 1938 an lebte er in Kalifornien. Huxley starb 1963 in Hollywood.

Huxleys vielfältiges literarisches Schaffen umfaßt Gedichte, Reisebeschreibungen, philosophische und naturwissenschaftliche Essays, Erzählungen sowie vor allem ein umfangreiches zeit- und gesellschaftskritisches Romanwerk, in dem sich von den dreißiger Jahren an eine vom Buddhismus beeinflußte mystische Haltung niederschlägt. Sein 1932 erschienener Roman »Schöne neue Welt«, eine ironisch-satirische Zukunftsvision, erlangte Weltruhm.

Aldous Huxley

Narrenreigen

Roman

Aus dem Englischen von
Herbert Schlüter

R. Piper & Co. Verlag
München Zürich

Die Originalausgabe erschien 1923 unter dem Titel
»Antic Hay« bei Chatto & Windus, London.

ISBN 3-492-00610-8
Deutsche Erstausgabe November 1983
2. Auflage, 7. – 10. Tausend Januar 1985
© Mrs. Laura Huxley, 1923
Deutsche Ausgabe:
© R. Piper & Co. Verlag, München 1983
Umschlag: Disegno, unter Verwendung des Bildes
»Sodales – Mr. Steer and Mr. Sickert 1930« von Henry Tonks
Gesamtherstellung: Clausen & Bosse, Leck
Printed in Germany

Meine Männer sollen wie Satyrn, die auf der Wiese grasen,
Mit ihren Bocksbeinen den Narrenreigen tanzen.

Marlowe (Edward II.)

ERSTES KAPITEL

Gumbril, Theodore Gumbril junior, Bakkalaureus der Universität Oxford, saß auf seinem Platz in der Schulkapelle auf der eichenen Bank an der Nordseite und spekulierte, während er inmitten des angestrengten Schweigens von einem halben Tausend Schülern den Worten aus dem Alten Testament lauschte, über die Existenz und das Wesen Gottes. Er tat es in der ihm eigenen raschen, sprunghaften Art, wobei er den Blick auf das große Fenster gegenüber richtete, das gerade so blau, gelb und blutrot war, wie es die Kirchenfenster des 19. Jahrhunderts sind.

Reverend Pelvey, der vor dem Messingadler mit den ausgebreiteten Flügeln stand, konnte, im Glauben gestärkt durch das sechste Kapitel aus dem fünften Buch Mose (denn dieser erste Sonntag des Trimesters war der fünfte Sonntag nach Ostern), mit beneidenswerter Überzeugung von diesen Dingen reden. »Höre, Israel«, rief er mit dröhnender Stimme über den Rand des Buches der Bücher hinweg, »der Herr, unser Gott, ist ein einiger Herr.«

Ein einiger Herr. Mr. Pelvey wußte das, er hatte Theologie studiert. Aber wenn es Theologie und Theosophie gab, warum dann nicht auch Theographie und Theometrie, warum nicht Theognomie, Theotrophie, Theotomie und Theogamie? Warum nicht Theophysik und Theochemie? Warum nicht ein sinnreiches Spielzeug wie das Theotrop oder Götterrad? Warum kein monumentales Theodrom?

In dem großen Fenster gegenüber stand der junge David wie ein Hahn, der auf einem Misthaufen – dem gestürzten Riesen – triumphierend krähte. Mitten auf der Stirn hatte Goliath einen merkwürdigen Auswuchs, der an den Hornansatz des Narwals erinnerte. Rührte er von dem Stein, der in seine Stirn gefahren war? Oder vielleicht von dem Eheleben des Riesen?

»– von ganzem Herzen«, deklamierte Reverend Pelvey, »von ganzer Seele, von ganzem Vermögen.«

Aber im Ernst, so machte sich Gumbril klar, das Problem war ja wirklich schwierig genug. Gott als ein Gefühl von Herzerwärmung, Gott als Jubel, Gott als Tränen in den Augen,

Gott als Ansturm von Gedanken oder Rausch der Macht – das war soweit in Ordnung. Aber Gott als Wahrheit, Gott als $2 + 2 = 4$ – das war nicht so einfach einzusehen. War es möglich, daß es sich hier um ein und dieselbe Sache handelte? Gab es Brükken, die diese beiden Welten verbanden? Und war es denkbar, daß Reverend Pelvey, M. A., der weiter hinter dem imperialen Wappenvogel seine dröhnende Stimme tönen ließ, die Antwort wußte und den Schlüssel besaß? Es war kaum zu glauben. Besonders dann nicht, wenn man Mr. Pelvey persönlich kannte. So wie Gumbril.

»Und diese Worte, die ich dir heute gebiete«, setzte Mr. Pelvey dagegen, »sollst du zu Herzen nehmen.«

Zu Herzen oder zu Kopfe? Antworten Sie, Mr. Pelvey, antworten Sie. Aber Gumbril setzte sich über das Dilemma hinweg und entschied sich für andere Organe.

»Und sollst sie deinen Kindern einschärfen und davon reden, wenn du in deinem Hause sitzest oder auf dem Wege gehst, wenn du aufstehst oder dich niederlegst.«

Deinen Kindern einschärfen ... Gumbril dachte an seine eigene Kindheit; nein, so besonders hatte man ihm diese Worte nicht eingeschärft. »Ungeziefer, schwarzes Ungeziefer« – sein Vater hatte eine geradezu leidenschaftliche Abneigung gegen den Klerus. »Hokuspokus« war ein weiteres Lieblingswort von ihm. Er war ein richtiger Atheist und Antiklerikaler vom alten Schlag. Was nicht bedeutete, daß er sich viel Zeit nahm, um über diese Dinge nachzudenken. Er war viel zu sehr damit beschäftigt, ein erfolgloser Architekt zu sein. Was aber Theodores Mutter anging, so hatte ihrer Unterweisung alles Dogmatische gefehlt. Sie war nur einfach gut gewesen und weiter nichts. Gut. Gut? Heutzutage gebrauchte man dieses Wort nur noch ironisch. Gut. Jenseits von Gut und Böse? Das sind wir heute alle. Oder bloß unterhalb davon, wie die Ohrwürmer? Im Namen des Ohrwurms frohlocke ich. Im Geist machte Gumbril eine Gebärde und deklamierte für sich. Aber gut, darum kam man nicht herum, gut war sie gewesen. Nicht nett, nicht bloß *molto simpatica* – wie charmant und wirkungsvoll sich diese fremdsprachlichen Redewendungen anboten, wenn man vor der schwierigen Aufgabe stand, das Kind einmal nicht bei sei-

8

nem üblichen Namen zu nennen! –, sondern gut. In ihrer Nähe spürte man die Ausstrahlung ihrer Güte ... Und war dieses Gefühl weniger wirklich und anfechtbarer als die Feststellung, daß zwei plus zwei vier sind?

Reverend Pelvey wußte darauf keine Antwort. Mit frommer Begeisterung las er von »Häusern, alles Guts voll, die du nicht gefüllt hast, und von ausgehauenen Brunnen, die du nicht ausgehauen hast, und Weinbergen und Ölbergen, die du nicht gepflanzt hast«.

Sie war gut gewesen, und sie war gestorben, als er noch ein kleiner Junge war; gestorben – aber das hatte man ihm erst viel später gesagt – an einer schleichenden unheilbaren Krankheit. An einem bösartigen Leiden – oh, *caro nome*!

»Du sollst den Herrn, deinen Gott, fürchten«, sagte Mr. Pelvey.

Auch wenn ein Geschwür gutartig ist, sollst du es fürchten! Er war vom Internat nach Hause gefahren, um sie zu besuchen. Es war kurz vor ihrem Tod gewesen. Er hatte nicht gewußt, daß sie dem Tode so nahe war, aber als er in ihr Zimmer trat und sie so schwach in ihrem Bett liegen sah, da hatte er plötzlich unbeherrscht zu weinen begonnen. Alle seelische Kraft, selbst die zu lachen, war auf ihrer Seite gewesen. Und sie hatte mit ihm gesprochen. Es waren nur ein paar Worte, aber in ihnen war alle Weisheit enthalten, die er zum Leben brauchte. Sie hatte ihm klargemacht, was er war und was er versuchen sollte zu werden, und wie es zu sein. Und noch immer unter Tränen hatte er ihr versprochen, das zu versuchen.

»Und der Herr hat uns geboten, zu tun nach allen diesen Rechten, daß wir den Herrn, unsern Gott, fürchten, auf daß es uns wohl gehe alle unsere Lebtage, wie es geht heutigestages.«

Aber hatte er sein Versprechen gehalten und ging es ihm wohl? überlegte Gumbril.

»Hier endet die Lesung aus dem Alten Testament.« Mr. Pelvey zog sich von dem Adler zurück, und die Orgel kündigte das *Te Deum* an.

Gumbril erhob sich, und die Falten seines Talars, den er als Bakkalaureus trug, wogten in majestätischem Fall um ihn. Er seufzte und schüttelte den Kopf mit einer Bewegung, als wolle er eine Fliege oder einen lästigen Gedanken verscheuchen. Als der Gesang einsetzte, stimmte Gumbril mit ein. Zwei Jungen auf der Seite gegenüber grinsten und flüsterten hinter den erhobenen Gebetbüchern. Gumbril warf ihnen einen wütenden Blick zu, der den beiden nicht entging. Sie setzten sogleich eine scheinheilige Miene auf und begannen mit vorgetäuschtem Eifer zu singen. Es waren zwei unangenehme, dumm aussehende Lümmel, die längst in irgendeine Lehre gehört hätten, um ein nützliches Gewerbe zu erlernen. Aber statt dessen vergeudeten sie ihre Zeit und die ihrer Lehrer und der intelligenteren Kameraden mit dem völlig vergeblichen Versuch, eine höhere literarische Bildung zu erwerben. Der Verstand eines Hundes, dachte Gumbril, gewinnt nichts dadurch, daß man so tut, als ob man es statt mit einem Hund mit einem Menschen zu tun habe.

»Herr, erbarme dich unser, erbarme dich unser.«

Gumbril zuckte die Achseln. Sein Blick schweifte in der Kapelle umher und über die Gesichter der Jungen. Allerdings: der Herr erbarme sich unser! Es störte ihn, daß ihm ein Echo dieses Gefühls, wenn auch in einer etwas anderen Tonart, aus der zweiten Schriftlesung entgegenschlug, aus dem dreiundzwanzigsten Kapitel des Lukas-Evangeliums. »Vater, vergib ihnen«, sagte Mr. Pelvey mit seiner immer gleich ausdrucksvoll tönenden Stimme, »denn sie wissen nicht, was sie tun!« Aber wenn man wußte, was man tat? Angenommen, man wußte es nur allzu gut? Selbstverständlich wußte man es immer. Schließlich war man ja kein Dummkopf.

Aber das war alles Unsinn, alles Unsinn. Man mußte sich etwas Besseres einfallen lassen. Wie angenehm wäre es zum Beispiel, wenn man in der Kapelle Luftkissen einführen würde! Diese glatten Eichenbänke waren verdammt hart; sie waren für kräftige, robuste Pädagogen gedacht, nicht für so knochendürre Kümmerlinge wie ihn. Ein Luftkissen, ein bequemer Luftreifen!

»Soweit das Wort des Evangelisten«, schloß Pelvey mit dröhnender Stimme und schlug hinter dem deutschen Adler die Bibel zu.

Wie durch Zauber war Dr. Jolly an der Orgel bereit zum *Benedictus*. Es war entschieden eine Erleichterung, wieder zu stehen; das Eichenholz war steinhart. Aber Luftkissen würden leider ein schlechtes Beispiel für die Schüler sein. Abgehärtete junge Spartaner! Es war ein wesentlicher Bestandteil ihrer Erziehung, dem Wort der Offenbarung ohne pneumatisch bewirkte Erleichterungen zu lauschen. Nein, Luftkissen wären da nicht das Richtige. Die einzige Lösung waren, schoß es ihm durch den Sinn, Hosen mit gepolstertem Hosenboden. Für alle Gelegenheiten, nicht nur für den Kirchenbesuch.

Durch eines ihrer hundert Nasenlöcher gab die Orgel einen schwachen Ton von sich, der wie die Stimme eines puritanischen Predigers war. »Ich glaube –« Mit einem Geräusch wie von einer brechenden Welle wendeten sich fünfhundert Schüler nach Osten. Der Blick auf David und Goliath wurde ersetzt von dem auf eine Kreuzigung, in dem würdig-pathetischen Stil von 1860 gemalt. »Vater, vergib ihnen, denn sie wissen nicht, was sie tun.« Nein, nein, da betrachtete Gumbril lieber das ausgekehlte Mauerwerk, das zu beiden Seiten des großen Ostfensters ruhig zu der gewölbten Decke strebte. Als braver Sohn eines Architekten dachte er lieber darüber nach, wie doch der spätgotische Perpendikularstil in seinen besten Beispielen – und seine besten waren seine größten – die schönste Art englischer Gotik darstellte. Während er in seinen schlechtesten und kleinsten Beispielen, wie in den meisten Oxforder Colleges, armselig und unbedeutend war und geradezu abscheulich, wäre da nicht ein gewisser Reiz des Pittoresken gewesen. Theodore kam sich vor wie jemand, der einen Vortrag hält: Das nächste Bild, bitte! – »Und ein ewiges Leben. Amen.« Wie eine Oboe intonierte Mr. Pelvey: »Der Herr sei mit euch.«

Fürs Gebet müßte es Dunlop-Knieschützer geben, überlegte Gumbril. Damals freilich, als er noch regelmäßig betete, hatte er keine Knieschützer gebraucht. »Vater unser –« Die Worte waren noch dieselben wie damals, aber so, wie sie Mr. Pelvey sprach, klangen sie ganz anders. Die Kleider seiner Mutter waren schwarz gewesen, aus schwarzer Seide, und hatten nach Veilchenwurzel gerochen, wenn er damals abends die Stirn auf ihre Knie gelegt hatte, um ebendiese Worte zu sprechen – Worte, die Mr. Pelvey – du lieber Gott! – mit seiner Oboenstimme um ihren Sinn brachte. Als sie im Sterben lag, hatte sie zu ihm gesagt: »Denke immer an das Gleichnis vom Sämann und dem Samen, der neben das Feld fiel.« Nein, nein! Jetzt aber Amen! »Herr, erbarme dich über uns!« modulierte Pelvey oboenhaft, und Gumbril, in tiefem, groteskem Baß posaunend, antwortete: »Und gewähre uns deine Erlösung!« Nein, die Knie waren natürlich nicht so wichtig, es sei denn für Anhänger der Erweckungsbewegung oder für Dienstmädchen, wie das Gesäß. Die meisten Berufe wurden im Sitzen und nicht im Knien ausgeübt. Man müßte kleine flache Luftkissen zwischen zwei Stofflagen einnähen. Am oberen Ende, unter dem Rock verborgen, wäre der mit einem Ventil versehene Schlauch wie ein hohler Schwanz. Man brauchte dann nur noch die Gummikissen aufzublasen und hätte den vollendeten Sitzkomfort noch für den Magersten erreicht, sogar auf einer steinernen Bank. Wie hatten es nur die Griechen auf den Marmorbänken ihrer Theater ausgehalten?

Der Augenblick für die Hymne war gekommen. Da es der erste Sonntag im Sommertrimester war, sangen sie das Lied, das der Direktor eigens zu der Musik von Dr. Jolly geschrieben hatte, damit es an jedem ersten Sonntag im Trimester gesungen würde. Die Orgel gab gemessen die Melodie an, die einfach, erhebend und männlich war.

Eins, zwei, drei, vier; eins, zwei DREI – 4.
Eins, zwei-und drei-und vier-und; Eins, zwei DREI – 4.
EINS – 2, DREI – 4; EINS – 2 – 3 – 4,
und-EINS – 2, DREI – 4; EINS – 2 –3 –4.
Eins, zwei-und drei, vier; Eins, zwei DREI – 4.

Fünfhundert junge Stimmen im Stimmbruch nahmen die Melodie auf. Um ein gutes Beispiel zu geben, machte Gumbril den Mund auf und zu, freilich ohne einen Laut von sich zu geben. Erst bei der dritten Strophe fiel er mit seinem unsicheren Bariton ein. Die dritte Strophe liebte er besonders; sie stellte nach seiner Meinung die bedeutendste dichterische Leistung des Direktors dar.

(f) Für schlaffe Hände und (dim.) träge Geister
(mf) Findet der Versucher schnell Gebrauch.
(ff) Halt ihn drum gefangen, wo er haust.

An dieser Stelle schmückte Dr. Jolly seine Melodie mit rei-

chem Accompagnamento in den tieferen Registern aus, womit
er gleichsam symbolisch den düsteren Abgrund, in dem der
Versucher hauste, und die allgemeine Widerwärtigkeit, die
solch eine Wohnstatt auszeichnet, kunstvoll zum Ausdruck
brachte.

(ff) Halt ihn drum gefangen, wo er haust.

(f) Arbeit wird ihn binden. (dim.) Arbeit ist (pp) Gebet.

Arbeit, Arbeit, dachte Gumbril. Mein Gott, wie wütend er die
Arbeit haßte! Mochte Austin seine Plackerei erhalten bleiben!
Hätte man nur seine eigene Arbeit, eine richtige, anständige
Arbeit – und nicht eine, die einem vom knurrenden Magen auf-
gezwungen war. Amen! Dr. Jolly schloß gleichsam mit einem
doppelten Ausstoß prunkvoller Huldigung auf der Orgel, und
Gumbril stimmte aus vollem Herzen bei. Alles, was recht war,
amen!

Gumbril setzte sich wieder. Es könnte zweckmäßig sein,
dachte er, den Schlauch so lang zu machen, daß man seine Hosen aufblasen konnte, wenn man sie anhatte. In diesem Fall
müßte man ihn wie einen Gürtel um die Taille tragen oder vielleicht eine Schleife daraus binden, die an den Hosenträgern
befestigt werden konnte.

»Das neunzehnte Kapitel der Apostelgeschichte, aus dem
vierunddreißigsten Vers.« Die laute, rauhe Stimme des Direktors brach von der Kanzel mit Gewalt über sie herein: »Erhob
sich *eine* Stimme von allen, und schrien bei zwei Stunden: Groß
ist die Diana der Epheser!«

Gumbril machte es sich auf der Eichenbank so bequem wie
möglich. Man durfte sich auf eine der wirklich gewaltigen Pre-
digten des Direktors gefaßt machen. Groß ist Diana. Und Ve-
nus? Ach, diese Bänke, diese Bänke!

An der Abendandacht nahm Gumbril nicht teil. Er blieb in
seinem Zimmer, um die dreiundsechzig Ferienaufgaben zu korrigieren, die ihm zugeteilt worden waren. Sie lagen in hohen
Stapeln neben seinem Stuhl auf dem Boden: dreiundsechzig
Antworten auf zehn Fragen über das italienische Risorgimento. Von allen möglichen Themen ausgerechnet das Risorgimento! Es war einer der Einfälle des Direktors gewesen. Am
Schluß des letzten Trimesters hatte er eine außerordentliche

13

Lehrerkonferenz anberaumt, um ihnen alles über das Risorgimento zu erzählen. Es war seine neueste Entdeckung.

»Das Risorgimento, meine Herren, ist das bedeutendste Ereignis in der neueren europäischen Geschichte.« Dabei hatte er mit der Faust auf den Tisch geschlagen und auf der Suche nach Widerspruch herausfordernd in die Runde geblickt.

Aber niemand hatte widersprochen. Noch nie hatte ihm jemand widersprochen; dazu waren sie zu schlau. Denn der Direktor war ebenso reizbar wie launisch. Ständig entdeckte er etwas Neues. Vor zwei Trimestern war es das Sengen der Haare gewesen: Nach dem Haarschneiden und vor der Kopfwäsche mußten die Haarspitzen gesengt werden.

»Das Haar, meine Herren, ist ein Rohr. Wenn Sie es abschneiden und das Ende unverschlossen lassen, dringt Wasser ein und bringt das Rohr zum Faulen. Daher ist das Sengen so wichtig. Indem Sie die Haarspitzen absengen, verschließen Sie das Rohr. Ich werde darüber morgen früh nach der Andacht mit den Schülern sprechen, und ich erwarte, daß die für die einzelnen Häuser verantwortlichen Kollegen« – und unter den buschigen Brauen hatte er grimmige Blicke geschossen – »dafür sorgen, daß sich die Jungen regelmäßig nach dem Haarschneiden die Haare sengen lassen.«

Mehrere Wochen lang ging von jedem Schüler ein widerlicher schwacher Brandgeruch aus, so als wäre der Betreffende gerade frisch aus der Hölle eingetroffen. Und nun war es das Risorgimento. Demnächst war es vielleicht die Geburtenkontrolle oder das Dezimalsystem oder die Reformkleidung.

Er griff nach dem ersten Stapel von Aufsätzen. Der Bogen mit den gedruckten Fragen war der zuoberst liegenden Arbeit angeheftet.

»Geben Sie eine kurze Darstellung von Charakter und Leben des Papstes Pius IX., *soweit wie möglich mit Angabe von Daten*.«

Gumbril lehnte sich auf seinem Stuhl zurück und dachte an seinen eigenen Charakter, mit Daten. 1896: die erste ernsthafte, bewußte, vorsätzliche Lüge. Hast du die Vase zerbrochen, Theodore? Nein, Mutter. Fast einen Monat lang bedrückte es sein Gewissen; immer tiefer fraß sich das Schuldgefühl in ihn hinein. Schließlich hatte er die Wahrheit gebeichtet. Oder, besser gesagt, nicht gebeichtet, das wäre zu schwierig gewesen. Er hatte vielmehr, wie er fand, sehr raffiniert, das Gespräch auf dem Umweg über die Zerbrechlichkeit von Glas und über Scherben im allgemeinen auf diese spezielle zerbrochene Vase gebracht; praktisch zwang er seine Mutter dazu, ihre Frage zu wiederholen. Darauf hatte er dann, in Tränen ausbrechend, mit Ja geantwortet. Es war ihm schon immer schwergefallen, etwas direkt und unverblümt auszusprechen. Als seine Mutter starb, hatte sie ihm gesagt . . . Nein, nein, nicht das!

1898 oder 1899 – nein, diese Daten! – hatte er mit seiner kleinen Cousine Molly einen Pakt geschlossen; sie sollte sich ohne Kleider vor ihm zeigen, wenn er umgekehrt dasselbe vor ihr tat. Sie hatte ihren Teil des Vertrages erfüllt, als er, im letzten Moment von seiner Scham überwältigt, sein Versprechen brach.

Dann, mit etwa zwölf Jahren, als er, um 1902 oder 1903, noch auf der Vorschule war, hatte er es darauf angelegt, schlechte Zensuren zu bekommen. Er hatte vor seinem Klassenkameraden Sadler, der absolut den Schulpreis bekommen wollte, Angst gehabt. Sadler war stärker als er und überdies ein Schinder und Tyrann erster Ordnung. Gumbril schnitt so schlecht ab, daß seine Mutter unglücklich war, und er hatte es ihr nicht einmal erklären können.

1906 hatte er sich zum erstenmal verliebt – und viel leidenschaftlicher als irgendwann später –, in einen Jungen seines Alters. Es war eine ebenso platonische wie tiefe Liebe gewesen. Auch in diesem Schuljahr hatte er schlechte Zensuren nach Hause gebracht, doch diesmal nicht mit Absicht, sondern weil er soviel Zeit darauf verwendet hatte, Vickers bei den Schularbeiten zu helfen. Vickers war, im Ernst, sehr dumm. Im nächsten Jahr kam er mit einem Ausschlag wieder – der Staphylococcus pyogenes liebt die heranwachsende Jugend – und war überall im Gesicht und am Hals mit Pickeln und Furunkeln übersät. Gumbrils Zuneigung zu ihm endete so plötzlich, wie sie begonnen hatte. Dieses Schuljahr schloß er, wie er sich erinnerte, mit einem zweiten Preis ab.

Doch es wurde Zeit, sich ernsthaft mit Pius IX. zu beschäfti-

gen. Mit einem Seufzer des ärgerlichen Überdrusses nahm sich
Gumbril die Aufsätze vor. Was wußte Falarope eins über den
Pontifex zu sagen? »Pius IX. hieß eigentlich Ferretti. Er war
liberal, bevor er Papst wurde. Ein gütiger Mann von einer Intelligenz, die unter dem Durchschnitt blieb, glaubte er, daß alle
Schwierigkeiten mit etwas gutem Willen, ein paar Reformen
und einer politischen Amnestie zu lösen wären. Er verfaßte
mehrere Enzykliken und einen Syllabus.« Gumbril bewunderte die Wendung über die den Durchschnitt nicht errei-
chende Intelligenz. Falarope eins hatte zumindest einen Plus-
punkt dafür verdient, daß er sie so gut auswendig gelernt hatte.
Er griff nach dem nächsten Heft. Higgs war der Meinung, daß
»Pius IX. ein guter, aber dummer Mann war, der glaubte, das
Risorgimento mit ein paar Reformen und einem politischen
Waffenstillstand sichern zu können«. Beddoes' Urteil war noch
strenger. »Pius IX. war ein böser Mensch, der behauptete, un-
fehlbar zu sein, womit er bewies, daß er von unterdurchschnittlicher Intelligenz war.« Sopwith zwei teilte die allgemeine Meinung über die Intelligenz von Pius und legte eine große Vertrautheit mit falschen Daten an den Tag. Clegg-Weller war
weitschweifig informativ. »Pius IX. besaß nicht die Klugheit
seines Ministerpräsidenten, des Kardinals Antonelli. Als er die
Tiara empfing, war er ein Liberaler, und Metternich sagte, daß
er nie mit einem liberalen Papst gerechnet hätte. Später wurde
Pius IX. konservativ. Er war gütig, doch nicht intelligent, und
er glaubte, Garibaldi und Cavour würden mit ein paar Reformen und einer Amnestie zufriedenzustellen sein.« Über Gar-
stangs Arbeit stand folgender Vermerk: »Ich hatte die ganzen
Ferien über die Masern und konnte deshalb nur die ersten dreißig Seiten des Buches lesen. Papst Pius IX. kommt auf diesen
Seiten nicht vor, deren Inhalt ich im folgenden kurz zusammen-
fassen möchte.« Diese kurze Zusammenfassung folgte denn
auch in der Tat. Gumbril hätte ihm am liebsten die beste Note
gegeben. Aber die nüchterne Art, in der sich Appleyard der
Aufgabe entledigte, führte ihn wieder zu einer strengeren
Pflichtauffassung zurück: »Pius IX. wurde 1846 Papst und starb
1878. Er war ein gütiger Mensch, aber seine Intelligenz war
unter dem —«

Gumbril legte das Blatt aus der Hand und schloß die Augen. Nein, es war einfach unmöglich. So konnte es nicht weitergehen, so nicht. Da hatte man also das Sommertrimester mit dreizehn Wochen, dann das Herbsttrimester, ebenfalls mit dreizehn Wochen, und ein Frühlingstrimester mit elf oder zwölf Wochen, darauf wieder ein Sommertrimester von dreizehn Wochen, und so weiter in alle Ewigkeit. In alle Ewigkeit. Nein, so ging es nicht weiter. Lieber ging er weg und lebte mehr schlecht als recht von seinen dreihundert Pfund im Jahr. Oder noch besser, er ging von hier fort und verdiente Geld. Das ließ sich eher hören: Geld im großen Stil leicht verdient. Frei sein und leben. Zum erstenmal leben! Mit geschlossenen Augen sah er sich zu, wie er lebte.

Selbstsicher und ungezwungen ging er langsam über die Plüschteppiche irgendeines großen Ritz', schritt über den Plüschteppich – und da, am Ende einer Flucht von Sälen, stand Myra Viveash. Diesmal wartete sie auf ihn. Ungeduldig kam sie ihm entgegen, ganz demütige Geliebte jetzt, nicht die kühl souveräne, strahlende Frau, die sich einmal herabgelassen hatte, seiner rührenden stummen Zudringlichkeit nachzugeben, um ihm am nächsten Tag ihre Gunst wieder zu entziehen. Über die Plüschteppiche zum Dinner. Nicht, daß er in Myra noch verliebt gewesen wäre. Aber Rache ist süß.

Er saß in seinem eigenen Haus. Aus den Nischen blickten die chinesischen Statuetten; die Maillols waren in tiefe Meditation versunken. Sie schliefen und waren zugleich mehr als lebendig. An den Wänden hingen die Goyas; im Badezimmer hatte er einen Boucher. Wenn er mit seinen Gästen ins Speisezimmer trat, zog der prachtvolle Piazzetta über dem Kamin alle Blicke auf sich. Man saß bei altem Wein und plauderte. Er wußte alles, was sie wußten, und noch ein bißchen mehr. Er war der Gebende, er inspirierte die anderen; sie waren die Nehmenden und Bereicherten. Nach dem Essen dann ein oder zwei Quartette von Mozart. Er öffnete seine Mappen und zeigte seine Daumiers, seine Studien von Tiepolo und Canaletto, seine Zeichnungen von Picasso und Lewis und einen Akt von Ingres in seiner noblen Reinheit. Später, als von Odalisken die Rede war, kam es zu Orgien, doch ohne Erschöp-

17

fung und ohne Ekel, und die Frauen waren Bilder lebendiger
Lust, sie waren Kunst.

Über die offene Ebene zogen ihn vierzig Pferdestärken ruba-
dub-adubadub ohne Auspuff nach Mantua, der romantischsten
Stadt der Welt.

Wenn er sich jetzt mit Frauen unterhielt – wie unbefangen
und kühn sprach er –, so lauschten sie seinen Worten, lachten,
warfen ihm von der Seite Blicke zu und senkten die Lider über
dem Eingeständnis, der Aufforderung in ihren Blicken. Mit
Phyllis hatte er einst im warmen Dunkel einer mondlosen
Nacht – wie lange wohl? – schweigend zusammengesessen, zu
schüchtern für die kleinste Geste. Am Ende hatten sie sich,
widerstrebend und noch immer schweigend, getrennt. Jetzt
war er wieder in einer Sommernacht mit Phyllis zusammen;
aber diesmal blieb er nicht stumm. Bald mit weicher Stimme,
bald mit dem erregten, atemlosen Flüstern der Leidenschaft
redete er auf sie ein, streckte die Hand nach ihr aus und um-
faßte sie. Nackt lag sie in seinen Armen. Alle zufälligen Begegnungen und alle absichtlich herbeigeführten Gelegenheiten:
Jetzt wußte er sie zu nutzen, jetzt wußte er, was Leben heißt.

Nach Mantua, nach Mantua – über die offene Ebene raste er
dahin, entspannt, frei und allein. Er suchte den Greuelge-
schichten der römischen Gesellschaft auf die Spur zu kommen;
er sah sich Athen und Sevilla an. Mit Unamuno und Papini
führte er vertraute Gespräche, jeweils in der Sprache seines
Partners. Ohne jede Mühe verstand er die Quantentheorie.
Seinem Freund Shearwater schenkte er eine halbe Million für
seine physiologischen Forschungen. Er besuchte Schönberg
und bewog ihn, eine noch bessere Musik zu schreiben. Den
Politikern brachte er das ganze Ausmaß ihrer Dummheit und
Verruchtheit zum Bewußtsein und veranlaßte sie, für das Heil
und nicht für die Vernichtung der Menschheit zu arbeiten.
Wenn er in der Vergangenheit einmal genötigt gewesen war,
öffentlich zu sprechen, war seine Aufregung so groß gewesen,
daß ihm übel wurde; heute dagegen bogen sich seine nach Tau-
senden zählenden Zuhörer wie ein Getreidefeld unter dem
Wind seiner Beredsamkeit. Freilich machte er sich nur noch
gelegentlich die Mühe, sein Publikum zu begeistern. Jetzt fiel

es ihm leicht, sich mit jedermann zu verständigen, jeden Standpunkt zu verstehen und sich auch mit dem ihm wesensfremdesten Geist zu identifizieren. Er wußte, wie jedermann lebte, was es bedeutete, ein Fabrikmädchen oder ein Müllkutscher, ein Lokomotivführer, ein Jude, ein anglikanischer Bischof oder ein Betrüger zu sein. Er, der bisher gewohnt war, sich widerspruchslos betrügen und ausnutzen zu lassen, beherrschte jetzt die Kunst, brutal zu sein. Gerade stauchte er diesen frechen Portier vom *Continental* zusammen, der sich beklagte, zehn Francs seien nicht genug (er hatte, der historischen Wahrheit zuliebe sei es gesagt, noch fünf dazubekommen), als seine Wirtin an die Tür klopfte, öffnete und sagte: »Das Essen steht auf dem Tisch, Mr. Gumbril.«

Ein wenig beschämt, bei einer Beschäftigung unterbrochen worden zu sein, die schließlich zu den weniger noblen und geistvollen seines neuen Lebens gehörte, ging Gumbril hinunter zu seinem etwas fetten Kotelett mit grünen Erbsen. Es war seine erste Mahlzeit in dem neuen Lebensabschnitt, und obwohl sie sich leider in nichts von den Mahlzeiten seiner Vergangenheit unterschied, nahm er sie in gehobener Stimmung und nicht ohne Feierlichkeit zu sich, so als empfinge er ein Sakrament. Er war freudig erregt bei dem Gedanken, daß er endlich, endlich etwas dazu tat, sein Leben selbst in die Hand zu nehmen.

Nachdem er sein Kotelett gegessen hatte, ging er auf sein Zimmer. Er packte, was ihm von seinem Besitz am wertvollsten schien, in zwei Koffer und eine Reisetasche und schickte sich dann an, dem Direktor zu schreiben. Natürlich hätte er auch fortgehen können, ohne ihm zu schreiben. Aber er meinte, es sei würdiger und mehr in Einklang mit seinem neuen Leben, wenn er eine Rechtfertigung zurückließ – oder, besser gesagt, keine Rechtfertigung, sondern eine Anklage. Er nahm den Federhalter zur Hand und klagte an.

ZWEITES KAPITEL

Gumbril senior wohnte in einem hohen, engbrüstigen, gleichsam rachitischen Haus an einem kleinen düsteren Platz unweit von Paddington. Es war fünf Stockwerke hoch, hatte einen Keller, in dem die Küchenschaben herumliefen, und eine Treppe von etwa hundert Stufen, die jedesmal bebten, wenn man sie nicht sehr behutsam betrat. Das Haus war vor der Zeit alt geworden, war schon halb verfallen in einem halbverfallenen Viertel. Der Platz, an dem es stand, kam immer mehr herunter. Ein paar Jahre zuvor noch waren diese Häuser von geachteten Familien bewohnt gewesen; heute waren sie in elende kleine Wohnungen unterteilt, und aus den benachbarten Slums, die wie manche andere unerfreuliche Dinge von den alten bürgerlichen Familien übersehen zu werden pflegten, kamen jetzt Scharen von Kindern und tollten auf den einst geheiligten Bürgersteigen herum.

Von den alten Mietern war Mr. Gumbril fast der einzige, der noch übriggeblieben war. Er liebte sein Haus, und er liebte den kleinen Platz. Der gesellschaftliche Abstieg hatte den vierzehn Platanen, die die kleine Anlage des Platzes verschönten, nichts anhaben können, und die Luftsprünge schmutzstarrender Kinder störten auch nicht die Stare, die im Sommer allabendlich kamen, um sich auf den Zweigen der Bäume zum Schlafen niederzulassen.

An schönen Abenden saß Mr. Gumbril gern draußen auf dem Balkon und wartete auf das Kommen der Vögel. Und genau bei Sonnenuntergang, wenn der Himmel ganz golden war, hörte man von oben ein Zwitschern, und die unzähligen schwarzen Schwärme der Stare schossen, von ihren täglichen Exkursionen zurück, quer über den Himmel zu ihren Schlafplätzen. Unter allen baumbestandenen Plätzen und Gärten der Stadt hatten sie sich diesen Fleck gesucht und ihn Jahr für Jahr so hartnäckig für sich beansprucht, als ob es für sie nur diesen und keinen anderen Platz gäbe. Warum sie gerade seine vierzehn Platanen auserwählt hatten, konnte sich Mr. Gumbril allerdings nicht vorstellen. Denn es gab in der Umgebung viele Anlagen, die größer und schattiger waren; aber kein Vogel suchte sie je auf, während sich jeden Abend wieder von den großen Schwärmen eine Legion der Getreuen löste, um sich lärmend auf diesen Bäumen niederzulassen. Da saßen sie und schwatzten, bis die Sonne unterging und die Nacht kam; nur zuweilen senkte sich, ebenso plötzlich wie unerklärlich, Schweigen über alle Vögel. Es waren nur wenige Sekunden einer atemlosen Spannung, auf die alsbald, wieder ebenso unvermittelt wie unerklärlich, ein neuer Ausbruch simultanen Lärms folgte.

Die Stare waren Mr. Gumbrils liebste Freunde, und er hatte sich an trügerisch warmen Abenden, wenn er draußen auf dem Balkon saß und den Vögeln zusah und zuhörte, schon so manche Erkältung und Verkühlung zugezogen, hatte so manche Stunde mit rheumatischen Schmerzen verbracht. Aber diese kleinen Unannehmlichkeiten konnten seiner Liebe zu den Vögeln nichts anhaben, und so war er nach wie vor an jedem halbwegs schönen Abend in der Dämmerstunde auf seinem Balkon zu sehen, wo er wie gebannt durch seine runden Brillengläser zu den vierzehn Platanen hinaufstarrte. Der Wind spielte in seinem grauen Haar, zerrte es hoch und ließ es in langen dünnen Strähnen über Stirn und Brille fallen; dann schüttelte Mr. Gumbril unwillig den Kopf und nahm für einen Augenblick die knöcherne Hand von seinem dünnen grauen Bart, den sie unaufhörlich kämmte und striegelte, strich die herabhängenden Haare zurück und bemühte sich, die ganze zerzauste Frisur wieder zu glätten und in Ordnung zu bringen. Die Vögel wurden nicht müde, zu schwatzen und zu schnattern, und Mr. Gumbril fuhr sich mit der Hand kämmend und zerrend durch den Bart. Noch ein Windstoß, dann senkte sich die Dunkelheit herab. Die Gaslaternen rund um den Platz beleuchteten nur die äußeren Zweige der Platanen und tauchten die Ligustersträucher hinter dem Parkgitter in smaragdgrünes Licht. Weiter hinten blieb das Dunkel undurchdringlich. Wo man am Tage glatte Rasenflächen und Geranienbeete sah, war jetzt Geheimnis, war bodenlose Tiefe. Endlich schwiegen auch die Vögel.

Der Augenblick war gekommen, in dem sich Mr. Gumbril von seinem eisernen Stuhl erhob, die in der Abendkühle steifgewordenen Glieder reckte und durch die Balkontür in die

Wohnung trat, um wieder an seine Arbeit zu gehen. Die Vögel waren seine Zerstreuung; sobald sie schwiegen, war es Zeit, wieder an ernste Dinge zu denken.

An diesem Abend arbeitete er jedoch nicht, denn wie an jedem Sonntag erschien auch heute sein alter Freund Porteous, um mit ihm zu essen und zu plaudern. Als Gumbril junior um Mitternacht überraschend in der Wohnung seines Vaters auftauchte, fand er die beiden vor dem Gasofen im Arbeitszimmer.

»Mein lieber Junge, was um alles in der Welt tust du hier?« Gumbril senior sprang bei dem unvermuteten Erscheinen seines Sohnes auf. Sein leichtes seidiges Haar flog wegen der plötzlichen Bewegung nach oben und wurde für einen Augenblick zu einer silbernen Aureole, um sogleich wieder zurückzufallen. Mr. Porteous blieb, wo er war, so ruhig, stabil und unerschüttert wie eine sitzende Litfaßsäule. Er trug ein Monokel am schwarzen Band, eine schwarze Halsbinde, die doppelt gefaltet den knapp einen Zentimeter breiten Rand eines steifen weißen Kragens sehen ließ, einen zweireihigen schwarzen Rock, helle karierte Hosen und Lackschuhe mit angesetzten Gamaschen. Mr. Porteous war sehr eigen in seiner äußeren Erscheinung. Wer ihm nur zufällig und zum erstenmal begegnete, wäre kaum auf die Idee gekommen, daß er es hier mit einer Autorität auf dem Gebiet der spätlateinischen Dichtung zu tun hatte, und genau das beabsichtigte auch Mr. Porteous. Neben ihm erinnerte Gumbril senior, schmächtig und gebeugt, dabei flink und beweglich, in seinem zu weiten und zerknitterten Anzug an eine aufgezogene Vogelscheuche.

»Was um alles in der Welt?« wiederholte der alte Herr seine Frage.

Gumbril junior zuckte nur die Achseln. »Ich habe mich gelangweilt, und da habe ich mich entschlossen, nicht länger den Schulmeister zu spielen.« Er hatte einen Ton souveräner Sorglosigkeit angenommen. »Wie geht es Ihnen, Mr. Porteous?«

»Danke, gut wie immer.«

»Ich muß gestehen«, bekannte Gumbril senior, während er sich wieder setzte, »daß mich das nicht überrascht. Wenn mich etwas überrascht hat, dann nur, daß du, der du nicht gerade

zum Pädagogen geboren bist, es solange ausgehalten hast.
Was dich überhaupt auf den Gedanken gebracht hat, Pauker
zu werden, kann ich nicht begreifen.« Er betrachtete seinen
Sohn erst durch seine Brillengläser und dann über deren Rand
hinweg, doch weder das eine noch das andere Mal wurden ihm
dabei die Motive seines Sohnes offenbar.

»Was hätte ich denn sonst tun können?« fragte der junge
Gumbril und zog sich einen Stuhl an den Ofen heran. »Du
hast mir die für einen Pädagogen geeignete Erziehung gegeben, und damit war für dich der Fall erledigt. Keine Aussichten, keine Chancen. Ich hatte keine Alternative. Und jetzt
machst du mir Vorwürfe.«

Mr. Gumbril reagierte mit einer Gebärde der Ungeduld.
»Das ist einfach Unsinn«, erklärte er. »Der einzige Sinn einer
Erziehung, wie du sie gehabt hast, liegt darin, einem jungen
Mann die Möglichkeit zu lassen, selbst herauszufinden, wofür
er sich interessiert. Aber dich hat anscheinend nichts beson-
ders interessiert –«

»Mich interessiert alles«, unterbrach ihn sein Sohn.

»Was auf dasselbe hinausläuft, nämlich sich für nichts zu interessieren«, bemerkte sein Vater beiläufig, um dann dort
fortzufahren, wo er unterbrochen worden war. »Du hast dich
für nichts so sehr interessiert, daß du dich ihm ganz gewidmet
hättest. Deshalb hast du die letzte Zuflucht aller Schwachköpfe mit klassischer Richtung gewählt und bist Lehrer
geworden.«

»Was sagen Sie da!« verwahrte sich Mr. Porteous. »Ein bißchen habe ich ja auch mit dem Unterrichten zu tun. Ich muß
für die Ehre meines Berufes eintreten.«

Gumbril senior ließ seinen Bart los und strich sich die Haare
zurück, die ihm bei seinem Temperamentsausbruch in die
Stirn gefallen waren. »Ich sage nichts gegen Ihren Beruf«, beteuerte er. »Ganz und gar nicht. Es wäre ein vorzüglicher Beruf, wenn jeder, der ihn ausübt, ihm soviel Liebe entgegen-
brächte, wie Sie, Porteous, Ihrer oder ich meiner Arbeit ent-
gegenbringe. Aber die unentschiedenen Geister wie Theodore
schädigen das Ansehen dieses Berufs, indem sie ihn ohne
Überzeugung ergreifen. Solange nicht alle Lehrer Genies und

Enthusiasten sind, wird niemand etwas lernen außer das, was er sich selbst beibringt.«

»Trotzdem wäre es mir lieb gewesen, ich hätte nicht soviel allein lernen müssen«, sagte Mr. Porteous. »Ich habe viel Zeit damit verschwendet, herauszufinden, wie man an die Arbeit herangeht und wo man findet, was man dazu braucht.«

Gumbril junior steckte sich seine Pfeife an. »Ich bin zu der Überzeugung gekommen«, begann er – er sprach gleichsam stoßweise, weil er jeweils zwischen den Worten durch kräftiges Saugen eine kleine Flamme im Pfeifenkopf entfachte –, »daß man ... den meisten Menschen ... überhaupt nichts ... beibringen sollte.« Er warf das Streichholz weg. »Der Herr sei uns gnädig, aber es sind Hunde. Warum sollte man ihnen mehr beibringen, als sich gut zu benehmen, zu arbeiten und zu gehorchen? Aber Tatsachen, Theorien, die Wahrheit über die Welt – was kann es ihnen nutzen? Lehrt sie, die Dinge zu verstehen – es wird sie nur verwirren, denn es steht ja im Widerspruch zum gewohnten Schein ihres täglichen Lebens. Nur einer von hundert zieht einigen Nutzen aus einer wissenschaftlichen oder literarischen Erziehung.«

»Und zu denen gehörst du?« fragte sein Vater.

»Das versteht sich von selbst«, antwortete der Sohn.

»So ganz unrecht haben Sie wohl nicht«, sagte Mr. Porteous. »Wenn ich zum Beispiel an meine eigenen Kinder denke ...« Er seufzte. »Ich hatte geglaubt, sie würden sich für das interessieren, für das ich mich interessiert habe, aber anscheinend haben sie überhaupt keine Interessen, außer dem einen, sich wie kleine Affen zu benehmen – nicht besonders menschenähnliche obendrein. Als ich so alt war wie mein Ältester heute, saß ich die halbe Nacht auf und las lateinische Texte. Auch er sitzt die halbe Nacht auf – richtiger gesagt, verbringt sie auf den Beinen, hopsend und springend, tanzend und trinkend. Erinnern Sie sich, was der heilige Bernhard sagt? *›Vigilet tota nocte luxuriosus non solum patienter, sed et libenter, ut suam expleat voluptatem.‹* Was der Weise aus Pflichtgefühl tut, das tut der Tor zu seinem Vergnügen. Nur der Asket und der Gelehrte wachen geduldig die Nacht hindurch. Und wieviel Mühe habe ich mir gegeben, in dem Jungen die Liebe zum Latein zu wecken!«

»Jedenfalls haben Sie nicht versucht, ihn mit Geschichte zu füttern«, sagte der jüngere Gumbril. »Das ist die wahre, die unverzeihliche Sünde. Und die habe ich auf mich geladen, bis zum heutigen Abend. Ich habe Jungen im Alter von fünfzehn, sechzehn Jahren dazu ermutigt, sich auf Geschichte zu spezialisieren. Viele Stunden in der Woche hielt ich sie an, die Verallgemeinerungen zu lesen, die schlechte Autoren über Gegenstände geschrieben haben, die sich nur deshalb zu Verallgemeinerungen eignen, weil wir so gut wie nichts über sie wissen. Und dann habe ich die Jungen veranlaßt, diese Verallgemeinerungen in scheußlichen kleinen ›Aufsätzen‹ wiederzugeben. Mit anderen Worten, ich habe ihren Verstand mit einer widerlich weichlichen Kost korrumpiert, daß es eine Schande war. Wenn man diesen Burschen überhaupt etwas beibringen will, dann müßte es etwas Bestimmtes und fest Umrissenes sein. Latein wäre ausgezeichnet. Auch Mathematik und Physik. Natürlich können sie Geschichte zu ihrem Vergnügen lesen. Aber man mache um Himmels willen daraus nicht den Angelpunkt ihrer Erziehung!« Er sprach mit dem größten Ernst, wie ein Schulinspektor, der seinen Bericht gibt. Das Thema bewegte ihn ungemein in diesem Augenblick – wie jedes Thema, sobald er sich darüber ausließ. »Ich habe heute abend dem Direktor einen ausführlichen Brief über den Geschichtsunterricht geschrieben«, fuhr er fort. »Es ist sehr wichtig.« Er schüttelte nachdenklich den Kopf. »Von höchster Wichtigkeit.«

»Hora novissima, tempora pessima sunt, vigilemus«, sagte Mr. Porteous, indem er die Worte des heiligen Petrus Damiani zitierte.

»Wie wahr!« applaudierte Vater Gumbril. »Und da wir gerade von schlechten Zeiten sprechen, was hast du jetzt vor, Theodore, wenn ich dich danach fragen darf?«

»Zunächst einmal etwas Geld zu verdienen.«

Sein Vater schlug sich die Hände auf die Knie, beugte sich vor und brach in Gelächter aus. Es war ein tiefes hallendes Lachen, das wie das Krächzen eines großen, musikalisch begabten Frosches klang. »Das wird dir nicht gelingen«, sagte er und schüttelte den Kopf, bis ihm die Haare in die Augen fielen. »Das wird dir nicht gelingen!« Er lachte noch einmal.

»Um Geld zu verdienen, muß man ernsthaft an Geld interessiert sein«, erklärte Mr. Porteous.

»Und das ist er nicht«, sagte der ältere Gumbril. »Keiner von uns ist es.«

»Als es mir finanziell noch sehr schlecht ging«, fuhr Mr. Porteous fort, »wohnten wir mit einem russischen Juden, einem Pelzhändler, im selben Haus. Der war an Geld interessiert! Bei ihm war es eine Leidenschaft, die große Liebe, ein Ideal. Er hätte bequem und gut leben können und verdiente dabei noch genug, um auch etwas für sein Alter zurückzulegen. Aber für sein hohes strenges Ideal vom Geld nahm er mehr Mühe auf sich, als Michelangelo je für seine Kunst auf sich genommen hat. Er arbeitete neunzehn Stunden am Tag, und die restlichen fünf schlief er unter seiner Arbeitsbank, inmitten von Schmutz und Abfällen, und atmete dabei den Gestank und die losen Härchen ein. Heute ist er ein sehr reicher Mann, aber er macht von seinem Geld keinen Gebrauch, er hat nicht den Wunsch danach und wüßte nicht, was er damit anfangen sollte. Er begehrt weder Macht noch Vergnügen. Seine Gewinnsucht ist vollkommen uneigennützig. Er erinnert mich an den ›Grammatiker‹ von Browning[1]. Ich hege große Bewunderung für ihn.«

Mr. Porteous' Leidenschaft dagegen hatte der Dichtung von Notker Balbulus und Bernhard von Clairvaux gegolten. Fast zwanzig Jahre hatte er gebraucht, um mit seiner Familie aus dem Haus herauszukommen, in dem der russische Pelzhändler gewohnt hatte. Aber Notker Balbulus war es wert gewesen, wie Mr. Porteous zu sagen pflegte. Notker Balbulus war es sogar wert gewesen, daß seine Frau bleich und erschöpft war von einer Arbeit, die über ihre Kräfte ging, auch daß seine Kinder schlecht angezogen und nicht besonders gut ernährt waren. Mr. Porteous hatte nur sein Monokel zurechtgerückt und war seinen Weg gegangen. Aber es hatte Zeiten gegeben, wo auch das Monokel und seine gepflegte distinguierte Kleidung nicht ausreichten, seine Moral aufrechtzuerhalten. Aber damit war es nun vorbei.

---

1 Robert Browning: »A Grammarian's Funeral«. (Anm. d. Ü.)

Notker Balbulus hatte ihm am Ende einen gewissen Ruhm eingebracht – und indirekt sogar mäßigen Wohlstand.

Gumbril senior wandte sich wieder seinem Sohn zu. »Und wie gedenkst du dieses Geld zu verdienen?«

Der junge Mann erklärte es ihm. Er hatte sich alles genau überlegt, während er mit dem Taxi vom Bahnhof zu der Wohnung seines Vaters gefahren war. »Die Idee ist mir heute morgen, bei der Andacht in der Kapelle, gekommen.«

»Einfach monströs, diese Überbleibsel aus dem Mittelalter in unseren Schulen! Morgenandacht!« entrüstete sich Mr. Gumbril senior.

»Es kam wie eine Offenbarung über mich«, fuhr sein Sohn fort, »unvermittelt wie eine göttliche Inspiration. Mir kam eine große leuchtende Idee – Gumbrils Patent-Kniehosen.«

»Und was soll das sein, Gumbrils Patent-Kniehosen?«

»Eine Wohltat für jeden, den sein Beruf zu einer sitzenden Lebensweise zwingt.« Gumbril junior hatte bereits den Prospekt und die ersten Anzeigen entworfen: »Ein Labsal für alle Reisenden, der beste Ersatz, den der technische Fortschritt für ein natürliches Fettpolster geben kann, unerläßlich für Premierenbesucher, Konzertfreunde –«

»*Lectulus Dei floridus*«, intonierte Mr. Porteous.

> »*Gazophylacium Ecclesiae,*
> *Cithara benesonans Dei,*
> *Cymbalum jubilationis Christi,*
> *Promptuarium mysteriorum fidei, ora pro nobis.*

Ihre Patenthosen, mein lieber Theodore, klingen mir wie eine meiner lateinischen Litaneien.«

»Wir brauchen eine wissenschaftliche Beschreibung und keine Litanei«, sagte Gumbril senior. »Was *sind* also Gumbrils Patent-Kniehosen?«

»Wissenschaftlich gesprochen«, antwortete sein Sohn, »ließen sich meine Patent-Kniehosen als Beinkleider mit pneumatischem Hosenboden bezeichnen, die mittels eines mit Ventil versehenen Rohrs aufgepumpt werden. Das Ganze ist in einem Stück aus widerstandsfähigem rotem Gummi gemacht und mit Tuch bezogen.«

»Ich gestehe«, erklärte Gumbril senior im Ton widerwilliger Anerkennung, »daß ich schon von schlechteren Erfindungen gehört habe. Sie, Porteous, sind zu gut gepolstert, um die Idee gebührend würdigen zu können, aber wir Gumbrils sind eine magere Sippe.«

»Sobald meine Erfindung patentiert ist«, fuhr sein Sohn in kühlem geschäftsmäßigem Ton fort, »verkaufe ich sie entweder an irgendeinen Kapitalisten oder beute sie selbst kommerziell aus. Jedenfalls werde ich zu Geld kommen, was, wenn ich es einmal aussprechen darf, mehr ist, als du oder sonst irgendein Gumbril je erreicht hat.«

»Sehr richtig!« Gumbril senior lachte mit herzlichem Vergnügen. »Und du wirst es genausowenig erreichen. Du kannst deiner gräßlichen Tante Flo dankbar sein, daß sie dir dreihundert Pfund im Jahr hinterlassen hat. Du wirst sie brauchen können. Aber wenn du wirklich einen Kapitalisten suchst – dann habe ich genau den richtigen Mann für dich. Es ist jemand, der die Manie hat, Tudor-Häuser zu kaufen und sie noch mehr auf ›Tudor‹ zu machen, als sie es schon sind. Ich habe bereits ein halbes Dutzend von der Sorte abgerissen und in leicht veränderter Form für ihn wieder zusammengesetzt.«

»Das klingt nicht sehr einnehmend«, sagte sein Sohn.

»Aber das ist nur sein Hobby, sein Zeitvertreib. Seine Geschäfte –«, hier zögerte Gumbril senior.

»Was für Geschäfte sind das?«

»Alles mögliche, habe ich den Eindruck. Pharmazeutische Erzeugnisse, Wirtschaftszeitungen, der Aufkauf von Lagerbeständen bankrott gegangener Tabakfirmen – von alldem und tausend anderen Geschäften hat er mir gesprochen. Er hat etwas von einem Schmetterling, der immer auf der Suche nach Nektar oder, besser gesagt, nach Geld umherflattert.«

»Und kommt er zu Geld?«

»Ich weiß nur so viel, daß er mir meine Honorare zahlt, weiter Tudor-Häuser kauft und mich zum Frühstück ins Ritz einlädt.«

»Nun, ein Versuch kann nicht schaden.«

»Ich werde ihm schreiben«, versprach Gumbril senior. »Er heißt Boldero. Entweder wird er über deine Idee lachen, oder er wird sie dir stehlen. Wenn du aber trotzdem einmal zufällig reich werden solltest«, hierbei fixierte er seinen Sohn über den Rand seiner Brille hinweg, »wenn, wenn, sage ich«, und er unterstrich die nur geringe Wahrscheinlichkeit, daß dieser Fall einmal eintrat, indem er bei jeder Wiederholung des Wörtchens »Wenn« die Augenbrauen ein wenig höher zog und die Arme mit einer zweifelnden Gebärde ein wenig weiter öffnete, »wenn – dann habe ich genau das Richtige für dich. Sieh dir mal diese entzückende kleine Idee an, die mir heute nachmittag gekommen ist.« Er steckte die Hand in die Rocktasche und förderte nach einigem Suchen ein kariertes Blatt Papier zutage, auf dem im Rohentwurf der Grundriß eines Hauses aufgezeichnet war. »Für jeden, der acht- oder zehntausend Pfund übrig hat, wäre das – wäre das ...« Er strich sich das Haar glatt und zögerte ein wenig auf der Suche nach einem geeigneten Ausdruck, mit dem er seine kleine Idee gebührend würdigen könnte. »Also, es wäre viel zu gut für die meisten der Dreckskerle, die acht- oder zehntausend Pfund auszugeben haben.«

Er gab das Blatt seinem Sohn, der es so hielt, daß es auch Mr. Porteous sehen konnte. Mr. Gumbril stand auf, stellte sich hinter die beiden und begann, leicht über sie gebeugt, seinen Plan zu erläutern und zu erklären.

»Ihr versteht die Idee«, sagte er, besorgt, sie könnten sie nicht verstehen. »Ein drei Stockwerke hoher Mittelblock mit einstöckigen Flügeln, die wiederum in einem zweistöckigen Pavillon enden. Die flachen Dächer der Seitentrakte werden zur Anlage von Dachgärten benutzt – können Sie sehen? –, nach Norden hin werden sie von einer Mauer geschützt. Im Ostflügel sind die Küche und die Garage untergebracht und im anschließenden Pavillon die Zimmer des Personals. Der Westflügel beherbergt die Bibliothek, an seiner Fassade ist eine durch Bogen abgegrenzte Loggia. Und anstelle des Stockwerks, das im Ostpavillon die Mädchenzimmer enthält, haben wir hier, im Westflügel, eine Pergola mit Ziegelsteinpfeilern. Sehen Sie? Im Mittelblock läuft den ganzen ersten Stock entlang eine Art spanischer Balkon; er betont sehr schön die Horizontale. Die Vertikale dagegen bringen die vorspringenden Ecken und die erhabenen Felder in der Fassade zum Ausdruck. Die Dächer liegen versteckt hinter einer Balustrade, und auch die Dachgärten auf den Seitentrakten werden an der offenen Seite von einer Brüstung begrenzt. Gebaut werden sollte das Ganze mit Ziegeln. Dies ist die Gartenseite, aber auch die vordere wird sehr schön werden. Gefällt es euch?«

Gumbril junior nickte. »Sehr.«

Sein Vater seufzte, nahm die Skizze und steckte sie wieder in die Tasche. »Du mußt dich mit deinen zehntausend beeilen«, sagte er. »Und Sie, Porteous, desgleichen. Ich warte schon so lange darauf, Ihnen ein prächtiges Haus zu bauen.«

Lachend stand Mr. Porteous auf. »Und Sie, lieber Gumbril, werden noch lange warten müssen. Denn meine Prachtvilla wird nicht gebaut werden, bevor das neue Jerusalem aus dem Himmel herabgefahren ist, und das heißt, daß Sie noch lange leben müssen. Noch sehr, sehr lange«, wiederholte Mr. Porteous, während er sorgfältig seinen Zweireiher zuknöpfte, so sorgfältig, als gelte es, ein Präzisionsinstrument einzustellen. Dann nahm er das Monokel aus der Tasche und klemmte es sich ins Auge, um anschließend kerzengerade und korrekt, sehr soldatisch und ganz wandelnde Litfaßsäule, zur Tür zu marschieren. »Es ist sehr spät geworden heute abend«, stellte er fest. »Ganz unvernünftig spät.«

Dröhnend schloß sich unten die Haustür hinter dem scheidenden Gast. Der alte Mr. Gumbril betrat wieder das große Zimmer im ersten Stock und strich sich seine Frisur glatt, die ihm beim raschen Treppensteigen erneut in Unordnung geraten war.

»Ein netter Kerl«, sagte er über den Freund, der eben gegangen war. »Ein prächtiger Mensch.«

»Ich habe immer sein Monokel bewundert«, bemerkte der junge Gumbril beiläufig. Aber sein Vater nahm die Bemerkung ernst.

»Ich glaube, ohne sein Monokel wäre er nicht durchgekommen. Für ihn war es ein Symbol, eine Art, die Fahne hochzuhalten. Armut ist scheußlich; sie hat nichts Schönes. Und da half ihm sein Monokel ein bißchen, weißt du? Ich bin immer sehr dankbar dafür gewesen, daß ich ein wenig Geld besaß.

Ohne hätte ich es nicht geschafft; dazu gehört mehr Kraft, als ich besitze.« Er griff sich, nah unterm Kinn, in den Bart, und stand eine Weile in Schweigen versunken. »Porteous' Arbeit hat den einen Vorteil«, fuhr er schließlich sinnend fort, »daß er sie allein, ohne Mitarbeiter, besorgen kann. Er hat es nicht nötig, jemanden um etwas zu bitten oder überhaupt irgendwelche Beziehungen aufzunehmen, wenn er es nicht will. Das aber ist das Unangenehme am Beruf des Architekten. Da hat man sozusagen kein Privatleben mehr; da gibt es den ständigen Kampf mit den Auftraggebern, Bauunternehmern, Vertragslieferanten und so weiter, bevor man überhaupt etwas zustande bringt. Es ist einfach ekelhaft. Ich bin für den Umgang mit Menschen nicht sehr begabt. Die meisten Leute sind mir unsympathisch, vollkommen unsympathisch«, wiederholte er mit Entschiedenheit. »Ich kann mit ihnen nicht gut umgehen, es ist auch nicht meine Aufgabe. Mein Beruf ist die Architektur. Nur bekomme ich nicht sehr oft die Chance, ihn auszuüben. Nicht im eigentlichen Sinne.«

Der alte Mr. Gumbril lächelte melancholisch. »Und doch«, sagte er, »ich kann etwas schaffen. Ich habe mein Talent, und ich habe Phantasie. Und das kann mir niemand nehmen. Komm. Sieh dir einmal an, was ich in der letzten Zeit getan habe.«

Dem Sohn vorangehend, verließ er das Zimmer und stieg, indem er immer zwei Stufen auf einmal nahm, die Treppe zum nächsten Stockwerk hinauf. Oben öffnete er die Tür zu einem Zimmer, das in einem ordentlichen Haus das eheliche Schlafzimmer gewesen wäre, und verschwand in der Dunkelheit.

»Vorsicht!« rief er seinem Sohn zu. »Um Gottes willen, paß auf! Daß du mir nichts zerbrichst! Warte, bis ich Licht gemacht habe! Typisch für diese idiotischen Elektriker, den Schalter hinter der Tür zu verstecken.« Der junge Gumbril hörte, wie sein Vater im Dunkeln herumstolperte. Plötzlich wurde es hell, und er trat ein.

Die ganze Möblierung des Raumes bestand aus ein paar langen Zeichentischen, die nicht anders als der Kaminsims und der Fußboden übersät waren mit Architekturmodellen; sie standen überall verstreut wie die durcheinandergewürfelten Elemente einer Stadt. Da gab es Kathedralen, Rathäuser, Universitäten, öffentliche Bibliotheken, auch drei oder vier schnittige kleine Wolkenkratzer, Büroblocks, riesige Lagerhäuser, Fabriken und schließlich Dutzende der prächtigsten Landhäuser, komplett mit terrassierten Gärten, großzügig geführten Treppen, Springbrunnen und Zierteichen, mit von schwungvollen Brükken überwölbten Kanälen, mit Rokoko-Pavillons und Gartenhäuschen.

»Sind sie nicht schön, diese Häuser?« fragte Mr. Gumbril voller Begeisterung seinen Sohn. Sein langes graues Haar stand in Büscheln auf seinem Schädel, seine Brille blitzte, und hinter den Gläsern leuchteten seine Augen vor innerer Bewegung.

»Doch«, stimmte ihm sein Sohn zu.

»Wenn du einmal richtig reich bist, werde ich dir so ein Haus bauen.« Er zeigte auf ein kleines Dorf im Stil von Chatsworth am Ende eines der langen Tische, mit Häusern, die sich um eine Kuppel gruppierten, die gewaltiger und strenger war als die von Sankt Peter. »Schau dir das einmal an.« Behende holte er eine kleine Leselampe vom Kaminsims, wo sie zwischen einem Bahnhof und einem Baptisterium gestanden hatte. Er zog die lange Anschlußschnur hinter sich her, die, als sie sich straffte, eine der Turmspitzen eines in der Nähe des Kamins stehenden Wolkenkratzers herunterriß. »Da, schau einmal«, wiederholte er. Er knipste die Lampe an und bewegte sie vor einem Miniaturpalast in allen Richtungen hin und her. »Siehst du, wie schön das Spiel von Licht und Schatten ist? Zum Beispiel da, unter dem großen schweren Karnies – ist das nicht schön? Und hier, wie großartig die Vertikalen von den Pilastern nach oben geführt werden? Und wie massiv und stabil das alles ist! Diese Größe, diese ungeheure, ragende Kälte!«

Er warf die Arme hoch und wandte den Blick nach oben, als stünde er überwältigt vor einer riesigen, steil vor ihm aufragenden Fassade. Licht und Schatten tanzten phantastisch über die Stadt mit ihren Palästen und Kuppeln, während Mr. Gumbril ekstatisch die Lampe über seinem Haupt schwenkte.

Er bückte sich, um noch einmal auf die Einzelheiten seines Palastes mit dem Finger zu weisen. »Da ist das Portal mit seinem reichen Ornament. Wie prachtvoll und überraschend es sich aus den nackten Mauern heraus entwickelt! Wie die gewaltigen Inschriften des Darius, wie die aus dem kahlen Felsen von Bisutun gehauenen Figuren! Genauso unerwartet und schön und menschlich, so menschlich in der Leere, die sie umgibt.«

Er strich sich das Haar zurück, wandte sich lächelnd um und sah über den Brillenrand hinweg zu seinem Sohn hinüber.

Der junge Gumbril nickte ihm zu. »Sehr schön. Aber sind die Mauern nicht ein bißchen gar zu kahl? Ich meine, du hast für diesen gewaltigen Palazzo nur sehr wenige Fenster vorgesehen.«

»Das ist wahr«, antwortete sein Vater. Er seufzte. »Ich fürchte, für England wäre dieses Modell nicht das Richtige. Es ist für ein Land gedacht, in dem ein bißchen Sonne scheint, ein Land, in dem man alles tut, um die Sonne draußen zu halten und nicht, wie hier, herein zu lassen. Die Fenster sind der Fluch der Architektur hierzulande. Bei uns müssen die Wände durchlöchert sein wie ein Sieb. Es ist zum Verzweifeln. Wenn ich dir ein solches Haus bauen soll, müßtest du auf Barbados oder in einer ähnlichen Gegend leben.«

»Ich könnte mir nichts Besseres wünschen.«

»Ein weiterer großer Vorteil der warmen Länder ist, daß man dort wirklich wie ein Aristokrat leben kann, in vornehmer Zurückgezogenheit. Man wird nicht gezwungen, in die schmutzige Welt hinauszuschauen, und ebensowenig muß man es dulden, daß sie zu uns hereinschaut. Dieses großartige Haus hier, zum Beispiel, schaut nur durch ein paar dunkle Spalte in der Mauer und einen einzigen höhlenartigen Eingang nach draußen. Aber sieh es dir einmal von innen an.« Er hielt die Lampe über den Innenhof, der das Herz des Palastes war. Sein Sohn beugte sich vor und betrachtete mit ihm zusammen das Modell. »Hier ist alles Leben nach innen gerichtet, auf einen entzückenden Hof, einen *Patio*, so spanisch wie möglich. Da – ein Laubengang mit drei Säulenreihen, der Kreuzgang für deine abgeklärten peripatetischen Meditationen, und in der Mitte der Triton, der das klare Wasser in ein Marmorbecken speit. Am Boden und an den Wänden Mosaiken, wo sie sich prächtig gegen den weißen Stuck abheben.

Und da ist der überwölbte Torweg zu den Gärten. Aber jetzt mußt du einmal mitkommen und dir das Haus von der Gartenseite her ansehen.«

Mit der Lampe in der Hand ging er um den Tisch herum. Plötzlich krachte es; er hatte mit der Lampenschnur eine Kathedrale vom Tisch gefegt. Jetzt lag sie in Trümmern auf dem Boden, wie von einer furchtbaren Katastrophe zerstört.

»Tod und Teufel!« fluchte der alte Mr. Gumbril in einem Ausbruch elisabethanischer Wut. Er setzte die Lampe ab und beeilte sich nachzusehen, wie weit der angerichtete Schaden noch gutzumachen war. »Diese Modelle sind schrecklich teuer«, erklärte er, während er sich über die Ruinen beugte. Behutsam hob er die einzelnen Stücke auf und legte sie auf den Tisch. »Es hätte schlimmer kommen können«, sagte er schließlich und wischte sich den Staub von den Händen. »Wenn ich auch befürchte, daß die Kuppel nie wieder ganz dieselbe sein wird.« Er nahm die Lampe wieder in die Hand und hob sie hoch über den Kopf. Mit einer melancholischen Befriedigung ließ er den Blick über seine Werke schweifen. »Und wenn ich dann daran denke«, sagte er, nachdem sie beide eine Zeitlang geschwiegen hatten, »daß ich in den letzten Tagen Arbeiterhäuser für Bletchley entworfen habe! Natürlich ist es ein Glück, daß ich den Auftrag bekommen habe; aber alles, was recht ist, daß ein kultivierter Mensch einen solchen Auftrag annehmen muß! Früher haben sich diese Leute ihre Hütten selbst gebaut, und sie waren sogar sehr hübsch und praktisch. Damals beschäftigte sich ein Architekt mit Architektur, und Architektur ist etwas, in dem sich die Würde und die Größe des Menschen ausdrücken. Sie ist der Protest des Menschen und nicht seine klägliche Resignation. Aber mit einem Arbeiterhäuschen für siebenhundert Pfund kann man nicht groß protestieren. Natürlich, ein klein wenig kann man das auch hier. Man kann dem Haus anständige Proportionen geben und das Schäbige und Gewöhnliche vermeiden. Aber das ist auch alles, es ist ein rein negatives Verfahren. Aktiv und positiv kann man erst zu protestieren beginnen, wenn man die kleinlichen menschlichen Maßstäbe außer acht läßt und für Giganten baut, wenn man für den Geist und die schöpferische Phantasie des Menschen baut und nicht für seinen belanglosen Körper. Arbeiterhäuser – daß ich nicht lache!«

Mr. Gumbril schnaubte vor Entrüstung. »Wenn ich an Alberti denke!« Und er dachte an Alberti – den edelsten der Römer, den einzigen wahren Römer. Denn die Römer selbst führten ihr schmutziges und ausschweifendes Leben in einer Welt der Gewöhnlichkeit, aber Alberti und seine Nachfolger in der Renaissance lebten das ideale römische Leben. Sie brachten Plutarch in ihre Architektur ein. Sie nahmen den abscheulichen wirklichen Cato und den historischen Brutus und machten römische Helden aus ihnen, damit sie ihnen als Vor- und Leitbilder dienten. Vor Alberti gab es keine echten Römer, und mit dem Tod Piranesis begann der allmähliche Untergang dieser Rasse.

»Und wenn ich an Brunelleschi denke!« Begeistert gedachte Mr. Gumbril des Architekten, der auf acht dünne Strebebogen aus Marmor die leichteste und anmutigste Kuppel der Welt gesetzt hatte.

»Und an Michelangelo! Diese strenge und gewaltige Apsis ... Und an Wren und Palladio. Wenn ich an all diese Großen denke ...« Er hob die Arme und schwieg, unfähig, in Worte zu bringen, was er bei dem Gedanken an sie empfand.

Sein Sohn warf einen Blick auf die Uhr. »Halb drei«, sagte er. »Zeit, zu Bett zu gehen.«

DRITTES KAPITEL

»Mister Gumbril!« In die Überraschung mischte sich Entzükken. »Das ist aber wirklich eine Freude.« Das Entzücken überwog jetzt in der aus dem dunklen Hintergrund des Ladens dringenden und sich nähernden Stimme, ohne daß der Mann, dem sie gehörte, sichtbar wurde.

»Das Vergnügen ist ganz auf meiner Seite, Mr. Bojanus.« Mit diesen Worten schloß Mr. Gumbril die Ladentür hinter sich.

Ein kleines Männchen im Gehrock tauchte plötzlich aus ei-

35

ner Art Cañon auf, einem dunklen Spalt zwischen zwei Wänden von Schichtgestein, die aus Übergangskleidung bestanden, und trat in den freien Raum vor der Tür; er verneigte sich mit der Grazie einer vergangenen Epoche und zeigte dabei einen perlmutterfarbenen Schädel, der nur spärlich mit langen, feuchten, rankenartigen Strähnen braunen Haars bedeckt war.

»Und darf ich fragen, welchem Umstand ich diese Freude verdanke, Sir?«

Mit einem schelmischen Seitwärtsneigen des Kopfes, bei dem die starren Spitzen des pomadisierten Schnurrbarts sich wippend nach unten senkten, blickte Mr. Bojanus zu Theodore Gumbril auf. Er hatte die rechte Hand in den Ausschnitt seines Gehrocks geschoben, und die Füße waren auswärts gewandt wie in der Tanzstunde bei der Grundstellung.

»Ein leichter Frühlingsüberzieher? Ein neuer Anzug? Ich bemerke —«, und er musterte mit professionellem Blick die lange und dünne Gestalt Mr. Gumbrils von oben bis unten, »daß Ihre Garderobe – wie soll ich es nennen – ein wenig *négligé* wirkt, wie der Franzose sagt, ja, eine Spur *négligé*.«

Gumbril sah an sich herunter. Das »*négligé*« nahm er Mr. Bojanus übel, der Anwurf verletzte und schmerzte ihn. *Négligé?* Und er hatte geglaubt, daß er eigentlich recht elegant und distinguiert aussah (aber so sah er schließlich immer aus, selbst in Lumpen), daß er ausgesprochen adrett wirkte, so wie Mr. Porteous, entschieden soldatisch in seinem schwarzen Jackett, den Operettenhosen und den Lackschuhen. Und gab ihm nicht sein schwarzer Filzhut den Hauch von südländischer Exotik, der den Gesamteindruck vor der Banalität bewahrte? Er musterte sich und gab sich Mühe, seine Sachen – Garderobe hatte Mr. Bojanus dazu gesagt, *Garderobe,* du lieber Gott! – mit dem geschulten Auge des Schneiders zu sehen. Die ausgeweiteten Taschen hingen faltig hinab, auf der Weste war ein Fleck, die Hosen waren an den Knien ausgebeult und zerknittert wie die nackten Knie der Helene Fourment in Rubens' »Pelzchen«-Porträt in Wien. Ja, es war alles furchtbar *négligé*. Er war bedrückt; aber wenn er Mr. Bojanus ansah, wie er in all seiner ausgesuchten professionellen Korrektheit vor ihm stand, fühlte er sich ein wenig getröstet. Dieser Gehrock zum Beispiel – er konnte aus

einem ganz modernen Bild stammen: ein vollkommen glatter
Zylinder um die Brust und dann diese reine, abstrakte Kegel-
form in den weichgerundeten Rockschößen! Nichts konnte weniger *négligé* sein. Gumbril war wieder beruhigt.

»Ich möchte«, begann er, sich gewichtig räuspernd, »daß Sie
mir nach meinen speziellen Angaben eine Hose schneidern. Es
handelt sich um eine neue Idee.« Und er gab eine kurze Beschreibung von Gumbrils Patent-Kniehosen.

Mr. Bojanus hörte ihm aufmerksam zu.

»Ich kann sie für Sie machen«, erklärte er, nachdem Mr.
Gumbril mit seiner Beschreibung fertig war. »Ich kann sie für
Sie anfertigen – wenn Sie das wirklich wünschen, Mr. Gum-
bril«, fügte er hinzu.

»Danke sehr.«

»Und haben Sie die Absicht, wenn ich fragen darf, dieses . . .
dieses Kleidungsstück auch zu *tragen*, Mr. Gumbril?«

Schuldbewußt verleugnete Gumbril sich selbst. »Ich möchte
nur die Idee demonstrieren, Mr. Bojanus. Ich will meine Erfindung kommerziell ausbeuten.«

»Kommerziell? Ich verstehe, Mr. Gumbril.«

»Vielleicht würden Sie sich gern beteiligen«, legte Gumbril
ihm nahe.

Mr. Bojanus schüttelte den Kopf. »Ich fürchte, es wäre für
meine Kundschaft nicht das richtige. Sie können nicht erwarten, daß die *crème de la crème* derlei trägt.«

»Nein?«

Mr. Bojanus fuhr fort, den Kopf zu schütteln. »Ich kenne
sie«, sagte er. »Ich kenne die feine Welt, ich kenne sie gut.«
Und mit einer Beiläufigkeit, die vielleicht nur scheinbar war,
fügte er hinzu: »Unter uns gesagt, ich bin ein großer Bewunderer Lenins . . .«

»Ich auch«, sagte Gumbril, »theoretisch. Außerdem habe
ich unter Lenin so wenig zu verlieren, daß ich es mir leisten
kann, ihn zu bewundern. Aber Sie, Mr. Bojanus, als prosperie-
render Bourgeois – oh, nur im ökonomischen Sinne des Wortes
verstanden –«

Bojanus nahm die Erläuterung mit einer seiner altmodisch
graziösen Verbeugungen entgegen.

»– Sie würden als einer der ersten darunter zu leiden haben, wenn ein englischer Lenin hier seine Tätigkeit entfaltete.«

»Da befinden Sie sich im Irrtum, wenn Sie mir diese Bemerkung erlauben wollen, Mr. Gumbril.« Mr. Bojanus zog die Hand aus dem Ausschnitt seines Gehrocks, um mit einer entsprechenden Bewegung die einzelnen Punkte seiner Ausführungen unterstreichen zu können. »Wenn die Revolution kommt, die große und notwendige Revolution, um die Worte des Alderman Beckford[1] zu gebrauchen, dann wird ein Mann nicht deswegen Schwierigkeiten bekommen, weil er ein bißchen Geld besitzt, sondern wegen seiner Gepflogenheiten, seiner Sprechweise und Erziehung, die seine Klassenzugehörigkeit verraten. *Schibboleth*[2] wird wieder einmal die Parole sein. Denken Sie an meine Worte, Mr. Gumbril. Die Roten Garden werden die Leute auf der Straße anhalten und sie auffordern, Worte wie zum Beispiel *towel* zu sagen. Wenn sie dann *towel* so aussprechen, wie Sie und Ihre Freunde das tun – nun dann, Mr. Gumbril . . .« Mr. Bojanus stellte pantomimisch dar, wie ein Gewehr angelegt und abgedrückt wird, und mit einem Schnalzen der Zunge deutete er den Schuß an. »Dann wird dies ihr Ende sein. Wenn sie es aber wie unsereiner aussprechen – *tèaul* –, dann wird man ihnen sagen: ›In Ordnung, Genosse. Es lebe das Proletariat!‹«

»Ich fürchte, Sie könnten recht haben«, sagte Gumbril.

»Davon bin ich überzeugt«, sagte Mr. Bojanus. »Es sind ja gerade meine Kunden, die feinen Leute, an denen die andern Anstoß nehmen. Es ist ihre Sicherheit und Ungezwungenheit, ihre Gewohnheit, auf Grund ihres Geldes und ihrer Stellung die andern herumzukommandieren, die Art, wie sie ihren Rang in der Welt für selbstverständlich halten, es ist ihr Prestige, das die andern gern leugnen möchten, aber nicht können – das alles ist es, was sie, die andern, so erbittert.«

---

1 William Beckford, Ratsherr und Lord Mayor von London, der die städtische Opposition gegen den Premierminister Lord Bute organisierte. (Anm. d. Ü.)
2 Biblisches Erkennungswort. Siehe Buch der Richter, XII, 5–6. (Anm. d. Ü.)

Gumbril nickte. Er hatte selbst seine Freunde, die sich einer sorgloseren Existenz als er erfreuten, um ihre Fähigkeit beneidet, zu ignorieren, daß Leute, die ihrer Klasse nicht angehörten, auch Menschen waren. Um das wirklich zu können, mußte man immer in einem großen Haus voller Bedienter gelebt haben, die wie ein Uhrwerk funktionierten; man durfte nie in Geldverlegenheit gewesen sein, nie im Restaurant das billigere Gericht anstelle des schmackhafteren bestellt haben; man durfte nie in einem Polizisten etwas anderes als seinen bezahlten Beschützer vor den Angehörigen der niederen Stände gesehen haben und man durfte nie einen Augenblick lang an seinem göttlichen Recht gezweifelt haben, innerhalb der akzeptierten Grenzen zu tun, was einem gefiel, ohne einen Gedanken an andere oder etwas anderes zu wenden als an sich selbst und sein eigenes Vergnügen. Gumbril war unter diesen glücklichen Menschen aufgewachsen; aber er war nicht einer der ihren. Leider oder zum Glück? Er wußte es nicht.

»Und was erwarten Sie sich Gutes von der Revolution, Mr. Bojanus?« fragte er schließlich.

Mr. Bojanus schob die Hand wieder in den Ausschnitt seines Gehrocks. »Überhaupt nichts, Mr. Gumbril«, war die Antwort. »Überhaupt nichts.«

»Aber die Freiheit«, erinnerte Gumbril, »die Gleichheit und alles andere. Wie steht es damit, Mr. Bojanus?«

Mr. Bojanus schenkte ihm ein nachsichtiges und freundliches Lächeln, etwa wie wenn ihm jemand gesagt hätte, eine Frackhose müsse einen Umschlag haben. »Die Freiheit, Mr. Gumbril? Sie glauben doch nicht, daß irgendein vernünftiger Mensch glaubt, die Revolution brächte die Freiheit?«

»Aber ist nicht Freiheit die Forderung aller Revolutionäre?«

»Aber erlangen diese Leute sie je, Mr. Gumbril?« Mr. Bojanus lächelte und legte wie im Scherz den Kopf schief. »Werfen Sie doch einen Blick auf die Geschichte, Mr. Gumbril. Da ist zunächst einmal die Französische Revolution. Man fordert die politische Freiheit, und man erhält sie. Dann kommt die Reform Bill, dann das Jahr achtundvierzig, dann alle weiteren Reformen des Wahlrechts und das Frauenstimmrecht – immer mehr und mehr politische Freiheit. Und was ist das Resultat?

39

Es gibt keins. Ist schon jemand dank der politischen Freiheit freier geworden? Noch nie! Nie gab es einen größeren Schwindel in der ganzen Weltgeschichte. Und wenn Sie daran denken, wie diese armen jungen Leute wie Shelley darüber sprachen – es ist ergreifend.« Mr. Bojanus schüttelte den Kopf. »Wirklich ergreifend. Die politische Freiheit ist ein Schwindel, weil kein Mensch sich immer nur mit Politik beschäftigt; vielmehr verbringt er seine Zeit mit Schlafen, Essen, ein bißchen Spaß und Arbeit, vor allem mit Arbeit. Nachdem nun die Menschen jede politische Freiheit, die sie nur wollten, erreicht hatten – oder feststellten, daß sie sie eigentlich nicht wollten –, begannen sie ebendies zu verstehen. So dreht sich nun alles um die industrielle Revolution. Aber das ist ein genauso großer Schwindel wie der andere. Wie kann es, ganz gleich unter welchem System, überhaupt Freiheit geben? Keine Gewinnbeteiligung und keine Arbeiter-Selbstverwaltung, keine noch so idealen hygienischen Verhältnisse, keine Mustersiedlungen und keine Sportplätze können uns von der Grundsklaverei befreien – von der Notwendigkeit zu arbeiten. Die Freiheit? Es gibt sie nicht. Es gibt keine Freiheit in dieser Welt, nur vergoldete Käfige. Aber selbst angenommen, Mr. Gumbril, man könnte irgendwie dem Zwang zu arbeiten entrinnen und frei über seine Zeit verfügen – wäre der Mensch dann frei? Ich rede gar nicht von der natürlichen Sklaverei, von Essen, Trinken, Schlafen und so weiter; ich rede deshalb nicht davon, weil es, wenn ich mich so ausdrücken darf, etwas zu spitzfindig und hochgestochen wäre. Aber was ich Sie frage, Mr. Gumbril, ist folgendes«, und Mr. Bojanus richtete mit fast drohender Gebärde den Zeigefinger auf den stummen Partner dieses Dialogs, »wäre ein Mensch mit unbegrenzter Freizeit wirklich frei? Ich sage nein. Er wäre nicht frei. Ausgenommen, es wäre zufällig ein Mensch wie Sie oder ich, Mr. Gumbril, ein Mann von Verstand und unabhängigem Urteil. Aber ein gewöhnlicher Mensch würde nicht frei sein. Und zwar deshalb nicht, weil er mit seiner Zeit nichts anzufangen wüßte und nur täte, was ihm andere aufzwingen würden. Heutzutage können sich die Leute nicht mehr selbst unterhalten. Deshalb überlassen sie es anderen, die es für sie tun müssen. Sie schlucken alles, was ihnen geboten wird. Es bleibt ihnen nichts anderes übrig, ob es ihnen paßt oder nicht. Kino, Zeitungen, Illustrierten, Grammophon, Fußball, Radio, Telephon – lauter Dinge, die Sie in Anspruch nehmen oder auf die Sie verzichten können. Aber der gewöhnliche Mensch kann nicht auf sie verzichten. Er nimmt sie in Anspruch. Und was ist das anderes als Sklaverei? Sie sehen, Mr. Gumbril –«, Mr. Bojanus lächelte mit einem etwas maliziösen Triumph, »Sie sehen, selbst in dem rein hypothetischen Fall, daß ein Mensch über unbegrenzte Freizeit verfügte, gäbe es noch immer keine Freiheit ... Und, wie gesagt, der Fall ist rein hypothetisch, zumindest soweit es sich um die Leute handelt, die eine Revolution wollen. Was aber *die* Menschen betrifft, die schon heute über genügend Muße verfügen – nun, Mr. Gumbril, ich glaube, daß Sie und ich die feine Welt zur Genüge kennen, um sagen zu können, daß die Freiheit – vielleicht mit Ausnahme der sexuellen Freiheit – nicht die stärkste Seite dieser Leute ist. Und die sexuelle Freiheit – was bedeutet sie denn?« Mr. Bojanus stellte diese Frage mit dramatischer Betonung. »Sie und ich, Mr. Gumbril«, beantwortete er sie in vertraulichem Ton, »wir wissen Bescheid. Sie ist eine grauenhafte und widerliche Sklaverei. Genau das ist sie. Habe ich nicht recht, Mr. Gumbril?«

»Sie haben vollkommen recht, Mr. Bojanus«, beeilte sich Gumbril zu erwidern.

»Aus alledem folgt«, fuhr Mr. Bojanus fort, »daß es so etwas wie Freiheit gar nicht gibt, außer bei wenigen, sehr wenigen Menschen wie Ihnen und mir. Sie ist ein schlechter Scherz, Mr. Gumbril, eine schreckliche Mystifikation. Und wenn ich so sagen darf«, hier senkte Mr. Bojanus die Stimme, ohne daß sie deshalb an Nachdruck verlor, »ein verdammter Schwindel.«

»Aber warum sind Sie dann so erpicht auf eine Revolution?« fragte Gumbril.

Nachdenklich zwirbelte Mr. Bojanus die Enden seines pomadisierten Schnurrbarts. »Es wäre doch einmal eine nette Veränderung«, erklärte er schließlich. »Ich habe schon immer etwas für Veränderung und ein bißchen Aufregung übrig gehabt. Außerdem wäre es von wissenschaftlichem Interesse. Man weiß doch vorher nie genau, wie ein Experiment ausgehen wird. Stimmt's, Mr. Gumbril? Ich erinnere mich noch an meine

41

Kindheit, wie mein alter Vater – er war ein großer Gärtner, ein richtiger Blumenzüchter, darf man sagen – sich an einem Experiment versuchte. Er propfte einen Schößling von *Gloire de Dijon* auf einen schwarzen Johannisbeerstrauch. Und ob Sie es glauben oder nicht, die Rosen kamen schwarz, kohlrabenschwarz. Niemand würde es geglaubt haben, wenn man das Experiment nicht gemacht hätte. Und genau das sage ich über die Revolution. Man kann nie wissen, was aus einer Sache herauskommt, bevor man sie nicht versucht hat. Schwarze Rosen, blaue Rosen – wer kann es wissen, Mr. Gumbril?«

»Ja, wer?« Gumbril sah auf die Uhr. »Was nun diese Hosen angeht ...«

»Diese Beinkleider«, verbesserte Mr. Bojanus. »Sagen wir, nächsten Dienstag?«

»Gut, nächsten Dienstag.« Gumbril öffnete die Ladentür. »Guten Morgen, Mr. Bojanus.«

Mr. Bojanus verabschiedete ihn mit zahlreichen Verbeugungen, als habe er einen Prinzen von Geblüt vor sich.

Draußen schien die Sonne, und am Ende der Straße war zwischen den Häusern der Himmel blau. In der Ferne verschwammen die Konturen in weichem Dunst; goldene Schleier wie aus Musselin verdichteten sich am Ende jedes Durchblicks. Das junge Laub auf den Bäumen in den Anlagen von Hanover Square war noch so grün, daß es zu glühen schien, ein grünes Feuer, und die von Ruß schwarzen Stämme sahen schwärzer und schmutziger denn je aus. Gumbril hätte es hübsch und passend gefunden, wenn jetzt ein Kuckuck gerufen hätte. Doch auch wenn der Kuckuck schwieg, war es ein glückverheißender Tag. Ein Tag, fand Gumbril, während er müßig die Straße entlangschlenderte, ein Tag, sich zu verlieben.

Aus der Welt der Schneider trat Gumbril in die, in der man künstliche Perlen verkaufte, und mit einem immer intensiveren Gefühl für die erotischen Qualitäten dieses klaren Frühlingstages begann er, gemächlich die von Düften erfüllte Bond Street entlangzubummeln. Mit tiefer Genugtuung gedachte er der dreiundsechzig Aufsätze über das Risorgimento. Wie angenehm, seine Zeit verschwenden zu können! Und die Bond Street bot so viele Gelegenheiten, dies aufs angenehmste zu tun. Er machte einen Rundgang durch die Frühjahrsausstellung in der Grosvenor Gallery, mußte sich allerdings, als er sie verließ, gestehen, daß ihn die achtzehn Pence für den Eintritt ein wenig reuten. Darauf gab er vor, einen Flügel kaufen zu wollen. Nachdem er auf dem prächtigen Instrument, an das man ihn unter Höflichkeitsbezeugungen führte, seine Lieblingsstücke gespielt hatte, sah er auf einen Augenblick bei Sothebys hinein, schnüffelte zwischen den alten Schwarten herum und ging dann weiter, bewunderte hier die Zigarren, dort die funkelnden Flakons, einmal eine Sockenauslage, dann die Bilder alter Meister und dort die Smaragdketten – einfach alles in den Schaufenstern, an denen er vorbeikam.

»Ausstellung von Werken Casimir Lypiatts. Eröffnung demnächst.« Die Ankündigung fiel Gumbril ins Auge. Der gute alte Lypiatt war also wieder auf dem Kriegspfad, dachte er, als er durch die Tür der Albemarle-Galerie trat. Der gute alte Lypiatt, der *liebe* alte Lypiatt! Er hatte Lypiatt gern. Trotz seiner Fehler. Es wäre amüsant, ihn wiederzusehen.

Gumbril war in eine trostlose Graphik-Ausstellung geraten. Er musterte ein Blatt nach dem anderen und fragte sich, wie es möglich sei, daß in diesen schweren Zeiten, in denen kein Maler ein Bild verkaufen konnte, jeder Trottel, der imstande war, eine konventionelle Radierung mit zwei Booten, einer angedeuteten Wolke und einer glatten See zu kratzen, seine Blätter dutzendweise und obendrein zu gesalzenen Preisen los wurde. Der mit der Aufsicht über die Galerie beauftragte Angestellte unterbrach ihn in seinen Betrachtungen. Er näherte sich Gumbril, schüchtern und verlegen, doch zugleich mit der rechtschaffenen Entschlossenheit eines Mannes, der den Ehrgeiz hat, seine Pflicht zu tun und die in ihn gesetzten Erwartungen zu erfüllen. Er war noch sehr jung, mit hellem Haar, das dank reichlicher Verwendung von Brillantine einen merkwürdigen, ins Graue spielenden Farbton angenommen hatte, und sein Gesicht hatte so kindliche Züge, war so knabenhaft, daß er wie ein kleiner Junge wirkte, der einen Erwachsenen spielte. Er war erst seit ein paar Wochen in dieser Stellung, und er fand seine Arbeit sehr schwierig.

Nach einem Hüsteln, quasi zur Eröffnung des Gesprächs, bemerkte er, auf eines der Blätter mit den zwei Booten und der glatten See weisend: »Dieses Blatt gibt einen früheren Zustand wieder als das dort.« Womit er auf ein anderes Blatt zeigte, auf dem dieselben zwei Boote zu sehen waren und das Meer genauso glatt war – wenn auch, bei genauerem Hinsehen, vielleicht noch glatter.

»Ah, so«, sagte Gumbril.

Der Angestellte schien von Gumbrils Kühle schmerzlich berührt. Er errötete, zwang sich aber, in seinen Bemühungen fortzufahren.

»Einige ausgezeichnete Kritiker ziehen den früheren Zustand vor, auch wenn die Arbeit hier noch nicht bis ins feinste vollendet ist.«

»Aha.«

»Schön, die Atmosphäre, nicht wahr?« Der Angestellte legte den Kopf schief und spitzte kennerisch die kindlichen Lippen.

Gumbril nickte.

Voller Verzweiflung wies der junge Mann auf das im Schatten liegende Heck eines der beiden Boote. »Wunderbar empfunden, diese Stelle«, sagte er, das Gesicht röter denn je.

»Sehr intensiv«, sagte Gumbril.

Dankbar lächelte ihm der Angestellte zu. »Das ist das richtige Wort«, sagte er hocherfreut. »Intensiv. Das ist es. Sehr intensiv.« Er wiederholte noch mehrere Male das Wort, wie um es sich einzuprägen für die nächste Gelegenheit. Er war entschlossen, seine Arbeit gut zu machen.

»Wie ich sehe, wird Mr. Lypiatt demnächst hier eine Ausstellung haben«, bemerkte Gumbril, der nun von den Booten genug hatte.

»In diesem Augenblick trifft er die letzten Vereinbarungen mit Mr. Albemarle«, sagte der junge Mann triumphierend wie jemand, der im kritischsten Moment ein Kaninchen aus dem leeren Hut zaubert.

»Was Sie nicht sagen!« Gumbril zeigte sich gebührend beeindruckt. »Dann will ich hier warten, bis er herauskommt«, erklärte er und setzte sich mit dem Rücken zu den Booten.

Der Angestellte kehrte indessen an seinen Schreibtisch zurück und nahm den goldenen Füllfederhalter in die Hand, den ihm seine Tante Weihnachten zum Antritt seiner ersten Stellung geschenkt hatte. »Sehr intensiv«, schrieb er in großen Buchstaben über einen halben Briefbogen hinweg. »Diese Stelle ist sehr intensiv empfunden.« Er betrachtete das Blatt eine Weile, faltete es dann sorgfältig zusammen und steckte es in seine Westentasche. »Alles notieren!« Das war eines der Motti für seine Arbeit, die er sorgfältig mit chinesischer Tusche in altenglischen gotischen Buchstaben selbst gemalt hatte. Es hing über seinem Bett zwischen »Der Herr ist mein Hirte«, das ihm seine Mutter geschenkt hatte, und einem Zitat von Dr. Frank Crane: »Ein lächelndes Gesicht verkauft mehr als eine gewandte Zunge.« Immerhin, eine gewandte Zunge, hatte der junge Mann oft gedacht, war auch recht nützlich, zumal in seiner Stellung. Er überlegte, ob man wohl sagen könne, der Aufbau eines Bildes sei sehr intensiv. Mr. Albemarle legte, wie er bemerkt hatte, besonderen Wert auf den Aufbau und die Komposition ·eines Bildes. Aber vielleicht war es doch besser, bei dem schlichten *schön* zu bleiben, das vielleicht schon ein wenig abgenutzt, dafür aber absolut sicher war. Er wollte Mr. Albemarle danach fragen. Außerdem durfte man keinesfalls die »plastischen Valeurs« und die »reine Plastizität« vergessen. Er seufzte. Es war alles recht schwierig. Da konnte man noch so guten Willens sein und sich die größte Mühe geben, aber wenn es zu Dingen wie Atmosphäre, intensiv empfundene Stellen und plastische Valeurs kam – ja, was konnte man da machen? Eine Notiz. Nichts anderes blieb übrig.

In dem Privatbüro von Mr. Albemarle schlug Casimir Lypiatt mit der Faust auf den Tisch. »Die großen Dimensionen, Mr. Albemarle«, verkündete er, »das große Format, die Leidenschaft und die geistige Bedeutung – das war es, was die Alten hatten, und wir haben es nicht!« Er unterstrich mit den Händen, was er sagte; in seinem Gesicht arbeitete es, und in seinen grünen Augen, die tief in den dunklen Augenhöhlen lagen, flackerte es unruhig. Er hatte eine hohe steile Stirn und eine lange spitze Nase; um so mehr überraschte in dem hageren, fast fleischlosen Gesicht der breite volle Mund.

»Sehr richtig«, stimmte ihm Mr. Albemarle mit öliger Stimme bei. Er war klein, rundlich und glatt und hatte einen eiförmigen Kopf; er sprach und bewegte sich mit einer gewissen Feierlichkeit, mit dem gravitätischen Gehaben eines Butlers, das aber offenbar die Grandezza eines Herzogs darstellen sollte.

»Und das zurückzugewinnen, das ist mein Ziel«, fuhr Lypiatt fort, »das Format, das Meisterliche der Meister.« Er fühlte, während er sprach, wie ihn Wärme durchdrang, ihm die Wangen rötete und heiß hinter den Augen pulste, als ob er einen starken roten Wein getrunken hätte. Er entzündete sich an seinen eigenen Worten, und wie berauscht gestikulierend glich er einem Berauschten. Die Größe der Meister – er fühlte sie in sich. Er kannte seine Kraft, er wußte, was er konnte. Er konnte alles, was sie gekonnt hatten. Es gab nichts, was die Grenzen seines Könnens überschritten hätte.

Erbitternd in seiner heiteren Gelassenheit, ganz der untadelige Butler, stand ihm der Eierkopf Albemarle gegenüber. Aber auch Albemarle sollte Feuer fangen! So schlug Lypiatt noch einmal mit der Faust auf den Tisch und explodierte:

»Das«, brüllte er, »ist meine Mission gewesen, in all diesen Jahren.«

In all diesen Jahren ... Die Zeit hatte das Haar an seinen Schläfen lichter werden lassen, und die hohe steile Stirn erschien nun noch höher, als sie tatsächlich war. Er war jetzt vierzig Jahre alt. Der rebellische junge Lypiatt, der einmal erklärt hatte, daß niemand über dreißig noch irgend etwas tun konnte, was wert war, getan zu werden, dieser junge Mann war jetzt vierzig. Aber in solchen leidenschaftlichen Augenblicken konnte er seine Jahre vergessen, seine Enttäuschungen, seine unverkauften Bilder und die schlechten Kritiken.

»Meine Mission«, wiederholte er, »und bei Gott, ich fühle es, ich kann sie durchführen.«

Warm pulste das Blut hinter seinen Augen.

»Durchaus«, sagte Mr. Albemarle und nickte mit dem Eierkopf. »Ganz recht.«

»Und das Fehlen aller Maßstäbe heutzutage!« fuhr Lypiatt ekstatisch fort. »Diese Trivialität der Konzeption, dieser beschränkte Horizont! Wo sind die Maler und Bildhauer und Dichter in einer Person wie Michelangelo? Die Künstler und

Wissenschaftler in einer Person wie Leonardo? Die Höflinge und Mathematiker wie Boskowitsch? Die Impresarios und Musiker wie Händel? Wo ein Genie in allen Künsten wie Wren? Ich habe mich immer gegen unsere jämmerliche Spezialisierung aufgelehnt. Ich bin heute der einzige, der mit seinem Beispiel dagegen angeht.« Lypiatt hob den Arm. Riesig und einsam stand er da, wie die Freiheitsstatue.

»Nichtsdestoweniger«, begann Mr. Albemarle.

»Maler, Dichter, Musiker«, verkündete Lypiatt. »Ich bin alles drei in einem. Ich –«

»Nichtsdestoweniger besteht die Gefahr«, fuhr Mr. Albemarle unbeirrt fort, »einer – wie soll ich sagen – einer Zersplitterung von Energien.« Diskret blickte er auf seine Uhr. Er fand, daß sich die Unterhaltung unnötig in die Länge zog.

»Die Gefahr, Energien ruhen oder verkümmern zu lassen, ist größer«, erwiderte Lypiatt schlagfertig. »Lassen Sie sich von meinen Erfahrungen berichten.« Und er gab eine temperamentvolle Schilderung seiner Erfahrungen.

Draußen, im Ausstellungsraum, hatte Gumbril indessen, zwischen den Booten und den Bildern vom Canal Grande und vom Firth of Forth, Zeit, in Ruhe nachzudenken. Der gute alte Lypiatt, dachte er. Der *liebe* alte Lypiatt, trotz seiner phantastischen Ichbezogenheit. Ein so schlechter Maler, ein so schwülstiger Dichter, jemand, der so laut und gefühlvoll auf dem Klavier improvisierte! Und der das alles Jahr für Jahr tat, immer dasselbe und immer schlecht. Und dabei immer ohne einen Pfennig, im größten Elend! Prächtiger, rührender alter Lypiatt!

Plötzlich ging eine Tür auf, und eine laute, wenngleich schwankende Stimme – bald tief und rauh, bald sich schrill überschlagend – drang mit der Gewalt einer Detonation in den Ausstellungssaal.

»... wie ein Veronese«, sagte diese Stimme, »gewaltig, mitreißend, eine große, wirbelnde Komposition« (»wirbelnde Komposition« – der junge Angestellte merkte sich den Ausdruck für sein Notizbuch vor), »aber natürlich viel ernster, geistig viel bedeutender, viel –«

»Lypiatt!« Gumbril war aufgestanden, hatte sich umgewandt und ging ihm nun mit ausgestreckter Hand entgegen.

47

»Aber das ist ja Gumbril! Welcher gute Wind ...?« Lypiatt ergriff die Hand Gumbrils mit schmerzhaft herzlichem Druck. Er schien ausnehmend guter Laune zu sein. »Gerade habe ich mit Mr. Albemarle eine Ausstellung vereinbart. Kennen Sie Gumbril, Mr. Albemarle?«

»Ich freue mich, Ihre Bekanntschaft zu machen«, sagte Mr. Albemarle. »Unser Freund, Mr. Lypiatt«, fügte er mit sonorer Stimme hinzu, »hat das wahre künstlerische Temp —«

»Es wird eine großartige Sache werden.« Lypiatt konnte nicht abwarten, bis Mr. Albemarle zu Ende gesprochen hatte. Er gab Gumbril einen herzhaften Schlag auf die Schulter.

»..., künstlerische Temperament, wie ich gerade sagen wollte«, fuhr Mr. Albemarle fort. »Er ist ein bißchen zu stürmisch und enthusiastisch für uns gewöhnliche Sterbliche —«, ein Lächeln aristokratischer Herablassung begleitete diesen Akt charmanter Selbstherabsetzung, »die wir uns in den Niederungen der nüchternen Alltagswelt bewegen.«

Lypiatt lachte. Es war ein lautes, mißtönendes Gelächter. Gegen den Vorwurf, das Temperament eines Künstlers zu haben, schien er nichts einwenden zu wollen, vielmehr schmeichelte er ihm offenbar. »Wenn man Feuer und Wasser zusammenbringt«, bemerkte er aphoristisch, »entsteht Dampf. Mr. Albemarle und ich, wir kommen zusammen gut voran, wie eine Dampflokomotive. Tsch, tsch!« Er bewegte die Arme im Wechsel wie ein Paar Kolben und lachte, aber Mr. Albemarle lächelte nur in kühler Höflichkeit. »Ich habe Mr. Albemarle von dem großen Kreuzigungsbild erzählt, an dem ich arbeite. Es ist so groß und dynamisch wie ein Veronese, aber weit ernster, weit —«

Hinter ihnen erläuterte der kleine Angestellte einem neuen Besucher die Schönheiten der ausgestellten Radierungen. »Sehr intensiv«, bemerkte er, »diese Stelle ist sehr intensiv empfunden.« Tatsächlich haftete der Schatten mit hartnäckiger Anhänglichkeit am Heck des Bootes. »Und wie schön —«, er zögerte einen Augenblick, und unter den hellblonden pomadisierten Haaren wurde sein Gesicht plötzlich sehr rot, »wie schön ist diese wirbelnde Komposition!« Ängstlich warf er einen Blick auf den Besucher, aber seine Bemerkung war ohne

48

Kommentar aufgenommen worden. Der junge Mann fühlte sich ungemein erleichtert.

Gemeinsam verließen sie die Galerie. Lypiatt gab das Tempo an, indem er mit großen geschwinden Schritten und einer großartigen Rücksichtslosigkeit sich einen Weg durch die elegante, gemächlich schlendernde Menge bahnte, wobei er ständig laut redete und heftig gestikulierte. Er trug seinen Hut in der Hand; seine Krawatte leuchtete orangefarben. Die Leute sahen sich nach ihm um; es mißfiel ihm nicht. Er hatte allerdings ein bemerkenswertes Gesicht, ein Gesicht, wie es rechtens einem Genie zukam, und dessen war sich Lypiatt bewußt. Das Genie, pflegte er zu sagen, trägt auf der Stirn eine Art Kainszeichen, an dem die Menschen es sofort erkennen, und er pflegte mit dem besonderen Lachen, mit dem er stets seine bitteren oder zynischen Bemerkungen begleitete, hinzuzufügen: »– und sobald sie es erkannt haben, würden sie es am liebsten steinigen.« Es war ein Lachen, dazu bestimmt zu zeigen, daß all seine Bitterkeit und all sein Zynismus, wie berechtigt auch immer durch die Tatsachen, doch nur eine Maske waren, hinter der der Künstler in tragischer Heiterkeit lächelte. Lypiatt dachte viel über den idealen Künstler nach. Dieser Titanentraum – er lebte ihn. Er verkörperte ihn vielleicht nur ein bißchen zu bewußt.

»Diesmal«, wiederholte er zum soundsovielten Male, »diesmal wird es sie einfach umwerfen. Es wird eine phantastische Ausstellung.« Und während das Blut hinter seinen Augen pochte und mit jedem Wort, das er sprach, das Gefühl, das sichere Bewußtsein von Macht in ihm wuchs, begann er die Bilder, die er ausstellen wollte, zu beschreiben. Er sprach auch von einem Vorwort, das er für den Katalog schreiben wollte, und von den Gedichten, die darin gleichsam als literarische Ergänzung zu den Bildern erscheinen sollten. Er sprach und sprach.

Gumbril hörte ihm zu, wenn auch nicht sehr aufmerksam. Er fragte sich, wie man nur so laut sprechen und so zügellos sich selbst rühmen konnte. Es war, als ob Lypiatt schreien mußte, nur um sich von seiner Existenz zu überzeugen. Der arme Lypiatt! Nach all den Jahren mußte er wohl selbst seine Zweifel haben. Und nun, diesmal, wollte er es ihnen allen zeigen!

»Du bist also zufrieden mit dem, was du letzthin gearbeitet hast«, stellte Gumbril am Schluß einer der langen Tiraden fest.

»Zufrieden?« wiederholte Lypiatt indigniert. »Das möchte ich meinen!«

Gumbril hätte ihn daran erinnern können, daß er auch früher mit seiner Arbeit zufrieden gewesen war und daß es niemanden umgeworfen hatte. Aber er zog es vor, nichts zu sagen. Lypiatt indessen verbreitete sich wieder über das Format und die Universalität der alten Meister. Daß er selbst zu ihnen gehörte, war stillschweigende Voraussetzung.

Sie trennten sich am Ende der Tottenham Court Road, Lypiatt, um in nördlicher Richtung weiterzugehen bis zu seinem Atelier in der Gegend der Maple Street; Gumbril, um wieder einmal seinem kleinen Appartement in der Great Russell Street einen heimlichen Besuch abzustatten. Er hatte es – zwei kleine Räume über einem Feinkostgeschäft – ungefähr ein Jahr zuvor gemietet und sich dabei weiß Gott was für Abenteuer versprochen. Aber irgendwie war aus den Abenteuern nichts geworden. Trotzdem hatte es ihm Spaß gemacht, von Zeit zu Zeit, wenn er in London war, dort hinzugehen und sich, während er allein vor dem Gasofen saß, vorzustellen, daß buchstäblich kein Mensch in der Welt wußte, wo er war. Er hatte eine fast kindliche Vorliebe für Geheimnisse und Versteckspielen.

»Auf Wiedersehen«, sagte Gumbril und hob grüßend die Hand. »Und für den Freitagabend werde ich ein paar Leute zusammentrommeln.« (Sie hatten ein baldiges Wiedersehen verabredet.) In der Meinung, es sei nun alles gesagt, wandte er sich zum Gehen. Aber er hatte sich geirrt.

»Ach, da fällt mir noch ein«, rief Lypiatt, der sich ebenfalls bereits entfernt hatte, nun aber noch einmal umkehrte und seinen Freund rasch wieder einholte. »Kannst du mir vielleicht fünf Pfund leihen? Nur bis nach der Ausstellung, weißt du. Ich bin im Augenblick etwas knapp.«

Armer alter Lypiatt! Dennoch trennte sich Gumbril nur ungern von seinen Banknoten.

VIERTES KAPITEL

Lypiatt hatte eine Gewohnheit, die so mancher seiner Freunde recht strapaziös fand – übrigens nicht nur seiner Freunde, denn Lypiatt zögerte nicht, auch Zufallsbekanntschaften, sogar gänzlich Fremden Einblick in die Werkstatt seiner Inspiration zu gewähren –, die Gewohnheit nämlich, bei jeder nur möglichen Gelegenheit seine Gedichte zu rezitieren. Er deklamierte laut, mit bebender Stimme und einer inneren Bewegung, die ungeachtet der wechselnden Themen seiner Gedichte immer die gleiche schien, und das ganze Viertelstunden lang ohne Unterbrechung, bis seinen Zuhörern vor Scham und Verlegenheit die Röte ins Gesicht stieg und keiner mehr den andern anzusehen wagte.

Auch jetzt deklamierte Lypiatt. Nicht nur über den Tisch hinweg für seine Freunde, sondern für das ganze Restaurant. Denn gleich bei den ersten feierlich hallenden Versen seines neuesten Gedichts »Der Konquistador« hatten sich überrascht alle Köpfe nach ihm gewendet, und von überall her reckte man sich die Hälse nach ihm aus. Die Leute, die dieses für sein »Künstler-Publikum« bekannte Restaurant in Soho besuchten, tauschten bedeutungsvolle Blicke und nickten sich zu: diesmal wurde ihnen etwas für ihr Geld geboten. Und mit dem Ausdruck einer verzückten Selbstversunkenheit fuhr Lypiatt fort zu rezitieren.

»Schau hinab auf Mexiko, Konquistador!« – das war der Refrain.

Der »Konquistador« – soviel hatte Lypiatt seinen Hörern zu verstehen gegeben – war der Künstler, und das Tal von Mexiko, auf das er hinabschaute, mit seinen hochgetürmten Städten Tlacopan und Chalco, Tenochtitlan und Iztapalapan, symbolisierte – ja, was eigentlich? Es war nicht leicht, das genau zu sagen. Vielleicht die Welt?

»Schau hinab!« brüllte Lypiatt mit bebender Stimme.

> »Schau hinab, Konquistador!
> Dort im grünen Grund des weiten Tals
> Liegt der See. Wie Juwelen leuchten die Städte;

Chalco und Tlacopan
Erwarten den Mann, der da kommt.
Schau hinab auf Mexiko, Konquistador,
Land deines goldenen Traums!«

»Bitte nicht *Traum*!« sagte Gumbril und setzte das Glas nach einem kräftigen Schluck ab. »Du kannst unmöglich *Traum* sagen.«

»Warum unterbrichst du mich?« Ärgerlich sah sich Lypiatt nach ihm um. Um die Winkel seines breiten Mundes zuckte es, und in seinem langen Gesicht arbeitete es vor verhaltener Erregung. »Warum wartest du nicht, bis ich fertig bin?« Langsam ließ er die erhobene Hand, die auf dem Höhepunkt einer Bewegung gleichsam in der Luft stehengeblieben war, wieder auf den Tisch fallen. »Idiot!« Damit griff er wieder zu Messer und Gabel.

»Aber im Ernst«, beharrte Gumbril auf seinem Einwand, »du kannst nicht mehr *Traum* sagen. Oder?« Er hatte gut zur Hälfte eine Flasche Burgunder geleert und fühlte sich in bester Laune, eigensinnig und ein wenig kämpferisch gestimmt.

»Und warum nicht?« wollte Lypiatt wissen.

»Weil man es einfach nicht kann.« Gumbril lehnte sich zurück und strich sich lächelnd über die herabhängenden Enden seines blonden Schnurrbarts. »Nicht im Jahre des Heils 1922.«

»Aber warum nicht?« wiederholte Lypiatt verzweifelt seine Frage.

»Weil die Zeit dafür *endgültig* vorbei ist«, erklärte Mr. Mercaptan auf seine preziöse Weise, das heißt, seine Stimme eilte wie die eines echten Konquistadoren tönend und dröhnend bis zur Höhe des Spannbogens hinauf, um am Ende freilich schmählich wieder abzusinken ins Atemlos-Undeutliche. Mercaptan war ein eleganter, mit sich und der Welt zufriedener junger Mann; er trug das glatte braune Haar in der Mitte gescheitelt, und es fiel ihm in einer Welle über die Schläfen und ringelte sich hinter den Ohren zu immer etwas feuchten Locken. Sein Gesicht hätte eigentlich sehr viel feiner, kultivierter, mehr »achtzehntes Jahrhundert« sein müssen, als es war. Tatsächlich hatte es etwas Grobes und Plumpes, was leider schlecht zu dem

Stil Mercaptans paßte, der sich durch eine unnachahmliche Anmut auszeichnete. Denn Mr. Mercaptan war ein brillanter Stilist; er bewies es in seinen kleinen Essays in den literarischen Wochenmagazinen. Sein köstlichstes Buch aber war jener schmale Band mit Essays, Gedichten und Prosa, Glossen und Paradoxen, in denen er so glänzend sein Lieblingsthema abhandelte – nämlich wie engstirnig und äffisch borniert, wie unbedeutend und dabei so lächerlich von sich eingenommen doch der sogenannte *homo sapiens* war! Wer allerdings die persönliche Bekanntschaft von Mr. Mercaptan machte, schied oft mit dem Gefühl von ihm, daß dessen strenges Urteil über das Menschengeschlecht doch nicht so ganz unberechtigt war.

»*Endgültig* vorbei«, wiederholte Mercaptan. »Die Zeiten sind nicht mehr danach. *Sunt lacrimae rerum, nos et mutamur in illis.*« Er lachte über seinen eigenen Witz.[1]

»*Quot homines, tot disputandum est*«,[2] sagte Gumbril und nahm wieder einen Schluck von seinem Beaune Supérieur. Im Augenblick war er ganz für Mercaptan.

»Aber warum ist es endgültig vorbei?« wollte Lypiatt wissen.

Mr. Mercaptan hob die Hände. »*Ça se sent, mon cher ami. Ça ne s'explique pas.*« Es heißt, daß Satan die Hölle in sich trägt; ähnlich stand es um Mercaptan: wo er auch war, es war immer Paris. »Träume – neunzehnhundertzweiundzwanzig!« Er zuckte die Achseln.

»Nachdem wir den Krieg auf uns genommen, nachdem wir uns mit der russischen Hungersnot abgefunden haben«, sagte Gumbril. »Träume!«

»Sie gehören zur Epoche Rostands«, erklärte Mr. Mercaptan kichernd. »*Ah, le Rêve!*«

Lypiatt ließ klirrend sein Besteck fallen und beugte sich kampfbereit vor. »Jetzt habe ich euch erwischt«, sagte er. »Ihr

---

1 Eine Kontamination zweier Zitate: »Sunt lacrimae rerum, et mentem mortalia tangunt«, und: »Tempora mutantur, nos et mutamur in illis«. (Anm. d. Ü.)

2 Eigentlich: »Quot homines, tot sententiae«. Soviel Leute, soviel Ansichten (Terenz). (Anm. d. Ü.)

habt euch soeben selbst verraten. Ihr habt das Geheimnis eurer geistigen Armut preisgegeben, eurer Schwäche, eurer Engstirnigkeit, eurer Impotenz . . .«

»Impotenz? Das ist eine Verleumdung«, erklärte Gumbril.

Shearwater rutschte schwerfällig auf seinem Stuhl. Er hatte bisher nur still gesessen, mit krummem Rücken und aufgestützten Ellbogen, den Kopf nach vorn gebeugt. Scheinbar war er allein davon in Anspruch genommen, langsam und methodisch ein Stück Brot zu zerkrümeln. Ab und zu schob er sich einen Brocken in den Mund, und unter seinem buschigen Schnurrbart mahlten die Kinnbacken langsam mit einer Seitwärtsverschiebung, die an das Wiederkäuen einer Kuh erinnerte. Jetzt stieß er Gumbril mit dem Ellbogen an.

»Sei still, du Narr«, sagte er.

Lypiatt fuhr mit stürmischer Beredsamkeit fort: »Ihr habt Angst vor Idealen, das ist es. Ihr wagt es nicht zuzugeben, daß ihr Träume habt. Ja, ich nenne es Träume«, fügte er hinzu. »Mir macht es nichts aus, wenn man mich für einen altmodischen Narren hält. ›Träume‹ ist kürzer und gut englisch; außerdem reimt es sich leicht.« Er lachte sein schallendes Titanenlachen; das zynische Lachen, das den edlen und positiv gestimmten Geist des Titanen zu verleugnen schien, ihn in Wahrheit aber für jeden, dem Verstand gegeben war, nur enthüllte. »Ideale sind natürlich nicht fein genug für euch junge Intellektuelle. Darüber seid ihr längst hinaus. Keine Träume, keine Religion, keine Moral.«

»Ich setze meinen Stolz darein, ein Ohrwurm zu heißen«, sagte Gumbril. Er freute sich über seine kleine Erfindung. Sie war treffend; sie war gut erdacht. »Man wird zum Ohrwurm aus reinem Selbstschutz«, erklärte er.

Doch Mr. Mercaptan weigerte sich unter allen Umständen, den Namen des Ohrwurms für sich zu akzeptieren. »Warum Kultur ein Grund sein soll, sich zu schämen, verstehe ich wirklich nicht«, sagte er mit einer Stimme, die bald an das Brüllen eines Stiers, bald an das Flöten eines Rotkehlchens erinnerte. »Nein, wenn ich mich an etwas erfreue, dann ist es mein kleines Rokokoboudoir, ein Gespräch mit Freunden am blanken Mahagonitisch oder ein kleiner Flirt, fein, lasziv und geistreich,

auf einem breiten Sofa zelebriert, das noch den Geist von Crébillon Fils atmet.[1] Wir müssen schließlich nicht *alle* Russen
sein. Diese schrecklichen Dostojewskis.« Mr. Mercaptan
sprach voller Überzeugung. »Oder Utopisten. Der Mensch *au
naturel*«, hier hielt er sich mit Daumen und Zeigefinger seine –
leider! – etwas rüsselartig geratene Nase zu – »*ça pue*. Aber was
den Menschen à la Wells angeht, *ça ne pue pas assez*. Woran ich
mich erfreue, das ist die kultivierte Mitte zwischen Gestank
und Keimfreiheit. Gebt mir ein bißchen Moschus, einen berau-
schenden Hauch von Weiblichkeit, das Bouqet eines alten Wei-
nes, den Duft der Erdbeeren, einen Lavendelbeutel unter jedem Kissen und in allen Ecken des Salons eine Potpourrivase.
Lesenswerte Bücher, eine amüsante Konversation, kultivierte
Frauen, Kunst, die Grazie hat, erlesene trockene Weine, ein
ruhiges Leben und ein vernünftiges Maß an Komfort – *mehr*
brauche ich nicht!«

»Da wir gerade von Komfort reden«, nahm Gumbril das
Wort auf, bevor Lypiatt noch Zeit hatte, seine Blitze zu schleudern, »ich muß euch von meiner neuen Erfindung erzählen.
Pneumatische Hosen«, erklärte er. »Man braucht sie nur aufzublasen. Vollkommener Komfort. Versteht ihr den Trick? Du
bist ein Mann mit sitzender Lebensweise, Mercaptan. Erlaube,
daß ich dich mit zwei Hosen auf meine Liste setze.«

Mr. Mercaptan schüttelte den Kopf. »Das erinnert zu sehr an
Wells«, sagte er. »Zu utopisch. Sie wären schauerlich fehl am
Platz in meinem Boudoir. Außerdem ist mein Sofa schon gut
genug gepolstert. Danke!«

»Aber was sagst du zu Tolstoi?« donnerte Lypiatt, der seine
Ungeduld nicht länger bezähmen konnte.

Mr. Mercaptan winkte ab. »Ein Russe!« sagte er. »Ein
Russe!«

»Und Michelangelo?«

»Alberti war, wie ich euch versichern kann«, wiederholte

---

1 Anspielung auf den galanten Roman *Das Sofa* Crébillons des Jüngeren.
(Anm. d. Ü.)

Gumbril mit dem größten Ernst die Meinung seines Vaters, »der bei weitem bedeutendere Architekt.«

»Eine Anmaßung ist der anderen wert«, sagte Mr. Mercaptan, »also ich ziehe Borromini und das Barock vor.«

»Was sagst du zu Beethoven?« setzte Lypiatt das Verhör fort. »Und zu Blake? Wo rangieren sie in deinem Wertsystem?«

Mr. Mercaptan zuckte die Achseln. »Sie bleiben in der Vorhalle; ich lasse sie nicht ins Boudoir.«

»Du widerst mich an«, erklärte Lypiatt mit wachsender Empörung, während seine Gesten immer wilder wurden. »Du widerst mich an, du und dein ekelhaftes kleines Talmi-Dixhuitième, deine lumpige kleine Poesie, dein *l'art pour l'art*, deine Kunst um der Kunst statt um Gottes willen, deine tierische Gleichgültigkeit gegen das Unglück der anderen und dein wütender Haß gegen alles, was groß ist.«

»Charmant, charmant«, murmelte Mr. Mercaptan und träufelte Öl auf seinen Salat.

»Wie kannst du hoffen, je etwas Anständiges oder Echtes zu schaffen, wenn du an Anstand und Echtheit überhaupt nicht glaubst? Ich sehe mich um«, und Lypiatt schleuderte flammende Blicke in alle Richtungen des überfüllten Lokals, »und ich finde mich allein, innerlich allein. Ich kämpfe allein weiter, ganz allein.« Er schlug sich an die Brust, ein einsamer Riese. »Ich habe es auf mich genommen, der Malerei und der Dichtung den ihnen zukommenden Platz unter den großen moralischen Kräften zurückzugeben. Zu lange schon sind sie bloßer Zeitvertreib und reines Spiel gewesen. Dafür setze ich mein Leben ein. Mein Leben!« Seine Stimme bebte ein wenig. »Man macht sich lustig über mich, man haßt mich, man steinigt und verhöhnt mich. Aber ich gehe meinen Weg weiter, geradeaus. Denn ich weiß, daß ich recht habe. Und schließlich werden auch die anderen einsehen, daß ich recht habe.« Es war ein lautes Selbstgespräch. Man konnte meinen, Lypiatt käme es vor allem darauf an, sich selbst zu beweisen, daß er recht hatte.

»Trotzdem bleibe ich dabei«, begann Gumbril mit heiterem Eigensinn von neuem, »daß das Wort ›Träume‹ nicht zulässig ist.«

»*Inadmissible*«, wiederholte Mr. Mercaptan auf französisch,

womit er dem Verdikt eine zusätzliche Bedeutung verlieh.
»Zur Zeit Rostands, schön und gut. Aber heute . . .«

»Heute denkt man bei Träumen nur noch an Freud«, sagte
Gumbril.

»Es ist eine Frage des literarischen Takts«, erklärte Mr. Mercaptan. »Hast du keinen literarischen Takt?«

»Nein«, bekannte Lypiatt mit Nachdruck, »den habe ich
Gott sei Dank nicht. Ich habe überhaupt keinen Takt. Ich bin
offen und freimütig und sage alles so, wie es das Herz mir eingibt. Ich bin kein Freund von Kompromissen.«

Er schlug mit der Faust auf den Tisch. Zur Überraschung der
Gesellschaft löste dieser Schlag ein heiseres, diabolisches Gelächter aus. Gumbril, Lypiatt und Mr. Mercaptan sahen auf,
und sogar Shearwater hob den ballonförmigen Kopf, um dem
Ursprung dieses Geräusches sein Gesicht, das wie eine große
Scheibe war, zuzuwenden. Ein junger Mann mit einem blonden
fächerförmig geschnittenen Bart stand hinter ihnen und sah aus
strahlend blauen Augen auf sie herab. Dabei lächelte er auf
eine beunruhigend zweideutige Weise, als brüte er irgendeine
abscheuliche und bizarre Bosheit aus.

»*Come sta la Sua Terribilità?* Wie geht es Euer Schrecklichkeit?« fragte der Neuankömmling, während er seinen absurd
steifen Hut abnahm und sich tief vor Lypiatt verneigte. »Wie
ich meinen Buonarroti erkenne!« fügte er mit Wärme hinzu.

Lypiatt lachte, ein wenig verlegen und diesmal nicht in titanischer Lautstärke. »Und wie erkenne ich meinen Coleman wieder!« gab er, nicht ganz überzeugend, zurück.

»Aber im Gegenteil«, widersprach Gumbril. »Ich erkenne
ihn beinahe gar nicht wieder. Mit diesem Bart«, er zeigte auf
den blonden Fächer, »darf ich fragen, warum?«

»Um möglichst russisch auszusehen«, sagte Mr. Mercaptan
und schüttelte den Kopf.

»Ja, warum wohl?« Coleman senkte die Stimme zu einem
vertraulichen Flüstern. »Aus religiösen Gründen.« Er machte
das Zeichen des Kreuzes.

>»Wie Christus will ich sein und handeln,
>Gleich jedem, der im Glauben hart,

Nehm ich zum Beispiel seinen Wandel
Und trag gleich ihm den vollen Bart.

Es mag Vollbärte geben, die um des himmlischen Reiches willen Vollbärte geworden sind. Aber andererseits gibt es auch Vollbärte, die als solche aus dem Mutterschoß gekommen sind.« Er verfiel in einen gräßlichen Lachkrampf, der so plötzlich und willkürlich abbrach, wie er begonnen hatte.

Lypiatt schüttelte den Kopf. »Einfach scheußlich«, sagte er.

»Übrigens«, fuhr Coleman fort, ohne auf Lypiatt zu achten, »habe ich noch andere und, weiß Gott, weniger fromme Gründe für diese Veränderung meines Aussehens. Sie ermöglicht mir nämlich, auf der Straße die reizendsten Bekanntschaften anzuknüpfen. Da hörst du plötzlich im Vorbeigehen, wie jemand ›Biber‹[1] sagt, und das erlaubt dir, auf ihn zuzugehen und ein Gespräch zu beginnen. Ich verdanke diesem netten Symbol wirklich bewunderungswürdig gefährliche Beziehungen.« Und zärtlich strich er sich über den goldblonden Bart.

»Großartig!« sagte Gumbril und nahm wieder einen kräftigen Schluck. »Ich werde mich ab sofort nicht mehr rasieren.«

Mit hochgezogenen Augenbrauen und gerunzelter Stirn blickte Shearwater in die Runde. »Diese Unterhaltung geht über mein Fassungsvermögen«, gestand er mit ernster Miene. Unter dem mächtigen Schnurrbart war der Mund klein und unschuldig, und unter den dichten buschigen Brauen waren sanfte graue Augen, aus denen eine fast kindliche Wißbegierde sprach. »Was bedeutet in diesem Zusammenhang das Wort ›Biber‹? Sie sprechen doch wohl kaum von dem Nagetier *Castor fiber*?«

»Aber hier haben wir es mit einem wirklich bedeutenden Mann zu tun«, sagte Coleman und zog den Hut. »Sagt mir, wer ist er?«

»Unser Freund Shearwater«, antwortete Gumbril. »Der Physiologe.«

---

1 Ein seinerzeit beliebtes Spiel war es, »Biber« zu rufen, wenn man – damals selten – einen Mann mit Vollbart sah. (Anm. d. Ü.)

Coleman verbeugte sich. »Mein physiologischer Shearwater«, sagte er. »Seien Sie meiner Hochachtung versichert. Einem Mann gegenüber, der nicht weiß, was ein Biber ist, verzichte ich auf alle Überlegenheitsansprüche. Die Zeitungen sind doch voll von Bibern. Lesen Sie denn nie den *Daily Express*?«

»Nein.«

»Auch nicht die *Daily Mail*?«

Shearwater schüttelte den Kopf.

»Auch nicht den *Mirror*, den *Sketch* oder *Graphic*? Nicht einmal – ich habe vergessen, daß ein Physiologe nur liberalen Anschauungen huldigen kann – nicht einmal die *Daily News*?«

Shearwater schüttelte nur immer weiter den Kopf.

»Auch kein Abendblatt?«

»Nein.«

Coleman entblößte wieder sein Haupt. »O du beredter, gerechter und mächtiger Tod!«[1] rief er aus und setzte den Hut wieder auf. »Sie lesen also überhaupt keine Zeitungen, nicht einmal die köstlichen kleinen literarischen Plaudereien unseres Freundes Mercaptan in den Wochenmagazinen?«

»Nie«, gestand Shearwater. »Ich habe an Wichtigeres zu denken als an Zeitungen.«

»Und was wäre das, wenn ich fragen darf?«

»Im Augenblick beschäftige ich mich vorwiegend mit den Nieren.«

»Mit den Nieren!« Begeistert stieß Coleman mit der eisernen Zwinge seines Stockes auf den Boden. »Mit den Nieren! Erzählen Sie mir alles über die Nieren. Es ist von höchster Wichtigkeit. Das ist das wirkliche Leben. Und jetzt setze ich mich an Ihren Tisch, ohne unseren Buonarroti erst um Erlaubnis zu bitten, geschweige denn Mercaptan, und ohne auch nur einen Gedanken an diesen komischen Gumbril zu verschwenden. Ich werde mich setzen und –«

»A propos Sitzen«, schaltete sich Gumbril ein. »Ich würde

---

1 Zitat aus Sir Walter Raleighs »A History of the World«.

dich gern dazu überreden, eine von meinen pneumatischen Patenthosen zu bestellen. Es sind –«

Doch Coleman winkte ab. »Nicht jetzt«, sagte er. »Jetzt will ich mich an den Tisch setzen und dem Physiologen lauschen, der über Nieren spricht, während ich sie zu gleicher Zeit esse – *sautés*. Wohlgemerkt, *sautés!*«

Er nahm am Ende der Tafel zwischen Lypiatt und Shearwater Platz und legte Hut und Stock neben sich auf den Fußboden.

»Zwei Gläubige«, sagte er und ließ für einen Augenblick seine Hand auf Lypiatts Arm ruhen, »sehen sich hier mit drei verstockten Ungläubigen konfrontiert. Habe ich nicht recht, Buonarroti? Wir beide sind *croyants et pratiquants*, wie Mercaptan es ausdrücken würde. Ich glaube an den einen Teufel, den fast allmächtigen Vater, an Samael und sein Weib, die große Hure.« Und er ließ sein wildes, künstliches Lachen erschallen.

»Hier hört nun jedes zivilisierte Gespräch auf«, stellte Mr. Mercaptan anklagend fest, und er sprach das Wort »zivilisiert« so behutsam und pfleglich aus, daß es in seinem Munde eine besondere, tiefere Bedeutung anzunehmen schien.

Aber Coleman schenkte ihm keine Beachtung. »Sagen Sie mir, mein Physiologe«, fuhr er fort, »was es mit der Physiologie des archetypischen Menschen auf sich hat. Es ist außerordentlich wichtig, und ich weiß, daß Buonarroti mir dabei zustimmt. Hat der archetypische Mensch, der Urmensch, einen *boyau rectum*, wie Mercaptan sagen würde, oder hat er ihn nicht? Es ist eine entscheidende Frage, wie bereits Voltaire zu seiner Zeit begriffen hat. ›Seine Füße‹, wie wir aus verläßlicher Quelle wissen, ›waren gerade, und die Sohlen waren wie die Sohlen von Kalbsfüßen.‹ Aber was war mit den Eingeweiden? Sie müssen uns etwas über die Eingeweide sagen. Nicht wahr, Buonarroti? Und wo bleiben meine *rognons sautés*?« rief er fragend dem Kellner zu.

»Du widerst mich an«, sagte Lypiatt.

»Nicht tödlich, hoffe ich.« Coleman wandte sich besorgt an seinen Nachbarn. Dann schüttelte er den Kopf. »Doch, ich fürchte, tödlich. Küß mich, Hardy, und ich will glücklich sterben.« Er warf eine Kußhand in die Luft. »Aber warum ist unser

Physiologe so langsam? Los, Dickhäuter, antworten Sie. Sie halten den Schlüssel zu allem in Ihrer Hand. Den Schlüssel, sage ich. Ich erinnere mich noch an meine Schulzeit, als ich mich im Biologielaboratorium herumtrieb und Frösche ausweidete. Mit Nadeln aufgespießt, den Bauch nach oben, sahen sie wie grüne kleine Christusse aus. Ich erinnere mich, wie ich einmal dort saß und mich in die Betrachtung der Eingeweide eines Frosches versenkte und der Laboratoriumsdiener hereinkam und den Chemielehrer bat: ›Darf ich den Schlüssel zum Absoluten haben, Sir?‹ Und, ob Sie glauben oder nicht, der Chemielehrer griff ruhig in seine Hosentasche, holte einen kleinen Yale-Schlüssel heraus und gab ihn, ohne ein Wort zu sagen, dem Mann. Was für eine Geste! Den Schlüssel zum Absoluten. Aber es war nur der Schlüssel zum absoluten Alkohol, den der Bursche haben wollte, wahrscheinlich um irgendeinen abscheulichen Fötus einzupökeln. Möge seine Seele in Frieden verfaulen! Und jetzt, *Castor fiber,* heraus mit Ihrem Schlüssel! Klären Sie uns auf über den Urmenschen, erzählen Sie uns von dem Menschen des Uranfangs. Sagen Sie uns alles über den *boyau rectum.*«

Schwerfällig lehnte sich Shearwater in seinem Stuhl zurück; er musterte Coleman mit offener wohlwollender Neugier. Die Augen unter den buschigen Brauen zeigten einen sanften, freundlichen Ausdruck; und hinter der furchterregenden Maskerade des Schnurrbarts lächelte er wie ein Baby, das mit gespitztem Mund der Flasche zustrebt. Die breite gewölbte Stirn war klar und glatt. Er strich sich mit der Hand durch das dichte braune Haar und kratzte sich nachdenklich den Kopf, während er dieses merkwürdige Phänomen Coleman gründlich musterte, um es dann gehörig zu klassifizieren. Schließlich öffnete er den Mund und ließ ein gutmütig-amüsiertes Lachen hören.

»Die Frage Voltaires«, erklärte er mit tiefer ruhiger Stimme, »war zu der Zeit, als sie gestellt wurde, ein ironischer Einfall, auf den eine Antwort nicht möglich war. Seine Zeitgenossen hätten es kaum weniger ironisch empfunden, wenn er gefragt hätte, ob Gott ein Paar Nieren besäße. Über die Nieren wissen wir heute ein bißchen mehr. Hätte Voltaire mich gefragt, wäre meine Antwort gewesen: ›Warum nicht?‹ Die Nieren sind prachtvoll konstruiert und erledigen ihre Aufgabe, nämlich zu regulieren, mit einer ans Wunder grenzenden – es ist schwer, ein besseres Wort zu finden –, ja, mit einer göttlichen Präzision, mit soviel Wissen und Vernunft, so daß es keinen Grund gibt, warum sich Ihr archetypischer Mensch, was Sie darunter auch verstehen, oder überhaupt irgendwer sich schämen sollte, ein solches Organ zu besitzen.«

Coleman klatschte in die Hände. »Das ist der Schlüssel«, rief er begeistert. »Gezogen aus der Hosentasche von kleinen Kindern und Säuglingen. Der echte und einzige Yale-Schlüssel. Wie gut habe ich daran getan, heute abend herzukommen! Aber, bei allen zehn heiligen Sephiroth, da kommt meine Schlampe.«

Er nahm seinen Stock, sprang auf und schlängelte sich zwischen den Tischen hindurch. Nahe der Tür stand eine Frau. Coleman trat auf sie zu und wies wortlos auf den Tisch. Dann trat er den Rückweg an und trieb sie vor sich her, indem er ihr mit dem Stock leichte Schläge auf die Hüften versetzte, so wie man etwa ein folgsames Tier zur Schlachtbank führt.

»Darf ich vorstellen«, begann Coleman. »Hier ist die Frau, die Freud und Leid mit mir teilt. *La compagne de mes nuits blanches et de mes jours plutôt sales.* Mit einem Wort, Zoe. *Qui ne comprend pas le français, qui me déteste avec une passion égale à la mienne, et qui mangera, ma foi, des rognons pour faire honneur au physiologue.*«

»Trinken Sie ein Glas Burgunder?« fragte Gumbril, die Flasche in der Hand.

Zoe nickte und hielt ihm das Glas hin. Sie hatte dunkles Haar, blasse Haut und Augen wie runde Brombeeren. Ihr Mund war klein und rosig. Gekleidet war sie – es war etwas peinlich – wie ein Porträt von Augustus John in Blau und Orange. Ihr Gesichtsausdruck war mürrisch und grimmig, und mit einer Miene tiefster Verachtung sah sie um sich.

»Shearwater ist der reinste Mystiker«, flötete Mr. Mercaptan. »Ein mystischer Naturwissenschaftler – damit hat keiner gerechnet.«

»Sowenig wie mit einem liberalen Papst«, sagte Gumbril. »Der arme Metternich, erinnert ihr euch? Pius der Neunte.«

Sein Lachanfall blieb den anderen unerklärlich. »Von unterdurchschnittlicher Intelligenz«, raunte Gumbril mit heimlichem Vergnügen und füllte sich das Glas von neuem.

»Nur wer nicht sehen will, kann von dieser Kombination überrascht sein«, äußerte Lypiatt entrüstet. »Was sind denn Wissenschaft und Kunst, was sind Religion und Philosophie anderes als menschliche Ausdrucksformen für eine Realität, die über das Menschliche hinausgeht? Newton, Böhme, Michelangelo – drücken sie nicht auf verschiedene Weise nur verschiedene Aspekte ein und derselben Sache aus?«

»Verzeihung: Alberti«, unterbrach Gumbril. »Er war, ihr dürft es mir glauben, der größere Architekt.«

»*Fi donc!*« bemerkte Mr. Mercaptan. »*San Carlo alle Quattro Fontane* –«,[1] aber er kam nicht weiter. Mit einer Handbewegung brachte Lypiatt ihm zum Schweigen.

»Es gibt nur eine Realität«, verkündete er mit lauter Stimme.

»Eine Realität«, wiederholte Coleman, während er die Hand über den Tisch ausstreckte und den nackten weißen Arm von Zoe streichelte, »und die ist kallipygos[2].« Zoe stieß mit der Gabel nach seiner Hand.

»Wir alle versuchen, von ihr zu reden«, fuhr Lypiatt fort. »Die Physik hat ihre Gesetze formuliert, die doch nicht mehr als ein vorläufiges theoretisches Gestammel über einen Teil dieser Realität sind. Die Physiologie erforscht die Geheimnisse des Lebens, die Psychologie die der Seele. Und wir Künstler versuchen, all das auszudrücken, was uns offenbart wird über die moralische Natur, über die Persönlichkeit dieser Realität, die das All ist.«

Mr. Mercaptan hob in gespieltem Entsetzen die Hände. »*Oh, barbaridad, barbaridad!*« Nur im reinen Kastilisch vermochte er seinem Herzen Luft zu machen. »Aber das ist doch alles ohne Bedeutung.«

---

1 Römische Barockkirche von Borromini. (Anm. d. Ü.)

2 Anspielung auf Aphrodite Kallipygos (die mit dem schönen Gesäß). (Anm. d. Ü.)

»Sie haben vollkommen recht, was die Chemie und Physik betrifft«, erklärte Shearwater. »Diese Leute tun immer so, als ob sie der Wahrheit näher seien als wir. Sie halten ihre unbestätigten Theorien für Tatsachen und erwarten von uns, daß auch wir sie als solche hinnehmen, wenn wir uns mit den Lebensvorgängen beschäftigen. Ihre Theorien sind ihnen heilig. Sie bezeichnen sie als Naturgesetze und sprechen von *ihren* anerkannten Wahrheiten und *unseren* romantischen biologischen Phantasien. Wie sie aus dem Häuschen geraten, wenn wir von den Lebensvorgängen sprechen! Die verdammten Narren!« Er sagte es mild und vernichtend in einem. »Nur ein Dummkopf kann von einem ›Mechanismus‹ der Nieren sprechen. Es gibt ja tatsächlich Schwachköpfe, die von einem ›Mechanismus‹ der Vererbung und Fortpflanzung sprechen.«

»Trotzdem«, begann Mr. Mercaptan eifrig und bereit, über den eigenen Schatten zu springen, »es gibt da doch bedeutende Autoritäten. Ich kann natürlich nur zitieren, was sie sagen, ich kann nicht behaupten, selbst etwas davon zu verstehen. Aber —«

»Fortpflanzung, Fortpflanzung —« Coleman flüsterte das Wort wie in Ekstase vor sich hin. »Daß sie alle ihr zu dienen haben, auch die keuschesten Frauen — diese Vorstellung hat etwas Köstliches und Erschreckendes zugleich —, daß sie alle dafür geschaffen sind, wie kleine Hündinnen, trotz ihrer blauen Unschuldsaugen. Was für ein kleines Ungeheuer werden wohl Zoe und ich zeugen?« Er fragte es Shearwater. »Wie gern ich ein Kind hätte!« fuhr er fort, ohne auf die Antwort zu warten. »Ich würde ihm nichts beibringen, keine Sprache, nichts. Ich ließe es wie ein Naturkind aufwachsen. Ich glaube, es würde ein richtiger Teufel werden. Und was für ein Spaß, wenn es plötzlich ›Bekkos‹ sagen würde wie die Kinder bei Herodot. Und unser Buonarroti könnte ein allegorisches Porträt von ihm malen und ein episches Gedicht über es schreiben mit dem Titel ›Der unedle Wilde‹. Und *Castor fiber* würde seine Nieren untersuchen und seine Sexualtriebe erforschen. Und Mercaptan schriebe eine seiner unnachahmlichen Plaudereien über es. Gumbril aber würde ihm eine Patenthose machen lassen. Und Zoe und ich würden voll elterlichen Stolzes über dieses Kind wachen. Nicht wahr, Zoe?« Aber Zoe behielt ihren Ausdruck mürrischer Verachtung und ließ sich zu keiner Antwort herbei. »Ach, wie wunderbar das wäre! Ich wünsche mir so sehnlichst Nachkommenschaft. Ich lebe in Erwartung. Ich hoffe, wo nichts zu hoffen ist, ich —«

Zoe warf ein Stück Brot nach ihm. Es traf ihn an der Wange, knapp unter dem Auge. Coleman lehnte sich lachend zurück. Er lachte, bis ihm die Tränen übers Gesicht liefen.

FÜNFTES KAPITEL

Nacheinander verließen sie das Restaurant durch die Drehtür; sie trabten mit dem sich drehenden Glaskäfig und ließen sich hinausschleudern in die Kühle und Dunkelheit der nächtlichen Straße. Shearwater hob das breite Gesicht nach oben und holte ein paarmal tief Atem. »Zuviel Kohlendioxyd und Ammoniak da drinnen«, sagte er.

»Es ist bedauerlich, daß überall, wo zwei oder drei Menschen im Namen Gottes zusammenkommen oder auch in dem anspruchsvolleren des geistvollen Feuilletonisten Mercaptan —«, gewandt wich Mr. Mercaptan dem Stoß mit der Stockspitze aus, den Coleman gegen ihn führte – »höchst bedauerlich, daß sie dann unbedingt die Luft verpesten müssen.«

Lypiatt sah zum Himmel. »Diese Sterne«, sagte er, »und diese ungeheuren Abgründe zwischen den einzelnen Sternen!«

»Eine richtige Operetten-Sommernacht!« Und Mercaptan begann, in seinem reichlich rudimentären Deutsch die Barkarole aus *Hoffmanns Erzählungen* zu singen: »Schöne Nacht, du Liebesnacht, o stille mein hm-tata-hm-tata ... O köstlicher Offenbach! Hätten wir doch ein Drittes Kaiserreich! Noch so einen komischen Napoleon. Dann würde Paris wieder wie Paris aussehen. Tiddi-dum tiddi-dum.«

Sie schlenderten ohne ein bestimmtes Ziel die Straße entlang, nur um die milde frische Nachtluft zu genießen. Coleman ging voran und stieß bei jedem Schritt mit der eisenbeschlagenen Stockspitze auf das Pflaster. »Der Blinde führt die Blinden«, erklärte er. »Gäbe es doch irgendwo einen Graben, einen Abgrund, ein großes Loch voll Dreck und stechender Tausendfüßer. Wie gern würde ich euch dahinein führen!«

»Ich glaube, du solltest einen Arzt aufsuchen«, sagte Shearwater ernsthaft.

Coleman brüllte vor Vergnügen.

»Ist euch eigentlich bewußt«, fuhr er fort, »daß wir uns in diesem Augenblick inmitten von sieben Millionen Menschen bewegen, jeder verschieden vom anderen, jeder mit seinem eigenen besonderen Leben, und alle vollkommen gleichgültig gegen unsere Existenz? Sieben Millionen Menschen, von denen sich jeder für genauso wichtig hält wie wir uns. Millionen von ihnen schlafen jetzt in einer verpesteten Luft, Hunderttausende von Paaren sind in diesem Augenblick in Liebkosungen begriffen, zu abscheulich, als daß man sie sich vorstellen möchte, die sich aber in nichts von denen unterscheiden, mit denen wir selbst so schön, so lustvoll und leidenschaftlich einander unsere Liebe bezeugen. Tausende von Frauen liegen jetzt in den Wehen und Tausende von Männern und Frauen sterben in dieser Minute an den verschiedensten grauenhaften Krankheiten oder auch einfach, weil sie zu lange gelebt haben. Tausende sind betrunken, Tausende haben sich überfressen, und Tausende haben nicht genug zu essen gehabt. Und sie alle sind lebendig, sind einmalig, besonders und empfindlich wie ihr und ich. Es ist eine schreckliche Vorstellung. Könnte ich doch alle in die Tausendfüßergrube führen!«

Weiter stieß er bei jedem Schritt mit dem Stock aufs Pflaster, als suche er den Abgrund. Aus vollem Halse begann er zu singen: »Kommt, ihr Tiere und Herden, fluchet dem Herren: flucht ihm und lästert ihn in alle Ewigkeit.«

»Diese ganze Religion«, seufzte Mr. Mercaptan. »Dort Lypiatt, der temperamentvolle christliche Künstler, und hier Coleman, der brüllend die schwarze Messe zelebriert ... Es ist zuviel!« Mit einer melodramatischen Gebärde wandte er sich an Zoe: »Was halten Sie von alledem?«

Mit einer ruckartigen Bewegung des Kopfes wies Zoe in die Richtung Colemans. »Für mich ist er ein verdammtes

Schwein«, sagte sie. Es waren ihre ersten Worte, seitdem sie sich der Gesellschaft angeschlossen hatte.

»Hört, hört!« schrie Coleman, den Stock schwenkend.

In dem warmen gelben Licht des Kaffeestandes an Hyde-Park-Corner stand noch eine kleine Gruppe von Menschen. Zwischen den Schirmmützen und Staubmänteln der Chauffeure und den Arbeiterjacken mit ihren Spuren von Wind und Wetter und den geknoteten Halstüchern tauchte eine an diesem Ort befremdliche Eleganz auf. Ein hoher Zylinder über einem Paletot mit seidenen Revers neben einem Cape aus flammendrotem Atlas und, in der leuchtend kupferroten Frisur, einem großen verzierten Schildpattkamm im spanischen Stil.

»Ist es zu glauben«, sagte Gumbril, als sie näher kamen, »das ist doch Myra Viveash!«

»Tatsächlich«, sagte Lypiatt, nachdem er sich seinerseits davon überzeugt hatte. Plötzlich nahm er einen affektiert stolzierenden Gang an und trat bei jedem Schritt mit dem Absatz kräftig auf. Wenn er sich dabei selbst, gleichsam von außen, beobachtete, dann drang sein hellsichtiger Blick durch den Schleier zynischer Wurstigkeit bis in sein verwundetes Herz. Aber das sollte kein anderer erraten.

»Die Viveash?« fragte Coleman. Der Rhythmus, in dem er mit dem Stock aufs Pflaster stieß, beschleunigte sich. »Und wer ist im Augenblick der Begünstigte?« Er zeigte auf den Zylinderhut.

»Könnte es nicht Bruin Opps sein?« meinte Gumbril fragend.

»Opps!« Coleman rief laut den Namen. »Opps!«

Der Mann mit dem Zylinderhut drehte sich um. Er zeigte eine weiße Hemdbrust, ein längliches fahles Gesicht und ein funkelndes Einglas im linken Auge. »Wer zum Teufel sind Sie?« Seine Stimme war barsch und von verletzender Arroganz.

»Ich bin, der ich bin«, sagte Coleman. »Aber ich habe bei mir«, er deutete auf Shearwater, Gumbril und Zoe, »einen Physiologen, einen Pädagogen und eine Priapagogin; einfache Künstler und Journalisten dagegen, deren Berufsbezeichnungen nicht mit der magischen Silbe enden, lasse ich ungenannt. Und endlich«, er zeigte auf sich selbst, »ich, einfach *Dog*, was kabbalistisch gedeutet und rückwärts gelesen, *God* ergibt. Alle zu Ihren Diensten!« Er nahm den Hut ab und verbeugte sich.

Der Zylinderhut drehte sich nach dem spanischen Kamm um. »Wer ist dieser gräßlich betrunkene Mann?«

Statt aller Antwort ging Mrs. Viveash auf die Neuankömmlinge zu. Sie hielt in der einen Hand ein geschältes hartgekochtes Ei, in der anderen ein dickes Butterbrot, und zwischen den einzelnen Sätzen biß sie abwechselnd in das Ei und das Brot.

»Coleman!« Ihre Stimme schien im Begriff, zu ersterben, so als sei jedes Wort, das sie sprach, ihr letztes, auf dem Sterbelager gehaucht, voll der tiefen und namenlosen Bedeutung, die letzte Worte haben. »Ich habe Sie schon so lange nicht mehr rasen gehört. Und Sie, mein lieber Theodore, warum sehe ich Sie nie mehr?«

Gumbril zuckte die Achseln. »Weil Sie nicht den Wunsch danach haben, nehme ich an.«

Myra lachte und biß ein Stück von ihrem Butterbrot ab. Dann legte sie den Handrücken – sie hielt noch immer die Hälfte des Eies in der Hand – Lypiatt auf den Arm. Der Titan, der so lange zum Himmel hinaufgesehen hatte, schien überrascht, sie plötzlich vor sich zu sehen. »Sie?« Er lächelte und zog fragend die Augenbrauen hoch.

»Sollte ich Ihnen nicht morgen für mein Porträt sitzen, Casimir?«

»Sie erinnern sich daran?« Für einen Augenblick teilte sich der Schleier. Armer Lypiatt!

»Und unser glücklicher Mercaptan? Immer glücklich?«

Galant beugte sich Mercaptan über den Rücken der Hand, in der Mrs. Viveash noch immer das Ei hielt. »Ich könnte noch glücklicher sein«, flüsterte er und riß die kleinen braunen Augen seines Faunsgesichts auf. *»Puis-je espérer?«*

Mrs. Viveash sandte ihm von ihrem inneren Sterbelager aus ein verlöschendes Lächeln und richtete unverwandt und wortlos den klaren Blick auf ihn. Ihre Augen hatten die besondere

Eigenschaft, zu sehen, ohne das geringste auszudrücken; sie glichen den hellblauen Augen, die aus der schwarzen Samtmaske einer Siamkatze schauen.

»*Bellissima*«, murmelte Mercaptan, der unter dem kalten Licht dieser Augen aufblühte.

Jetzt wandte sich Mrs. Viveash an die ganze Gesellschaft. »Wir hatten einen entsetzlichen Abend, nicht wahr, Bruin?«

Bruin Opps schwieg. Er beschränkte sich darauf, ein böses Gesicht zu machen. Die Zudringlichkeit dieser verdammten Leute war ihm unsympathisch. Die gerunzelte Augenbraue quoll über den Rand des Monokels bis auf das glänzende Glas.

»Ich glaubte, es wäre amüsant, einmal in dieses Restaurant in Hampton Court zu gehen. Man ißt auf einer kleinen Insel und tanzt.«

Hier fiel Mercaptan mit einer seiner reizend bizarren Zwischenbemerkungen ein. »Was haben eigentlich Inseln an sich, das sie so seltsam wollüstig macht? Kythera, Monkey Island, Capri ... *Je me demande*.«

»Da haben wir wieder ein reizendes kleines Feuilleton.« Coleman drohte mit dem Stock, und Mr. Mercaptan brachte sich schleunigst aus dessen Reichweite.

»Wir nahmen also ein Taxi«, fuhr Mrs. Viveash fort, »und machten uns auf den Weg. Aber was für ein Taxi! Es hatte nur einen Gang, und zwar den ersten. Ein Wagen, so alt wie unser Jahrhundert, ein Museumsstück, etwas für Sammler.« Stunden und Stunden waren sie unterwegs gewesen. Und als sie dann angekommen waren – nein, dieses Essen und der Wein, den man ihnen vorsetzte! Von Mrs. Viveashs ewigem Sterbelager her drang ein Schrei ungeheuchelten Abscheus. Es hatte alles so geschmeckt, als ob es eine Woche lang in der Themse gelegen hätte, bevor es auf den Tisch gekommen war – ausgesprochen labberig, abgesehen von dem feinen Typhusaroma, das das Themsewasser hat. Die Themse war übrigens auch aus dem Champagner herauszuschmecken gewesen. Nein, nicht einmal ein Stück trockenes Brot hatten sie hinunterwürgen können. Hungrig und durstig waren sie wieder in ihr museales Taxi gestiegen, um nun hier, am ersten Vorposten der Zivilisation, ihren Hunger zu stillen.

»Es war ein schrecklicher Abend«, schloß Mrs. Viveash ihren Bericht. »Was mich allein bei guter Laune hielt, war die schlechte Laune Bruins. Bruin, Sie ahnen gar nicht, was für ein unvergleichlicher Komiker Sie sein können!«

Bruin ignorierte ihre Bemerkung. Mit einer Miene mühsam unterdrückten Widerwillens aß er ein hartgekochtes Ei. Myras Einfälle wurden immer unmöglicher. Die Sache mit Hampton Court war schon schlimm genug gewesen, aber wenn es nun auch noch dazu kam, daß man auf der Straße aß, in Gesellschaft ungewaschener Arbeiter, dann ging das entschieden zu weit.

Mrs. Viveashs Blick war auf Shearwater gefallen, der, ein wenig abseits von der Gruppe, sich mit dem Rücken ans Parkgitter lehnte und nachdenklich zu Boden blickte. »Darf ich nicht erfahren, wer dieser geheimnisvolle Herr ist?« fragte sie.

»Das ist der Physiologe«, erklärte Coleman, »der den Schlüssel besitzt. Den Schlüssel, den Schlüssel!« Dabei hämmerte er mit dem Stock aufs Straßenpflaster.

Gumbril holte die Vorstellung in etwas konventionellerer Form nach.

»Sie scheinen sich nicht besonders für uns zu interessieren, Mr. Shearwater«, hauchte Myra mit ersterbender Stimme. Shearwater hob den Kopf, und Mrs. Viveash betrachtete ihn aufmerksam und unverwandten Blickes mit ihren hellen Augen. Sie lächelte auf ihre merkwürdige Art, mit herabgezogenen Mundwinkeln, so daß durch die Maske ihres Lachens ein eigentümlich gequälter Ausdruck hindurchschien. »Sie scheinen sich nicht besonders für uns zu interessieren«, wiederholte sie.

Shearwater schüttelte den mächtigen Kopf. »Nein, ich glaube, wirklich nicht«, antwortete er.

»Warum nicht?«

»Warum sollte ich? Man hat nicht genug Zeit, um sich für alles zu interessieren. Man kann sich auch nur für etwas interessieren, das des Interesses wert ist.«

»Und wir sind das nicht?«

»Nicht für mich persönlich«, gestand Shearwater in aller Offenheit. »Die Chinesische Mauer, die politische Situation in Italien, die Lebensgewohnheiten der Trematoden – das alles ist an und für sich höchst interessant. Aber für mich ist es das nicht; ich kann mir nicht erlauben, mich auch dafür zu interessieren. Dafür fehlen mir Zeit und Muße.«

»Und was für Interessen können Sie sich erlauben?«

»Gehen wir jetzt?« fragte Bruin ungeduldig. Mit Mühe hatte er den letzten Bissen seines hartgekochten Eies hinuntergewürgt.

Aber Mrs. Viveash gab ihm keine Antwort; sie sah ihn nicht einmal an.

Shearwater war im Begriff, nach einigem Zögern zu antworten, aber Coleman kam ihm zuvor.

»Haben Sie Respekt vor ihm«, sagte er zu Mrs. Viveash. »Er ist ein großer Mann. Er liest keine Zeitung, nicht einmal die, in denen unser Mercaptan so hübsche Sachen schreibt. Er weiß auch nicht, was ein Biber ist. Aber er weiß alles über Nieren; er lebt nur für sie.«

Mrs. Viveash lächelte wie in der Agonie. »Die Nieren? Was für ein *Memento mori!* Da gibt es doch noch andere Teile der Anatomie.« Sie warf ihr Cape zurück und entblößte einen Arm, eine nackte Schulter, einen schräg ansetzenden Brustmuskel. Sie trug ein weißes Kleid, das ihren Rücken und ihre Schultern frei ließ, aber vorn, unter den Armen hindurch, höher hinaufreichte und von einer goldenen Schnur um den Hals gehalten wurde. »Zum Beispiel!« Sie drehte die Hand mehrmals hin und her, wobei sich der schlanke Arm vom Ellbogen ab mitbewegte, als wollte sie so das Funktionieren der Gelenke und das Spiel der Muskeln vorführen.

»*Memento vivere*«, bemerkte treffend Mr. Mercaptan. »*Vivamus, mea Lesbia, atque amemus.*«[1]

Mrs. Viveash ließ den Arm fallen und zog sich das Cape wieder zurecht. Sie sah Shearwater an, der jede ihrer Bewegungen mit gespannter Aufmerksamkeit verfolgt hatte und nun mit dem Kopf nickte, so als wollte er fragen: Und was kommt jetzt?

---

1 Laß uns leben, meine Lesbia, und lieben ... (Catull, *Carmina*, V). (Anm. d. Ü.)

»Wir wissen alle, daß Sie sehr schöne Arme haben«, sagte Bruin ärgerlich. »Es besteht keine zwingende Notwendigkeit, daß Sie sie mitten in der Nacht auf der Straße zur Schau stellen. Lassen Sie uns jetzt von hier fortgehen.« Er legte die Hand auf Mrs. Viveashs Schulter, als wolle er seine Begleiterin mit sich fortziehen. »Wir täten gut daran, weiterzugehen. Weiß der Himmel, was da hinten noch geschieht.« Er wies mit einer kleinen Kopfbewegung auf die Leute, die um den Kaffeekiosk herumstanden. »Ein Tumult unter dem Pöbel.«

Mrs. Viveash blickte in die angegebene Richtung. Um die Gestalt einer Frau, die wie ein schlaffes Bündel aus schwarzer Baumwolle und einem Regenmantel auf dem hohen Hocker des Cafétiers saß und sich müde an die Wand lehnte, hatten die Taxifahrer und anderen mitternächtlichen Kaffeetrinker einen Kreis gebildet, aus dem ihr offenbar eine Welle von Sympathie und neugieriger Anteilnahme entgegenschlug. Neben ihr stand ein Mann und trank Tee aus einer dicken weißen Tasse. Alle sprachen auf einmal.

»Dürfen die armen Teufel nicht einmal reden?« fragte Mrs. Viveash und drehte sich nach Bruin um. »Ich kenne niemanden, der einen solchen Tick hat wie Sie, sobald es um die unteren Klassen geht.«

»Ich verabscheue sie«, sagte Bruin. »Ich hasse alle armen, kranken und alten Leute. Ich kann sie nicht ausstehen, sie machen mich vollkommen krank.«

»*Quelle âme bien-née!*« flötete Mr. Mercaptan. »Was für ein feinfühlender Mensch! Und mit welch schönem Freimut Sie das ausdrücken, was wir alle empfinden und nur nicht den Mut haben zu sagen!«

Lypiatt machte seinem Herzen Luft, indem er in ein Lachen der Entrüstung ausbrach.

»Ich erinnere mich noch«, fuhr Bruin fort, »wie mir, als ich ein kleiner Junge war, mein Großvater Geschichten aus seiner eigenen Kindheit erzählte. Als er fünf oder sechs Jahre alt war – es war gerade vor der Annahme der Reform Bill von 1832 –, pflegte man in den konservativen Kreisen ein Lied zu singen, das den folgenden Refrain hatte: ›Krepieren soll das Volk, zum Teufel mit dem Volk, der Kuckuck hol die niederen Stände!‹

Ich wüßte gern den ganzen Text und die Melodie. Es muß ein hübsches Lied gewesen sein.«

Coleman war begeistert. Er schulterte den Spazierstock und marschierte immer wieder um den nächsten Laternenpfahl herum, dabei trällerte er nach einer flotten Marschmelodie: »Krepieren soll das Volk, zum Teufel mit dem Volk ...« Den Takt gab er an, indem er mit den Füßen schwer aufstampfte.

»Man müßte Dienstpersonal erfinden, das mit einem inneren Verbrennungsmotor funktioniert«, sagte Bruin mit einem Anflug von komischem Pathos. »Die Leute können noch so gut geschult sein, irgendwann kommt doch ihre menschliche Natur durch. Und das ist wirklich unerträglich.«

»Wie lästig ist ein schlechtes Gewissen!« zitierte Gumbril mit leiser Stimme.

»Aber Mr. Shearwater hat uns noch nicht gesagt –«, Myra brachte das Gespräch wieder auf angenehmere Dinge – »was er über den menschlichen Arm denkt.«

»Gar nichts«, sagte Shearwater. »Im Augenblick beschäftige ich mich mit dem Blutkreislauf.«

»Sagt er die Wahrheit, Theodore?« Mrs. Viveash wandte sich an Gumbril.

»Ich glaube, ja.« Die Antwort Gumbrils klang etwas unbestimmt und zerstreut, denn er bemühte sich gerade mitzuhören, was sich Bruins »Pöbel« zu erzählen hatte, und die Frage von Mrs. Viveash erschien ihm ziemlich belanglos.

»Ich habe Transporte gefahren«, erklärte der Mann, der Tee trank. »Ich hatte meinen eigenen Wagen und ein altes Pony und kam ganz gut zurecht. Der einzige Haken dabei war das Möbelschleppen und Heben der schweren Kisten. Weil ich mir im Krieg in Indien die Malaria geholt habe ...«

»Und auch nicht – jetzt zwingen Sie mich, gegen alle Gesetze der Bescheidenheit zu verstoßen –«, fuhr Mrs. Viveash mit heiserer ersterbender Stimme fort, die ein schmerzliches Lächeln begleitete, »auch nicht, was Sie von den Beinen denken.«

Ihre Bemerkung rührte in Coleman eine blasphemische Saite an. »Laß dich nicht gelüsten deiner Nächsten Beine!« brüllte er und umarmte in einer maßlosen Gebärde der Zärtlichkeit Zoe, die seine Hand festhielt und in sie hineinbiß.

73

»Wenn man müde ist, meldet sie sich wieder, die Malaria.«
Das Gesicht des Mannes hatte eine fahle, kränkliche Farbe,
und in dem Elend der Person lag eine eigentümlich stumpfe
Hoffnungslosigkeit. »Sie meldet sich wieder, das Fieber schüttelt dich und du bist schwach wie ein Kind.«

Shearwater schüttelte den Kopf.

»Nicht einmal vom Herzen?« Mrs. Viveash zog die Brauen
hoch. »Jetzt ist das unvermeidliche Wort gefallen, das wahre
Thema jeder Konversation genannt. Die Liebe, Mr. Shearwater!«

»Aber wie gesagt«, faßte der Mann mit der Teetasse noch
einmal zusammen, »wir kamen, alles in allem, ganz gut zurecht. Wir hatten uns nicht zu beklagen. Stimmt's, Florrie?«

Das schwarze Bündel machte mit seinem oberen Ende eine
zustimmende Bewegung.

»Es ist eines der Themen«, sagte Shearwater, »wie die Chinesische Mauer oder die Lebensgewohnheiten der Trematoden;
ich kann es mir nicht leisten, mich dafür zu interessieren.«

Mrs. Viveash lachte. Sie hauchte ein »Du lieber Gott«, das
Erstaunen und Ungläubigkeit ausdrückte. »Und warum
nicht?«

»Keine Zeit«, erklärte er. »Sie und alle Menschen, die nicht
zu arbeiten brauchen, haben nichts anderes zu tun oder zu bedenken. Aber ich, der ich meine Arbeit habe, bin daran natürlich nicht so interessiert wie Sie, und obendrein gebe ich mir
Mühe, dieses Interesse, soweit ich es habe, zu zügeln.«

»Eines Tages habe ich eine Fuhre für jemand in Clerkenwell
und komme also über Ludgate Hill. Ich führe, weil es bergauf
geht, Jerry am Zaum – Jerry, so heißt unser altes Pony ...«

»Man kann nicht alles haben«, erklärte Shearwater, »zumindest nicht gleichzeitig. Im Augenblick habe ich mein Leben auf
Arbeit eingestellt. Ich führe eine harmonische Ehe, mein häus-
liches Leben verläuft ohne Aufregungen.«

»*Quelle horreur!*« kommentierte Mr. Mercaptan. Allein bei
der bloßen Vorstellung empörte sich angewidert der Louis-
Quinze-Abbé in ihm.

»Aber die Liebe?« fragte Mrs. Viveash. »Wie steht es
damit?«

»Die Liebe!« wiederholte Lypiatt und blickte zur Milchstraße hinauf.

»Plötzlich taucht vor mir ein Polizist auf. ›Wie alt ist das Pferd?‹ fragt er. ›Es hat nicht mehr die Kraft, den Wagen zu ziehen, es lahmt auf allen vieren‹, sagt er. ›Es lahmt nicht‹, sage ich. ›Unterlassen Sie Ihre frechen Antworten‹, sagt er. ›Sie spannen auf der Stelle das Pferd aus!‹«

»Aber über die Liebe weiß ich doch schon alles, dagegen nur herzlich wenig über die Nieren.«

»Mein lieber Shearwater, wie können Sie alles über die Liebe wissen, bevor Sie sie mit allen Frauen praktiziert haben?«

»Also los geht's zum Polizeirichter, ich, der Polyp und Jerry ...«

»Oder gehören Sie etwa zu den Dummköpfen, die als Experten über uns Frauen reden und so tun, als ob wir alle gleich seien? Vielleicht ist das die Meinung unseres guten Theodore in seinen schwachen Momenten.« Gumbril deutete ein zerstreutes Lächeln an. Er folgte dem Bericht des Mannes mit der Teetasse, der nun schilderte, wie es ihm in dem muffigen Amtszimmer des Polizeirichters erging. »Und gewiß die unseres Freundes Mercaptan, denn die Frauen, die irgendwann einmal auf seinem Sofa aus dem *Dixhuitième* gesessen haben, waren sich bestimmt alle gleich. Vielleicht denkt auch Casimir so; für ihn gleichen alle Frauen seinem absurden Ideal. Aber Sie, Shearwater, Sie sind intelligent. Sie glauben doch gewiß nicht etwas so Dummes?«

Shearwater schüttelte den Kopf.

»Der Polyp sagt als Zeuge gegen mich aus. ›Hinkt auf allen vieren‹, sagt er. ›Er hinkt nicht‹, sage ich. Dann tritt der Polizeiveterinär für mich ein. ›Das Pferd ist gut behandelt worden‹, sagt er, ›aber es ist alt, sehr alt.‹ – ›Ich weiß, daß es alt ist‹, sage ich. ›Aber wo soll ich das Geld für ein junges Pferd hernehmen?‹«

»$x^2 - y^2 = (x+y)\,(x-y)$«, sagte Shearwater. »Und diese Gleichung stimmt immer, ganz gleich, was x und y bedeuten ... Und dasselbe gilt für Ihre Liebe, Mrs. Viveash. Das Verhältnis ist grundsätzlich immer das gleiche, unabhängig vom Wert der unbekannten persönlichen Größen, die Sie einsetzen. Was machen da die kleinen individuellen Ticks und Besonderheiten schon aus?«

»Ja, was machen sie aus?« fragte Coleman. »Ticks, nur Ticks. Schafticks, Pferdeticks, Wanzen-, Bandwurm-, Guinea-wurm- und Leberegelticks ...«

»›Das Pferd muß getötet werden‹, sagt der Richter. ›Es ist zu alt für die Arbeit.‹ – ›Aber ich nicht‹, sage ich, ›ich kann mit zweiunddreißig noch keine Altersrente kriegen. Oder? Wie kann ich mir meinen Lebensunterhalt verdienen, wenn Sie mir die Mittel dazu nehmen?‹«

Mrs. Viveash lächelte müde. »Sie halten also persönliche Eigentümlichkeiten für etwas Banales und gänzlich Unwichtiges«, sagte sie. »Interessieren Sie sich gar nicht für Ihre Mitmenschen?«

»›Was Sie tun können, weiß ich nicht‹, sagt er. ›Ich sitze hier nur, um Recht zu sprechen.‹ – ›Ein komisches Recht‹, sage ich. ›Was ist das für ein Gesetz, nach dem Sie Recht sprechen?‹«

Shearwater kratzte sich den Kopf. Unter seinem gewaltigen schwarzen Schnurrbart erschien plötzlich sein unschuldiges kindliches Lächeln. »Nein«, sagte er, »ich glaube, das tue ich wirklich nicht. Es war mir nicht bewußt, bevor Sie es sagten. Aber ich glaube, Sie haben recht: kein Interesse.« Er lachte, wie es schien, glücklich über diese Entdeckung an sich selbst.

»›Was das für ein Gesetz ist? Das Tierschutzgesetz, das Gesetz gegen Tierquälerei, das ist es‹, sagt er.«

Mrs. Viveashs Gesicht verzog sich zu einem flüchtigen Lächeln, das spöttisch und leidend in einem war und alsbald wieder verlöschte. »Eines Tages werden Sie ihnen vielleicht sehr viel mehr Interesse abgewinnen als heute – Ihren Mitmenschen«, sagte sie.

»Einstweilen –«, begann Shearwater.

»Hier konnte ich keine Arbeit finden, und weil ich selbständig war, sozusagen mein eigener Chef, bekomme ich auch keine Arbeitslosenunterstützung. Als wir nun hörten, daß es in Portsmouth freie Stellen geben sollte, wollten wir es da einmal versuchen, und wenn wir zu Fuß gehen mußten.«

»Einstweilen habe ich meine Nieren.«

»›Keine Aussichten‹, sagte der zu mir, ›es ist ganz hoffnungslos. Über zweihundert sind schon für drei freie Stellen hiergewesen.‹ Also blieb uns nichts weiter übrig, als wieder umzukehren. Diesmal brauchten wir vier Tage. Sie war schlecht zu Fuß, sehr schlecht zu Fuß. Im sechsten Monat. Unser erstes. Wenn es da ist, wird alles noch viel schlimmer.«

Aus dem schwarzen Bündel drang ein leises Seufzen.

»Hört doch einmal«, unterbrach Gumbril plötzlich das Gespräch. »Das ist wirklich zu schrecklich.« Er war erfüllt von Mitleid und Empörung; er fühlte sich wie ein Prophet in Ninive.

»Da sind zwei arme unglückliche Menschen.« Atemlos erzählte Gumbril ihnen, was er zufällig mitangehört hatte. War es nicht entsetzlich? »Den ganzen Weg nach Portsmouth und zurück zu Fuß, ohne richtiges Essen, und die Frau in anderen Umständen.«

Coleman brach in ein entzücktes Gelächter aus. »Eine Schwangere, eine Gravida, medizinisch gesprochen: ein Fall von Gravidität. Newton hat als erster das Gravitationsgesetz formuliert, und jetzt hat es der unsterbliche Einstein in ein neues System gebracht. Und Gott sprach: Es werde Newstein! Und es ward Licht. Und Gott sprach: Es werde Licht! Und es ward finster auf der Erde.« Er brüllte vor Lachen.

Zusammen brachten sie fünf Pfund auf, und Mrs. Viveash übernahm es, sie dem schwarzen Bündel auszuhändigen. Die Taxifahrer machten ihr Platz, als sie näher kam; es herrschte verlegenes Schweigen. Das schwarze Bündel hob das Gesicht, es war alt und wie ausgewaschen, wie das Gesicht einer Statue am Portal einer Kathedrale. Ein altes Gesicht, und doch merkte man irgendwie, daß es zu einer den Jahren nach noch jungen Frau gehörte. Ihre Hände zitterten, als sie die Banknoten nahm; und als sie den Mund öffnete, um mit einem kaum verständlichen Flüstern ihren Dank zu sagen, sah man, daß sie schon mehrere Zähne verloren hatte.

Die Gesellschaft trennte sich. Jeder ging seines Weges: Mr. Mercaptan zu seinem Rokoko-Boudoir und seinem hübschen Barock-Schlafzimmer in der Sloane Street; Coleman und Zoe zu Gott allein weiß welchen Szenen intimen Lebens in Pimlico; Lypiatt zu seinem Atelier hinter Tottenham Court Road, ein-

77

sam und grüblerisch, vielleicht ein wenig zu ostentativ gebeugt unter der Last seines Unglücks. Dabei war dieses Unglück – armer Titan! – real genug! Hatte er nicht zusehen müssen, wie Mrs. Viveash und dieser unleidliche, dumme und flegelhafte Opps zusammen in einem Taxi fortgefahren waren? »Ich muß den Abend mit einem Tänzchen abschließen«, hatte Myra mit heiserer Stimme auf jenem Sterbebett gehaucht, auf dem sich ihr rastloser Geist in einem Zustand permanenter Erschöpfung befand. Gehorsam hatte Bruin eine Adresse genannt, und das Taxi hatte sie entführt. Aber nach dem Tanz? War es denn möglich, daß dieser ekelhafte, arrogante junge Lümmel ihr Liebhaber war? Und daß sie ihn gern hatte? Kein Wunder, daß Lypiatt gebeugt wie Atlas unter dem Gewicht einer ganzen Welt dahingeschritten war! Und als ihn in Piccadilly eine verspätete einsame Prostituierte ansprach – sie war plötzlich aus dem Dunkel aufgetaucht, doch in seinem Elend hatte er sie nicht bemerkt, als er an ihr vorbeiging – und ihn mit Piepsstimme fragte: »Warum denn so traurig, Schatz?«, da warf er den Kopf zurück und lachte titanenhaft, mit der ganzen Bitterkeit einer edlen Seele im Fegefeuer. Sogar die armen Huren an den Straßenekken spürten den Schmerz, der von ihm ausstrahlte – in pulsierenden Wellen, wie eine Musik, so stellte er es sich vor, eine Musik, die in die Nacht drang. Sogar diese armen Huren! Er ging weiter, verzweifelter, gebeugter denn je; aber dies blieb auf seinem Weg das einzige Abenteuer.

Gumbril und Shearwater wohnten beide in Paddington. Sie machten sich also gemeinsam auf den Weg; schweigend gingen sie nebeneinander die Park Lane hinauf. Gumbril machte einen kleinen Hopser, um mit seinem Begleiter in gleichen Schritt zu kommen. Nicht im gleichen Schritt zu gehen, zumal wenn die Schritte so laut und platt auf das leere Pflaster klatschten, empfand er als unangenehm, als peinlich, ja irgendwie gefährlich. Man gab sich preis, wenn man nicht den Takt hielt; man machte sozusagen die Nacht auf die Anwesenheit von zwei Personen aufmerksam, während es doch, wenn ihre Schritte zusammenklangen, nur eine zu sein schien, mächtiger, gewaltiger und ihrer selbst sicherer als jede der beiden allein. So gingen sie also im Gleichschritt die Park Lane hinauf. Ein Polizist und die drei Dichter, die sich auf ihrem Springbrunnen mürrisch den Rücken wandten, waren außer ihnen die einzigen menschlichen Wesen unter den malvenfarbenen elektrischen Monden.

»Es ist entsetzlich, es ist grauenhaft«, sagte Gumbril endlich nach längerem Schweigen, während dessen er das ganze Grauen von alldem ausgekostet hatte. Vom Leben, natürlich.

»Was ist entsetzlich?« fragte Shearwater. Er ging schwerfällig neben ihm, den großen Kopf gesenkt, den Hut mit beiden auf dem Rücken verschränkten Händen umklammernd, und zuweilen torkelte plötzlich der massige Körper. Shearwater schien immer zwei- oder dreimal soviel Raum einzunehmen wie ein gewöhnlicher Sterblicher. Erfrischend fuhr ihm der Wind mit kühlen Fingern durchs Haar, während er an das Experiment dachte, das er in den nächsten Tagen in seinem Physiologielabor durchführen wollte. In einem geheizten Raum wollte man einen Mann an ein Ergometer anschließen und ihn jeweils einige Stunden arbeiten lassen. Natürlich würde der Mann ausgiebig schwitzen, und man wollte seinen Schweiß sammeln, wiegen, analysieren und so weiter. Interessant wäre zu sehen, was nach ein paar Tagen geschehen würde. Der Mann mußte inzwischen so viel Salz verloren haben, daß sich die Zusammensetzung seines Blutes verändert hatte, mit den schönsten Folgeerscheinungen, die man sich nur denken konnte. Es müßte ein höchst aufschlußreiches Experiment werden. Jetzt störte ihn der Ausruf Gumbrils in seinen Überlegungen. »Was ist entsetzlich?« fragte er, einigermaßen gereizt.

»Diese Leute am Kaffeestand«, antwortete Gumbril. »Es ist erschütternd, daß Menschen so leben müssen. Schlimmer als die Hunde.«

»Hunde haben keinen Grund zur Klage«, sagte Shearwater und schweifte sogleich vom Thema ab. »Übrigens genausowenig wie Meerschweinchen oder Ratten. Das wollen uns nur diese verrückten Vivisektionsgegner einreden!«

»Aber stell dir doch vor«, eiferte sich Gumbril, »was diese armen Menschen zu leiden hatten! Zu Fuß bis nach Portsmouth gehen, um Arbeit zu suchen; und die Frau in anderen Umständen. Erschütternd! Und wenn man bedenkt, wie Menschen aus diesen Schichten für gewöhnlich behandelt werden. Man kann es sich nicht vorstellen, solange man nicht selbst einmal so behandelt worden ist. Im Krieg zum Beispiel, als man sich von der Ärztekommission die Herzklappengeräusche abhorchen lassen mußte – da wurde man so behandelt, als ob man auch zu den unteren Schichten gehörte, wie all die anderen armen Teufel. Das konnte einem die Augen öffnen! Man kam sich da wie ein Stück Schlachtvieh vor, das in den Viehwagen verladen wurde. Und wenn man sich vorstellt, daß die Mehrzahl unserer Mitmenschen ihr ganzes Leben lang wie mißhandelte Tiere herumgestoßen wird!«

Shearwater brummte etwas Unartikuliertes. Wenn man unaufhörlich schwitzte, überlegte er, würde das vermutlich den Tod bedeuten.

Durch die Gitterstäbe blickte Gumbril in das tiefe Dunkel des Parks, der sehr weit und melancholisch war, hier und da mit Lichterketten, die zurückblieben. »Furchtbar«, sagte er und wiederholte noch mehrmals dieses Wort. »Furchtbar, furchtbar.« All die beinamputierten Soldaten, die Drehorgel spielten; all die Straßenhändler, die mit ihren zerrissenen Stiefeln im Rinnstein des Strand standen; die alte Frau an der Ecke von Cursitor Street und Chancery Lane, die Streichhölzer verkaufte und sich vor das linke Auge immer ein Taschentuch hielt, das so gelb und schmutzig wie der Londoner Nebel war. Was war mit ihrem Auge? Er hatte nie gewagt hinzusehen, sondern war an ihr vorbeigeeilt, als ob sie gar nicht da wäre; nur manchmal, wenn der Nebel noch stickiger als sonst war, blieb er einen Moment stehen, um mit abgewandtem Blick eine Kupfermünze auf das Verkaufstablett fallen zu lassen. Und dann waren da die Mörder, die um acht Uhr gehängt wurden, während man selbst gerade mit einer Art wollüstiger Bewußtheit die letzte traumvergoldete Phase des Schlafs auskostete. Da war die schwindsüchtige Putzfrau, die für seinen Vater gearbeitet hatte, bis sie zu schwach geworden und gestorben war. Da gab es die unglücklich Liebenden, die den Gashahn aufdrehten, und die ruinierten Geschäftsleute, die sich vor den fahrenden Zug warfen. Hatte man da wirklich das Recht, zufrieden und gut genährt zu leben, hatte man das Recht auf seine Erziehung und seinen guten Geschmack, das Recht auf seine Bildung, auf geistvolle Gespräche und auf die Komplikationen der Liebe, wie sie nur viel Zeit und Muße erlauben?

Er blickte wieder in die undurchdringliche ländliche Nacht hinter dem Gitter, die unterbrochen wurde von den Perlenschnüren der Laternen. Und er erinnerte sich an eine andere Nacht, vor Jahren, noch während des Krieges, als im Park keine Laternen gebrannt hatten und die elektrischen Monde über dem Fahrdamm fast vollkommen verdunkelt waren. Damals war er dieselbe Straße gegangen, allein und von schmerzlichen Gefühlen bewegt, die, wenn auch die Ursache eine andere war, nicht sehr verschieden waren von denen, die ihn heute nacht bis zum Bersten bewegten. Damals war er hoffnungslos verliebt gewesen.

»Was denkst du über Myra Viveash?« fragte er unvermittelt.

»Denken?« fragte Shearwater. »Ich wüßte nicht, daß ich über sie viel nachgedacht hätte. Sie ist ja wohl kein ausgesprochen philosophisches Problem. Für das, was man von einer Frau erwarten kann, fand ich sie recht amüsant. Ich habe mich mit ihr für Donnerstag zum Lunch verabredet.«

Gumbril empfand plötzlich das Bedürfnis, sich dem anderen vertraulich mitzuteilen. »Es gab einmal eine Zeit«, begann er in einem affektiert leichten, unbefangenen, beiläufigen Ton, »sie liegt Jahre zurück, da hatte ich ihretwegen total den Kopf verloren. Vollkommen.« Diese tränenfeuchten Flecken auf dem Kopfkissen, so kalt an seiner Wange in der Dunkelheit. Und diese Qual zu weinen, vergeblich zu weinen um etwas, das nichts war, das alles in der Welt war! »Es war gegen Ende des Krieges. Ich erinnere mich, wie ich eines Abends diese selbe trostlose Straße entlangging, in völliger Dunkelheit, und mich innerlich verzehrte vor Eifersucht.«

Er schwieg. Geisterhaft, ein bleiches Gespenst, hatte er ihre Gesellschaft gesucht – schweigsam, ganz stummes Flehen. Dieser schweigsame, weiche Mensch, hatte sie von ihm gesagt. Und einmal hatte sie ihm, ob aus Mitleid, ob aus Zuneigung oder auch nur, um den lästigen Geist zu bannen, für zwei, drei Tage das gewährt, worum sein düsteres Schweigen so lange gefleht hatte – doch nur, um es fast im selben Augenblick wieder zurückzunehmen. An jenem Abend, als er dieselbe Straße ging wie eben jetzt, hatte sein Verlangen alles Leben in ihm gleichsam zerfressen, und sein Körper war wie leer gewesen, in einer schmerzenden und ekelerregenden Weise leer. Mit unnachgiebiger Bosheit hatte ihm seine Eifersucht Myra Viveashs Schönheit vor Augen geführt – ihre Schönheit ebenso wie die verhaßten rohen Hände, die sie im gleichen Augenblick liebkosten, und die Augen, die sie jetzt betrachteten. Aber das alles war nun längst vorbei.

»Sie ist zweifellos eine schöne Frau«, bemerkte Shearwater. Er reagierte mit dieser Feststellung erst nach ein paar Schritten auf die letzten Worte Gumbrils. »Ich begreife durchaus, daß sie einem Mann, der in ihren Bann gerät, das Leben schwermachen kann.« Nach ein paar Tagen unaufhörlicher Schweißabsonderung – der Gedanke schoß ihm plötzlich durch den Kopf – könnte tatsächlich der Fall eintreten, daß man Meerwasser durststillender fände als Süßwasser. Sehr merkwürdig!

Gumbril lachte schallend. »Aber es gab auch einmal eine Zeit, als andere auf mich eifersüchtig waren«, erklärte er aufgeräumt. Rache war süß. In der schöneren Welt der Phantasie wurde einem noch Genugtuung zuteil. Da nahm man Revanche mit so mancher treffend abgefeimten Bosheit! »Ich erinnere mich, wie ich ihr einmal einen Vierzeiler schickte.« (In Wahrheit hatte er den Vierzeiler erst Jahre später, als die ganze Geschichte längst vorbei war, geschrieben und auch nie jemandem geschickt – aber das spielte keine Rolle.) »Wie ging er doch noch? Ach ja, so.« Und mit den entsprechenden Gesten die Silben begleitend und unterstreichend deklamierte er:

> »*Puisque nous sommes là, je dois*
> *Vous avertir, sans trop de honte,*
> *Que je n'égale pas le Comte*
> *Casanovesque de Sixfois.*

Gut gegeben, ohne mich rühmen zu wollen. Von eleganter Derbheit, sozusagen.«

Das Lachen Gumbrils war noch bis über den Marble Arch hinaus zu hören. Aber an der Kreuzung der Edgware Road verstummte es unvermittelt. Er hatte sich plötzlich an Mr.

Mercaptan erinnert, und das genügte, ihm die gute Laune zu nehmen.

SECHSTES KAPITEL

Zwischen Whitfield Street und Tottenham Court Road wohnte und arbeitete Casimir Lypiatt in einem – wie er mit seiner charakteristischen Schwäche für eine poetische Ausdrucksweise gern sagte – »himmlischen Marstall«. Nachdem man durch einen überwölbten Torgang aus kahlem rußigem Backstein gegangen war – bei Nacht, wenn die grüne Gaslaterne unter der Wölbung ihren fahlen Schein warf, zu dem die riesigen architektonischen Schatten kontrastierten, konnte man meinen, am Eingang eines der Gefängnisse Piranesis zu stehen –, gelangte man in eine lange, auf beiden Seiten von niedrigen Gebäuden flankierte Sackgasse. Diese Gebäude dienten zur ebenen Erde als Pferdeställe und oben, unterm Dach, als nicht ganz so bequeme Ställe für Menschen. Ein altmodisch anmutender Geruch nach Pferden vermischte sich mit dem fortschrittlicheren Gestank von verbranntem Öl. Die Luft schien hier stickiger zu sein als in den umliegenden Straßen. Auch wenn man an einem sehr klaren Tag die Reihe der Ställe entlangsah, verschwammen und verwischten sich die Konturen und wurden die Farben mit jedem Meter Entfernung satter und tiefer. Dies sei der beste Ort der Welt, um die Luftperspektive zu studieren, pflegte Lypiatt zu sagen, und deshalb wohne er hier. Aber man hatte bei dem armen Lypiatt immer das Gefühl, daß der Humor, mit dem er sein Schicksal trug, ein wenig forciert war.

Das Taxi, in dem Mrs. Viveash saß, fuhr durch den piranesischen Torbogen und setzte dann die Fahrt so langsam fort, als widerstrebe es ihm, seine weißen Reifen auf einem so schmutzigen Pflaster zu beflecken. Der Fahrer drehte sich fragend um.

»Ist es hier?«

Mit dem Zeigefinger im weißen Handschuh stieß Mrs. Viveash zwei- oder dreimal in die Luft, um dem Chauffeur zu bedeuten, er möge weiterfahren. Als sie ungefähr bis zur Mitte der Sackgasse gekommen waren, klopfte Mrs. Viveash an die Trennscheibe; der Mann brachte den Wagen zum Stehen.

»In *der* Gegend bin ich noch nie gewesen«, sagte er, um ein bißchen Konversation zu machen, während Mrs. Viveash in ihrer Tasche nach Geld kramte. Er betrachtete sie mit höflicher, leicht ironischer Neugier, in die sich aber auch aufrichtige Bewunderung mischte.

»Da haben Sie Glück«, sagte sie. »Sie sehen, wie wir armen Damen von Stand heruntergekommen sind.« Dabei reichte sie ihm ein Zwei-Schilling-Stück.

Langsam knöpfte der Mann seine Jacke auf und steckte die Münze in eine der Innentaschen. Er sah zu, wie die Dame die schmutzige Straße überquerte und mit peinlicher Sorgfalt immer auf derselben geraden Linie einen Fuß vor den andern setzte, so als ob sie zwischen weiß der Himmel was für unsichtbaren Abgründen auf einem gespannten Seil balancierte. Ihr Schreiten war wie ein Schweben, mit einem kleinen Hüpfer bei jedem Schritt, und der Rock ihres sommerlichen Kleides – weiß mit einem durchgehenden schwarzen Blumenmuster – umflatterte sie bauschig bei ihrem wiegenden Gang. Heruntergekommen? Was Sie nicht sagen! Mit unnötigem Kraftaufwand startete der Mann den Motor; aus irgendeinem Grunde fühlte er sich ehrlich entrüstet.

Zwischen den breiten Doppeltüren, durch die die Pferde zu ihren Futtertrögen und Ruheplätzen gingen, befanden sich kleine, schmale Türen für Menschen – für die *Yahoos*[1], wie Lypiatt in seiner sich in vagen Anspielungen gefallenden Sprache sagte; und wenn er diesen Ausdruck gebrauchte, begleitete er ihn mit dem lauten und zynischen Lachen eines Mannes, der sich selbst als mißverstandenen, verbitterten Prometheus sah. Vor einer dieser kleinen Yahoo-Türen blieb Mrs. Viveash stehen und klopfte so laut, wie es ein kleiner und leicht verrosteter Türklopfer erlaubte. Geduldig wartete sie, während sich ein

---

1 In Jonathan Swifts *Gullivers Reisen* nennen die mit Vernunft begabten Pferde die Menschen so. (Anm. d. Ü.)

paar kleine Schmutzfinken um sie sammelten und sie angafften. Sie klopfte noch einmal und wartete weiter. Vom Ende der Sackgasse her kamen noch mehr Kinder gelaufen, und in der Tür eines der benachbarten Häuser erschienen zwei Mädchen von fünfzehn oder sechzehn Jahren, die sogleich in ein Gelächter ausbrachen, das laut und hyänenhaft war und dem jede Fröhlichkeit fehlte.

»Hast du schon mal etwas vom ›Rattenfänger von Hameln‹ gehört?« fragte Mrs. Viveash das Kind, das sich am nächsten an sie herangedrängt hatte. Es wich erschrocken zurück und schlich sich fort. »Natürlich nicht, dachte ich's mir doch!« sagte sie und klopfte noch einmal.

Endlich ließ sich ein Geräusch von Schritten vernehmen. Langsam und schwerfällig stieg jemand eine steile Treppe hinunter. Die Tür ging auf.

»Willkommen im Schloß!« Mit dieser pompösen Formel begrüßte Lypiatt seine Gäste.

»*Endlich* willkommen«, verbesserte Mrs. Viveash und folgte ihm eine enge dunkle Treppe hinauf, die steil wie eine Leiter war. Lypiatt trug eine Samtjacke und Leinenhosen, die gewaschen weiß gewesen wären. Er hatte zerzaustes Haar und schmutzige Hände.

»Haben Sie öfter als einmal geklopft?« fragte er und drehte sich nach ihr um.

»Mehr als zwanzigmal«, behauptete sie mit entschuldbarer Übertreibung.

»Ich bitte tausendmal um Verzeihung, aber ich war so in meine Arbeit vertieft. Haben Sie lange warten müssen?«

»Die Kinder hatten jedenfalls ihren Spaß.« Mrs. Viveash hatte den ärgerlichen, wahrscheinlich aber doch unberechtigten Verdacht, daß Casimir sich nicht ganz ahnungslos in seine Arbeit »vertieft« hatte, mit anderen Worten, daß er schon ihr erstes Klopfen gehört hatte, aber nur um so tiefer in die Abgründe innerer Versunkenheit getaucht war, in denen sich der wahre Künstler immer befindet oder doch befinden sollte, und daß er sich erst bei ihrem dritten Klopfen langsam, mit schmerzlichem Widerstreben, erhoben hatte, mit einem Fluch auf die Zudringlichkeit einer Welt, die auf diese geräuschvolle

Weise den Strom seiner Inspiration unterbrach. »Merkwürdig, wie sie einen anstarren«, fuhr sie mit einem Ton von Gereiztheit in ihrer ersterbenden Stimme fort, an dem nicht die Kinder schuld waren. »Sieht man denn wirklich so sehr wie ein Schreckgespenst aus?«

Oben angelangt, riß Lypiatt die Tür auf und wartete auf der Schwelle auf sie.

»Merkwürdig?« fragte er. »Aber nicht ein bißchen!« Als sie an ihm vorbei in den Raum trat, legte er die Hand auf ihre Schulter und ging mit ihr zusammen hinein, während hinter ihnen die Tür ins Schloß fiel. »Nur ein Beispiel für die instinktive Antipathie des Mobs gegen das aristokratische Individuum. Das ist das Ganze. ›Oh, warum bin ich mit einem anderen Gesicht geboren?‹[1]

Na, Gott sei Dank bin ich's. Und Sie desgleichen. Aber das Anderssein hat auch seine Nachteile: Die Kinder werfen mit Steinen nach uns.«

»Mit Steinen haben sie nicht geworfen.« Diesmal hielt sich Mrs. Viveash fast zu genau an die Wahrheit.

In der Mitte des Ateliers blieben sie stehen. Der Raum war nicht sehr groß und mit Möbeln vollgestellt. Die Staffelei stand ungefähr in der Mitte, und um sie herum hatte Lypiatt für einen stets freien Platz gesorgt. Ein breiter freigeräumter Durchgang führte zur Tür, ein anderer, schmalerer, der sich zwischen Kisten, Möbeln und Bücherstapeln hindurchwand, gab den Zugang zum Bett. Dann waren da ein Klavier und ein Tisch, auf dem stets schmutziges Geschirr und die Reste der letzten zwei oder drei Mahlzeiten herumstanden. Zu beiden Seiten des Kamins waren Bücherregale angebracht, aber Stapel von staubigen Büchern lagen auch überall auf dem Fußboden. Mrs. Viveash betrachtete das Bild auf der Staffelei (wieder abstrakt – es gefiel ihr nicht), und Lypiatt – er hatte die Hand von ihrer Schulter genommen und war ein paar Schritte zurückgetreten, um sie besser sehen zu können – musterte sie mit großen ernsten Augen.

---

1 Zitat aus William Blakes Gedicht »An Thomas Butts«. (Anm. d. Ü.)

»Darf ich Sie küssen?« fragte er.

Mrs. Viveash wandte ihm ihr Gesicht mit dem Lächeln einer Sterbenden zu, zog die Brauen ironisch in die Höhe und richtete ihre Augen auf ihn, ruhig, unverwandt, sehr hell und so strahlend wie ausdruckslos. »Wenn es Ihnen wirklich Spaß macht«, sagte sie. »Mir nicht, muß ich gestehen.«

»Sie fügen mir einen großen Schmerz zu«, sagte Lypiatt, und er sagte es so ruhig und unaffektiert, daß sie überrascht aufhorchte; sie war von ihm sonst heftigere und bombastischere Beteuerungen gewöhnt.

»Es tut mir sehr leid«, sagte sie, und es tat ihr wirklich leid. »Aber ich kann nichts dafür, das sehen Sie doch ein?«

»Ich sehe es ein«, sagte er. »Sie können nichts dafür.« Hier sprach Prometheus in seiner Verbitterung. »So wenig wie die Tigerin.« Er hatte begonnen, auf dem freien Gang zwischen der Staffelei und der Tür auf und ab zu gehen; er ging gern auf und ab, während er sprach. »Es macht Ihnen Spaß, mit dem Opfer zu spielen«, fuhr er fort. »Es soll langsam sterben.«

Beruhigt deutete sie ein Lächeln an. Dies war der alte Casimir. Solange er noch so sprechen konnte – wie in einem altmodischen französischen Roman –, war alles in Ordnung, konnte er nicht gar so unglücklich sein. Sie setzte sich auf den nächsten freien Stuhl, und Lypiatt fuhr fort, auf und ab zu gehen, und fuchtelte dabei mit den Armen.

»Aber vielleicht ist es gut zu leiden«, sagte er, »vielleicht ist es unvermeidlich und notwendig. Vielleicht sollte ich Ihnen dafür dankbar sein. Kann ein Künstler etwas schaffen, wenn er glücklich ist? Hat er dann noch den Wunsch, irgend etwas zu tun? Was ist denn die Kunst anderes als ein Protest gegen die grauenhafte Härte des Lebens?« Die Arme in einer fragenden Gebärde ausgestreckt, blieb er vor ihr stehen. Mrs. Viveash zuckte die Achseln. Sie wußte es wirklich nicht, sie konnte ihm nicht antworten. »Aber das ist ja alles Unsinn«, stieß er hervor, »alles Quatsch. Ich möchte glücklich und zufrieden sein und Erfolg haben, und natürlich würde ich besser arbeiten, wenn ich glücklich und zufrieden wäre. Aber vor allem anderen wünsche ich mir Sie. Sie möchte ich besitzen, ganz, ausschließlich und für immer, und eifersüchtig über Sie wachen. Mein Verlangen ist wie Rost, der mir das Herz zerfrißt, wie eine Motte, die Löcher in das Gewebe meines Hirns nagt. Und Sie lachen nur!« Er warf die Arme hoch und ließ sie schwer wieder fallen.

»Aber ich lache nicht«, beteuerte Mrs. Viveash. Im Gegenteil, es tat ihr sehr leid, und obendrein langweilte er sie beträchtlich, was schlimmer war. Sie hatte einmal, nur ein paar Tage lang, geglaubt, sich in ihn verliebt zu haben. Sein impulsives Temperament schien stark genug, sie mit der Gewalt eines Sturmes mitzureißen. Aber sehr bald hatte sie ihren Irrtum erkannt. Dann hatte er sie nur noch amüsiert, und jetzt langweilte er sie nur noch. Nein, von Lachen konnte nicht die Rede sein. Sie fragte sich, warum sie sich überhaupt noch mit ihm abgab. Einfach nur deshalb, weil man mit jemandem zusamn sein mußte? Oder warum sonst? »Wollen Sie nun an meinem Porträt weiterarbeiten?« fragte sie.

Lypiatt seufzte. »Ja, es ist wohl das beste, wenn ich mich wieder an die Arbeit mache. Die Arbeit ist jetzt das einzige, was mir noch bleibt. ›Porträt einer Tigerin‹?« Hier sprach das zynische Genie. »Oder soll ich es ›Porträt einer Frau, die nie geliebt hat‹ nennen?«

»Das wäre eine sehr alberne Bezeichnung.«

»Oder auch ›Porträt von des Künstlers Herzeleid‹? Das wäre gut, sogar verdammt gut!« Mit einem dröhnenden Lachen schlug er sich auf die Schenkel. Mrs. Viveash fand, daß er besonders häßlich aussah, wenn er lachte. Sein Gesicht schien dabei ganz und gar zu zerbrechen; da war nicht ein Stückchen Haut, das nicht in der brutalen Grimasse seiner Heiterkeit zu Runzeln und Fältchen wurde. Sogar seine Stirn wurde durch sein Lachen ruiniert. Normalerweise ist die Stirn der menschlichste Teil eines Gesichts. Die Nase mag zucken, der Mund sich zum Grinsen verzerren und die Augen mögen noch so äffisch zwinkern und blinzeln, aber die Stirn kann dabei rein und heiter bleiben; die Stirn weiß auch dann noch den Adel des Menschen zu wahren. Aber wenn Casimir lachte, nahm auch seine Stirn an der grimassenhaften Verzerrung des übrigen Gesichts teil. Und manchmal genügte es auch, daß er nur lebhaft sprach, ohne dabei zu lachen, und schon verzog und verzerrte sich seine Stirn wie im Zustand einer entsetzlichen Erregung.

»Porträt von des Künstlers Herzeleid« – Myra fand es nicht besonders komisch.

»Die Kritik wird darin so etwas wie ›Problemkunst‹ sehen wollen«, sagte Lypiatt. »Und, weiß Gott, das wird es auch werden. Sie *sind* ein Problem. Sie sind die Sphinx, und ich möchte Ödipus sein und Sie töten dürfen.«

Diese ewige Mythologie, dachte Mrs. Viveash. Sie schüttelte den Kopf.

Er bahnte sich einen Weg durch die Unordnung auf dem Fußboden und hob ein Bild auf, das in der Nähe des Fensters mit der Vorderseite gegen die Wand gelehnt stand. Er hielt es auf Armeslänge von sich, um es, mit kritisch zur Seite geneigtem Kopf, prüfend zu betrachten. »O doch, es ist gut«, sagte er ruhig. »Gut. Schauen Sie es sich einmal an.« Er kam etwas näher und lehnte das Bild an den Tisch, so daß Mrs. Viveash es sehen konnte, ohne vom Stuhl aufstehen zu müssen.

Es stellte sie dar oder doch eine stürmische Vision von ihr: Myra, gesehen durch einen Tornado. Lypiatt hatte sie in dem Porträt entstellt, hatte sie länger und dünner gemalt, als sie war. Er hatte aus ihren Armen glatte Röhren gemacht und auf die Rundung ihrer Wange einen metallischen Glanz gelegt. Die Gestalt schien sich von der Oberfläche der Leinwand ein wenig rückwärts zu entfernen, gleichzeitig aber auch sich zur Seite zu neigen, etwa so wie eine Elfenbeinstatuette, die aus der geschwungenen Spitze eines großen Stoßzahns geschnitzt ist. Nur fehlte dieser Drehung in dem Porträt irgendwie die Grazie – sie war ohne Sinn und Witz.

»Sie haben mich gemalt, als ob mich der Sturm aus der Fasson geblasen hätte«, sagte Myra endlich. Was bezweckte er mit dieser Zurschaustellung von Gewalt und Gewaltsamkeit? Mrs. Viveash mochte das Bild nicht, nein, es gefiel ihr ganz und gar nicht. Casimir war von ihrer Bemerkung entzückt. Er schlug sich auf die Schenkel und lachte, daß sein nervöses und markantes Gesicht wieder wie in tausend Teilchen zersprang.

»Ja, das ist gut«, rief er laut. »Bei Gott, wie wahr! Vom Sturm aus der Fasson geblasen. Das ist es, Sie sagen es.« Wieder ging er stampfend und gestikulierend im Atelier auf und ab. »Der Sturm, der große Sturm in mir.« Er schlug sich an die

89

Stirn. »Der Sturm des Lebens, der stürmische West. Ich spüre ihn in mir, ich spüre sein Wehen und seine Gewalt. Er reißt mich mit sich fort. Denn wenn er auch in mir ist, so ist er doch mehr als ich, er ist eine Gewalt, die von anderswo kommt, er ist das Leben selbst, er ist Gott. Er reißt mich fort, dem widrigen Schicksal zum Trotz, und gibt mir die Kraft, weiterzuarbeiten, weiterzukämpfen.« Lypiatt hatte etwas von einem Mann, der nachts allein auf einer einsamen Straße geht und singt, um sich Mut zu machen und sich in seiner Existenz zu bestätigen. »Und wenn ich male, wenn ich schreibe oder meine Musik improvisiere, dann macht er mir die Dinge gefügig, die ich im Sinne habe. Er treibt sie in *eine* Richtung, so daß alles, was ich tue, einem Baum gleicht, der mit allen Zweigen nach Nordosten zeigt, mit dem Stamm aber von der Wurzel aus gerade nach oben weist, als wolle er so den atlantischen Stürmen entgehen.«

Lypiatt streckte die Arme aus und bewegte die gespreizten und vor lauter Muskelanspannung zitternden Hände langsam nach oben und zur Seite, genauso, als ob er den Stamm eines kleinen, vom Winde ausgedörrten Baumes streichelte, der hoch über dem Meer stand.

Mrs. Viveash war noch immer in die Betrachtung des unvollendeten Porträts versunken. Es war so grell, so gefällig und banal effektvoll wie eine Vermouth-Reklame in den Straßen von Padua. Cinzano, Bonomelli, Campari – berühmte Namen. Giotto und Mantegna indessen moderten in ihren Kapellen.

»Jetzt sehen Sie sich das einmal an«, fuhr Lypiatt fort. Er nahm das Bild, das auf der Staffelei stand, herunter und zeigte es ihr. Es war eines seiner abstrakten Gemälde, ein Zug von maschinenartigen Formen, diagonal von rechts unten nach links oben über die Leinwand stürmend, wobei dann eine Art von Gischt, der eine geheime Kraft symbolisieren mochte, vom Wogenkamm zur rechten Bildecke zurücksprühte. »In diesem Bild habe ich den Eroberergeist des Künstlers symbolisch dargestellt«, sagte er, »der die Welt erobert und sie sich untertan macht.« Er begann sogleich zu deklamieren:

Schau hinab, Konquistador!
Dort im grünen Grund des weiten Tals

Liegt der See. Wie Juwelen leuchten die Städte;
Chalco und Tlacopan
Erwarten den Mann, der da kommt.
Schau hinab auf Mexiko, Konquistador,
Land deines goldenen Traums!

Und nun dasselbe Motiv musikalisch ausgedrückt —« Lypiatt
stürzte zum Klavier und beschwor eine etwas verzerrte Erinnerung an Skrjabin. »Begreifen Sie?« fragte er, fieberhaft erregt,
als der Geist Skrjabins wieder gebannt und das traurige, einfäl-
tige Geklimper verklungen war. »*Fühlen* Sie es? Der Künstler
stürmt in die Welt hinaus, erobert sie und verleiht ihr Schönheit
und moralische Bedeutung.« Lypiatt kehrte zu seinem Bild zurück. »Es wird schön werden, wenn es erst einmal fertig ist«,
sagte er. »Eine tolle Sache. Auch hier spüren Sie den Sturm.«
Mit dem Zeigefinger folgte er dem Ansturm der Formen. »Der
wilde Südwest treibt sie vor sich her. ›Wie Blätter, die vorm
Zauberer fliehn.‹ Nur, daß es kein Chaos, keine Unordnung
gibt. Sie werden sozusagen in Viererreihen geordnet fortgetrie-
ben – von einem Sturm, der weiß, was er tut.« Er lehnte das
Bild gegen den Tisch und konnte nun wieder ungehindert durch
das Atelier marschieren und dazu die Erobererfäuste schwin-
gen.

»Das Leben«, sagte er, »das Leben ist das einzig Wesentliche. Man muß das Leben in seine Kunst bringen, sonst taugt sie
nichts. Und das Leben kommt nur von Leben, es kommt aus
Leidenschaft und Gefühl, nicht aus Theorien. Darum ist das
ganze Geschwätz über *l'art pour l'art*, über die ästhetischen
Emotionen, die rein formalen Werte und so weiter so dumm!
Nur die formalen Verhältnisse sollen zählen, und ein Motiv sei
so gut wie das andere – das ist ihre Theorie. Aber Sie brauchen
sich nur die Bilder anzusehen, mit denen diese Theorie in die
Praxis umgesetzt werden soll, um zu begreifen, daß es so nicht
geht. Leben kommt nur aus Leben. Und malen muß man aus
Leidenschaft. Die Leidenschaft stimuliert den Intellekt, dann
auch die rechten formalen Verhältnisse zu finden. Aber um mit
Leidenschaft malen zu können, muß man das malen, was einen
leidenschaftlich interessiert, etwas, das einen bewegt, kurz, das

Menschliche. Niemand, mit Ausnahme eines pantheistischen Mystikers wie van Gogh, kann sich im Ernst für Servietten, Äpfel und Flaschen so interessieren wie für das Gesicht seiner Geliebten oder die Auferstehung oder das Schicksal der Menschheit. Hätte Mantegna wohl seine großartigen Kompositionen konzipieren können, wenn er Arrangements von Chianti-Flaschen und Käse gemalt hätte statt Kreuzigungen, Märtyrer und den Triumph von Helden? Nur ein Narr könnte das glauben. Und hätte ich dieses Porträt malen können, wenn ich Sie nicht geliebt hätte und wenn Sie mich nicht gemartert hätten?«

Ah, Campari und Cinzano!

»Leidenschaftlich male ich die Leidenschaft. Aus dem Leben gewinne ich das Leben. Und den andern viel Spaß mit ihren Flaschen, kanadischen Äpfeln und schmuddligen Servietten mit ihren ekligen Falten, die wie verschlungene Eingeweide aussehen!« Hier verzerrte wieder einmal das Lachen Lypiatts Gesicht aufs gräßlichste. Dann schwieg er.

Langsam und nachdenklich nickte Mrs. Viveash. »Ich denke, Sie haben recht«, sagte sie. Ja, er hatte gewiß recht; es kam auf das Leben an, das Leben war das Wesentliche. Und genau darum waren seine Bilder so schlecht – sie begriff es jetzt; weil kein Leben in ihnen war. Viel Lärm, viel Gestikulieren, heftige, wie elektrisierte Zuckungen, aber kein Leben, nur die theatralische Zurschaustellung von Leben. Es war wie eine undichte Stelle in der Leitung. Irgendwo zwischen dem Mann und seinem Werk lief das Leben aus. Er deklamierte zuviel. Aber es war zwecklos, nichts konnte die Abwesenheit von Leben verbergen. Das Bild, das er von ihr gemalt hatte, zeigte eine tanzende Mumie. Mrs. Viveash fand ihn langweilig. War er ihr vielleicht sogar ausgesprochen unsympathisch? Sie stellte sich die Frage, ohne daß sie der Blick ihrer klaren hellen Augen verraten hätte. Jedenfalls, meinte sie, mußte man nicht immer die Leute gern haben, mit denen man umging. Es gab schließlich das Varieté und andererseits das intime Boudoir; die einen lud man zum Tee und zum Tête-à-tête, die anderen schickte man auf die Bühne – für sie selbst, diese Ärmsten, freilich unsichtbar – und ließ sie dort ihre kleinen Gesangs- und Tanznummern vorführen oder ihren Text herunterrasseln. Hatten sie ihren Beitrag zur Unterhaltung geleistet, entließ man sie mit dem gebührenden Applaus. Aber was war zu tun, wenn sie anfingen, lästig zu werden?

»Aber jetzt«, meinte Lypiatt endlich, nachdem er eine lange Weile nur so dagestanden und an seinen Nägeln gekaut hatte, »jetzt sollten wir wohl mit unserer Sitzung beginnen.« Er nahm das halbfertige Porträt auf und stellte es wieder auf die Staffelei. »Ich habe schon viel Zeit verloren, und gar so viel bleibt nicht mehr.« Er sagte es, offenbar düster gestimmt, und schien plötzlich wie eingeschrumpft und abgezehrt. »Gar so viel Zeit ist nicht mehr zu verlieren«, wiederholte er seufzend. »Wissen Sie, in meiner Vorstellung bin ich immer noch ein junger Mann, jung und vielversprechend. Casimir Lypiatt – der Name klingt doch jung und verheißungsvoll, nicht wahr? Aber ich bin nicht mehr jung, ich bin aus dem Alter der Versprechungen hinaus. Manchmal mache ich es mir klar, und das ist dann schmerzlich und niederdrückend.«

Mrs. Viveash stieg auf das Podium und setzte sich. »Ist es so gut?« fragte sie.

Lypiatt musterte erst sie und darauf das Bild. Ihre Schönheit und seine Leidenschaft – konnten sie sich nur auf der Leinwand begegnen? Ihr Liebhaber war Opps. Die Zeit verging; er fühlte sich müde. »Ja, so geht es«, sagte er und begann zu malen. »Wie jung sind Sie?« fragte er nach einer Weile.

»Ich glaube, fünfundzwanzig.«

»Fünfundzwanzig? Lieber Gott, es ist fast fünfzehn Jahre her, daß ich fünfundzwanzig war. Fünfzehn Jahre eines fortwährenden Kampfes. O Gott, wie hasse ich manchmal die Menschen! Jeden. Ich meine nicht ihre Bosheit; die kann ich ihnen im gleichen Maße heimzahlen. Was ich meine, ist ihre Fähigkeit zum Schweigen und zur Gleichgültigkeit, ihr Talent, sich taub zu stellen. Hier bin ich, der ihnen etwas zu sagen hat, etwas Wichtiges, etwas Wesentliches. Und ich sage es seit mehr als fünfzehn Jahren, ich schreie es hinaus. Aber niemand hört mich. Ich bringe ihnen meinen Kopf und mein Herz auf einem Tablett dar, und sie bemerken es überhaupt nicht. Zuweilen frage ich mich, wie lange ich das alles noch ertrage.« Seine

Stimme war sehr leise geworden, und sie zitterte. »Da ist man nun fast vierzig Jahre alt, Sie verstehen ...« Heiser verklang seine Stimme, bis sie verstummte. Mit trägen Bewegungen, so als sei er erschöpft von dieser Arbeit, begann er, die Farben auf der Palette zu mischen.

Mrs. Viveash sah ihn an. Nein, er war nicht jung. Er kam ihr in diesem Augenblick sogar viel älter vor, als er tatsächlich war. Da stand ein alter Mann, kränklich, erschöpft, mit scharfen Zügen. Er hatte versagt, er war unglücklich. Aber wenn die Welt ihm Erfolg geschenkt hätte, dann hätte es ihr an Urteilsfähigkeit und Gerechtigkeit fehlen müssen.

»Es gibt Menschen, die an Sie glauben«, sagte sie. Was sonst hätte sie ihm sagen können?

Lypiatt sah zu ihr auf. »Sie?« fragte er.

Mrs. Viveash nickte. Es war eine bewußte Lüge. Aber konnte man ihm die Wahrheit sagen? »Und schließlich gibt es ja noch die Zukunft«, beruhigte sie ihn, und in ihrer Stimme, dieser matten Stimme einer Moribunden, schien eine absolute Sicherheit zu liegen, als sie ihre Prophezeiung machte. »Sie sind noch nicht vierzig. Sie haben noch zwanzig, dreißig Jahre des Schaffens vor sich. Auch andere haben warten müssen – lange warten, mancher bis nach seinem Tode. Große Männer, Blake zum Beispiel ...« Sie schämte sich aufrichtig, sie sprach ein wenig wie der Doktor Frank Crane. Aber sie schämte sich noch mehr, als sie sah, daß Casimir weinte und daß ihm die Tränen, eine nach der anderen, langsam das Gesicht herunterrollten.

Er setzte die Palette ab, stieg auf das Podium und kniete zu ihren Füßen nieder. Er nahm ihre Hand zwischen seine beiden Hände und beugte sich über sie; er preßte sie an seine Stirn, als sei sie ein Zauber gegen traurige Gedanken, dann küßte er sie, und bald war sie von seinen Tränen naß. Er weinte fast unhörbar.

»Es ist ja alles gut«, sagte Mrs. Viveash immer wieder und legte die freie Hand auf seinen gebeugten Kopf. Sie tätschelte seinen Kopf wie den eines großen Hundes, der einem die Schnauze zwischen die Knie legt. Noch während sie ihn tätschelte, empfand sie, wie sehr ihre Geste jeder Bedeutung, jeder wirklichen Vertrautheit bar war. Wenn sie ihn wirklich geliebt hätte, wäre sie ihm mit den Fingern durchs Haar gefahren; aber aus irgendeinem Grunde war ihr sein Haar ziemlich widerlich. »Es ist ja alles gut.« Aber natürlich war überhaupt nichts gut, und sie tröstete ihn, indem sie ihm etwas vortäuschte, und er kniete vor einem Menschen, der überhaupt nicht da war – so distanziert, so weit weg von dieser ganzen Szene und von all seinen Nöten war sie in Wirklichkeit.

»Sie sind der einzige Mensch, der nicht gleichgültig oder verständnislos ist«, sagte er schließlich.

Mrs. Viveash war nahe daran zu lachen.

Er begann von neuem ihre Hand zu küssen.

»Schöne, bezaubernde Myra – das sind Sie immer gewesen. Aber jetzt sind Sie auch gut und lieb, jetzt weiß ich, daß Sie auch Herz haben.«

»Mein armer Casimir!« sagte sie. Warum nur wurde man immer in fremdes Leben hineingezogen? Könnte man doch sein Leben nach dem Prinzip der nebeneinanderfahrenden Züge einrichten! Parallele Gleise – das war es! Für ein paar Kilometer reiste man mit derselben Geschwindigkeit. Man unterhielt sich aufs angeregteste von Fenster zu Fenster; in den respektiven Speisewagen würde man die Omelette hier gegen die Pastete dort austauschen. Und wenn man sich alles gesagt hatte, was zu sagen war, würde man die Lokomotive ein bißchen mehr unter Dampf setzen, würde dem anderen Adieu winken, eine Kußhand zuwerfen – und auf den glatten, glänzenden Schienen auf- und davonfahren. Doch statt dessen gab es diese gräßlichen Unfälle. Da waren die Weichen falsch gestellt, und zwei Züge stießen zusammen. Oder jemand sprang auf den Zug, während man durch eine Station fuhr, belästigte einen und ließ sich nicht wieder abschütteln. Armer Casimir! Aber er irritierte sie, ja, er ging ihr entsetzlich auf die Nerven. Sie durfte ihn nicht wiedersehen.

»Ich kann Ihnen also nicht vollkommen unsympathisch sein?«

»Aber natürlich nicht, mein armer Casimir!«

»Wenn Sie wüßten, wie sehr ich Sie immer geliebt habe!« Mit einem Blick der Verzweiflung sah er zu ihr auf.

»Aber was nützt es?« fragte sie.

»Haben Sie je erlebt, was es heißt, einen Menschen so zu lieben, daß Sie glauben, Sie könnten daran sterben? So sehr, daß es immer weh tut? Wie eine Wunde? Haben Sie das je erlebt?«

Mrs. Viveash lächelte ihr schmerzvolles Lächeln, nickte langsam und sagte: »Vielleicht. Aber wissen Sie, man stirbt nicht daran.«

Lypiatt lehnte sich zurück und starrte sie an. Die Tränen auf seinem Gesicht waren getrocknet, seine Wangen waren gerötet. »Wissen Sie, was es bedeutet«, fragte er, »so sehr zu lieben, daß Sie den physischen Schmerz herbeisehnen, um damit den Schmerz der Seele zu betäuben? Sie wissen es nicht.« Plötzlich begann er mit der geballten Faust auf das hölzerne Podest zu schlagen, auf dem er kniete, immer wieder und mit aller Kraft, die er hatte.

Mrs. Viveash beugte sich nach vorn in dem Versuch, seine Hand festzuhalten. »Casimir, Sie sind wahnsinnig«, sagte sie. »Sie sind vollkommen wahnsinnig. Hören Sie auf damit!« Ihre Stimme klang zornig.

Lypiatt lachte, bis sein Gesicht eine Grimasse aus tausend Stücken war, und zeigte ihr seine blutigen Knöchel. Die Haut hing in kleinen weißen Fetzen hinab, und darunter trat das Blut langsam an die Oberfläche. »Sehen Sie«, sagte er und lachte wieder. Plötzlich sprang er, überraschend beweglich, auf, sprang vom Podest herab und begann von neuem, in dem freien Durchgang zwischen der Staffelei und der Tür auf und ab zu gehen.

»O Gott!« sagte er einmal über das andere, »o Gott! Ich fühle es in mir. Ich kann es mit allen aufnehmen, mit der ganzen verdammten Bande. O ja! Und ich werde alle ausstechen. Denn ein *Künstler*« – er beschwor zu seiner Unterstützung das von der Tradition geheiligte Gespenst und suchte Schutz in den weiten Falten seines bunten Mantels – »ein Künstler läßt sich vom Unglück nicht beugen, sondern gewinnt neue Kraft aus ihm. Die Qualen, die er erleidet, zwingen ihm neue Meisterwerke ab ...«

Er sprach von seinen Büchern, seinen Gedichten, seinen Bildern und all den großen Dingen, die ihm durch den Kopf gingen, und auch von denen, die er bereits geschaffen hatte. Er sprach von seiner Ausstellung – diesmal würde man aus dem Staunen nicht herauskommen; es würde umwerfend werden. Das Blut stieg ihm zu Kopf, die hohen, hervortretenden Bakkenknochen glühten. Er fühlte das Blut heiß hinter seinen Augen. Sein Lachen dröhnte. Er war ein lachender Löwe. Er streckte seine Arme aus, und er war ein Riese. Seine Arme reichten weit wie die Zweige der Zeder. Der *Künstler* schritt durch die Welt, hinter ihm die räudige Meute kläffender und schnappender Hunde. Der große Sturm blies und blies und trieb ihn vor sich her. Der Sturm hob den Künstler in die Luft, und er begann zu fliegen.

Mrs. Viveash hörte ihm zu. Es sah nicht so aus, als ob er heute mit dem Porträt sehr viel weiter kommen würde.

SIEBTES KAPITEL

Es war der Tag der Vernissage. Nach und nach trafen die Kritiker ein, und Mr. Albemarle bewegte sich unter ihnen mit hoheitsvoller Liebenswürdigkeit. Der junge Angestellte trieb sich bald hier, bald dort herum, bemüht, zu hören, was diese bedeutenden Männer zu sagen hatten, und dabei doch den Anschein zu vermeiden, daß er horchte. Die Bilder Lypiatts hingen an den Wänden, und der Katalog, ein stattliches Werk mit einem Vorwort und Anmerkungen, war in allen Händen.

»Sehr stark«, wiederholte Mr. Albemarle, »wirklich sehr stark!« Es war die Parole, die er für diesen Tag ausgegeben hatte.

Der kleine Mr. Clew, der die *Daily Post* vertrat, war enthusiastisch. »Wie gut er schreiben kann!« bemerkte er, von seinem Katalog aufblickend, gegenüber Mr. Albemarle. »Und wie gut seine Bilder sind! Dieses *Impasto*!«

Impasto, Impasto – der junge Angestellte entfernte sich unauffällig, um an seinem Schreibtisch sogleich das Wort zu notieren. Er wollte es später in Grubbs *Wörterbuch der Kunst und*

97

der Künstler nachschlagen. Dann ging er zurück, um nach manchem Umweg wie durch Zufall wieder in der Nähe von Mr. Clew aufzutauchen.

Mr. Clew war einer dieser seltenen Menschen, die von einer echten Leidenschaft für die Kunst beseelt sind. Er liebte die Malerei, ohne Unterschiede zu machen. In einer Gemäldegalerie war er wie ein Türke in seinem Harem: er mochte sie alle. Er liebte Memling ebenso wie Raffael und Grünewald, Michelangelo, Holman Hunt, Manet, Romney oder Tintoretto – wie glücklich wäre er mit jedem von ihnen gewesen! Zuweilen zwar konnte er auch hassen, aber nur solange noch nicht eine längere Vertrautheit zur Liebe geführt hatte. So hatte er sich zum Beispiel bei der Nach-Impressionisten-Ausstellung 1911 sehr entschieden geäußert. »Eine obszöne Farce«, hatte er damals geschrieben. Heute dagegen gab es keinen größeren Bewunderer von Matisse als ihn. Als Kunstkenner und Kunstwissenschaftler war Mr. Clew sehr geschätzt. Man brachte ihm schmutzige alte Bilder zur Begutachtung, und sofort erklärte er: »Aber das ist ja ein El Greco« – oder Piazzetta oder sonst jemand mit einem berühmten Namen. Wenn man ihn fragte, woher er das wußte, pflegte er mit den Schultern zu zucken und zu sagen: »Aber die Handschrift ist doch unverkennbar.« Seine Sicherheit und sein Enthusiasmus waren ansteckend. Seitdem El Greco Mode geworden war, hatte er Dutzende von Frühwerken des großen Meisters entdeckt. Allein für Lord Petersfields Sammlung waren es vier gewesen (in Wahrheit alles Arbeiten von Schülern Bassanos). Das Vertrauen Lord Petersfields in Mr. Clew kannte keine Grenzen; sogar die Geschichte mit den italienischen Primitiven hatte es nicht zu erschüttern vermocht. Es war eine traurige Geschichte gewesen: der Duccio Lord Petersfields hatte Anzeichen von Sprüngen gezeigt, weshalb der Gutstischler gerufen wurde. Nachdem der Mann einen Blick auf die Holztafel geworfen hatte, meinte er nur: »Ich habe noch nie ein Stück Illinois-Hickorynuß gesehen, das so frisch verarbeitet worden ist.« Danach sah er sich den Simone Martini an, von dem er wiederum voll des Lobes war. Gut abgelagertes Holz mit feiner Maserung, das nicht in hundert Jahren Risse zeigen würde. »Ein besseres Stück Holz ist noch nie aus Amerika gekommen.« Er neigte zu Übertreibungen. Aufs äußerste erzürnt, entließ Lord Petersfield den Tischler auf der Stelle. Nicht lange darauf äußerte er Mr. Clew gegenüber den Wunsch nach einem Giorgione, und Mr. Clew sah sich um und besorgte ihm einen Giorgione, der die Handschrift des Künstlers in jedem Pinselstrich zeigte.

»Das hier finde ich sehr gut«, sagte Mr. Clew und zeigte auf einen der aphoristischen Texte, mit denen Lypiatt seinen Katalog eingeleitet hatte. »»Genie««, er rückte seine Brille zurecht und las laut weiter, »»Genie ist Leben. Genie ist eine Naturgewalt. Nichts anderes zählt in der Kunst. Die Modernen in ihrer Impotenz, denen das Genie Furcht und Neid zugleich einflößt, haben zu ihrer Selbstverteidigung den Begriff des ›Künstlers‹ erfunden. Des Künstlers mit seinem Gefühl für Form und Stil, seiner Hingabe an die reine Schönheit und so weiter und so fort. Aber das Genie schließt den Künstler ein; jedes Genie besitzt unter vielen anderen Eigenschaften auch die, welche die moderne Impotenz dem Künstler zuerkennt. Der Künstler ohne Genie ist wie ein Brunnenbauer, dessen Brunnen kein Wasser geben.‹ Sehr richtig«, bemerkte Mr. Clew, »sehr wahr.« Er strich die Stelle mit dem Bleistift an.

Mr. Albemarle wiederholte die Parole des Tages. »Sehr stark im Ausdruck.«

»Ich habe das selbst auch immer so empfunden«, sagte Mr. Clew. »Zum Beispiel El Greco – «

»Guten Morgen! Was ist mit El Greco?« fragte, in einem Atemzug, ein Neuankömmling. Die lange dünne Gestalt Mr. Mallards, die nur aus Haut und Knochen bestand, ragte wie das schlechte Gewissen vor ihnen auf. Mr. Mallard schrieb allwöchentlich im *Hebdomal Digest*. Er wußte unendlich viel über Kunst und er hatte eine aufrichtige Abneigung gegen alles Schöne. Der einzige moderne Maler, den er wirklich bewunderte, war Hodler. Alle anderen behandelte er mit gnadenloser Schärfe. Er zerfetzte sie in seinen wöchentlichen Artikeln mit dem ganzen frommen Vergnügen eines kalvinistischen Bilderstürmers, der die Statuen der Heiligen Jungfrau zertrümmert.

»Was ist mit El Greco?« wiederholte er seine Frage. Er hegte gegen El Greco einen besonders heftigen Abscheu.

Mr. Clew lächelte ihm begütigend zu. Er fürchtete Mr. Mallard. Sein Enthusiasmus kam nicht an gegen die entrüstete Ablehnung des anderen, die sich auf Gelehrsamkeit und Logik stützen konnte. »Ich zitierte ihn nur als Beispiel«, sagte er.

»Als Beispiel, hoffe ich, für zeichnerisches Unvermögen, für bizarre Kompositionen, Abscheu erregende Formen, eine auffallende Farbgebung und eine pathologische Themenwahl.« Mit einem drohenden Lächeln zeigte Mr. Mallard seine Zähne, die wie altes Elfenbein waren. »Denn das ist das einzige, wofür das Werk El Grecos ein Beispiel ist.«

Mr. Clew ließ ein nervöses kleines Lachen hören. »Und was halten Sie von diesen Bildern hier?« Er wies auf die Werke Lypiatts.

»Ich finde sie einfach schlecht«, erwiderte Mr. Mallard.

Der junge Angestellte hörte es voller Entsetzen. Wie konnte man es in diesem Metier je zu etwas bringen?

»Trotzdem«, bekannte mutig Mr. Clew, »mir gefällt diese Schale mit Rosen im Fenster und der Landschaft im Hintergrund. Nummer neunundzwanzig.« Er sah in den Katalog. »Da steht auch ein wirklich reizendes kleines Gedicht über dasselbe Thema:

> ›O Schönheit der Rose,
> Die die Güte wie einen Duft verströmt!
> Der, wer sie betrachtet
> Und den blauen Berg und
> Das reifende Feld, der weiß,
> Wohin ihn die Pflicht führt, und daß die
> Namenlosen Kräfte ihren Willen
> Auch in einer Rose verkünden.‹

Wirklich reizend!« Mr. Clew strich auch diese Stelle mit dem Bleistift an.

»Aber so trivial!« Mr. Mallard schüttelte den Kopf. »Außerdem kann ein Gedicht nicht ein schlechtes Bild rechtfertigen. Wie primitiv ist diese Farbenharmonie! Wie uninteressant die Komposition! Die fliehende Diagonale – man hat sie doch längst zu Tode gehetzt.« Auch er malte ein Zeichen in seinen Katalog: ein Kreuz und einen kleinen Kreis, so gezeichnet, daß sie zusammen wie der Totenkopf über den beiden gekreuzten Knochen auf der Piratenflagge wirkten. Mr. Mallard pflegte seine Kataloge stets mit diesen kleinen Zeichen zu versehen: den Symbolen seines vernichtenden Urteils.

Mr. Albemarle hatte sich inzwischen entfernt, um weitere Neuankömmlinge zu begrüßen. Den Kritiker des *Daily Cinema* mußte er darüber aufklären, daß es sich hier nicht um Prominenten-Porträts handelte, und dem Vertreter des *Evening Planet* mußte er sagen, welche Bilder die besten waren.

»Mr. Lypiatt«, diktierte er ihm, »ist nicht nur Maler, sondern auch Dichter und Philosoph. Sein Katalog stellt ein —«, er hüstelte ein wenig, »ein Glaubensbekenntnis dar.«

Der Reporter stenographierte mit. »Sehr hübsch«, sagte er. »Ich bin Ihnen außerordentlich dankbar.« Und er eilte davon, um noch vor der Ankunft des Königs zur Landwirtschafts-Ausstellung zu kommen. Mr. Albemarle aber wandte sich liebenswürdig dem Kritiker des *Morning Globe* zu.

»Für mich«, verkündete plötzlich eine laute fröhliche Stimme, die sich aus einem ganzen Chor von brüllenden Stieren und zwitschernden Kanarienvögeln zusammenzusetzen schien, »für mich ist diese Galerie von jeher ein ausgesprochener *mauvais bleu* gewesen. Was hier so alles ausgestellt wird!« Mr. Mercaptan begleitete seine Worte mit einem bedeutsamen Achselzucken. Er blieb stehen, um auf seine Begleiterin zu warten.

Mrs. Viveash war ein wenig zurückgeblieben, da sie den Katalog studierte, während sie langsam weiterging. »Das ist ein richtiges Buch«, sagte sie, »mit Gedichten, Essays und, wenn ich recht sehe, sogar Kurzgeschichten.«

»Die üblichen Geistesblitze«, erklärte Mr. Mercaptan lachend. »Das kenne ich. So etwas wie: ›Kümmere dich um die Vergangenheit, und die Zukunft wird sich um sich selbst kümmern.‹ Oder: ›Gott im Quadrat minus Mensch im Quadrat gleich Kunst plus Leben mal Kunst minus Leben.‹ Oder: ›Je höher die Kunst, desto niedriger die Moral.‹ Nur daß dieser Aphorismus beinahe zu vernünftig ist, um von Lypiatt zu stammen. Ich kenne diese Scherze, ich könnte Ihnen unzählige Beispiele liefern.« Mr. Mercaptan strahlte vor Selbstzufriedenheit.

»Hören Sie, ich muß Ihnen das hier vorlesen«, sagte Mrs.

Viveash. »Ein Bild ist eine chemische Verbindung von plastischer Form und geistiger Bedeutung!«

»Ach du lieber Gott!« sagte Mr. Mercaptan.

»Wer glaubt, daß ein Bild nur gestaltete Form sei, ist nicht besser als der, welcher meint, Wasser sei nichts anderes als Wasserstoff.«

Mr. Mercaptan verzog das Gesicht. »Was für eine Sprache! *Le style c'est l'homme*. Lypiatt hat keinen Stil. Also – die unausweichliche Folgerung – Lypiatt existiert nicht. Aber sehen Sie sich nur diese grauenhaften Aktbilder an. Wie Carraccis, mit ihren kubischen Muskeln!«

»Samson und Dalila«, sagte Mrs. Viveash. »Soll ich Ihnen darüber etwas vorlesen?«

»Um Gotteswillen, nein!«

Mrs. Viveash insistierte nicht. Sie glaubte, daß Casimir an sie gedacht hatte, als er dieses kleine Gedicht über die Dichter und die Frauen geschrieben hatte. Es handelte vom Genie, das es schwer hat, handelte von Seelenqualen und der mühevollen Hervorbringung von Meisterwerken. Sie seufzte. »Die Leoparden sind eigentlich recht hübsch«, sagte sie und blickte wieder in den Katalog. »Ein Tier ist ein Symbol, und seine Gestalt hat eine Bedeutung. In dem langen Prozeß der Anpassung hat die Evolution so lange durch Verfeinerung, Vereinfachung und Formung gearbeitet, bis jedes Glied des Tieres nur noch einen einzigen Trieb, eine einzige Idee ausdrückt. Der Mensch dagegen, der ja nicht durch Spezialisierung, sondern durch Allseitigkeit zu dem wurde, was er heute ist, symbolisiert mit seinem Körper nicht nur *eine* Idee. Er ist ein Symbol für schlechthin alles, von der abscheulichsten, grausamsten Bestialität bis hin zur Göttlichkeit.«

»Du liebe Zeit!« sagte Mr. Mercaptan.

Ihren Blicken präsentierte sich ein Gemälde mit Bergen und gewaltigen Wolken, die wie Skulpturen im Stadium ihrer ersten Herausarbeitung aus dem Stein wirkten.

»Fliegende Alpen««, las Mrs. Viveash vor.

»Fliegende Alpen aus Bernstein und Schnee,
Junonische Körper, Alabasterbüsten,
Gemeißelt von den bebenden Händen des Windes ...«

Mr. Mercaptan hielt sich die Ohren zu. »Erbarmen!« flehte er.

»Nummer siebzehn«, fuhr indessen Mrs. Viveash fort, »heißt ›Frau vor kosmischem Hintergrund‹.« Auf einem Hügel stand, an eine Säule gelehnt, eine weibliche Figur; dahinter war die blaue Nacht mit ihren Sternen. »Hier unten steht: ›Zumindest für einen bedeutet sie mehr als das bestirnte Universum.‹« Mrs. Viveash erinnerte sich, daß Lypiatt ihr einmal mehr oder weniger dasselbe gesagt hatte.

»Wissen Sie, so viele Bilder von Casimir erinnern mich an italienische Vermouth-Reklamen, Cinzano, Campari und so weiter . . .« sagte sie. »Ich finde das schade. Diese Frau in Weiß, zum Beispiel, mit dem Kopf im Sternbild des Großen Bären . . .« Sie schüttelte den Kopf. »Armer Casimir!«

Mr. Mercaptan brüllte und quiekte vor Lachen. »Cinzano! Genau das ist es! Was für eine gute Kritikerin Sie doch sind, Myra! Ich ziehe meinen Hut vor Ihnen.«

Sie gingen weiter. »Und was bedeutet diese große Verwandlungsszene?« fragte er.

Mrs. Viveash sah im Katalog nach. »Die Bergpredigt«, sagte sie. »Und wissen Sie, ehrlich gesagt gefällt sie mir recht gut. Diese Masse von Figuren, die den Berghang hinaufdrängen, und die einsame Gestalt auf dem Gipfel – das finde ich sehr dramatisch.«

»Meine *Liebe*!« protestierte Mr. Mercaptan.

»Überhaupt«, begann Mrs. Viveash plötzlich in dem peinlichen Gefühl, Lypiatt irgendwie verraten zu haben, »trotz allem ist er eigentlich sehr nett, wissen Sie. Wirklich sehr nett.« Ihre ersterbende Stimme klang sehr bestimmt.

»Ah, *ces femmes*«, entfuhr es Mr. Mercaptan, »*ces femmes*! Sie sind doch alle Pasiphaës und Ledas. Im Grunde ihres Herzens ziehen sie das Tier dem Mann vor, den Wilden dem Mann von Kultur. Sogar *Sie*, Myra – das glaube ich im Ernst.« Er schüttelte den Kopf.

Mrs. Viveash nahm seinen Ausbruch nicht zur Kenntnis. »Sehr nett«, wiederholte sie nachdenklich. »Nur ein rechter Langweiler . . .« Ihre Stimme erstarb nun völlig.

Sie setzten ihren Rundgang durch die Galerie fort.

ACHTES KAPITEL

Im Anproberaum von Mr. Bojanus musterte Gumbril sein Spiegelbild kritisch von der Seite und von hinten. Sobald man die Patenthosen aufpumpte, bauschten sie sich. Sie bauschten sich ganz entschieden, wenn auch mit einer gewissen eleganten Üppigkeit, die bei einer Person des anderen Geschlechts aufs angenehmste natürlich gewirkt hätte. Bei ihm allerdings schien die Üppigkeit – Gumbril mußte es zugeben – ein wenig fehl am Platz, ja geradezu paradox. Freilich, wenn man leiden mußte, um schön zu sein, dann mußte man sich auch darauf gefaßt machen, häßlich zu sein, um nicht zu leiden. Im Hinblick aufs Praktische waren die Hosen ein eindeutiger Erfolg. Er setzte sich mit seinem ganzen Gewicht auf die harte Holzbank im Anproberaum, und ihm war, als nähme ihn ein Schoß von federnder Elastizität auf. Kein Zweifel war möglich: die Patenthosen würden sich selbst auf Marmor bewähren. Im übrigen tröstete er sich damit, daß der Rock mit seinen Schößen die allzu bauschigen Rundungen verbergen würde. Und wenn nicht, dann ließ es sich auch nicht ändern. Dann mußte man sich mit den Rundungen abfinden.

»Sehr hübsch«, erklärte er schließlich.

Mr. Bojanus, der seinen Kunden schweigend und mit einem höflichen, wenn auch, wie Gumbril nicht umhin konnte zu registrieren, leicht ironischen Lächeln beobachtet hatte, hüstelte ein wenig, bevor er erwiderte: »Das hängt davon ab, was Sie genau unter *hübsch* verstehen.« Er neigte den Kopf leicht zur Seite, und die von Pomade starrende Spitze seines Schnurrbarts war wie ein Zeiger auf einen weit entfernten Stern gerichtet.

Gumbril schwieg, nickte aber, nachdem er noch einmal auf seine Seitenansicht im Spiegel geblickt hatte, mit etwas unsicherer Zustimmung.

»Wenn Sie«, fuhr Mr. Bojanus fort, »mit *hübsch* ›bequem‹ meinen, dann gut und schön. Wenn Sie dagegen ›elegant‹ meinen, muß ich Ihnen leider widersprechen.«

»Aber Eleganz«, erwiderte Gumbril mit einem etwas schwachen Versuch, philosophische Überlegenheit zu zeigen,

»ist ein relativer Begriff. So gilt es bei manchen afrikanischen Negerstämmen als elegant, sich die Lippen zu durchbohren und sie mit hölzernen Platten auszudehnen, bis der Mund dem Schnabel eines Pelikans gleicht.«

Mr. Bojanus schob die Hand in sein Jackett und deutete eine Verbeugung an. »Durchaus möglich, Mr. Gumbril. Aber – wenn Sie mir die Bemerkung verzeihen wollen – wir sind keine afrikanischen Neger.«

Gumbril fühlte sich zurechtgewiesen und das verdientermaßen. Er betrachtete wieder sein Spiegelbild. »Lehnen Sie bei der Kleidung alles Exzentrische ab, Mr. Bojanus?« fragte er nach einer Weile. »Möchten Sie uns alle in Ihre elegante Uniform stecken?«

»Ganz gewiß nicht«, erwiderte Mr. Bojanus. »Es gibt bestimmte Kreise, in denen die Exzentrizität der äußeren Erscheinung entschieden eine Bedingung *sine qua non*, fast möchte ich sagen, *de rigueur* ist.«

»Und was für Kreise sind das, wenn ich Sie fragen darf, Mr. Bojanus? Denken Sie vielleicht an die Künstler? An breitkrempige Sombreros, Schillerkragen und Kordhosen? Wenn das auch alles schon ein bißchen aus der Mode gekommen ist . . .«

Mr. Bojanus, eine zum Scherzen aufgelegte Sphinx, zeigte ein rätselhaftes Lächeln. Er schob die Rechte tiefer in den Ausschnitt seines Jacketts, während er mit der Linken die Spitze seines Schnurrbarts zu einer noch dünneren Nadel zwirbelte.

»Nicht die Künstler meine ich, Mr. Gumbril«, versicherte er und schüttelte den Kopf. »Sie mögen sich in der Öffentlichkeit ein wenig exzentrisch und *négligé* zeigen, aber sie haben es nicht nötig, prinzipiell durch ihre Erscheinung aus dem Rahmen zu fallen. Nur für den Politiker ist dies ein grundsätzliches Gebot. Allein im Beruf des Politikers ist das, wenn ich so sagen darf, *de rigueur*.«

»Das überrascht mich«, gestand Gumbril. »Ich hätte eigentlich geglaubt, daß gerade dem Politiker an einem normalen und respektablen Aussehen gelegen sein müßte.«

»Aber noch mehr ist ihm, der Menschen führt, daran gele-

105

gen, sich von den anderen zu unterscheiden. Distinktion, mit anderen Worten. Das heißt, nicht eigentlich distinguiert«, verbesserte sich Mr. Bojanus, »weil das die Bedeutung von *distingué* einschlösse, was aber – ich muß es zu meinem Bedauern sagen – Politiker nur selten sind. *Distinkt* träfe es besser: unterscheidbar, leicht erkennbar.«

»Dann wäre also eine exzentrische Erscheinung das Standeszeichen des Politikers?« vermutete Gumbril. Bequem ließ er sich auf dem Polster seiner Patenthosen nieder.

»So ungefähr«, sagte Mr. Bojanus, und sein Schnurrbart bohrte sich schräg nach oben. »Der politische Führer muß sich schon in seinem Äußeren von anderen Menschen unterscheiden. Früher, in der guten alten Zeit, trugen sie ihre offiziellen Rangabzeichen. Das Oberhaupt hatte die Amtstracht, die seinen Rang anzeigte, und die anderen trugen die ihre. Das war vernünftig, Mr. Gumbril. Heutzutage trägt niemand Abzeichen – zumindest nicht bei alltäglichen Anlässen. Ich zähle hier nicht die Uniformen des Kronrats mit oder ähnliche Maskenkostüme, die nur einmal im Jahr getragen werden. Der Politiker sieht sich also gezwungen, sich entweder exzentrisch zu kleiden, oder aber die Besonderheiten seiner äußeren Erscheinung so stark wie möglich zu betonen. Ein etwas unmethodisches Vorgehen, Mr. Gumbril, sehr aufs Geratewohl, sozusagen.«

Gumbril stimmte ihm zu.

Mr. Bojanus fuhr fort, wobei er seine Worte mit kleinen präzisen Bewegungen begleitete: »Da gibt es solche, die wie Mr. Gladstone einen riesigen Kragen tragen, andere, wie Joe Chamberlain, erscheinen nie ohne Orchidee und Monokel. Wieder andere, wie zum Beispiel Lloyd George, lassen sich das Haar zu einer üppigen Mähne wachsen. Einige, wie Winston Churchill, haben eine Vorliebe für merkwürdige Hüte. Einige, wie Mussolini, tragen schwarze Hemden, andere, wie Garibaldi, dagegen rote. Die einen haben ihren Schnurrbart nach oben gezwirbelt, so der deutsche Kaiser, die anderen lassen ihn nach unten hängen, wie Clemenceau. Oder einer trägt einen Backenbart, wie Tirpitz. Von all den Uniformen, Orden, Auszeichnungen, Kopfbedeckungen, Federn, Kronen, Knöpfen,

106

Tätowierungen, Ohrringen, Schärpen, Säbeln, Schleppen, Tiaren gar nicht zu reden, oder womit sich sonst noch politische Führer in anderen Ländern und in vergangenen Zeiten sichtbar von den anderen unterschieden haben. Wir, die wir unsere Geschichte kennen, wissen da wohl gründlich Bescheid, nicht wahr, Mr. Gumbril?«

Gumbril wehrte mit einer Geste ab. »Sie sprechen für sich, Mr. Bojanus«, sagte er höflich.

Mr. Bojanus verneigte sich.

»Bitte, fahren Sie fort«, sagte Gumbril.

Mr. Bojanus verbeugte sich wieder. »Der Sinn all dieser Dinge ist – ich bemerkte es bereits, Mr. Gumbril –, dem führenden Politiker ein Unterscheidungsmerkmal zu geben, so daß er für seine Herde auf den ersten Blick zu erkennen ist. Denn die menschliche Herde, Mr. Gumbril, vermag nicht ohne Führer zu leben. Bei den Schafen ist es anders. Ich habe nie bemerkt, daß Schafe ein Leittier haben. Ebensowenig wie Krähen. Bienen andererseits haben eins – wenigstens wenn sie schwärmen. Berichtigen Sie mich, falls ich mich irre, Mr. Gumbril. Die Naturwissenschaften waren nie meine Stärke.«

»Meine auch nicht«, bekannte Gumbril.

»Was Elefanten und Wölfe betrifft, kann ich nicht behaupten, über Erfahrungen aus erster Hand zu verfügen, Mr. Gumbril. So wenig wie bei Lamas, Heuschrecken, Tauben oder Lemmingen. Aber wenn es sich um Menschen handelt, dann darf ich bei aller Bescheidenheit behaupten, daß ich, im Gegensatz zu den Schriftstellern, weiß, wovon ich spreche. Ich habe sie zu meinem Spezialstudium gemacht. Und mein Beruf hat mich mit zahlreichen Exemplaren der Spezies in Kontakt gebracht.«

Gumbril konnte nicht umhin, sich zu fragen, wo sein eigener Platz in dem anthropologischen Museum von Mr. Bojanus sein mochte.

»Die Menschenherde braucht einen Führer«, fuhr Mr. Bojanus fort. »Und ein Führer muß etwas haben, das ihn von der Herde unterscheidet. Für ihn ist es wichtig, daß er leicht zu erkennen ist. Wenn Sie ein Baby in einer Badewanne sehen, dann denken Sie automatisch an die Seifenmarke Pears; wenn

Sie aber eine weiße Haarmähne sehen, die in Wellen über einen Nacken fällt, dann denken Sie an Lloyd George. Da liegt das Geheimnis. Meiner Meinung nach war das alte System viel vernünftiger. Man gebe ihnen reguläre Uniformen und Abzeichen und bringe die Minister der Regierung dazu, sich Federn in die Haare zu stecken! Dann wird das Volk seine Oberen an echten, feststehenden Symbolen erkennen und nicht an bloß individuellen Eigentümlichkeiten. Bart und Haartracht oder komische Hemdenkragen wechseln, aber eine gute Uniform bleibt eine Uniform. Mit Federn im Haar, Mr. Gumbril, das ist meine Meinung. Federn betonen die Würde des Staates und nehmen dem Individuum etwas von seiner Bedeutung. Und gerade das, Mr. Gumbril«, schloß Mr. Bojanus mit Emphase, »dürfte nur zu unserem Besten sein.«

»Aber Sie wollen mir damit nicht zu verstehen geben, daß auch ich ein Führer werden könnte, wenn ich mich der Menge in meinen aufgepumpten Hosen zeigte?«

»O nein«, sagte Mr. Bojanus. »Dazu müßten Sie erst einmal das Talent zum Redenhalten und Herumkommandieren haben. Federn allein verleihen noch nicht Genie, aber sie betonen etwaige Spuren davon.«

Gumbril stand auf und entledigte sich seiner Patenthose. Er schraubte das Ventil auf, und pfeifend entwich die Luft; es klang wie ein Seufzer. Auch er seufzte. »Merkwürdig«, sagte er nachdenklich, »daß ich nie das Bedürfnis nach einem Führer empfunden habe. Noch nie ist mir jemand begegnet, den ich von ganzem Herzen hätte bewundern können oder an den ich unbedingt geglaubt hätte oder dem ich blindlings hätte folgen wollen. Ich glaube, es müßte ein angenehmes Gefühl sein, sich einem anderen zu überantworten, ein wunderbares, warmes, tröstliches Gefühl.«

Mr. Bojanus schüttelte lächelnd den Kopf. »Sie und ich, Mr. Gumbril«, sagte er, »gehören nicht zu den Leuten, denen man mit Federn, Reden und Herumkommandieren imponieren kann. Vielleicht sind wir keine Führernaturen, aber sicher gehören wir nicht zur Herde.«

»Vielleicht nicht zur großen Herde.«

»Zu keiner Herde«, beharrte Mr. Bojanus stolz.

Gumbril schüttelte voller Zweifel den Kopf. Wenn er es sich richtig überlegte, war er nicht ganz sicher, ob er nicht doch zu allen möglichen Herden gehörte – sozusagen als Ehrenmitglied und auf Zeit, wie es die Gelegenheit ergab, so wie man vorübergehend dem Debattierklub der Schwesteruniversität oder dem Marine- und Heeresklub angehörte, während der eigene Klub wegen des alljährlichen Großreinemachens geschlossen war. Es gab Shearwaters Herde, Lypiatts Herde, Mr. Mercaptans Herde, Mrs. Viveashs Herde, die mit Architektur befaßte Herde seines Vaters, die Schulherde (aber die blökte jetzt, Gott sei es gedankt, auf einer weit entfernten Weide) und die Herde von Mr. Bojanus – und ein wenig gehörte er zu jeder von ihnen, aber zu keiner ganz. Und niemand gehörte zu seiner Herde. Wie könnte man das? Kein Chamäleon fühlt sich auf einem Schottenmuster wohl. Er knöpfte sich die Hosen zu und zog den Rock an.

»Ich schicke Ihnen die Beinkleider noch heute abend«, sagte Mr. Bojanus.

Gumbril verließ den Laden. Bei dem Perückenmacher am Leicester Square (er arbeitete für das Theater) bestellte er einen blonden fächerförmigen Bart, passend zu seiner Haarfarbe und seinem Schnurrbart. Er wollte auf jeden Fall sein eigener Führer sein. Er wollte sein Abzeichen tragen, ein Symbol seiner Autorität. Und hatte Coleman nicht gesagt, daß er diesem Symbol aufregend gefährliche Bekanntschaften verdanke?

Da war er nun plötzlich wahrhaftig ein zeitweiliges Mitglied der Herde Colemans geworden! Es war schon alles recht deprimierend.

NEUNTES KAPITEL

Der Bart kam, blond und fächerförmig, auf Gaze geklebt und garantiert unauffällig. Der Perückenmacher hatte ihn luxuriös verpackt, in einem sechsmal zu großen stabilen Karton, mit einem Fläschchen feinster Gummilösung als Zugabe. In der Intimität seines Schlafzimmers packte Gumbril den Bart aus. Er hielt ihn in der ausgestreckten Hand, um ihn zu bewundern, und strich zärtlich über das seidige Haar; schließlich hielt er ihn sich probeweise vor dem Spiegel ans Kinn. Der Eindruck war, wie er sofort bemerkte, überwältigend, ja grandios. Aus einem melancholischen und fast allzu sanft wirkenden Mann war auf einmal so etwas wie ein jovialer Heinrich der Achte geworden, ein Kerl aus der Welt Rabelais', breit, mächtig, strotzend von Vitalität und Behaarung.

Die Proportionen seines Gesichtes hatten eine erstaunliche Veränderung erfahren. Das Podest unterhalb des Mundes war nicht massiv genug gewesen, um die imposante Last der Nase zu tragen, und die gedankenvolle Stirn, gewiß sehr edel, war doch unverhältnismäßig hoch. Die Unzulänglichkeiten des Unterbaus glich nun der Bart aus. Auf den festen Sockel eines starken Willens gestellt, gewann jetzt die Säulenordnung der Sinne mit der krönenden Attika der Gedanken Proportionen von nahezu klassischer Harmonie. Er brauchte jetzt nur noch bei Mr. Bojanus einen Sakko von amerikanischem Schnitt zu bestellen, mit wattierten Schultern, quadratisch und heroisch wie ein Wams aus dem Cinquecento, und der perfekte Kerl aus der Welt Rabelais' war fertig: ein Fresser und gewaltiger Säufer, ein beherzter Kämpfer und großartiger Liebhaber, Wahrheitssucher und Prophet heroischer Größe. Angetan mit dem neuen Jackett und dem Bart, konnte er sich um die nächste Vakanz bei den Mönchen von Thélème bewerben.[1]

Er legte den Bart ab – er hob das Visier, wie man in der guten alten Zeit des Rittertums gesagt hatte. Er wollte nicht vergessen, das kleine Wortspiel Coleman mitzuteilen. Er nahm den *Biber* ab und betrachtete wehmütig die an alles andere als an Rabelais erinnernde Gestalt ihm gegenüber im Spiegel. Der Schnurrbart – der allerdings echt war und in Verbindung mit dem prachtvollen Kunstwerk darunter so stolz und männ-

---

1 Anspielung auf die Abtei Thélème in Rabelais' *Gargantua*, wo Mönche und Nonnen nach der Devise »Tu, was dir gefällt« zusammenleben. (Anm. d. Ü.)

lich gewirkt hatte – diente für sich allein nur dazu, mit seinen hängenden Enden die angeborene Sanftheit und Melancholie seines Trägers zu unterstreichen.

Dieser Schnurrbart machte einen recht dürftigen Eindruck; er hätte Maurice Barrès in dessen Jugend gehören können: eine schräge, schlaff herabhängende Angelegenheit, wie sie nur auf der Lippe eines leidenschaftlichen Vertreters des *Culte du moi*, des Ichkults, sprießen konnte, mit den Jahren aber in lächerlichster Weise fehl am Platz war in dem Gesicht eines leidenschaftlichen Nationalisten. Hätte der Schnurrbart nicht so großartig zu dem neuen Bart gepaßt, ja wäre er in dem neuen Ensemble, das Gumbril soeben für ihn gefunden hatte, nicht so herrlich anders gewesen – er hätte sich ihn auf der Stelle abrasiert.

Ein trauriges Anhängsel! Aber jetzt würde er es verwandeln, indem er es seiner besseren Hälfte hinzufügte. Aus dem Vierzeiler Zadigs[1] an seine Geliebte wurde, als die Tafel zerbrach, auf die er ihn geschrieben hatte, eine hochverräterische Schmähschrift auf den König. Und genauso, dachte Gumbril, während er die Gummilösung auf Wangen und Kinn verteilte, wird aus dem Schnurrbart, der für sich allein meine wahre Natur verrät, sobald er in den rechten Zusammenhang gesetzt wird, eine Liebeswaffe zur Eroberung des zarten Geschlechts.

Ein bißchen weit hergeholt, fand er, ein bißchen schwerfällig. Außerdem für die Konversation nicht sehr ergiebig, da nur sehr wenige Menschen *Zadig* gelesen hatten.

Behutsam, präzise und geschickt hielt er den falschen Bart mit den Fingerspitzen an sein mit Gummilösung präpariertes Gesicht und drückte ihn energisch an die Haut, bis er fest saß. Die Tore der Abtei von Thélème öffneten sich vor ihm; nichts hinderte ihn jetzt, diese üppigen Obstgärten zu betreten, durch diese Säle und Höfe zu schreiten und die breiten Treppen hinaufzusteigen, die in majestätischer Spirale durch die beiden runden Seitentürme nach oben führten. Und Coleman hatte

---

1 Held einer gleichnamigen Erzählung Voltaires. (Anm. d. Ü.)

ihm den Weg gezeigt; mit gebührender Dankbarkeit gedachte Gumbril seiner. Ein letzter Blick auf den ganzen Kerl da im Spiegel, die endgültige und sichere Feststellung, daß der sanfte Melancholiker, wenigstens für den Augenblick, nicht mehr existierte, und er war bereit, sich voller Vertrauen auf den Weg zu machen. Er wählte einen weiten hellen Mantel – nicht, daß er wirklich einen Mantel gebraucht hätte, denn es war ein strahlend schöner warmer Tag, aber bis Mr. Bojanus das Jackett mit den wattierten Schultern lieferte, blieb ihm nur dieses Mittel, um breitschultrig zu erscheinen, selbst wenn das bedeutete, daß er unter der Hitze leiden mußte. Es wäre doch lächerlich gewesen, dem Ideal eines ganzen Kerls nicht gerecht zu werden, nur weil man eine kleine Unbequemlichkeit scheute. So schlüpfte er denn in seinen hellen leichten Mantel – eine Toga, pflegte Mr. Bojanus zu sagen, eine ausgesprochen elegante Toga aus echtem Whipcord. Dann setzte er sich von seinen Filzhüten den auf, der am schwärzesten war und die breiteste Krempe hatte, denn Weite und Breite brauchte er vor allem, um ein ganzer Kerl zu sein. Eine breite Statur, einen weiten geistigen Horizont, ein weites Herz, ein breites Lächeln und auch einen breiten Humor: alles mußte breit, weit und aufgeschlossen sein. Sozusagen das Tüpfelchen auf dem i war ein alter massiver Malakkastock, der seinem Vater gehörte. Hätte Gumbril eine Bulldogge besessen, so hätte er sie jetzt an die Leine genommen und wäre mit ihr ausgegangen. Aber er besaß keine Bulldogge, und so trat er allein in den Sonnenschein hinaus.

Freilich lag es keineswegs in seiner Absicht, lange allein zu bleiben. Diese strahlenden warmen Maitage waren wie geschaffen, um sich zu verlieben. An einem solchen Tag allein zu sein, war wie eine Krankheit. Eine Krankheit, an der der »sanfte Melancholiker« nur allzu häufig litt. Und dabei gab es in diesem Land einen nach Millionen zählenden Frauenüberschuß. Millionen! Täglich sah man auf der Straße Tausende von Frauen, und manche waren zauberhaft, ja hinreißend – die einzig möglichen Seelengefährten. Tausende von einzigartigen Seelengefährten an jedem Tag! Und der »sanfte Melancholiker« ließ sie vorübergehen – und hatte sie für immer verloren.

Doch heute – heute war er der ganze Kerl im Geiste Rabelais', sozusagen bärtig bis an die Zähne. Das alberne Spiel hatte seinen Höhepunkt erreicht. An günstigen Gelegenheiten konnte es nicht fehlen, und der ganze Kerl würde sie zu nutzen wissen. Nein, lange blieb er wohl nicht mehr allein.

Draußen, auf dem Platz, leuchteten die vierzehn Platanen im jungen, noch makellosen Grün. Am Ende jeder Straße hing der dünne Nebel wie ein glatter Vorhang aus goldenem Musselin, der sich über dem von einem leichten Dunst bedeckten Horizont vor dem tieferen Blau des Himmels zu einem transparenten Nichts auflöste. Das verworrene, wie aus einer Muschel kommende Rauschen, das die Stille der Großstadt ist, schien irgendwie mit dem goldenen Dunstschleier des Sommers zu verschmelzen, und vor diesem weiten, verschwimmenden Hintergrund erklangen die durchdringend gellenden Rufe spielender Kinder. »Biber, Biber!« brüllten sie und: »Ist es kalt da oben?« Scherzhaft drohte der ganze Kerl ihnen mit dem geborgten Malakkastock. In ihrem stürmischen Empfang sah er nur das beste Omen.

Im ersten Tabakladen, an dem er vorbeikam, kaufte er sich die längste Zigarre, die er finden konnte, um alsdann, eine Spur sich auflösender blauer Rauchringe von kubanischem Tabak hinter sich lassend, gemächlich, mit wiegenden Schritten, seinen Weg zum Park fortzusetzen. Dort, unter den Ulmen, am Ufer der künstlichen Teiche, hoffte er seine Chance zu finden, die zu nutzen er – wie sicher fühlte er sich doch hinter seiner gargantuanischen Maske! – fest entschlossen war.

Die Gelegenheit bot sich früher, als er erwartet hatte.

Er war gerade in die Queen's Road eingebogen und schlenderte an Whiteley's vorbei mit der Miene eines Mannes dahin, der weiß, daß er ein Anrecht auf einen Platz an der Sonne hat – einen? Nein, zwei oder drei! –, als er plötzlich vor sich eine junge Frau bemerkte, die angelegentlich die neuesten Modelle der Saison betrachtete. Es war eine junge Frau der Art, wie er sie in seinen sanften und melancholischen Tagen nur hoffnungslos bewundert hätte, in der er aber heute, als Vollmann, eine erreichbare und ihm zugedachte Beute sah. Sie war ziemlich groß, erschien aber aufgrund ihrer auffallenden Schlank-

113

heit größer, als sie war. Nicht, daß sie unangenehm dürr gewesen wäre, weit entfernt davon! Es war eine abgerundete Schlankheit. Der ganze Kerl beschloß, daß sie wie ein Rohr sei, vielleicht könnte man sagen: flexibel und röhrenförmig wie ein Teil einer Boa constrictor. Gekleidet war sie in einer Weise, die ihre schlangenhaft-geschmeidige Schlankheit noch betonte – in ein enganliegendes graues Jackett, das bis zum Hals zugeknöpft war, und einen langen engen grauen Rock, der bis zu den Knöcheln ging. Dazu trug sie einen kleinen glatten schwarzen Hut, der fast so aussah, als ob er aus Metall wäre, und der an einer Seite mit einem Strauß von mattgoldenen Zweigen garniert war.

Diese goldenen Blätter waren an ihrer Erscheinung, die sich durch strenge Glätte und Röhrenförmigkeit auszeichnete, der einzige Schmuck. Ihr Gesicht war weder ausgesprochen schön, noch ausgesprochen häßlich, aber es verband Elemente von Schönheit und Häßlichkeit zu einem Ganzen, das überraschenderweise merkwürdig attraktiv war.

Unter dem Vorwand, sich gleichfalls für die neuen Frühjahrsmodelle zu interessieren, musterte Gumbril, über das brennende Ende seiner Zigarre hinweg, ihre Züge. Die Stirn war größtenteils unter dem Hut verborgen, sie mochte hoch sein, nachdenklich, heiter, aber sie konnte genausogut niedrig sein, in der Art, wie sie bei einem Mann das Zeichen niedriger Gesinnung, bei einer Frau aber nur ein Reiz mehr war – vielleicht ein wenig grober oder verruchter Art, aber entschieden ein Reiz. Nun, man konnte es nicht wissen. Ihre Augen waren grün und von durchsichtiger Klarheit; ziemlich weit auseinanderstehend, blickten sie unter schweren Lidern hervor; im übrigen waren sie schräg geschnitten. Ihre Nase war leicht gebogen; der Mund, mit vollen Lippen, war nichtsdestoweniger gerade und sehr breit. Ihr Kinn war klein, rund und fest. Ihre Gesichtshaut war blaß und nur über den hervorstehenden Backenknochen leicht gerötet. Auf der linken Wange befand sich, knapp unter dem Winkel des schrägstehenden Auges, ein Muttermal. Ihr Haar, soweit es Gumbril unter dem Hut erkennen konnte, war von einem hellen, unauffälligen Blond.

Nachdem die junge Frau mit der Musterung der neuen Frühjahrsmoden fertig war, setzte sie langsam ihren Weg fort. Einen Augenblick verweilte sie vor den Reisekoffern mit dazugehörigen Picknickkörben, blieb eine Minute vor den Korsetts stehen, während sie aus unerfindlichen Gründen ziemlich verachtungsvoll an den Hüten vorbeiging, dagegen – was seltsam schien – eine ganze Weile nachdenklich eine Auslage von Zigarren und Weinen betrachtete. Für die Tennis- und Kricketschläger, die Schulausrüstungen und Herrentrikotagen hatte sie wiederum keinen einzigen Blick. Aber mit welchem verliebten Interesse blieb sie vor dem Schaufenster mit Schuhen und Stiefeln stehen! Ihre eigenen Füße waren, wie er mit Genugtuung feststellte, zierlich geformt, und wenn andere Frauen in Boxkalf einherschritten, gab sie sich mit nichts Geringerem als gefleckter Schlangenhaut zufrieden.

Langsam schlenderten beide die Queen's Road entlang, nicht ohne vor jedem Juweliergeschäft, Antiquitätenladen oder Modewarenschaufenster stehenzubleiben. Aber die Unbekannte gab ihm keinen Vorwand, sie anzusprechen, und, so fragte sich Gumbril, warum sollte sie auch? Das idiotische Spiel, auf das er sich hier einließ, war so etwas wie ein Streifendienst zu zweit, kein Geduldspiel. Kein vernünftiges Wesen könnte dies Spiel allein spielen. Eine günstige Gelegenheit mußte er selbst herbeiführen.

Alles, was in ihm sanft und melancholisch war, schreckte voller Widerwillen vor der Aufgabe zurück, das Schweigen brechen zu müssen (mit allen köstlichen, aber für die Zukunft auch riskanten Konsequenzen – oder auch, im Falle einer verdienten Zurechtweisung, mit was für peinlichen Konsequenzen im nächsten Augenblick!), ein Schweigen, das mittlerweile, vor dem zehnten oder zwölften Schaufenster, auf eine unerträgliche Weise bedeutungsschwer geworden war. Der sanfte Melancholiker hätte sich bis zum Ende der Straße so weiter treiben lassen und, beseelt vom gleichen Geschmack, dieser Grundlage einer jeden glücklichen Verbindung, das gleiche Entzücken wie sie für bronzene Leuchter, Toastgabeln, imitierte Chippendalemöbel, goldene Uhrenarmbänder und Sommerkleider mit langer Taille empfunden – er hätte sich so bis zum Ende der Straße von ihr mitziehen lassen und dann stumm zugesehen, wie sie für

115

immer im grünen Park verschwand oder auf dem leeren Bürgersteig von Bayswater Road. Er hätte zugesehen, wie sie für immer verschwand, und wäre dann in ein Pub gegangen, falls ein Pub offen gewesen wäre. Er hätte ein Glas Portwein bestellt und, noch immer stumm, an der Bar neben den anderen Gästen am trüben Saft der Douro-Reben genippt und dabei seine ganze unendliche Einsamkeit ausgekostet.

So hätte sich der sanfte Melancholiker verhalten. Aber als Gumbril gerade in das Schaufenster eines Antiquitätenhändlers blickte, erinnerte ihn das eindrucksvoll bärtige Gesicht, das er in einem falschen Hepplewhite-Spiegel als das seine erkannte, daran, daß der sanfte Melancholiker für den Augenblick nicht existierte und an seiner Stelle der ganze Kerl, eine lange Zigarre im Mund, die Queen's Road entlangbummelte, und zwar in der Richtung auf die Abtei von Thélème.

Er straffte die Schultern. In dieser weiten Toga, dem Werk Mr. Bojanus', sah er so majestätisch wie François Premier aus. Er fand, der Zeitpunkt war gekommen.

Gerade in diesem Augenblick, als die Fremde ein wenig den Kopf von der Altwaliser Kredenz weg und zu dem falschen Hepplewhite hinwendete, schob sich in dem kleinen Spiegel ihr Gesicht neben das seine. Ihre Blicke begegneten sich in dem gastlichen Spiegelglas. Gumbril lächelte. Die Winkel ihres breiten Mundes schienen sich andeutungsweise zu bewegen, und wie die Blütenblätter der Magnolie senkten sich ihre Lider langsam über die mandelförmigen Augen. Da kehrte Gumbril vom Spiegelbild zur Realität zurück.

»Wenn Sie ›Biber‹ sagen wollen, bitte, sagen Sie es.«

Der ganze Kerl hatte das Schweigen gebrochen.

»Ich möchte nichts sagen«, erwiderte die Fremde. Sie sprach mit reizender Präzision und Deutlichkeit, wobei sie mit drolliger Emphase bei dem *n* von nichts verweilte. »N – n – nichts« – es klang recht entschieden. Damit wandte sie sich ab und ging weiter.

Aber der ganze Kerl war durch eine einfache Zurückweisung dieser Art nicht abzuwimmeln. »Da habe ich's zu hören bekommen«, sagte er, bemüht, mit ihr im gleichen Schritt zu gehen, »meine wohl verdiente Abfuhr. Nun ist die Ehre gerettet, dem Stolz ist Genüge getan. Jetzt können wir unsere Unterhaltung fortsetzen.«

Dem sanften Melancholiker stockte der Atem vor Bewunderung und Staunen.

»Sie sind s-s-sehr dreist«, sagte die Unbekannte mit einem Lächeln und blickte unter den Magnolienblütenblättern hervor zu ihm auf.

»Das liegt in meinem Charakter«, erklärte der ganze Kerl. »Sie dürfen mir deshalb keinen Vorwurf machen. Man kann sein Erbe nicht verleugnen, und das ist mein Anteil an der Erbsünde.«

»Es gibt immer die Gnade«, erwiderte die Unbekannte.

»Das ist wahr«, gab Gumbril zu. Er strich sich über den Bart. »Ich rate Ihnen, um Gnade zu beten.«

Der sanfte Melancholiker glaubte, daß sein Gebet bereits erhört worden war. Er hatte sich von seiner Erbsünde selbst erlöst.

»Hier ist wieder ein Antiquitätengeschäft«, sagte Gumbril. »Wollen wir stehenbleiben und einen Blick in die Auslage werfen?«

Die junge Frau sah ihn mit einem fragenden Ausdruck an. Aber er schien es ernst zu meinen. Sie blieben stehen.

»Wie scheußlich diese nachgemachten Bauernmöbel sind«, bemerkte Gumbril. Der Laden nannte sich »Das alte Bauernhaus«.

Die junge Frau, die eigentlich gerade hatte sagen wollen, wie entzückend sie diese Altwaliser Anrichten fand, stimmte ihm aus vollem Herzen zu. »So b – b – billig!«

»So schrecklich snobistisch. Snobistisch und kunstgewerblich.«

Sie lachte, es klang wie eine absteigende chromatische Tonleiter. Das war etwas aufregend Neues. Die arme Tante Aggie mit ihrem Kunstgewerbe und altenglischen Möbeln! Wenn sie daran dachte, wie ernst sie das alles genommen hatte! Plötzlich stand vor ihrem geistigen Auge die anspruchsvolle Dame, die sie soeben geworden war, mit ihrer Louis-der-Soundsovielte-Einrichtung, kostbarem Schmuck und jungen Dichtern und richtigen Künstlern zum Tee. Wenn sie früher davon geträumt

117

hatte, richtige Künstler bei sich zu empfangen, dann war in ihrer Phantasie die Szene immer mit echt »künstlerischen« Möbeln ausgestattet gewesen. Mit Tante Aggies Möbeln, in anderen Worten. Aber nun – nein, o nein! Der Mann war vermutlich selbst Künstler. Mit dem Bart und dem großen schwarzen Hut! Aber nicht arm, sondern sehr ordentlich angezogen.

»Ach ja, es ist schon komisch, wenn man sich vorstellt, daß es Leute gibt, die so etwas künstlerisch finden. Eigentlich können sei einem leid tun«, fügte sie hinzu und lachte kurz durch die Nase.

»Sie haben ein gutes Herz«, sagte Gumbril. »Ich stelle das mit Vergnügen fest.«

»Nicht gar so gut, fürchte ich.« Sie sah ihn von der Seite an, mit bedeutungsschwerem Blick, so, wie die anspruchsvolle Dame einen ihrer Dichter angesehen hätte.

»Jedenfalls gut genug, hoffe ich«, erwiderte der ganze Kerl. Er war von seiner neuen Bekanntschaft begeistert.

Gemeinsam bogen sie in die Bayswater Road ein. Hier, so erinnerte sich Gumbril, hätte sich der sanftmütige Melancholiker zu seinem einsamen Glas Portwein unter lauten fremden Zechern an der Bar zurückgezogen. Doch der ganze Kerl nahm seine neue Freundin am Ellenbogen und steuerte sie durch den Verkehr. Sie überquerten zusammen die Straße und betraten den Park.

»Ich halte Sie noch immer für s – sehr impertinent«, sagte die Dame. »Was hat Sie eigentlich veranlaßt, mir zu folgen?«

Mit einer einzigen umfassenden Gebärde wies Gumbril auf die Sonne, den Himmel, das grüne Funkeln in den Zweigen der Bäume, den Rasen, die smaragdenen Lichter und die violetten Schatten dieser bukolischen Umgebung. »Wie hätte ich Ihnen an einem solchen Tag nicht folgen können?« fragte er.

»Die Erbsünde?«

Bescheiden schüttelte er den Kopf. »Hierbei beanspruche ich keine Originalität.«[1]

---

1 Wortspiel aus »Erbsünde« (»original sin«) und »originell«. (Anm. d. Ü.)

Sie lachte. Das war fast so gut, wie einen jungen Dichter zum Tee zu haben. Sie war doch sehr froh, daß sie sich dazu entschlossen hatte, heute nachmittag ihr bestes Kostüm anzuziehen, wenn es auch bei diesem Wetter ein bißchen zu warm war. Aber auch er trug, wie sie bemerkte, einen Mantel, was ihr ein wenig sonderbar vorkam.

»Finden Sie es vielleicht originell«, setzte er seinen Gedanken fort, »wie ein Elefant in die Falle zu gehen, auf den ersten Blick und Hals über Kopf?«

Sie sah ihn wieder von der Seite an, dann senkte sie die Magnolienlider und lächelte. Dies wurde genau das, wovon sie immer geträumt hatte – eines dieser langen, dieser endlosen Gespräche über die Liebe, witzig, subtil, kühn und scharfsinnig, so, wie Gespräche in Romanen waren, eine Unterhaltung zwischen glänzenden jungen Dichtern und vornehmen Damen, die allzu große Erfahrung verwöhnt und anspruchsvoll gemacht hatte, die sehr wählerisch und ein klein wenig müde und doch noch immer auf eine subtile Weise von unersättlicher Neugier waren.

»Wie wär's, wenn wir uns setzten«, schlug Gumbril vor und deutete auf ein paar grüne eiserne Stühle, die dicht nebeneinander in einer Gruppe mitten auf dem Rasen standen, ein wenig zueinander gekehrt, in einer Anordnung, die zu vertraulicher Intimität einzuladen schien. Bei dem Gedanken an die Unterhaltung, zu der es unweigerlich kommen mußte, fühlte er entschieden weniger Begeisterung als seine neue Freundin. Wenn ihm etwas zuwider war, dann waren es Gespräche über die Liebe. Nichts langweilte ihn so sehr wie die ins einzelne gehende Analyse der Leidenschaft, die offenbar alle jungen Frauen von ihm an irgendeinem Punkt ihrer Beziehung erwarteten. Zum Beispiel, wie doch die Liebe den Charakter veränderte, zum Guten wie zum Bösen. Oder wie die physische Liebe mit der geistigen nicht unvereinbar sein müsse, und wie eine abscheulich tyrannische Liebe doch mit der selbstlosesten Fürsorglichkeit für den anderen einhergehen konnte! Ach, er kannte das alles nur zu gut! Und ob man gleichzeitig mehr als eine Person lieben könnte, und ob es Liebe ohne Eifersucht gäbe, ob Mitleid, Sympathie und Begierde auch nur annähernd

119

die wahre Leidenschaft zu ersetzen vermöchten – wie oft hatte er diese öden Fragen mit ihnen durchkauen müssen!

Nicht weniger vertraut waren ihm all die philosophischen Spekulationen, all die physiologischen, anthropologischen und psychologischen Umstände. Das Theoretische des Themas hatte für ihn jedes Interesse verloren. Aber unglücklicherweise schien eine Diskussion der Theorie das unerläßliche Vorspiel zur Praxis zu sein. So ließ er sich mit einem resignierten Seufzer auf dem grünen Eisenstuhl nieder. Aber er besann sich rasch darauf, daß er jetzt ein ganzer Kerl war, der alles mit Schwung und voller Selbstbewußtsein zu tun hatte, und so beugte er sich zu ihr hinüber und begann, während ein von frechem Charme geprägtes Lächeln sein bärtiges Gesicht erhellte:

»Teiresias war, wie Sie sich erinnern werden, das einzigartige Privileg zuteil, sowohl als Mann wie auch als Frau zu leben.«

Hier also sprach der richtige junge Dichter! Einen Ellenbogen auf die Rückenlehne ihres Stuhls gestützt, die Wange in die Hand geschmiegt, war sie bereit, zuzuhören und nötigenfalls brillante Einwürfe zu machen. Unter den halbgesenkten Lidern hervor betrachtete sie ihn mit einem angedeuteten Lächeln, das, wie sie aus Erfahrung wußte, rätselhaft wirkte und, wenn auch ein wenig arrogant, ja ein klein wenig mokant und ironisch, von ungemeinem Reiz war.

Anderthalb Stunden später fuhren sie im Taxi zu einer Adresse in Bloxam Gardens, Maida Vale. Der Name kam Gumbril irgendwie bekannt vor. Bloxam Gardens – vielleicht hatte dort früher einmal eine Tante von ihm gewohnt.

»Es ist eine f – fürchterliche kleine *Maisonnette*«, erklärte sie. »Voll von den schrecklichsten Dingen. Wir mußten sie möbliert nehmen. Es ist heutzutage absolut unmöglich, etwas Anständiges zu finden.«

Gumbril lehnte sich in seine Ecke zurück. Während er ihr abgewandtes Profil musterte, fragte er sich, wer oder was diese junge Frau wohl sein mochte. Sie schien der Typ der Frau zu sein, die mit der Zeit geht und die genau die Dinge liebt, die man zu lieben hatte. Wahrscheinlich war sie sehr kultiviert, in der mehr mondänen Bedeutung des Ausdrucks, wie ihn Mr. Mercaptan gebrauchte, dabei vollkommen frei von jedem Vorurteil: die Personifizierung eleganter Lebensart.

Aus ihren nonchalanten Bemerkungen mußte man eigentlich auf die erregende Erfahrenheit, die unbefangene Bedenkenlosigkeit und das ganze Selbstvertrauen einer großen Dame schließen, deren Leben ausgefüllt ist von den Angelegenheiten des Herzens, der Sinne und des Kopfes. Aber – hier lag ein seltsamer Widerspruch – anscheinend fand sie ihr Leben eng und uninteressant. Ausdrücklich hatte sie sich bereits darüber beklagt, daß ihr Mann sie nicht verstand und sie vernachlässigte, und ohne es ausdrücklich zu sagen, gab sie zu, daß sie nicht sehr viele interessante Leute kannte.

Die Wohnung in Bloxam Gardens, die *Maisonnette*, war allerdings nicht besonders prachtvoll – sechs Zimmer in der zweiten und dritten Etage eines Hauses, an dem der Stuck von der Fassade blätterte. Und die Einrichtung – es waren die typischen Möbel, die man auf Raten kaufte. Auch die Vorhänge und die Cretonnebezüge – alles hochmodern, entschieden »futuristisch«.

»Was man bei einer möblierten Wohnung so alles in Kauf nehmen muß!« sagte sie mit angewiderter Miene, als sie ihn in das Wohnzimmer führte. Noch während sie sprach, gelang es ihr wirklich, sich selbst einzureden, daß es nicht ihre Möbel waren, sondern daß sie die Zimmer voll von diesem entsetzlichen Plunder vorgefunden hatte und nicht etwa selbst zusammen mit ihrem Mann die Sachen ausgesucht und den Preis dafür – ach, mit welchen Schwierigkeiten! – in Monatsraten abbezahlt hatte!

»Unsere eigenen Sachen sind eingelagert«, murmelte sie undeutlich. »An der Riviera.« Dort, unter Palmen, zwischen prächtigen Melonenblüten und Croupiers hatte die anspruchsvolle Dame ihren literarischen Salon gehalten. An der Riviera. Das würde, wenn sie es jetzt bedachte, manches erklären, wenn eine Erklärung einmal nötig werden sollte.

Er nickte verständnisvoll. »Der Geschmack der anderen!« Er breitete die Arme aus, und beide lachten. »Aber warum kümmern wir uns um die anderen?« fragte er. Mit gewinnender

Impulsivität trat er auf sie zu, nahm ihre langen schlanken Hände und führte sie an seine bartumrahmten Lippen.

Einen Augenblick sah sie ihn an. Dann senkte sie die Lider und zog die Hände zurück. »Ich muß mich um den Tee kümmern«, sagte sie. »Das Personal« – die Sammelbezeichnung war eine entschuldbare Übertreibung –, »hat heute Ausgang.«

Galant erbot er sich, ihr zu helfen. Solche Szenen des häuslichen Lebens hatten ihren eigenen Reiz. Aber sie wollte es nicht zulassen. »Nein, nein«, lehnte sie mit Entschiedenheit ab, »ich verbiete es Ihnen. Sie bleiben hier. Ich bin in einem Augenblick zurück.« Und schon war sie fort und hatte die Tür sorgfältig hinter sich geschlossen.

Allein gelassen, setzte sich Gumbril und begann sich die Nägel zu feilen.

Die junge Dame eilte indessen in die kleine dunkle Küche, zündete das Gas an und setzte den Kessel auf. Sie stellte die Teekanne und die Tassen auf ein Tablett, und einer Keksdose entnahm sie den Rest einer Schokoladentorte, die sie schon vorgestern zum Tee serviert hatte. Als alles soweit fertig war, schlich sie sich auf Zehenspitzen ins Schlafzimmer. Sie setzte sich vor den Toilettentisch und begann mit vor Erregung zitternden Händen ihre Nase zu pudern und ein wenig Rouge aufzulegen. Auch nachdem sie ihrem Gesicht den letzten Tupfer gegeben hatte, blieb sie dort sitzen und betrachtete ihr Bild im Spiegel.

Die Dame und der Dichter, dachte sie, die *grande dame* und das brillante junge Genie. Sie liebte junge Männer mit Bart. Aber trotz Bart und Hut – ein Künstler war er nicht. Eher ein Schriftsteller. Jedenfalls reimte sie sich das so zusammen. Aber er war ja so zurückhaltend, so wunderbar geheimnisvoll. Sie übrigens auch! Die große Dame, die maskiert sich auf die Straße schleicht und einen jungen Mann am Ärmel berührt: »Komm mit!« Sie wählt den Partner und wartet nicht passiv darauf, gewählt zu werden. Der junge Dichter fällt ihr zu Füßen, und sie richtet ihn auf. Man ist daran gewöhnt.

Sie öffnete ihr Schmuckkästchen und nahm alle Ringe heraus – viele waren es leider nicht! – und streifte sie sich über die Finger. Zwei oder drei zog sie dann doch nach einem Augenblick des Nachdenkens wieder ab; ein plötzliches Gefühl sagte ihr, daß sie ein bißchen der Geschmack »der anderen« wären.

Er war sehr intelligent, sehr künstlerisch – nur, daß »künstlerisch« anscheinend nicht mehr das richtige Wort war. Offenbar wußte er über alles Moderne Bescheid und kannte sämtliche interessanten Leute. Vielleicht würde er sie mit ein paar von ihnen bekannt machen. Und bei all seiner Bildung war er so unbefangen, so sicher und gelassen. Was sie selbst betraf, so war sie fest überzeugt, keine dummen Fehler gemacht zu haben. Auch sie war ganz unbefangen gewesen, zumindest – und allein darauf kam es an – hatte sie so gewirkt.

Sie liebte bärtige junge Männer. Sie hatten so etwas Russisches. Katharina von Rußland war eine dieser kapriziösen großen Damen gewesen. Maskiert auf die Straße gelaufen. Junger Dichter, komm mit! Oder auch: junger Metzgersbursche. Aber nein, das ging zu weit, zu tief hinab. Andererseits, das Leben – es war dazu da, gelebt zu werden, genossen zu werden. Und jetzt, was nun? Sie überlegte noch, was nun als nächstes geschehen mochte, als der Teekessel (er gehörte zu der amüsanten Spezies von Kesseln, die pfeifen, wenn es in ihnen zu kochen beginnt) erst anfallsweise, dann aber, unter Volldampf stehend, einen ununterbrochenen Klageton, einen Schrei wie aus dem Jenseits, ausstieß. Seufzend raffte sie sich auf und ging in die Küche.

»Erlauben Sie, daß ich Ihnen helfe!« Gumbril sprang auf, als sie das Zimmer betrat. »Was kann ich tun?« Er tanzte etwas sinnlos um sie herum.

Sie stellte das Tablett auf dem kleinen Tisch ab. »N – nichts«, antwortete sie.

»N – nichts?« wiederholte er, indem er sie mit scherzendem Spott nachahmte. »Bin ich denn zu gar nichts nutze?« Er nahm ihre Hand und küßte sie.

»Nichts, das die g – geringste Bedeutung hätte.« Sie setzte sich und begann, den Tee einzuschenken.

Auch der ganze Kerl nahm Platz. »So hat es also nicht die g – geringste Bedeutung, wenn man sich auf den ersten Blick verliebt?«

Sie schüttelte den Kopf, sie lächelte, und sie hob und senkte nacheinander die Lider. Ach, wie gut man das kannte! Nein, es hatte keine Bedeutung. »Zucker?« Da hatte sie ihren jungen Dichter, und er versprühte seinen Witz über ihren Teetisch. Er bot ihr Liebe, und sie, mit der ganzen unbefangenen Herzlosigkeit der Frau, die an dies alles gewöhnt war, sie bot ihm Zucker an.

Er nickte. »Bitte. Aber wenn es für Sie keine Bedeutung hat, will ich sofort wieder gehen.«

Darauf lachte sie wieder so, daß es wie eine absteigende chromatische Tonleiter klang. »O nein, das werden Sie nicht«, sagte sie. »Sie können es nicht.« Sie fand, daß die *grande dame* hier eine treffende Antwort gefunden hatte.

»Sehr richtig«, gestand der ganze Kerl ein. »Ich könnte es nicht.« Er rührte in seiner Teetasse. »Aber wer sind Sie?« Er sah ihr plötzlich ins Gesicht. »Sie dämonische Frau?« Er wollte es wirklich gern wissen, und hatte er nicht seine Frage mit einem sehr hübschen Kompliment verbunden? »Was fangen Sie an mit Ihrer dämonischen Existenz?«

»Ich genieße mein Leben«, sagte sie. »Ich finde, man soll das Leben genießen. Sie nicht? Ich meine, es ist unsere vornehmste Pflicht.« Sie wurde jetzt ganz ernst. »Man sollte jeden Augenblick genießen«, erklärte sie, »leidenschaftlich wie ein Abenteuer, wie ein immer neues, erregendes, einzigartiges Abenteuer.«

Der ganze Kerl lachte. »Hedonist aus Gewissensgründen, ich verstehe.«

Sie hatte das unbehagliche Gefühl, daß die anspruchsvolle Dame soeben ihrer Rolle nicht ganz gerecht geworden war. Hatte sie nicht eher wie eine junge Frau gesprochen, die sich ihr Leben, das in Wahrheit langweilig und alltäglich ist, mehr wie einen spannenden Film wünscht?

»Ich bin sehr gewissenhaft«, sagte sie, während sie bedeutungsvoll mit den Magnolienlidern klapperte und ihr verwirrendes Lächeln zeigte. Sie mußte unbedingt das Air einer Katharina der Großen zurückgewinnen.

»Das habe ich gleich gemerkt«, spottete der ganze Kerl mit siegesbewußter Frechheit. »»So macht Gewissen Feige aus uns allen.‹«

Die verwöhnte Dame aber lächelte nur verächtlich. »Nehmen Sie ein Stück Schokoladentorte«, sagte sie. Sie spürte, wie ihr das Herz schlug. Wie würde es weitergehen?

Es folgte ein längeres Schweigen. Gumbril aß seine Schokoladentorte, trank mit düsterer Miene seinen Tee und schwieg. Er fand plötzlich, daß er nichts zu sagen hatte. Für den Augenblick jedenfalls schien ihn sein heiteres Selbstvertrauen verlassen zu haben. Jetzt war er nichts weiter als der sanfte Melancholiker, der sich lächerlicherweise als ganzer Kerl verkleidet hatte: ein Schaf im Biberpelz. Er verschanzte sich hinter seinem furchtbaren Schweigen und wartete – wartete zunächst auf seinem Stuhl, dann, als ihm die totale Untätigkeit unerträglich wurde, indem er mit langen Schritten im Zimmer auf und ab ging.

Sie beobachtete ihn, ungeachtet all ihrer heiteren Gelassenheit, mit einer gewissen Besorgnis. Was um Himmels willen hatte er vor? Woran dachte er? So finster wie jetzt sah er wie ein junger Jupiter aus, bärtig und stämmig (wenn auch nicht ganz so stämmig, wie er in seinem Mantel gewirkt hatte), der sich anschickte, Blitze zu schleudern. Vielleicht dachte er über sie nach, vielleicht war er mißtrauisch geworden, hatte die verwöhnte Dame durchschaut und ärgerte sich über die versuchte Täuschung. Aber vielleicht hatte sie ihn nur gelangweilt, und nun wollte er fortgehen. Gut, mochte er gehen, sie hatte nichts dagegen. Vielleicht war er auch nur so: ein launischer junger Dichter. Alles in allem schien ihr dies die überzeugendste Erklärung zu sein; es war auch die angenehmste und romantischste. Sie wartete. Sie warteten beide.

Gumbril warf einen Blick auf sie und fühlte sich beschämt angesichts ihrer heiteren Gelassenheit. Er mußte etwas tun, sagte er sich, mußte die verlorene Moral des ganzen Kerls zurückgewinnen. Verzweifelt machte er halt vor dem einzigen anständigen Bild, das hier hing. Es war ein Stich aus dem 18. Jahrhundert nach der »Verklärung Christi« von Raffael – besser so, in schwarzweiß, hatte er immer gefunden, als im Original mit seinen kalten Farben.

»Das ist ein hübscher Stich«, sagte er. »Sehr gut.« Die bloße Tatsache, überhaupt etwas gesagt zu haben, war schon eine Beruhigung für ihn. Wirklich, eine Erleichterung.

»Ja«, sagte sie. »Er gehört mir. Ich habe das Bild hier in der Nähe bei einem Trödler entdeckt.«

»Die Photographie«, erklärte er mit dem entflammten Eifer, dank dessen er bei jedem Gespräch den Eindruck eines Enthusiasten erweckte, »ist nur ein halber Segen. Sie hat es ermöglicht, Bilder so leicht und billig zu reproduzieren. Die schlechten Maler, die früher vollauf damit beschäftigt waren, nach den Bildern der guten Maler Stiche zu machen, haben jetzt ihre ganze Zeit für ihre eigene schlechte Arbeit zur Verfügung.« Das klang alles sehr unpersönlich, sagte er sich, und völlig sinnlos. Er verlor an Boden. Er mußte etwas Drastisches unternehmen, um ihn zurückzuerobern. Aber was?

Sie kam ihm zu Hilfe. »Ich habe bei derselben Gelegenheit noch einen anderen Stich gekauft«, sagte sie. »Die Kommunion des heiligen Hieronymus‹ von – ich habe den Namen vergessen.«

»Sie meinen den ›Heiligen Hieronymus‹ von Domenichino?« Der ganze Kerl war wieder in seinem Element. »Poussins Lieblingsbild. Meines auch, mehr oder weniger. Ich würde es gern sehen.«

»Es hängt in meinem Zimmer. Wenn es Ihnen nichts ausmacht?«

Er verbeugte sich. »Wenn es *Sie* nicht stört?«

Sie lächelte ihm huldvoll zu und stand auf. »Hier entlang.« Sie hielt die Tür auf.

»Es ist ein wunderschönes Bild«, fuhr Gumbril fort, nun wieder ganz gesprächig, während er auf dem dunklen Korridor hinter ihr herging. »Außerdem empfinde ich eine sentimentale Anhänglichkeit für das Bild. In meiner Kindheit hatten wir auch einen Kupferstich nach diesem Bild zu Hause. Und ich erinnere mich, daß ich mich immer wieder, wenn ich das Blatt sah – und das ging über Jahre –, fragte, warum wohl der alte Bischof – daß es ein Bischof war, wußte ich – dem nackten alten Mann ein Fünf-Schilling-Stück gab.«

Sie öffnete eine Tür, und sie betraten ihr Zimmer, das ganz in Rosa gehalten war. Gewichtig in seiner feierlichen und subtil harmonischen Schönheit hing das Bild über dem Kamin. Es hing zwischen den Photographien ihrer gleichaltrigen Freundinnen und wirkte so sonderbar wie ein Ding aus einer anderen Welt. Aus dem schadhaften goldenen Rahmen blickten alle Schönheit und Größe der Religion düster auf das rosa Zimmer hinab. Die kleinen Freundinnen, alle mit reizend weiblichen Formen, lächelten lieb, sahen nach oben, drückten Angorakatzen an sich oder standen breitbeinig in flotter Pose, die Hände in den Taschen ihrer zur Uniform der Landhelferinnen gehörenden Reithosen. Die rosa Rosen im Tapetenmuster, die rosa und weißen Vorhänge, das rosa Bett und der erdbeerfarbene Teppich – alles erfüllte den Raum mit rosa Reflexen, mit dem Widerschein von Nacktheit und von Leben.

Aber in unendlicher Ferne bot, in erhabene Ekstase versunken, der Priester in Mitra und vollem Ornat den Leib des Sohnes Gottes dar, und der sterbende Heilige empfing mit innigem Verlangen die Hostie. Ernst schauten die Ministranten zu, und kleine Engel flochten über ihnen eine Girlande in feierlichem Triumph; zu den Füßen des Heiligen schlief der Löwe, und durch den Gewölbebogen im Hintergrund glitt der Blick über eine friedliche Landschaft von dunklen Bäumen und Hügeln.

»Da ist es.« Sie zeigte auf die Wand über dem Kamin.

Aber Gumbril hatte schon längst alles in sich aufgenommen. »Verstehen Sie jetzt, was ich mit dem Fünf-Schilling-Stück meine?« Er trat an das Bild heran und deutete auf die runde leuchtende Oblate in der Hand des Priesters, deren dem Betrachter schräg zugewandte Scheibe gleichsam die eigentliche Sonne in dem harmonischen Universum dieses Bildes war. »Damals gab es noch die Fünf-Schilling-Stücke«, fuhr er fort. »Sie sind wahrscheinlich zu jung, um sich an die hübschen großen Münzen zu erinnern. Ich bekam sie gelegentlich zu Gesicht, geweihte Hostien dagegen nie. So können Sie verstehen, was für Rätsel mir das Bild aufgab. Da war ein Bischof, der einem nackten alten Mann in der Kirche fünf Schilling schenkte; über der Szene flatterten Engel, und im Vordergrund schlief ein Löwe. Das alles war vollkommen unverständlich.« Er wandte sich von dem Bild ab und fand sich seiner Gastgeberin gegenüber, die mit einem rätselhaften, verlockenden Lächeln hinter ihm gestanden hatte.

»Unverständlich«, wiederholte er. »Ein Mysterium. Aber so ist alles. Das Leben ganz allgemein. Und Sie –«, er ging einen Schritt auf sie zu, »Sie im besonderen.«

»Finden Sie?« Sie hob den Blick und sah ihn mit ihren klaren Augen an. Wie ihr das Herz schlug! Wie schwer es war, die blasierte Dame zu spielen, die nichts als die Befriedigung ihrer Launen suchte! Wie schwer man sich an diese Rolle gewöhnte! Was kam jetzt?

Was jetzt geschah, war dies: Der ganze Kerl kam noch näher und legte die Arme um sie, als wolle er sie zu einem Foxtrott auffordern. Dann begann er, sie mit überraschender Leidenschaftlichkeit zu küssen. Sein Bart kitzelte sie am Hals; erschauernd senkte sie die Magnolienlider. Der ganze Kerl hob sie auf, durchquerte, die blasierte Dame in seinen Armen tragend, das Zimmer und legte sie auf den rosigen Katafalk ihres Bettes. Dort blieb sie mit geschlossenen Augen liegen und tat ihr Bestes, um sich totzustellen.

Gumbril sah auf seine Armbanduhr und stellte fest, daß es sechs Uhr war. Schon? Er schickte sich an, zu gehen. Mit einem rosa Kimono bekleidet, kam sie auf den Flur hinaus, um ihm Lebewohl zu sagen.

»Wann sehe ich Sie wieder, Rosie?« Soviel hatte er herausbekommen, daß sie Rosie hieß.

Inzwischen war sie wieder ganz die große Dame voller Gleichmut und Gelassenheit, die lächelnd die Achseln zuckte. »Wie sollte ich das wissen?« fragte sie und ließ damit durchblicken, daß sie kaum voraussehen könnte, was die Caprice der nächsten Stunde sein würde.

»Darf ich Ihnen vielleicht schreiben und Sie fragen, wann Sie es wissen werden?«

Sie legte den Kopf auf die Seite und zog mit einem Ausdruck des Zweifels die Brauen hoch. Schließlich nickte sie. »Ja, Sie können mir schreiben.«

»Gut«, sagte der ganze Kerl und nahm seinen breitkrempigen Hut von der Garderobe. Mit majestätischer Pose reichte sie ihm die Hand zum Kuß, und mit formvollendeter Galanterie beugte er sich über sie. Schon wollte er die Tür hinter sich schließen, als ihm noch etwas Wichtiges einfiel. Er wandte sich noch einmal um und fragte hinter dem sich entfernenden rosa Kimono her: »Hören Sie, es ist vielleicht komisch, aber wie kann ich Ihnen schreiben, wenn ich nicht einmal Ihren Namen weiß? Ich kann doch nicht einfach ›Rosie‹ auf den Umschlag schreiben.«

Die große Dame ließ ein entzücktes Lachen hören. Die Situation atmete entschieden den Geist des Capriccios. »Warten Sie!« Sie lief ins Wohnzimmer und war einen Augenblick später wieder zurück mit einem rechteckigen Kärtchen. »Da!« sagte sie und steckte ihm die Visitenkarte in die Manteltasche. Sie warf ihm eine Kußhand zu und verschwand.

Der ganze Kerl schloß die Tür hinter sich und ging die Treppe hinunter. »Sehr gut«, sagte er vor sich hin, »ausgezeichnet.« Er steckte die Hand in die Tasche und zog die Visitenkarte heraus. Im Halbdunkel des Treppenhauses konnte er den Namen nicht leicht entziffern. *Mrs. James* las er – aber nein! Er unternahm einen neuen Versuch und strengte seine Augen bis zum äußersten an. Keine Frage: Es war Mrs. James Shearwater.

Mrs. James Shearwater.

Deshalb war ihm der Name *Bloxam Gardens* irgendwie bekannt vorgekommen .

Mrs. James Shear-. Schwerfällig nahm er eine Stufe nach der anderen. »Du lieber Gott!« sagte er laut. »Großer Gott!«

Aber warum nur hatte er sie nie zu sehen bekommen? Warum hatte Shearwater sie niemals mitgebracht? Ja, wenn er es sich jetzt überlegte, so hatte er kaum je von ihr gesprochen.

Und warum hatte sie behauptet, daß es nicht ihre eigene Wohnung war? Es war ihre Wohnung. Er erinnerte sich, daß Shearwater davon gesprochen hatte.

Waren diese Art Abenteuer eine Gewohnheit von ihr?

War es denkbar, daß Shearwater keine Ahnung davon hatte, wie sie wirklich war? Aber: wie war sie denn wirklich?

Er war bis zur Mitte der letzten Treppe gekommen, als sich knarrend und quietschend die Haustür öffnete, die vom Fuß der Treppe nur durch einen kleinen Flur getrennt war. Auf der Schwelle erschienen, in eifrigem Gespräch begriffen, Shearwater und ein Freund.

»… Ich nehme also mein Kaninchen«, sagte gerade der

Freund, ein junger Mann von eifrigem und lebhaftem Wesen, mit hervortretenden schwarzen Augen und einer auffälligen Nase, die an die eines Hundes erinnerte, »ich nehme mein Kaninchen und impfe es mit einer Lösung, die aus dem Brei der Augen eines anderen, eines toten Kaninchens gewonnen ist. Sie verstehen?«

Gumbrils erste Regung war, die Treppe wieder hinaufzulaufen und sich in einer dunklen Ecke zu verstecken. Aber er riß sich zusammen. Er war ein ganzer Kerl, und ein ganzer Kerl versteckte sich nicht. Außerdem war er so gut verkleidet, daß ihn niemand erkennen konnte. Er blieb also stehen, wo er war, und belauschte die Unterhaltung der beiden.

»Das Kaninchen«, fuhr der junge Mann fort – und mit seinen strahlenden Augen und der witternden Nase sah er wie der Terrier eines Wilderers aus, der nur darauf wartete, mit Gebell dem ersten weißen Schwanz nachzujagen, der ihm über den Weg lief –, »das Kaninchen reagiert natürlich, indem es eine angemessene Abwehr entwickelt, ein spezifisches Anti-Auge. Ich entnehme nun etwas von seinem Anti-Augenserum und impfe damit mein Kaninchenweibchen, das ich unmittelbar darauf zur Paarung bringe.« Er hielt einen Augenblick inne.

»Und weiter?« fragte Shearwater in seiner langsamen, gemessenen Art. Er hob fragend den großen runden Kopf und betrachtete unter buschigen Brauen hervor den jungen Mann mit der Hundenase.

Der junge Mann lächelte triumphierend. »Die Jungen«, erklärte er und unterstrich jedes seiner Worte, indem er mit der rechten Faust in die flache Linke schlug, »die Jungen kommen mit mangelhaftem Sehvermögen zur Welt.«

Nachdenklich zupfte Shearwater an seinem gewaltigen Schnurrbart. »Soso«, meinte er bedächtig, »das ist sehr bemerkenswert.«

»Sind Sie sich über die ganze Bedeutung des Experiments im klaren?« fragte der junge Mann. »Wir beeinflussen offenbar direkt das Keimplasma! Wir haben einen Weg gefunden, erworbene Eigenschaften –«

»Verzeihung!« unterbrach Gumbril. Er fand es an der Zeit, zu gehen. So lief er denn die Treppe hinunter, über den mit

Fliesen ausgelegten Flur und drängte sich ebenso entschlossen wie höflich zwischen den beiden hindurch.

»– vererbbar zu machen«, fuhr der junge Mann fort, den nichts in seinem Eifer abzulenken vermochte, so daß er einmal durch das vor ihm auftauchende Hindernis hindurch, ein andermal darüber hinweg und zuletzt an ihm vorbei redete.

»Verdammt!« fluchte Shearwater. Der ganze Kerl war ihm gerade auf die Zehen getreten. »Verzeihung!« fügte er hinzu. In seiner Zerstreutheit entschuldigte er sich für einen Schmerz, den ihm der andere zugefügt hatte.

Gumbril eilte die Straße hinunter. – »Wenn wir wirklich eine Technik gefunden haben, das Keimplasma direkt zu beeinflussen –« hörte er den jungen Mann mit der Hundenase sagen. Aber er war schon zu weit, um das Ende des Satzes zu vernehmen. Nun, es gibt viele Möglichkeiten, seinen Nachmittag zu verbringen, dachte er.

Der junge Mann lehnte die Einladung, ins Haus zu kommen, ab. Er war zu einer Partie Tennis vor dem Abendessen verabredet, und so stieg Shearwater die Treppe allein hinauf. Als er den Hut in der Diele ablegte, trat Rosie mit dem Teegeschirr auf dem Tablett aus dem Wohnzimmer.

Er gab ihr einen zärtlichen Kuß auf die Stirn. »Hattest du Teegäste?«

»Nur einen«, erwiderte Rosie. »Warte, ich mache dir frischen Tee.«

Sie eilte, mit knisterndem Kimono, in die Küche.

Shearwater ließ sich im Wohnzimmer nieder. Er hatte aus der Bibliothek den fünfzehnten Band des *Journal of Biochemistry* mitgebracht, in dem er etwas nachschlagen wollte. Er blätterte in dem Buch. Ah, da war es schon. Er begann zu lesen, als Rosie zurückkam.

»Hier ist dein Tee.«

Er dankte ihr, ohne aufzublicken. Der Tee auf dem kleinen Tisch neben ihm wurde kalt.

Rosie hatte sich auf dem Sofa ausgestreckt und überdachte noch einmal die Geschehnisse dieses Nachmittags. Hatte sich das alles wirklich ereignet? Es erschien ihr jetzt, in dieser Atmosphäre stillen Studiums, ziemlich unwahrscheinlich und schwer vorstellbar. Sie konnte nicht umhin, sich ein wenig enttäuscht zu fühlen. War das alles gewesen? So einfach und geheimnislos? Sie bemühte sich um eine etwas ekstatischere Stimmung, sie versuchte sogar, Gewissensbisse zu spüren. Doch gerade das gelang ihr ganz und gar nicht. Gern hätte sie den Taumel der Leidenschaft empfunden, doch auch hier blieb ihr der Erfolg versagt. Dabei war er doch wirklich ein ganz ungewöhnlicher Mann gewesen. Soviel Unverschämtheit – und zugleich soviel Takt und Zartgefühl!

Es war nur zu schade, daß sie nicht das Geld hatte, sich neu einzurichten. Sie sah jetzt, wie unmöglich diese Möbel waren. Sie wollte Tante Aggie sagen, was sie von ihrer spießbürgerlichen Kunstgewerblichkeit hielt!

Sie müßte eine Empire-Chaiselongue à la Récamier haben. Sie konnte sich sehen, wie sie darauf ruhte und den Tee reichte. »Wie eine bezaubernde rosa Schlange.« So hatte er sie genannt.

Wenn sie sich jetzt alles noch einmal überlegte, so war es doch eine sehr komische Geschichte gewesen.

»Was ist ein Hedonist?« fragte sie unvermittelt.

Shearwater blickte von seinem *Journal of Biochemistry* auf. »Was?«

»Ein Hedonist.«

»Jemand, der im Vergnügen den Sinn des Lebens sieht.«

»Hedonist aus Gewissensgründen« – sie erinnerte sich. Das hatte er gut gesagt!

»Der Tee ist kalt«, bemerkte Shearwater.

»Du hättest ihn trinken sollen, als er noch heiß war«, erwiderte sie. Er schwieg.

Rosie bessert sich entschieden, dachte Shearwater, als er sich vor dem Essen die Hände wusch. Sie unterbrach ihn nicht mehr, wenn er beschäftigt war. An diesem Abend hatte sie ihn eigentlich überhaupt nicht gestört oder höchstens einmal, und das auch nicht ernstlich. Es hatte Zeiten gegeben, wo das Kind ihm das Leben nahezu unerträglich gemacht hatte. Wenn er zum Beispiel an die ersten Monate ihrer Ehe dachte, als sie die Idee hatte, selbst Physiologie zu studieren, um ihm eine Hilfe zu sein! Er erinnerte sich noch an die Stunden, in denen er versucht hatte, ihr die elementarsten Kenntnisse über Chromosomen beizubringen. Es war für ihn eine große Erleichterung gewesen, als sie das Unternehmen wieder aufgab. Er hatte ihr geraten, sich auf das Bemalen von Stoffen zu verlegen. Damit ließen sich die hübschesten Vorhänge und ähnliche Dinge machen. Aber diese Anregung hatte sie ziemlich kalt gelassen. Es folgte eine lange Periode, in der sie, wie es schien, nichts Besseres zu tun hatte, als ihn davon abzuhalten, überhaupt etwas zu tun. Ihn im Labor anzurufen oder in sein Studierzimmer zu stürzen, sich auf seine Knie zu setzen, ihm die Arme um den Hals zu werfen oder ihn an den Haaren zu ziehen und ihm alberne Fragen zu stellen, wenn er arbeiten wollte.

Shearwater schmeichelte sich, ein höchstes Maß von Geduld bewiesen zu haben. Niemals war er böse geworden. Er hatte einfach so getan, als ob sie nicht da wäre. Als ob sie gar nicht da wäre.

Er hörte sie rufen: »Beeile dich, die Suppe wird kalt.«

»Ich komme schon«, rief er zurück und trocknete sich die großen plumpen Hände ab.

Aber in der letzten Zeit hatte sie sich entschieden gebessert. Heute abend hatte sie sich geradezu musterhaft benommen – einfach so, als sei sie nicht vorhanden.

Mit wuchtigem Schritt betrat er das Speisezimmer. Rosie saß am oberen Ende des Tisches und teilte die Suppe aus. Mit der linken Hand hielt sie den herabhängenden rosa Kimonoärmel fest, damit er nicht in den Teller oder die Suppenterrine geriet. Weiß und perlmuttern schien ihr nackter Arm durch den Dampf der Linsensuppe.

Wie hübsch sie war! Er konnte, als er von hinten auf sie zutrat, der Versuchung nicht widerstehen, sich zu ihr hinabzubeugen und sie, übrigens ziemlich ungeschickt, auf den Nacken zu küssen.

Rosie entzog sich ihm. »Aber Jim!« sagte sie mißbilligend. »Nicht bei Tisch!« Als Dame von höheren Ansprüchen mußte sie solch stürmischer Vertraulichkeit, noch dazu im unpassenden Augenblick, energisch einen Riegel vorschieben.

»Und außerhalb der Tischzeit?« fragte Shearwater mit einem Lachen. »Trotzdem, du bist heute abend wundervoll gewesen,

Rosie. Ganz wundervoll.« Er setzte sich und begann, seine Suppe zu essen. »Die ganze Zeit, während ich las, kein einziges Wort! Oder nur eines, wenn ich mich recht erinnere.«

Die große Dame schwieg. Sie lächelte nur, ein wenig verächtlich und nicht ganz ohne eine Spur von Mitleid. Sie schob den Teller, ohne ihn geleert zu haben, beiseite und stützte die Ellbogen auf den Tisch. Sie steckte die Hände in die Ärmel ihres Kimonos und begann, mit den Fingerspitzen leise und zart ihre Arme zu streicheln.

Wie glatt ihre Arme waren, wie sanft und warm und versteckt unter den Ärmeln! Und so war ihr ganzer Körper, so glatt und warm, so sanft und verborgen, noch verborgener unter den rosa Falten. Wie eine warme Schlange, die sich versteckte.

ZEHNTES KAPITEL

Die Idee mit den Patenthosen fand den Beifall Mr. Bolderos. Ja, sie gefiel ihm, wie er beteuerte, ganz außerordentlich.

»Damit ist Geld zu verdienen«, sagte er.

Mr. Boldero war ein kleiner dunkler Mann von ungefähr fünfundvierzig Jahren, emsig wie ein Vogel und mit den kleinen, glänzenden braunen Augen eines Vogels und einer Nase wie ein spitzer Schnabel. Immer war er geschäftig, hatte stets soundso viele Eisen im Feuer und war zu jeder Zeit munter, ein klarer Kopf, der keine Müdigkeit kannte. Andererseits war er stets unpünktlich und ungepflegt; er hatte für diese Dinge keinen Sinn. Aber man verzieh es ihm, wie er gern behauptete. Er schaffte alles, oder, besser gesagt, es floß ihm alles von selbst zu, und zwar in der angenehmen Form von barem Geld. Es war das reinste Wunder.

Äußerlich glich er einem Vogel. Aber geistig war er ein Schmarotzer, fand Gumbril, nachdem er ihn zwei- oder dreimal gesehen hatte. Mr. Boldero fraß alles, was man ihm vorsetzte, täglich konsumierte er das Hundertfache seines eigenen geistigen Gewichts. Seine Nahrung waren die Ideen und das Wissen anderer. Er verschlang sie, und sofort waren sie sein Eigentum. Er nahm alles, was anderen gehörte, ohne die geringsten Skrupel oder langes Überlegen in seinen Besitz, ganz selbstverständlich, als habe es ihm schon immer gehört. Und diese Inbesitznahme ging so rasch und so vollkommen vor sich, so prompt nahm er die Urheberschaft fremder Ideen für sich in Anspruch, daß er manchmal den anderen tatsächlich überzeugen konnte, er habe dessen Gedanken vor ihm gedacht und wisse seit Jahr und Tag alles, was ihm gerade erzählt worden war und was er nun seinerseits dem anderen mit der vollendeten Selbstsicherheit des Wissenden wiederholte. Es schien ein Wissen aus Instinkt zu sein, eingesogen mit der Muttermilch.

Bei ihrem ersten gemeinsamen Lunch hatte er Gumbril um eine erschöpfende Information über die moderne Malerei gebeten. Gumbril hatte ihm darauf eine kurze Vorlesung gehalten, und noch bevor der Nachtisch serviert wurde, sprach Mr. Boldero mit der größten Selbstverständlichkeit von Picasso und Derain. Es fehlte nicht viel, daß er durchblicken ließ, selbst eine prächtige Sammlung ihrer Werke sein eigen zu nennen. Da Mr. Boldero aber ein wenig schwerhörig war, hatte er mit Namen seine Schwierigkeiten, und Gumbrils nur allzu taktvoll vorgebrachten Berichtigungen waren vergebens. So konnte Mr. Boldero nichts dazu bringen, seinen »Bacosso« gegen eine andere Version jenes spanischen Namens einzutauschen. Ja, über Bacosso hatte er schon als Schuljunge alles gewußt. Für ihn war Bacosso bereits ein alter Meister.

Mr. Boldero war sehr streng mit den Kellnern und wußte so genau, wie es in einem guten Restaurant zuzugehen hatte, daß Gumbril überzeugt war, er müsse erst kürzlich mit einem höchst verwöhnten Feinschmecker der alten Schule geluncht haben. Als gegen Ende dieses Lunches der Kellner Anstalten machte, ihnen den Kognak in kleinen Gläsern zu servieren, empörte Mr. Boldero sich dermaßen, daß er den Geschäftsführer zu sprechen verlangte.

»Wollen Sie mir vielleicht sagen«, schrie er in gerechtem Zorn, »daß Sie noch nicht gehört hätten, wie man Kognak trinkt?«

Vielleicht, dachte Gumbril, hat Mr. Boldero selbst gerade vor ein paar Tagen gelernt, daß der Kognak erst in Schwenkern von gargantuanischen Ausmaßen sein Aroma so richtig entfaltet.

Indessen vergaß man nicht ganz die Patenthosen. Kaum hatte Mr. Boldero alles darüber erfahren, sprach er bereits mit der Vertrautheit eines Experten über diese Art von Hosen. Geistig waren sie bereits sein Eigentum geworden, und nur seine Großzügigkeit hielt ihn davon ab, sie auch in konkreterer Form zu seiner Sache zu machen.

»Wäre ich nicht ein so guter Freund Ihres Vaters und schätzte ich ihn nicht so hoch«, erklärte er, während er Gumbril jovial über das Kognakglas zublinzelte, »dann würde ich Ihre Patenthosen einfach annektieren. Mit allem Drum und Dran. Einfach annektieren.«

»Aber ich habe sie patentieren lassen«, wandte Gumbril ein. »Oder zumindest habe ich das Patent beantragt. Mein Anwalt hat die nötigen Schritte eingeleitet.«

Mr. Boldero lachte. »Glauben Sie vielleicht, daß mich das stören würde, wenn ich rücksichtslos sein wollte? Ich würde Ihre Idee einfach übernehmen und den Artikel fabrizieren. Sie könnten dann eine Klage einreichen, und ich würde mit allen möglichen juristischen Finessen Ihren Anspruch bestreiten. Sie hätten sich damit auf einen Prozeß eingelassen, der Sie Tausende kosten könnte. Wie wollten Sie das bezahlen? Also würden Sie sich zu einer außergerichtlichen Einigung gezwungen sehen. Es bliebe Ihnen nichts anderes übrig, Mr. Gumbril, und ich kann Ihnen versichern, die Einigung wäre für Sie nicht sehr erfreulich.« Bei dem Gedanken, wie unerfreulich sie für Mr. Gumbril ausfallen würde, lachte Mr. Boldero Tränen. »Aber keine Angst«, beruhigte er ihn. »Sie wissen ja, daß ich das nicht tue.«

Doch Gumbril war sich dessen nicht ganz sicher. Taktvoll versuchte er herauszubekommen, welche Bedingungen Mr. Boldero ihm zu bieten gedächte. Aber Mr. Boldero blieb in diesem Punkt recht unbestimmt.

Sie kamen noch einmal in Gumbrils Wohnung zusammen. Die Zeichnungen zeitgenössischer Künstler an den Wänden erinnerten Mr. Boldero daran, daß er jetzt ein Kunstexperte geworden war. Er erklärte Gumbril alles über moderne Kunst, und zwar mit dessen eigenen Worten. Dann und wann freilich passierte ihm ein kleines Versehen. Bacosso zum Beispiel blieb für ihn Bacosso. Aber im großen und ganzen war die Vorstellung höchst eindrucksvoll. Gumbril fühlte sich dabei sehr unbehaglich, denn in Boldero erkannte er eine grauenhafte Karikatur seiner selbst. Auch er war ein großer Anverwandler, natürlich mit mehr Unterscheidungsvermögen und Takt und geschickter als Mr. Boldero, wenn es sich darum handelte, aus den fremden Gedanken, die er sich angeeignet hatte, etwas Neues und wahrhaft Eigenes zu machen. Zugegeben, und doch, keine Frage, ein Schmarotzer. Er begann, Mr. Boldero mit großer, ein wenig angewiderter Aufmerksamkeit zu studieren, so, wie man vielleicht voller Abscheu etwas betrachten würde, was einen an den eigenen Tod erinnert.

Es war ihm eine Erleichterung, als Mr. Boldero aufhörte, über Kunst zu sprechen, und sich bereit erklärte, aufs Geschäftliche zu kommen. Gumbril trug eigens für diese Gelegenheit die von Mr. Bojanus für ihn angefertigten Musterhosen. Mr. Boldero zu Ehren unterwarf er sie sozusagen einer Zerreißprobe. So ließ er sich mit einem Plumps auf den Boden fallen – ohne Schrammen und blaue Flecken zu bekommen. Dann saß er minutenlang in aller Bequemlichkeit auf dem Rand des verschnörkelten Kamingitters. Zwischendurch schritt er vor Mr. Boldero wie ein Mannequin auf und ab. »Ein bißchen bauschig«, urteilte Mr. Boldero. »Trotzdem . . .« Alles in allem war er positiv beeindruckt. Es sei nun an der Zeit, meinte er, sich näher mit dem Artikel zu beschäftigen. Man müßte Versuche mit den pneumatischen Teilen anstellen, um ein Modell zu entwerfen, das, wie es Mr. Boldero ausdrückte, »ein Maximum an Leistungsfähigkeit mit einem Minimum an Rundung« verband. Wenn sie dann das Richtige gefunden hatten, wollten sie es in angemessener Menge bei irgendeiner guten Firma für Gummiartikel in Auftrag geben. Was die Hosen selbst betraf, so könnten sie sich ganz auf die weiblichen Arbeitskräfte von East End verlassen. »Sie arbeiten für einen Hungerlohn – billig und gut«, versicherte Mr. Boldero.

»Das klingt ideal«, sagte Gumbril.

»Dann kommt unser Werbefeldzug. Ich möchte behaupten, daß davon der Erfolg oder Mißerfolg unseres Unternehmens abhängt«, fuhr Mr. Boldero mit einer gewissen Feierlichkeit fort. »Ja, ich messe ihm die größte Bedeutung bei.«

»Ganz recht«, stimmte ihm Gumbril mit bedeutsamem Kopfnicken und der Miene vollkommenen Verständnisses zu.

»Wir müssen dabei wissenschaftlich ans Werk gehen«, erklärte Mr. Boldero, wobei er das Wort »wissenschaftlich« in seine Silben zerlegte und skandierte.

Auch diesmal nickte Gumbril beifällig.

»Wir müssen uns an menschliche Urinstinkte und Gefühle wenden«, erklärte Mr. Boldero mit einer Zungenfertigkeit, die Gumbril davon überzeugte, daß er die Worte eines anderen zitierte. »Auf sie geht all unser Tun zurück. Sie geben, wenn ich es einmal so ausdrücken darf, unser Geld aus.«

»Das klingt sehr gut«, sagte Gumbril. »Aber wie wollen Sie sich an den wichtigsten aller Instinkte wenden? Ich meine natürlich – Sie haben es bereits erraten – den Sexualtrieb.«

»Gerade wollte ich darauf kommen«, sagte Mr. Boldero und erhob die Hand, als bäte er nur um ein wenig Geduld. »Das können wir leider nicht. Ich sehe keine Möglichkeit, für unsere Patenthosen einen sexuellen Aufhänger zu finden.«

»Dann sind wir also erledigt«, sagte Gumbril um eine Nuance zu dramatisch.

»Aber nein«, beruhigte ihn Mr. Boldero. »Sie begehen denselben Irrtum wie der bekannte Wiener Professor. Sie überschätzen die Bedeutung des Sexuellen. Schließlich, mein lieber Gumbril, gibt es auch noch den Selbsterhaltungstrieb und –« er beugte sich, mit dem Finger drohend, vor: »den Geselligkeits- oder Herdentrieb.«

»Allerdings.«

»Beide sind genauso mächtig wie der Sexualtrieb. Was ist die berühmte ›Zensur‹, von der Freud spricht, anderes als ein Verbot, das von außen, von der Herde, kommt, und das durch den Herdentrieb in uns verstärkt wird?«

Darauf wußte Gumbril keine Erwiderung, und lächelnd fuhr Mr. Boldero fort: »Wir täten also gut daran, uns auf den Selbst-

138

erhaltungs- und den Herdentrieb zu konzentrieren. Man stelle darum in der Werbung den ›Komfort‹ und die hygienischen Vorzüge unserer Patenthosen heraus. Damit appellieren wir an den Selbsterhaltungstrieb. Dann ziele man auf die Angst vor der öffentlichen Meinung, auf den Ehrgeiz der Leute, mehr als die anderen zu sein, und zugleich auf ihre Furcht davor, anders zu sein. Kurz, man ziele auf all die lächerlichen Schwächen, die die Folge eines gut entwickelten Herdentriebes sind. Wir werden es schaffen, wenn wir wissenschaftlich an die Sache herangehen.« Mr. Bolderos Vogelaugen funkelten, und er lachte vergnügt, als er wiederholte: »Wir werden es schaffen.« Dieses Lachen war ebenso kindlich wie teuflisch, und es lag in ihm eine so unschuldig-heitere Bosheit, daß man meinen konnte, ein kleiner Kobold habe plötzlich anstelle des Finanziers in Gumbrils bestem Sessel gesessen.

Auch Gumbril lachte. Diese koboldhafte Heiterkeit hatte etwas Ansteckendes. »Wir schaffen es«, wiederholte er. »Ich bin davon überzeugt, wenn Sie sich der Sache annehmen, Mr. Boldero.«

Mr. Boldero quittierte das Kompliment mit einem Lächeln, das nichts von falscher Bescheidenheit hatte. Die Bemerkung war berechtigt, Mr. Boldero wußte es.

»Ich will Ihnen jetzt nur ein paar Ideen zu der Werbekampagne mitteilen, damit Sie wenigstens eine Vorstellung davon haben. Sie können dann in Ruhe darüber nachdenken und mir Ihre Vorschläge machen.«

»Ja, gern.« Gumbril nickte zustimmend.

Mr. Boldero räusperte sich. »Wir werden«, erklärte er, »mit einem ganz einfachen, elementaren Appell an den Selbsterhaltungstrieb beginnen. Wir werden darauf hinweisen, daß es bequem ist, Patenthosen zu tragen, weil man sich dadurch eine lästige Anstrengung erspart. Ein paar einprägsame Werbesprüche über die Bequemlichkeit – das genügt. Wirklich ganz einfach. Es gehört nicht viel dazu, einen Mann davon zu überzeugen, daß er bequemer auf Luft als auf Holz sitzt. Aber wenn wir einmal beim Thema der harten Sitze sind, werden wir, mit einem ebenso kühnen wie raffinierten Sprung, von da aus einen Flankenangriff auf die Gesellschaftsinstinkte unternehmen.«

139

Mr. Boldero legte die Spitzen von Daumen und Zeigefinger seiner Rechten zusammen und deutete mit einer eleganten Geste sowohl den Sprung als auch den Flankenangriff an. »Wir werden über Glanz und Elend der sitzenden Tätigkeit reden müssen. Wir werden einerseits ihre geistige Würde rühmen, andererseits die damit verbundenen körperlichen Beschwerden beklagen. Wir könnten zum Beispiel vom ›Ehrenplatz‹ sprechen, von den ›Sitzen der Mächtigen‹ oder davon, daß der ›Sessel, der das Amt regiert, die Welt zittern läßt‹. Aus all diesen Redensarten wird sich etwas machen lassen. Dann könnten wir eine kleine historische Plauderei über Throne gebrauchen – wie feierlich, aber auch wie unbequem sie gewesen sind. Wir müssen bewirken, daß der Bankbeamte und der Staatsbeamte stolz auf ihren Beruf sind, zugleich aber auch beschämt darüber, daß so hervorragende Leute wie sie in die schmähliche Lage versetzt werden, sich Schwielen am Gesäß zuzuziehen. In der modernen Werbung muß man dem Publikum schmeicheln, aber nicht mehr in der aalglatten, servilen Manier der alten Reklame, mit welcher der Kaufmann seiner Kundschaft, die ihm gesellschaftlich überlegen war, um den Bart ging. Damit ist es jetzt vorbei. Heute sind wir gesellschaftlich überlegen, weil wir mehr Geld haben als diese Bank- oder Staatsbeamten. Die moderne Form der Schmeichelei muß männlich, freimütig und aufrichtig sein, eine Bewunderung von gleich zu gleich – um so schmeichelhafter für die anderen, die keineswegs gleich sind.« Mr. Boldero führte den Zeigefinger an die Nase. »Sie sind Dreck und wir sind Kapitalisten . . .« Er lachte.

Auch Gumbril lachte. Er sah sich zum erstenmal als Kapitalisten, und diese Vorstellung war erheiternd.

»Wir schmeicheln ihnen also«, fuhr Mr. Boldero fort. »Wir sagen ihnen, daß ehrliche Arbeit adelt und etwas Großartiges ist – was nicht stimmt: sie ist nur langweilig und wirkt verblödend. Und dann geben wir ihnen zu verstehen, daß ihre Arbeit sie noch mehr adeln würde, wenn sie Gumbrils Patenthosen trügen, weil ihre Arbeit dann weniger unbequem wäre. Begreifen Sie meine Methode?«

Gumbril hatte begriffen.

»Darauf gehen wir zu der medizinischen Seite der Angelegenheit über. Denn die medizinische Seite, Mr. Gumbril, ist am wichtigsten. Niemand fühlt sich heute so richtig wohl, jedenfalls niemand, der in der Großstadt lebt und mit einer so abscheulichen Arbeit beschäftigt ist wie die Leute, die wir als Kunden werben wollen. Dies vor Augen, müssen wir klar herausstellen, daß nur jemand, der pneumatisch gefütterte Hosen trägt, die Aussicht hat, gesund zu bleiben.«

»Das wird nicht ganz leicht sein, meinen Sie nicht?«

»Im Gegenteil!« Mr. Boldero lachte mit einer geradezu ansteckenden Zuversicht. »Wir brauchen nichts weiter zu tun, als über die Nervenzentren in der Wirbelsäule zu sprechen, über den Schock, den sie bekommen, wenn man sich zu abrupt hinsetzt, oder über die Abnutzung, der sie unterliegen, wenn man zu lange auf einer ungepolsterten Fläche sitzt. Wir müssen in einem höchst wissenschaftlichen Ton über die Lumbalganglien sprechen – falls es so etwas gibt, was ich nicht mit Sicherheit behaupten kann. Wir werden sogar in einem mystischen Ton von den Ganglien sprechen. Sie kennen doch diese neue Ganglien-Philosophie? Manchmal ganz interessant. Wir könnten eine Menge über das geheimnisvolle, gewaltige Leben der Sinne, der Sexualität, der Instinkte anbringen, das vom Lumbalganglion aus gesteuert wird. Und wir können sagen, wie wichtig es ist, daß das Ganglion nicht verletzt wird, wie aber andererseits die Bedingungen unserer modernen Zivilisation ohnehin dazu führen, über Gebühr den Intellekt und die Thoraxganglien zu entwickeln, die für die höheren Gefühle zuständig sind. Weshalb wir mit Erschöpfungszuständen und Störungen unseres inneren Gleichgewichts zu rechnen haben, so daß wir – wenn wir die unserem Zivilisationsstand angemessene Lebensweise beibehalten wollen – unsere einzige Rettung in Gumbrils Patenthosen finden.« Bei seinen letzten, mit lauter Stimme hervorgebrachten Worten schlug Mr. Boldero energisch mit der Hand auf den Tisch.

»Großartig«, sagte Gumbril, von aufrichtiger Bewunderung erfüllt.

»Diese Art medizinisch-philosophische Mixtur tut immer ihre Wirkung, wenn sie nur richtig angewendet wird«, behauptete Mr. Boldero. »Das Publikum, an das wir uns wenden, hat so gut wie keine Ahnung von diesen Dingen oder, besser gesagt, es hat von nichts eine Ahnung. Deshalb werden so ungewohnte Worte großen Eindruck auf die Leute machen, vor allem wenn ein so interessantes Wort wie ›Ganglien‹ dabei ist.«

»Ein junger Mann in Ostanglien gürtete seine Lenden mit Ganglien«, improvisierte Gumbril vor sich hin.

»Sehr gut«, lobte Mr. Boldero. »Sie sagen es. Sehen Sie, was für ein apartes Wort es ist? Wie gesagt, es wird seinen Eindruck nicht verfehlen. Man wird uns dankbar sein. Dankbar für so abstruse und phantastische Informationen, mit denen ein Mann seiner Frau imponieren kann oder seinen Freunden, von denen er genau weiß, daß sie nicht die Zeitung gelesen haben, in der unsere Annonce stand. Sie brauchen nur gesprächsweise darauf zu kommen, mit der selbstverständlichen Sicherheit dessen, der von Kindesbeinen an mit den Ganglien auf vertrautem Fuße steht. Wenn dann ihre Freunde diese medizinische Metaphysik ihrerseits weitergeben, wird ihr Überlegenheitsgefühl so groß sein, daß sie nur mit Dankbarkeit an uns denken können. Sie werden darum unsere Patenthosen kaufen und auch andere Leute dazu veranlassen. Deshalb –«, Mr. Boldero machte wieder einen Gedankensprung, der ihn auf ein neues Feld der Belehrung führte, »deshalb ist auch die Zeit der Geheimrezepte endgültig vorbei. Es nutzt heute nichts, wenn man ein in der Vergangenheit nur den alten Ägyptern bekanntes Geheimnis wiederentdeckt haben will. Die Leute wissen zwar nichts von Ägyptologie, aber sie ahnen, daß es eine solche Wissenschaft gibt. Und daß es, wenn es sie gibt, nicht sehr wahrscheinlich ist, daß ein Heilmittelfabrikant etwas entdeckt haben sollte, wovon die Universitätsprofessoren nichts wußten. Das gilt natürlich auch für Geheimrezepte, die nicht aus Ägypten kommen. Man weiß, daß es so etwas wie eine medizinische Wissenschaft gibt, und man kann sich nicht gut vorstellen, daß ein Fabrikant etwas weiß, was den Ärzten verborgen geblieben wäre. Der moderne demokratische Werbefachmann spielt mit offenen Karten. Freimütig gibt er über alles Auskunft. Er erklärt zum Beispiel, daß der Magensaft in Verbindung mit Wismut eine desinfizierende Säure bildet. Er verweist ferner darauf, daß die Gärungsmilchsäure zerstört wird, bevor sie den

142

Dickdarm erreicht, so daß im allgemeinen die Metschnikow-Kur wirkungslos bleibt. Schließlich wird er Ihnen erklären, daß die einzige Möglichkeit, die Milchsäure in den Dickdarm gelangen zu lassen, darin besteht, sie mit Stärke und Paraffin zu mischen: mit Stärke zur Sättigung der Milchsäure und mit Paraffin, um zu verhindern, daß die Stärke verdaut wird, bevor sie den Dickdarm erreichen kann. Am Ende wird er Sie davon überzeugt haben, daß eine Mischung von Stärke, Paraffin und Gärungsmilchsäure die beste Sache von der Welt ist. Folglich werden Sie sie kaufen, was Sie ohne diese Erläuterungen nie getan hätten. Genauso dürfen wir, Mr. Gumbril, von niemandem erwarten, daß er unsere Hosen auf Treu und Glauben kauft. Wir müssen vielmehr wissenschaftlich erklären, warum diese Hosen der Gesundheit dienen. Und mit Hilfe der Ganglien können wir, wie ich Ihnen auseinandergesetzt habe, sogar beweisen, daß unsere Hosen auch für die Seele, ja für die ganze Menschheit ein Segen sind. Wie Sie wohl wissen, Mr. Gumbril, ist für den Erfolg eines Geschäfts nichts so wichtig wie eine geistige Botschaft. Man verbinde das Geistige mit dem Praktischen, und man hat das Publikum gewonnen. Man hat es, wenn ich so sagen darf, ganz in der Hand. Und das können wir mit unseren Patenthosen erreichen, wir können ihnen eine Botschaft mitgeben, ein geistiges Anliegen erster Ordnung. Ja«, so schloß er, »wir müssen diese Ganglien bis aufs letzte ausbeuten.«

»Überlassen Sie mir diese Aufgabe«, sagte Gumbril. Er fühlte sich beschwingt und voller Selbstvertrauen. Die Beredsamkeit Mr. Bolderos hatte ihn gleichsam wie einen Luftballon aufgepumpt.

»Ich bin überzeugt, der Erfolg wird Ihnen sicher sein«, ermunterte ihn Mr. Boldero. »Es gibt für den modernen Handel keine bessere Vorbereitung als eine gute literarische Bildung. Gerade als Geschäftsmann und Mann der Praxis trete ich immer für unsere alten Universitäten ein, besonders für das Studium der klassischen Literatur.«

Gumbril war sehr geschmeichelt. In diesem Augenblick empfand er es als eine außerordentliche Genugtuung, zu hören, daß er aller Wahrscheinlichkeit nach das Zeug zu einem

143

guten Geschäftsmann habe. Von der Figur des Geschäftsmanns ging für ihn ein strahlender Glanz aus; sie glühte sozusagen phosphoreszierend vor ihm auf.

»Außerdem«, fuhr Mr. Boldero fort, »muß man unbedingt den Snobismus der Leute ausnutzen, dieses quälende Minderwertigkeitsgefühl, das den Unwissenden und den Naiven stets angesichts des Wissenden befällt. Wir müssen also unsere Hosen als etwas darstellen, das absolut *comme il faut* ist: gesellschaftlich korrekt und dabei für den Träger höchst komfortabel. Wir müssen stillschweigend zu verstehen geben, daß es schlechter Stil wäre, sie nicht zu tragen; und denen, die sie nicht tragen, müssen wir ein Gefühl geben, irgendwie gegen die Anstandsregeln zu verstoßen. Wie in dem Chaplinfilm, in dem Charlie einen zerstreuten jungen Lebemann spielt, der sich, von der Taille aufwärts, untadelig zum Abendessen umkleidet – weiße Weste, Frack, gestärktes Hemd, Zylinder – und erst, als er die Halle des Hotels betritt, entdeckt, daß er seine Hosen vergessen hat. Also, wir müssen es schaffen, daß die Leute sich so fühlen. Das ist immer erfolgreich. Sie kennen doch diese ausgezeichneten amerikanischen Anzeigen, in denen von jungen Damen die Rede ist, deren Verlobung nur deshalb in die Brüche ging, weil sie zu stark schwitzten oder aus dem Mund rochen? Wie peinlich betroffen man sich da gleich fühlt! So etwas Ähnliches müssen wir für unsere Hosen finden. Noch wirkungsvoller wären freilich die Annoncen, mit denen die Schneider für korrekte Kleidung werben: ›Gut angezogen fühlen Sie sich gut.‹ Sie kennen diese Art. Oder diese ernsten Warnungen, in denen es heißt, daß ein untadelig geschnittener Anzug über eine Verabredung entscheiden kann oder über die Gewährung oder Verweigerung eines Interviews. Aber die besten Beispiele, an die ich mich erinnern kann«, fuhr Mr. Boldero mit zunehmendem Enthusiasmus fort, »sind diese amerikanischen Anzeigen, in denen zunächst gesellschaftliche Regeln über das Tragen von Brillen aufgestellt und dann all die Sanktionen heraufbeschworen werden, die jeden treffen, der den Fauxpas begeht, eine dieser Regeln zu brechen. Das ist meisterhaft ersonnen. Beim Sport und in der Freizeit, erfährt man, als sei dies ein gesellschaftliches Axiom, trägt man Brillen mit einem Horngestell. Im Geschäftsleben dagegen bewirken Gläser mit Hornrand und Nickelbügeln ein markantes Auftreten. – Markantes Auftreten, das müssen wir uns für unsere Anzeigen merken, Mr. Gumbril. ›Gumbril's Patenthosen garantieren ein markantes Auftreten.‹ Für den kleinen Abendanzug empfiehlt man horngefaßte Gläser mit goldenen Bügeln und goldenem Steg. Doch für den Frack ist das goldgefaßte Pincenez mit randlosen Gläsern die höchst raffinierte und dabei absolut korrekte Lösung. Wir sehen also, wie hier ein gesellschaftliches Gebot erlassen wird, nach dem jeder Kurzsichtige oder an einer anderen Sehstörung Leidende, der sich selbst achtet, vier verschiedene Brillen besitzen muß. Man stelle sich vor, er trüge zum Frack das Sportmodell in reinem Horn! Ein Fauxpas, bei dem sich einem der Magen umdreht! Die Leute, die diese Anzeigen lesen, verspüren ein plötzliches Unbehagen. Sie haben nur eine Brille und befürchten nun, daß man über sie lachen, sie für kleinbürgerlich, ungebildet und provinziell halten könnte. Und da die meisten Menschen lieber beim Ehebruch als bei einem Beweis von provinzieller Zurückgebliebenheit überrascht werden, schaffen sie sich schleunigst drei weitere Brillen an. Und so wird der Hersteller reich, Mr. Gumbril. Jetzt müssen wir etwas Ähnliches für unsere Hosen unternehmen. Irgendwie muß man den Leuten zu verstehen geben, daß die Hosen unerläßlich sind, daß man ohne sie nicht angezogen ist und daß zum Beispiel eine Braut ihre Verlobung lösen würde, sobald sie sähe, daß ihr Verlobter an der Abendtafel auf etwas anderem als Luft säße.« Mr. Boldero zuckte die Achseln und winkte vage mit der Hand.

»Das dürfte ziemlich schwierig sein«, wandte Gumbril kopfschüttelnd ein.

»Vielleicht«, pflichtete Mr. Boldero bei. »Aber Schwierigkeiten sind dazu da, überwunden zu werden. Wir müssen mit dem Snobismus und der Angst vor der Blamage arbeiten und sie als Werbemittel einsetzen. Das ist das Wesentliche. Und wir müssen Wege finden, um die öffentliche Meinung dahin zu beeinflussen, daß sie jeden, der nicht unsere Hosen trägt, mit Spott bedenkt. Im Augenblick ist noch nicht recht zu sehen, wie das zu bewerkstelligen sein soll. Aber es muß erreicht werden!« wiederholte Mr. Boldero mit allem Nachdruck. »Vielleicht könnte man sogar irgendwie den Patriotismus zu unserer Unterstützung mobilisieren. Zum Beispiel: ›Englische Hosen, mit englischer Luft gefüllt, für englische Männer!‹ Vielleicht ein bißchen weit hergeholt. Aber etwas könnte doch daran sein.«

Gumbril schüttelte wieder skeptisch den Kopf.

»Jedenfalls ist es einer der Punkte, die wir im Auge behalten müssen«, erklärte Mr. Boldero. »Wir können es uns nicht leisten, so starke Emotionen zu vernachlässigen. Mit Sex läßt sich hier, wie wir gesehen haben, so gut wie nichts ausrichten. Deshalb müssen wir uns an alles übrige halten, und zwar mit allen Mitteln. Zum Beispiel der Faktor Neuheit. Man empfindet eine gewisse Überlegenheit, sobald man etwas besitzt, was der Nachbar noch nicht hat. Allein von dem Umstand, daß etwas neu ist, geht eine berauschende Wirkung aus. Und dieses Gefühl der Überlegenheit gilt es zu stärken, diesen Rausch zu steigern. Man kann den absurdesten, den läppischsten Gegenstand verkaufen, nur weil er neu ist. Vor kurzem verkaufte ich vier Millionen patentierte Seifenschalen eines neuen Typs. Der Witz war, daß man sie nicht an die Wand des Badezimmers schrauben konnte. Man machte vielmehr eine Aushöhlung in der Wand und baute die Seifenschale in diese Nische ein wie ein Weihwasserbecken. Meine Seifenschalen besaßen keine Vorzüge gegenüber anderen Ausführungen dieses Artikels, und ihre Installation kostete ein Heidengeld. Aber ich verkaufte alle, einfach deshalb, weil sie etwas Neues waren. Vier Millionen!« Befriedigt lächelte Mr. Boldero bei dieser Erinnerung. »Uns wird es hoffentlich genauso mit unseren Hosen gehen. Vielleicht werden die Leute anfänglich eine gewisse Hemmung haben, sich mit ihnen sehen zu lassen. Aber sobald sie sich der Neuheit dieser Erfindung bewußt sind, wird sie ein Gefühl heiterer Überlegenheit entschädigen.«

»Genau!« sagte Gumbril.

»Natürlich gibt es auch noch den ökonomischen Faktor. ›Eine von Gumbrils Patenthosen hält länger als sechs gewöhnliche Hosen.‹ Das ist ganz leicht. So leicht, daß es schon nicht mehr interessant ist.« Mr. Boldero tat es denn auch mit einer Handbewegung ab.

»Wir müßten Plakate haben«, bemerkte Gumbril beiläufig. Ihm war eine Idee gekommen.

»Oh, selbstverständlich.«

»Ich glaube, ich kenne den richtigen Mann dafür«, fuhr Gumbril fort. »Er heißt Lypiatt. Ein Maler. Sie haben wahrscheinlich von ihm gehört.«

»Von ihm gehört!« Mr. Boldero lachte. »Wer hat nicht von Lydgate gehört!«

»Lypiatt.«

»Lypgate meine ich natürlich.«

»Ich glaube, er wäre der richtige Mann«, sagte Gumbril.

»Davon bin ich überzeugt«, bekräftigte Mr. Boldero auf der Stelle.

Gumbril war mit sich zufrieden. Er fand, daß er jemandem einen guten Dienst erwiesen habe. Guter alter Lypiatt! Freu dich über das Geld! Gumbril erinnerte sich seiner eigenen fünf Pfund. Und der Gedanke an seine fünf Pfund erinnerte ihn daran, daß Mr. Boldero ihm bis jetzt noch keinen konkreten Vorschlag zu einer finanziellen Vereinbarung gemacht hatte. Gumbril raffte sich endlich auf, Mr. Boldero daran zu erinnern, daß es Zeit war, einmal an diese Kleinigkeit zu denken. Wie unangenehm es ihm war, über Geld zu sprechen! Er fand es immer schwierig, seine Rechte entschlossen wahrzunehmen. Er fürchtete, habgierig zu scheinen, und war stets bereit, den Standpunkt des anderen zu berücksichtigen – konnte der arme Teufel es sich auch leisten, so viel zu zahlen? Er wurde immer betrogen und war sich dessen auch stets bewußt. Wie furchtbar war ihm das Leben in solchen Augenblicken! Aber Mr. Boldero wich ihm aus.

»Ich werde Ihnen über diese Angelegenheit einen Brief schreiben«, sagte er schließlich.

Gumbril war entzückt. »Ja, tun Sie das!« sagte er begeistert, »unbedingt.« Mit Briefen wußte er wohl fertig zu werden, mit dem Füller in der Hand war er nicht so leicht zu schlagen. Nur dieser Kampf Mann gegen Mann war etwas, was er nicht beherrschte. Er könnte, davon war er überzeugt, ein unbarmherziger Kritiker und Satiriker, ein leidenschaftlicher, skrupelloser Polemiker sein. Aber wenn er je seine Autobiographie zu Papier bringen sollte, was für ein atemberaubend schutzloses und nacktes Leben würde da zutage treten – nackt ohne jede gesunde Sonnenbräune, die dieser Blässe Farbe gäbe –, was für eine empfindlich zitternde Gelatine! All das, was er keiner Menschenseele je anvertraut hatte, würde man darin finden. Eine Konfession großen Stils. Wenn nichts anderes, so würde es eine ziemliche Befriedigung für ihn sein.

»Ja, schreiben Sie mir einen Brief«, wiederholte er. »Tun Sie das bitte!«

Schließlich kam Mr. Bolderos Brief, und die Vorschläge, die er enthielt, waren einfach lächerlich. Hundert Pfund auf die Hand und fünf Pfund wöchentlich, wenn das Geschäft gestartet wurde. Fünf Pfund in der Woche – und dafür sollte er als geschäftsführender Direktor fungieren, aber auch die Anzeigen entwerfen und den Export organisieren. Gumbril war Mr. Boldero nur dankbar, daß der ihm die Bedingungen schriftlich mitgeteilt hatte. Hätte er sie ihm ohne weitere Vorbereitung beim Lunch unterbreitet, würde Gumbril sie wahrscheinlich ohne Widerspruch angenommen haben. So schrieb er Mr. Boldero ein paar klare, scharfe Worte, daß er nicht weniger als fünfhundert Pfund sofort und tausend im Jahr in Erwägung ziehen könne. Mr. Boldero antwortete ihm liebenswürdig und fragte an, ob Mr. Gumbril ihn vielleicht einmal aufsuchen wolle.

Ihn aufsuchen? Aber selbstverständlich, es war ja nicht zu vermeiden. Er mußte ihn einmal wiedersehen. Aber er würde den ganzen Kerl schicken, der sich mit dieser Type befassen sollte. Ein ganzer Kerl gegen ein Heinzelmännchen – da konnte es über den Ausgang keine Zweifel geben.

»Lieber Mr. Boldero«, antwortete er, »ich wäre früher gekommen, um alles mit Ihnen zu besprechen. Aber ich habe mir in den letzten Tagen einen Bart wachsen lassen, und bevor er seine gehörige Länge erreicht hat, kann ich, wie Sie gewiß verstehen werden, das Haus nicht verlassen. Doch übermorgen hoffe ich mich wieder sehen lassen zu können, und wenn es Ihnen recht ist, werde ich Sie dann gegen fünfzehn Uhr in Ihrem Büro aufsuchen. Wir werden dann hoffentlich alles zu unserer beider Zufriedenheit regeln können. – Mit den besten Empfehlungen,

Ihr sehr ergebener Theodore Gumbril junior.«

Der Tag rückte heran, und mit seinem prächtigen neuen Bart und gehüllt in seine »Toga« aus Whipcord, die ihm die Statur eines Rabelais'schen Helden verlieh, erschien Gumbril im Büro Mr. Bolderos in der Queen Victoria Street.

»Ich hätte Sie kaum wiedererkannt«, rief Mr. Boldero überrascht aus, als er ihm die Hand schüttelte. »Wie sehr Sie doch der Bart verändert!«

»Ja?« Der ganze Kerl lachte mit vielsagender Erheiterung.

»Wollen Sie nicht Ihren Mantel ablegen?«

»Nein, danke. Ich möchte ihn anbehalten.«

»Also«, sagte das Heinzelmännchen, wobei es, sich in seinen Sessel zurücklehnend und wie ein Vogel blinzelnd, auf die andere Seite des Schreibtischs deutete.

»Also«, wiederholte Gumbril, nur in einem anderen Ton, hinter den Garben seines strohblonden Bartes hervor. Und dabei lächelte er in dem Gefühl heiterer Überlegenheit.

»Es tut mir leid, daß wir uns noch nicht geeinigt haben«, begann Mr. Boldero.

»Auch mir tut es leid«, erwiderte der ganze Kerl. »Aber es wird nicht lange dauern, bis wir uns geeinigt haben werden«, fügte er vielsagend hinzu. Und bei diesen Worten schlug er mit der Faust auf den Tisch, daß die Tintenfässer auf Mr. Bolderos höchst solidem Mahagonischreibtisch bebten und die Federhalter tanzten, während Boldero, ernstlich erschrocken, zusammenzuckte. Hierauf war er nicht gefaßt gewesen. Und als er sich jetzt den jungen Gumbril etwas näher ansah, fand er sich einem großen, ungeschlachten und gefährlich aussehenden Kerl gegenüber. Und er hatte geglaubt, leichtes Spiel mit ihm zu haben. Wie hatte er sich nur so irren können?

Gumbril verließ das Büro mit einem Scheck über dreihundertfünfzig Pfund in der Tasche und einem Jahreseinkommen von achthundert. Seine wund geschlagene rechte Hand tat bei der leisesten Berührung weh. Ein Glück, daß ein einziger Schlag genügt hatte!

ELFTES KAPITEL

Gumbril hatte den Nachmittag in Bloxam Gardens verbracht. Das Kinn schmerzte ihm noch von der Gummilösung, mit der er sich das Symbol des ganzen Kerls angeklebt hatte, und er fühlte sich überhaupt ein wenig erschöpft. Rosie hatte ihn mit dem größten Vergnügen empfangen, und der heilige Hieronymus hatte die ganze Zeit dazu die Hostie genommen.

Sein Vater war zum Essen ausgegangen, und Gumbril hatte sein Rumpsteak allein verzehrt und dazu eine Flasche Stout getrunken. Jetzt saß er vor der offenen Balkontür im Arbeitszimmer seines Vaters; auf den Knien hatte er einen Notizblock und in der Hand hielt er einen Füller. Er entwarf Anzeigen für die Patenthosen. Draußen, auf den Platanen des Platzes, hatten die Vögel ihr abendliches Konzert beendet. Aber Gumbril hatte nicht auf sie geachtet. Er saß nur da, rauchte und notierte ab und zu ein paar Worte, ganz versunken in wohlige Trägheit. Der strahlende Tag war in das dunkle Blau eines Maiabends übergegangen. Es war schön zu leben.

Er entwarf ein paar Annoncen in dem typisch amerikanischen, großen idealistischen Stil. Er dachte speziell an eine Anzeige mit Nelson oben auf der Seite und darunter, in dicken Buchstaben, »England erwartet ... *England* und *Pflicht*, das sind feierliche Worte«, so ungefähr sollte es beginnen. »Dies sind feierliche Worte, und wir gebrauchen sie als Männer, die wissen, was Pflicht ist, und die das Ihre tun, sie zu erfüllen, wie es englische Art ist. Die Verantwortung des Fabrikanten ist eine solche Pflicht. Als der Lenker und Herrscher der modernen Welt hat er wie der Monarch vergangener Zeiten eine Verantwortung gegenüber seinem Volk. Er hat eine Pflicht zu erfüllen. Er herrscht, aber zugleich muß er dienen. Wir sind uns unserer Verantwortung bewußt, und wir nehmen sie ernst. Gumbrils Patenthosen wurden geschaffen, damit sie ihrem Träger dienen. Unsere Pflicht Ihnen gegenüber ist es, Ihnen zu dienen. Wir setzen unseren Stolz darein, diese Pflicht zu erfüllen. Doch neben der Pflicht gegen seinen Nächsten hat jeder auch eine Pflicht gegen sich selbst. Was für eine Pflicht ist das? Nun, es ist die Pflicht, sich physisch und geistig in der bestmöglichen Form zu halten. Gumbrils Patenthosen schützen die Lumbalganglien ...« Von da ab würde es mit vollen Segeln in die Medizin und Mystik gehen.

Als er bis zu den Ganglien gekommen war, hörte Gumbril mit dem Schreiben auf. Er legte den Block beiseite, schraubte den Füller zu und überließ sich ganz dem Genuß reinen Nichtstuns. Er saß still da und rauchte seine Zigarre. Zwei Stock tiefer, im Souterrain, lasen die Köchin und das Hausmädchen die Zeitung, die eine den *Daily Mirror*, die andere den *Daily Sketch*. Für sie richtete die Königin freundliche Worte an körperbehinderte Waisenmädchen, für sie stürzten Jockeys beim Hindernisrennen, für sie trieb Cupido sein Wesen in der guten Gesellschaft, für sie wurden die Mörder gesucht, die ihrer Geliebten den Bauch aufgeschlitzt hatten. In dem Stockwerk über Gumbril befand sich das Gipsmodell einer Stadt, ein Schlafzimmer, ein Mädchenzimmer, ein Bodenraum mit Wassertank und altem Plunder, und über allem das Dach und dann, zwei- bis dreihundert Lichtjahre entfernt, ein Stern vierter Größe. Hinter der rechten Wohnungswand führte eine fruchtbare jüdische Familie mit ungeheurer Intensität ihr dunkles, komprimiertes jüdisches Leben. Im Augenblick stritten sie sich alle wild miteinander. Hinter der linken Wand wohnte der junge Journalist mit seiner Frau. Heute abend hatte er das Essen zubereitet. Seine auf dem Sofa ruhende Frau fühlte sich schrecklich elend; sie bekam ein Kind, daran bestand kein Zweifel mehr. Und dabei hatten sie keine Kinder haben wollen, es war furchtbar. Und draußen schliefen die Vögel auf den Bäumen, aber die Kinder, die aus den umliegenden Gassen auf den Platz stürmten, purzelten schreiend durcheinander. Unterdessen durchpflügten die mit Zigarren beladenen Schiffe den Atlantik. Rosie stopfte jetzt vermutlich Shearwaters Socken. Aber Gumbril saß nur da und rauchte, und das Universum ordnete sich nach bestimmten Gesetzen um ihn an – wie Eisenspäne um einen Magneten.

Die Tür ging auf, und das Hausmädchen störte sein träges Wohlbefinden, indem es, in seiner gewohnten formlosen Art, ohne weiteres Shearwater hereinführte, um sogleich wieder zur *Daily-Sketch*-Lektüre zurückzukehren.

»Shearwater! Das ist aber schön«, sagte Gumbril. »Kommen Sie und setzen Sie sich her!« Er zeigte auf einen Sessel.

Unbeholfen taumelnd, den doppelten Platz einnehmend wie ein gewöhnlicher Sterblicher, kam Shearwater im Zickzack durch das Zimmer, stieß gegen den Arbeitstisch und das Sofa und landete endlich in dem angegebenen Sessel.

Plötzlich fiel Gumbril ein, daß Shearwater Rosies Mann war; er hatte im ersten Augenblick nicht daran gedacht. Ob er wohl in seiner Eigenschaft als Rosies Ehemann hier so unerwartet aufgetaucht war? Nach dem bewußten Nachmittag ... Shearwater war also nach Hause gekommen, und Rosie hatte ihm alles gebeichtet ... Gut, aber sie wußte ja nicht, wer Gumbril war! Er lächelte, als er daran dachte. Was für ein Witz! Vielleicht war Shearwater gekommen, um sich ausgerechnet bei ihm über den unbekannten ganzen Kerl zu beklagen! Es war köstlich. So, wie der Verfasser all dieser Balladen im *Oxford Book of English Verse* oder der berühmte italienische Maler: *Ignoto*. Es war geradezu eine Enttäuschung für Gumbril, als sein Besucher schließlich von ganz anderen Dingen, nur nicht von Rosie, sprach. Versunken in sein animalisches Behagen, war Gumbril in einer Stimmung obszöner Gutgelauntheit, so daß ihn das Dramatisch-Anstößige der Situation amüsiert hätte. Der gute alte Shearwater. Aber was für ein Ochse! Wenn er, Gumbril, sich die Mühe gemacht hätte zu heiraten, würde er sich doch wenigstens ein bißchen für seine Frau interessieren.

Shearwater hatte begonnen, ganz allgemein über das Leben zu sprechen, und Gumbril fragte sich, worauf der andere wohl hinauswollte. Was für konkrete Umstände verbargen sich hinter den Verallgemeinerungen? Es stellten sich Pausen ein. Shearwater zeigte, wie Gumbril empfand, eine düstere Miene. Der kleine schmollende Mund eines kleinen Kindes verweigerte, unter dem dichten Schnurrbart, das Lächeln. Und in seinen unschuldigen Augen stand ein Ausdruck der Verwirrung und Erschöpfung.

»Die Menschen sind merkwürdig«, sagte er nach einer Pause. »Sehr merkwürdig. Man hat ja gar keine Vorstellung, wie merkwürdig sie sind!«

Gumbril lachte. »Ich habe sogar eine sehr klare Vorstellung

davon«, erklärte er. »Jeder ist merkwürdig, und die gewöhnlichen, ehrbaren, bürgerlichen Leute sind die merkwürdigsten von allen. Wie bringen sie es nur fertig, so zu leben? Es ist einfach unbegreiflich. Wenn ich an alle meine Tanten und Onkel denke ...« Er schüttelte den Kopf.

»Vielleicht liegt es daran, daß ich nicht neugierig genug bin«, sagte Shearwater. »Ich glaube, man müßte neugieriger sein. Ich bin in letzter Zeit dahintergekommen, daß ich meiner Mitwelt mit zuwenig Neugier begegne.« Jetzt begannen die genaueren Umstände, lebendig und konkret, aus dem Nebel des Unbestimmten hervorzuschauen – wie Hasen am Waldrand, dachte Gumbril.

»Ganz recht!« sagte Gumbril ermutigend. »Wie wahr!«

»Ich denke zuviel an meine Arbeit«, fuhr Shearwater fort, mit krausgezogener Stirn. »Zuviel Physiologie. Es gibt auch die Psychologie, den Geist so gut wie den Körper des Menschen. Man sollte sich nicht so beschränken. Wenigstens nicht gar zu sehr. Die Psyche des Menschen –« Er unterbrach sich für einen Augenblick. »Ich kann mir vorstellen«, fuhr er schließlich fort, so als ob es sich um eine nicht sehr wahrscheinliche Hypothese handelte, »daß sich jemand so sehr für die Psyche eines anderen interessiert, daß er an gar nichts anderes mehr denken kann.« Die Hasen schienen nunmehr bereit, sich ins Freie zu wagen.

»Es gibt einen Vorgang«, bemerkte Gumbril aus seinem animalischen Behagen heraus und mit der Scherzhaftigkeit eines Mannes in den reiferen Jahren, »den man in schlichten Worten sich verlieben nennt.«

Das Schweigen, das darauf folgte, brach Shearwater, indem er begann, über Mrs. Viveash zu sprechen. Er hatte mit ihr drei- oder viermal hintereinander geluncht. Und er erwartete von Gumbril, daß der ihm sagte, wie diese Frau nun wirklich war. »Mir scheint sie eine ganz außerordentliche Frau zu sein«, bekannte er.

»Wie jede andere auch«, sagte Gumbril mit aufreizendem Gleichmut. Es amüsierte ihn, nun endlich die Hasen hüpfen zu sehen.

»Ich habe noch nie eine solche Frau gekannt.«

Gumbril lachte. »Das würden Sie von jeder Frau behaupten, die zufällig Ihr Interesse erregt. Aber Sie haben überhaupt noch nie eine Frau gekannt.« Schon jetzt wußte er mehr über Rosie als Shearwater – oder als Shearwater vermutlich je wissen würde.

Shearwater dachte nach. Er dachte an Mrs. Viveash, an ihre kühlen, hellen, kritischen Augen, an ihr leises, spöttisches Lachen, an ihre Worte, die sich in die Phantasie einprägten und sie dazu verführten, das Undenkbare zu denken.

»Sie interessiert mich«, wiederholte er. »Ich möchte gern, daß Sie mir sagen, wie sie nun wirklich ist.« Er betonte das »wirklich«, als sei es ganz natürlich, daß ein großer Unterschied zwischen der sichtbaren und der wahren Mrs. Viveash bestand.

Wer verliebt ist, überlegte Gumbril, suchte wohl meistens hinter dem Bild der Geliebten ein zweites, das geheime und wahre Bild, das von dem, das der Augenschein bot, entschieden abwich. Er liebte eine andere Frau, eine Frau seiner Erfindung. Manchmal gibt es ein solches Geheimnis, und manchmal decken sich Wahrheit und Augenschein. In beiden Fällen konnte die Entdeckung einen Schock für den Verliebten bedeuten. »Das weiß ich nicht«, gab er zur Antwort. »Wie könnte ich es denn wissen? Das müssen Sie selbst herausfinden.«

»Aber Sie kennen sie doch, und Sie kennen sie gut«, beharrte Shearwater, und aus seiner Stimme klang fast etwas wie Angst.

»Nicht so besonders gut.«

Shearwater stieß einen tiefen Seufzer aus, es klang wie das Prusten eines Wals in der Nacht. Er war voller Unrast und unfähig, sich zu konzentrieren. In seinem Kopf herrschte eine schreckliche Konfusion. Ein heftiges Brodeln aus der Tiefe hatte seine gelassene Klarheit zerstört. All dieses lächerliche Getue um die Leidenschaft hatte er immer für überflüssig und sinnlos gehalten. Mit ein bißchen Willensstärke konnte man sich vor ihr schützen. Frauen – für sie genügte eine halbe von den vierundzwanzig Stunden. Aber es hatte genügt, daß sie lachte, und seine Ruhe, sein innerer Friede, waren dahin. »Ich kann mir vorstellen«, hatte er gestern zu ihr gesagt, »daß ich alles aufgebe, meine Arbeit und überhaupt alles, nur um Ihnen nachzulaufen.« »Und Sie glauben, daß mir das Spaß machen

154

würde?« hatte ihn Mrs. Viveash gefragt. »Es wäre wohl lächerlich, ja schmählich«, hatte er geantwortet. Und sie hatte ihm für das Kompliment gedankt. »Und zugleich«, hatte er fortgefahren, »glaube ich, daß es der Mühe wert wäre, ja daß es die einzige würdige Aufgabe für mich wäre.« Er war verwirrt, und in seinem Kopf schwirrte es von ganz neuen Gedanken. Nach einer Pause bekannte er: »Es ist schwierig, Ordnung in sein Leben zu bringen. Sehr schwierig. Und dabei hatte ich geglaubt, alles so schön geordnet zu haben ...«

»Ich ordne nie etwas«, erklärte Gumbril, ganz Pragmatiker, »ich nehme die Dinge, wie sie kommen.« Doch noch während er dies sagte, empfand er einen plötzlichen Ekel vor sich selbst. Er raffte sich auf und zog sich gleichsam selbst aus dem Morast seiner Trägheit. »Aber vielleicht wäre es besser, wenn ich etwas mehr Ordnung in mein Leben brächte«, fügte er hinzu.

»So gebet dem Kaiser, was des Kaisers ist«, sagte Shearwater wie im Selbstgespräch, »und Gott, und dem Sex, und der Arbeit ... Es muß doch eine brauchbare Lösung geben.« Er seufzte wieder. »Alles im richtigen Verhältnis«, sagte er, »alles in den richtigen Proportionen.« Er betonte das Wort »Proportionen«, als sei es ein Zauberwort. »In den richtigen Proportionen.«

»Wer spricht hier von Proportionen?« Beide drehten sich um. In der Tür stand Gumbril senior, der mit der Hand glättend durch das zerzauste Haar fuhr und sich am Bart zupfte. Seine Augen funkelten vergnügt hinter den Brillengläsern. »Hier wildert man in meinem Revier?«

Gumbril junior stellte seinem Vater Shearwater vor und erklärte, wer er war.

Der alte Herr setzte sich. »Die rechten Proportionen«, sagte er, »daran dachte ich gerade auf dem Heimweg. Man kann nicht umhin, darüber nachzudenken, wenn man durch die Straßen Londons geht, wo es sie nicht gibt, die rechten Proportionen. Man kann nicht umhin, sie herbeizusehnen. Es gibt da ein paar Straßen ... oh, mein Gott!« Von Grauen gepackt, warf Gumbril senior die Arme hoch. »Es ist, als hörte man ein Katzenkonzert, wenn man durch diese Straßen geht. Sinnlose Dissonanzen und ein grauenhaftes Durcheinander, wohin man sich wendet. Und die eine Straße, die dagegen wie eine Mozart-Symphonie war – mit welch schadenfrohem Eifer wird sie jetzt abgerissen! In einem Jahr wird nichts mehr von Regent Street übriggeblieben sein. Dann wird es nur noch dieses Durcheinander von ebenso riesigen wie scheußlichen Gebäuden geben, von denen jedes ungefähr eine Million Pfund kostet. Ein Katzenkonzert, aber wie in Brobdingnag.[1] Aus der Ordnung wird dann ein greuliches Chaos geworden sein. Wir brauchen nicht auf die Barbaren von draußen zu warten. Wir haben sie im eigenen Haus.«

Der alte Herr schwieg und zupfte nachdenklich an seinem Bart. Der junge Gumbril saß schweigend und rauchte; und schweigend wälzte Shearwater in seinem großen runden Kopf seine verzweiflungsvollen Gedanken über Mrs. Viveash.

»Ich habe es immer sehr merkwürdig gefunden«, fuhr der ältere Gumbril fort, »daß die Leute so wenig von der miserablen, unharmonischen Architektur um sie herum berührt sind. Nehmen wir einmal an, daß alle diese Blaskapellen arbeitsloser entlassener Soldaten, die so traurig an den Straßenecken musizieren, plötzlich nur noch eine Folge sinnloser, infernalischer Dissonanzen von sich gäben – nun, da schritte doch der erste Polizist, der des Weges kommt, ein und forderte sie auf, weiterzugehen, und der zweite würde sie festnehmen, und die Passanten würden versuchen, sie auf dem Weg zur Polizeiwache zu lynchen. Es gäbe einen spontanen Aufschrei der Entrüstung. Aber wenn an diesen gleichen Straßenecken die Bauunternehmer ihre gewaltigen Paläste aus Stahl und Beton errichten, die genauso stumpfsinnig, vulgär und unharmonisch sind wie zehn Bläser einer Kapelle, von denen jeder einen anderen Ton in einer anderen Tonart spielt, dann erschallt kein Aufschrei. Die Polizei verhaftet nicht den Architekten, und die Passanten werfen keine Steine auf die Maurer. Es fällt ihnen überhaupt nicht auf, daß etwas nicht in Ordnung ist. Es ist

---

1 In Swifts *Gullivers Reisen* der Ort, wo eine Katze »dreimal so groß wie ein Ochse« ist. (Anm. d. Ü.)

merkwürdig«, sagte der ältere Gumbril. »Es ist sehr merkwürdig.«

»Sehr merkwürdig«, sprach ihm sein Sohn nach.

»Wahrscheinlich liegt es daran«, fuhr Gumbril senior fort und zeigte ein Lächeln persönlichen Triumphes, »daß die Architektur eine schwierigere und intellektuellere Kunst als die Musik ist. Musik – das ist eine Begabung, mit der man geboren wird wie mit einer Stupsnase. Aber der Sinn für die plastische Schönheit – obwohl auch er natürlich eine angeborene Begabung ist – muß entwickelt und intellektuell ausgebildet werden. Er ist eine Sache des Verstandes; und Erfahrung und Denken müssen ihn fördern. Die Musik hat ihre Wunderkinder, aber nicht die Architektur.« Gumbril senior lächelte voll tiefer Befriedigung. »Man kann sowohl ein ausgezeichneter Musiker als auch ein perfekter Idiot sein. Aber ein guter Architekt muß ein Mann von Verstand sein, der zu denken und aus Erfahrung zu lernen versteht. Da nun aber so gut wie niemand von all den Leuten, die durch die Straßen Londons oder auch irgendeiner anderen Stadt der Welt gehen, zu denken oder aus der Erfahrung zu lernen versteht, folgt, daß niemand die Architektur zu würdigen weiß. Die angeborene musikalische Begabung ist so groß, daß die Leute Dissonanzen verabscheuen; aber sie haben nicht die Intelligenz, auch die andere angeborene Fähigkeit zu entwickeln – das Gefühl für plastische Schönheit –, die es ihnen gestatten würde, eine ähnliche Barbarei auch in der Architektur zu erkennen und zu verdammen. Kommen Sie mit«, fügte er hinzu und erhob sich, »ich werde Ihnen etwas zeigen, was Ihnen als Illustration für meine Worte dienen mag. Etwas, was Ihnen auch Freude machen wird. Es hat noch niemand zu sehen bekommen«, erklärte er geheimnisvoll, als er die beiden jungen Männer die Treppe hinaufführte. »Es ist gerade fertig geworden – nach manchen Monaten und Jahren. Es wird einen Aufruhr entfesseln, wenn das Publikum es zu sehen bekommt – falls ich es dieser Lumpenbande überhaupt zeige«, fügte er gutgelaunt hinzu.

Auf dem nächsten Treppenabsatz machte er halt, tastete nach dem Schlüssel in seiner Tasche und öffnete die Tür zu einem Gästezimmer. Der jüngere Gumbril fragte sich, übrigens ohne besondere Neugier, was es mit dem neuen Spielzeug auf sich haben mochte. Shearwater dachte nur darüber nach, wie er es anstellen konnte, Mrs. Viveashs Liebhaber zu werden.

»Kommen Sie doch!« rief Gumbril senior vom Zimmer her. Er machte Licht, und sie traten ein.

Es war ein großer Raum, doch war der Fußboden fast ganz von einem gewaltigen Modell bedeckt – sechs Meter lang und mehr als drei Meter breit –, dem Modell einer Stadt, die von einem Ende bis zum anderen von den Windungen eines Flußlaufes durchzogen und die in ihrem Mittelpunkt von einer großen Kuppel beherrscht wurde. Aufs angenehmste überrascht, betrachtete Theodore Gumbril das Modell. Sogar Shearwater wurde durch den Anblick aus seinen begehrlich-bitteren Grübeleien aufgerüttelt und blickte fasziniert auf die Stadt zu seinen Füßen.

»Es ist zauberhaft«, sagte Gumbril junior. »Was soll es sein? Die Hauptstadt von Utopia oder was?«

Entzückt lachte der ältere Gumbril. »Erinnert dich die Kuppel nicht an irgend etwas?« fragte er.

»Ich dachte schon . . .« Sein Sohn zögerte, weil er fürchtete, etwas Dummes zu sagen. Er beugte sich hinab, um die Kuppel genauer sehen zu können. »Ich dachte, daß sie der St.-Pauls-Kathedrale sehr ähnlich sähe – und jetzt sehe ich, daß sie es ist.«

»Richtig«, sagte sein Vater. »Und die Stadt ist London.«

»Schön wär's!« sagte lachend sein Sohn.

»Es ist London, wie es hätte sein können, wenn man Wren nach dem großen Brand erlaubt hätte, seine Wiederaufbaupläne auszuführen.«

»Und warum hat man es ihm nicht erlaubt?« fragte Shearwater.

»Ich sagte es schon. Hauptsächlich weil man nicht zu denken oder aus der Erfahrung zu lernen verstand. Wren bot ihnen offene Plätze und breite Straßen; er bot ihnen Sonnenschein und Luft und Sauberkeit; er bot ihnen Schönheit, Ordnung und Größe. Er erbot sich, für die Phantasie und das ewigmenschliche Verlangen nach Größe zu bauen, so daß selbst der Primitivste, wenn er durch diese Straßen ging, das vage Gefühl haben konnte, von derselben Art wie Michelangelo zu sein – oder doch beinahe –, und daß auch er sich, zumindest im Geiste, bedeutend, stark und frei fühlen durfte. Während Wren sich durch die noch rauchenden Trümmer wagte, entwarf er seinen Bauplan. Aber die Londoner zogen es vor, das alte schmutzige Labyrinth wiederhergestellt zu sehen; sie zogen mittelalterliches Dunkel mit winkligen Gassen und malerischen Ecken von abscheulicher Stillosigkeit vor. Ihnen waren Verstecke und Schlupfwinkel mit abenteuerlichen unterirdischen Gängen lieber. Sie entschieden sich für Gestank und für Räume ohne Luft und Sonne, für die Schwindsucht und die Rachitis. Sie zogen das Häßliche, das Kleinliche und den Schmutz vor. Sie wählten, als sie abwägten, die Schale der menschlichen Hinfälligkeit, des schwachen Körpers, nicht die des Geistes. Elende Narren! Aber wahrscheinlich dürfen wir sie deshalb nicht tadeln«, fuhr der alte Mann mit einem Kopfschütteln fort. Sein Haar war zerzaust. Mit einer Geste der Resignation strich er es zurück. »Nein, wir dürfen sie nicht tadeln. Wir hätten unter den damaligen Umständen zweifellos dasselbe getan. Es gibt auch heute Menschen, die uns Vernunft und Schönheit bieten, aber wir wollen nichts von ihnen wissen, denn zufällig stehen ihre Gedanken nicht im Einklag mit den Begriffen, die uns in unserer Jugend in die Seele eingepflanzt wurden und die dort wuchsen und Teil von uns wurden. *Experientia docet* – nichts könnte falscher sein, was die meisten von uns betrifft. Du, mein lieber Theodore, hast dich gewiß schon oft wegen einer Frau zum Narren gemacht ...«

Der jüngere Gumbril antwortete mit einer verlegenen Geste, die den scherzhaft liebevollen Vorwurf halb zurückwies, halb als nicht unberechtigt anerkannte. Shearwater wandte sich ab, peinlich erinnert an alles, was er für einen Augenblick beinahe vergessen hatte. Aber der ältere Gumbril fuhr unbeirrt fort:

»Wird dich das vielleicht davon abhalten, dich morgen wieder zum Narren zu machen? Nein, das wird es nicht. Das wird es ganz gewiß nicht.« Der ältere Gumbril schüttelte den Kopf. »Jedermann sind die schrecklichen Folgen der Syphilis bekannt, und trotzdem wütet diese Krankheit noch immer und breitet sich noch weiter aus. Im letzten Krieg fielen ein paar Millionen Soldaten, und die halbe Welt ging darüber zugrunde. Aber wir alle steuern einen Kurs, der ein zweites Ereignis dieser Art unvermeidlich macht. *Experientia docet?* Nein, das tut die *experientia* nicht. Und deshalb dürfen wir nicht zu streng über die ehrbaren Bürger von London urteilen, die sehr wohl die Nachteile der Dunkelheit, der Unordnung und des Schmutzes kannten und sich gleichwohl mannhaft gegen jeden Versuch wehrten, die Zustände zu ändern, die sie, entsprechend dem, was man ihnen von Kindheit an beigebracht hatte, für notwendig, richtig und unvermeidlich hielten. Wir dürfen nicht zu streng urteilen. Denn was wir selbst tun, ist sogar noch schlimmer. Obwohl wir aus einer hundertjährigen Erfahrung wissen, wie schön und anmutig anzusehen und wie befriedigend für den Verstand das Resultat einer wirklichen Städteplanung ist, reißen wir das fast einzige Beispiel, das wir dafür besitzen, ab und errichten an seiner Statt ein Chaos aus Portlandsteinen[1], das eine Beleidigung aller Zivilisation ist. Aber denken wir nicht länger an unsere Vorfahren und ihr so häßliches wie unbequemes Labyrinth, das wir von ihnen geerbt haben und das London heißt. Und denken wir auch nicht mehr an unsere Zeitgenossen, die alles noch schlimmer machen, als es schon ist. Kommt jetzt und macht mit mir einen Spaziergang durch diese ideale Stadt. Seht sie euch an!«

Und der alte Gumbril begann, ihnen das Modell zu erklären.

Da, in der Mitte dieses großen elliptischen Platzes am östlichen Ende der neuen City steht der quadratisch angelegte Bau des Royal Exchange. Er ist aus den rauhen Quadern des silbrig schimmernden Portlandsteins errichtet und nur mit kleinen dunklen Fenstern versehen. Das Erdgeschoß dient als massiver Sockel für die gewaltigen Pilaster, die von der Basis bis zum Kapitell über die drei Reihen der Giebelfenster hinaufragen. Auf den Pilastern ruhen der Sims, das Dachgeschoß und die Balustrade, und auf jedem Pfosten der Balustrade hält eine

---

1 Aus den Oolith-Kalksteinbrüchen der Isle of Portland. (Anm. d. Ü.)

Statue ihr Symbol gegen den Himmel. Vier große, mit allegorischen Darstellungen reich geschmückte Portale führen in den Hof mit der doppelten Reihe von Säulenpaaren, den Arkaden und dem Umgang. In der Mitte aber steht triumphierend die Reiterstatue Karls des Märtyrers, und hinter den Fenstern errät man die großen Säle mit den schweren Stuckgirlanden und der geschitzten Täfelung der Wände.

Zehn Straßen führen auf den Platz, und an beiden Enden der Ellipse steigt und fällt unaufhörlich das Wasser in den beiden prächtigen Springbrunnen. In dem nördlich vom Royal Exchange gelegenen Brunnen hält die Verkörperung des Handels ein Füllhorn in die Höhe, und aus der Mitte der Trauben und Äpfel schießt der Hauptstrahl hervor, während aus den Brustwarzen der zehn Nützlichen Künste, die sich um die Zentralfigur gruppieren, zwanzig dünne Nebenstrahlen spritzen. Delphine, Seepferde und Tritonen tummeln sich in dem Becken darunter. In dem südlich gelegenen Brunnen dagegen umringen die zehn bedeutendsten Städte des Königreichs, wie eine große Familie, ihre Mutter London, die aus ihrer Urne eine unerschöpfliche Themse schüttet.

Rund um den Platz reihen sich die Goldsmith's Hall, das Office of Excise, die Münze und die Post. Ihre Fassaden schmiegen sich der Biegung der Ellipse an. Die Fenster zwischen den Pilastern sehen auf den Royal Exchange, und die Statuen auf den Balustraden grüßen einander über den Zwischenraum hinweg.

Zwei etwa dreißig Meter breite Straßen gehen vom Royal Exchange aus nach Westen. New Gate schließt die nördlicher verlaufende der beiden Straßen mit einem Triumphbogen ab, dessen drei Wölbungen tief, schattig und feierlich wie die Eingänge zu Höhlen sind. Die Guildhall und die Zunfthäuser der zwölf City-Innungen in ihrer Uniform von rosarotem Backstein, mit den Tressen aus weißem Stein an den Ecken und um die Fenster verleihen der Straße einen Hauch von häuslich-behaglicher Pracht. Alle hundert Meter etwa ist die Linie der Häuserfronten unterbrochen, und in diesem Einschnitt einer viereckigen Nische ragt, in prächtiger Isolierung, der phantastische Turm einer Pfarrkirche. Einmal ist es eine aus einem Kuppelgewölbe auftauchende Spitze, dann eine nach oben hin sich verjüngende Schichtung von Achtecken; dann Zylinder über Zylinder oder Laternen, rund oder vieleckig; da gibt es Türme mit luftigen, dünnen Fialen oder auch Gruppen von Pfeilern, verbunden durch ein Kranzgesims, und über ihnen vier weitere Bündel solcher Pfeiler und darüber noch einmal; und vierekkige Türme, von Spitzbogenfenstern durchbrochen; und von Strebebogen hochgehobene Turmspitzen oder andere, die an der Basis zwiebelförmig sind. Vertraut und anheimelnd ragen sie alle gegen den Himmel. Wenn man am anderen Ufer steht oder auch nur den friedlichen Fluß hinunterrudert, kann man sie alle sehen und weiß von jeder den Namen. Aber sie alle überragend wölbt sich in ihrer Mitte die große Kuppel. Die Kuppel von St. Paul's.

Auf die St.-Pauls-Kathedrale führt die andere der westlich vom Royal Exchange ausgehenden beiden Hauptstraßen. Die Häuser sind aus Backstein gebaut, schlicht und quadratisch, mit Arkaden, so daß die Läden etwas zurückliegen und die Fußgänger trockenen Fußes unter der harmonischen Aufeinanderfolge von Gewölben gehen können. Und dort, am Ende der Straße, an der Basis eines dreieckigen Platzes – entstanden durch das Zusammentreffen dieser Straße mit einer anderen, die nach Osten, zum Tower Hill, führt –, dort also erhebt sich die Kathedrale. Auf der Nordseite des Platzes befindet sich die Dechanei, unter deren Arkaden der Buchhandel seine Läden hat.

Von St. Paul's führt die Hauptstraße unter den prachtvollen italienisierenden Arkaden von Ludgate Hill über die großen Lindenalleen hinaus, die diesseits und jenseits der Stadtmauern nach Norden und Süden laufen, bis an den Rand des Fleet-Ditch hinunter – der zu einem stattlichen Kanal verbreitert ist, an dessen Kais die Fracht der Lastkähne, die aus den ländlichen Gebieten kommt, ausgeladen wird – und überspringt ihn mit einem einzigen freischwebenden Brückenbogen, um wieder anzusteigen bis zu einem runden Platz, ein wenig östlich von Temple Bar, von wo aus acht Straßen sternförmig ausgehen. Drei nach Norden, auf Holborn zu; drei von der entgegengesetzten Arkade auf den Fluß zu; eine nach Osten, zur City, und die letzte nach Westen, über Lincoln's Inn Fields hinaus. Der Platz ist ganz in Backstein gehalten, und die ihn formierenden Häuser stellen eine nahtlose Einheit dar, denn die von dem Platz ausgehenden Straßen beginnen unter den Arkaden. Wenn man in der Mitte des Platzes steht, vor dem Obelisk, der an den Sieg über die Holländer erinnert, meint man, in einem glatten, aus Ziegelstein gebauten Brunnen zu stehen, der unten von acht überwölbten Rohrleitungen durchbrochen und oben durch drei Reihen einfacher, schmuckloser Fenster belebt ist.

Wer beschreibt all die Springbrunnen auf den Plätzen, die Statuen und Monumente? Auf dem runden Platz nördlich von London Bridge, wo die vier Straßen aufeinandertreffen, steht eine Pyramide von Nymphen und Tritonen – Flußgöttinnen von Polyolbion[1], Meergötter von den Küsten der Insel –, über die unaufhörlich, milchigweiß, das Wasser stürzt. Hier speit der Greif, das Symbol der Stadt, Wasser aus seinem Schnabel, und der königliche Löwe speit Wasser zwischen seinen Kinnbacken hervor. Zu Füßen der Kathedrale reitet der heilige Georg einen Drachen nieder, aus dessen Nüstern nicht Feuer, sondern das klare Wasser des New River sprüht. Und vor dem India House verspritzen vier Elefanten aus schwarzem Marmor (mit weißen Marmortürmen auf dem Rücken) durch die nach oben geworfenen Rüssel im Überfluß das Symbol des Reichtums im Orient. In den Tower-Anlagen thront Karl II. inmitten einer Gruppe von Musen, Kardinaltugenden, Grazien und Horen. Eine große Schleuse, Sinnbild der Seeüberlegenheit, erstreckt sich über den Fleet-Fluß dort, wo er in die Themse mündet. Von Blackfriars bis zum Tower ist der Strom von Kais eingefaßt, und alle zwanzig Schritt blickt ein steinerner Engel ernst von den Pfeilern der Balustrade über den Fluß ...

Mit Leidenschaft erläuterte der alte Gumbril das Modell seiner Stadt. Er zeigte auf das Kunstwerk auf dem Fußboden, hob

---

1 Anspielung auf das so betitelte Werk Michael Draytons (1563–1631), eine poetische Topographie Englands, die auch Mythen und geschichtliche Erinnerung einbezieht. (Anm. d. Ü.)

die Arme und wandte den Blick nach oben, um die Größe und Pracht seiner Bauten anzudeuten. Sein dünnes strähniges Haar war in Unordnung geraten und fiel ihm über die Augen; ungeduldig strich er es zurück. Er zupfte an seinem Bart, und die Brillengläser funkelten wie lebendige Augen. Bei seinem Anblick konnte der jüngere Gumbril sich vorstellen, einen jener alten Hirten vor sich zu haben, die vor den Ruinen Piranesis stehen und auf ihre heimliche Weise die gewaltige Größe und die ganze Verächtlichkeit des Menschengeschlechts anschaulich machen.

ZWÖLFTES KAPITEL

»Sie? Sie sind es?« Sie schien noch zu zweifeln.

Gumbril nickte. »Ich bin es«, versicherte er ihr. »Ich habe mir nur den Bart abgenommen.« Seinen Bart hatte er in der obersten rechten Kommodenschublade gelassen, wo er zwischen seinen Kragen und Krawatten lag.

Emily musterte Gumbril kritisch. »Mir gefallen Sie besser so«, stellte sie schließlich fest. »Sie sehen sympathischer aus. Damit will ich nicht sagen, daß Sie vorher nicht auch sympathisch gewesen wären«, fügte sie eilig hinzu. »Aber, Sie verstehen, freundlicher ...« Sie zögerte. »Es klingt etwas albern, aber das ist das Wort: sanfter.«

Dies war der ärgste Stich. »Sanfter und auch melancholischer?« fragte er.

»Wenn Sie es so ausdrücken wollen«, stimmte Emily ihm zu.

Er nahm ihre Hand und führte sie an die Lippen. »Ich vergebe Ihnen«, sagte er.

Er hätte ihr alles vergeben um ihrer unschuldigen Augen willen, alles beim Anblick dieses Mundes mit seinem Ausdruck von ruhigem Ernst und der kurzen braunen Haare, die sich mit so übermütiger Extravaganz lockig um den Kopf legten und gar nichts von »ruhigem Ernst« hatten. Er war ihr begegnet – oder, besser gesagt, der ganze Kerl war ihr begegnet, als er im Hochgefühl seines kommerziellen Triumphes von seinem Sieg über

Mr. Boldero in die National Gallery kam. »Alte Meister, junge Mädchen.« Mit diesen Worten hatte Coleman die National Gallery empfohlen. Gumbril hielt sich gerade im Venezianischen Saal auf, so erfüllt von überströmender Vitalität wie nur die gewaltigste Bildkomposition Veroneses, als er hinter sich, kichernd geflüstert, das Wort »Biber« hörte, dieses »Sesam, öffne dich!« für ein neues Abenteuer. Mit einem Ruck hatte er sich umgedreht und sich zwei ziemlich erschrockenen jungen Frauen gegenüber gesehen. Er setzte ein grimmiges Gesicht auf und forderte Genugtuung für diese Unverschämtheit. Beide waren, wie er bemerkte, von erfreulich angenehmem Äußeren und im übrigen blutjung. Die eine, offenbar die ältere und auch, wie er auf den ersten Blick fand, die reizvollere der beiden, war vollkommen bestürzt. Bis an die Haarwurzeln errötend, stammelte sie eine Entschuldigung. Aber die andere, die wohl das bewußte Wort gerufen hatte, lachte nur. Ihr war es zu danken, daß sich eine Beziehung zwischen ihnen anbahnte, die bereits eine halbe Stunde später beim Tee, zur Musik eines erstklassigen Orchesters, im fünften Stock des *Lyons' Strand Corner House* vertieft wurde.

Sie hießen Emily und Molly. Emily mußte verheiratet sein. Molly hatte es verraten, und die andere war böse gewesen wegen der Indiskretion. Die schlichte Tatsache, daß Emily verheiratet war, wurde sofort mit allerlei Geheimnis umgeben und von plötzlichem Verstummen verdeckt. Sowie der ganze Kerl in diesem Zusammenhang eine Frage stellte, schwieg Emily und Molly kicherte nur. Aber wenn Emily verheiratet und die ältere der beiden war, so war Molly entschieden diejenige, die mehr vom Leben wußte. In den Augen Mr. Mercaptans wäre sie gewiß die zivilisiertere gewesen. Emily wohnte nicht in London. Sie schien überhaupt nirgendwo ständig zu wohnen. Im Augenblick jedenfalls war sie bei Mollys Familie in Kew zu Gast.

Er hatte sie am nächsten Tag wiedergesehen und den Tag darauf und den Tag darauf; einmal zum Lunch, den er überstürzt verließ, um den Nachmittag mit Rosie zu verbringen; einmal zum Tee in Kew Gardens; und einmal zum Dinner mit anschließendem Theaterbesuch und einem sündhaft teuren Taxi nachts nach Kew zurück. Der zahme Lockvogel nimmt dem scheuen

165

wilden Vogel die Angst; Molly, die zahm war, die freimütig flirtete und kokettierte, hatte dem ganzen Kerl als Lockvogel gedient, um Emily zu umgarnen. Als Molly fortging, zu Freunden aufs Land, war Emily bereits an die Gegenwart des Jägers gewöhnt; sie akzeptierte inzwischen die scherzhafte Galanterie, die der ganze Kerl, angeregt durch Mollys kokette Blicke und provokantes Lachen, vom ersten Augenblick an gezeigt hatte, als sei dies ganz natürlich und entspräche den gesellschaftlichen Regeln. Mit der kichernden Molly als Beispiel war Emily in drei Tagen weiter auf dem Pfad der Vertraulichkeit vorangeschritten, als sie es allein selbst nach zehnmal so vielen Begegnungen gekonnt hätte.

»Es kommt mir irgendwie komisch vor, Sie ohne Molly zu sehen«, hatte sie bei ihrem ersten Zusammensein nach der Abreise von Molly gesagt.

»Mir kam es komischer mit Molly vor«, erwiderte der ganze Kerl. »Ich bin nicht Mollys wegen gekommen.«

»Molly ist ein liebes, nettes Mädchen«, erklärte sie loyal. »Außerdem ist sie amüsant und versteht zu plaudern. Ich kann das nicht, ich bin kein bißchen amüsant.«

Es war leicht, darauf zu antworten. Aber Emily glaubte nicht an Komplimente, ehrlich nicht.

Er ging daran, ihre Geheimnisse zu erforschen, und da sie sich an seine Gegenwart gewöhnt und ihre Schüchternheit ihm gegenüber verloren hatte, zumal er die scherzhaften Impertinenzen des ganzen Kerls aufgegeben hatte zugunsten einer seinem wahren Wesen mehr entsprechenden Sanftheit, die ihn zudem, wie er instinktiv spürte, in dem besonderen Fall weiterbrachte, verschloß sie sich nicht länger vor ihm. Sie stand allein, und er schien so verständnisvoll zu sein. So führte sie ihn selbst in das unbekannte Land, das für ihn ihr Leben war.

Sie war Waise. An ihre Mutter hatte sie kaum eine Erinnerung. Ihr Vater war an der Grippe gestorben, als sie fünfzehn Jahre alt war. Einer seiner Geschäftsfreunde kümmerte sich um sie, besuchte sie in der Schule, ging mit ihr aus und schenkte ihr Schokolade. Sie nannte ihn Onkel Stanley. Er war ein Lederhändler, korpulent, stets gut aufgelegt, mit einem roten Gesicht, schneeweißen Zähnen und einem kahlen Kopf, der so blank war, daß er funkelte. Als sie siebzehneinhalb war, machte er ihr einen Heiratsantrag. Sie nahm ihn an.

»Aber warum?« fragte Gumbril. »Warum in aller Welt?«

»Er sagte, er wolle mit mir um die Welt reisen. Der Krieg war gerade zu Ende. Um die Welt, verstehen Sie? Und ich ging so ungern zur Schule. Ich hatte keine Ahnung vom Leben, und er war sehr nett zu mir. Er drängte mich, und ich wußte nicht, was die Ehe bedeutet.«

»Das wußten Sie nicht?«

Sie schüttelte den Kopf. Es war die Wahrheit. »Nicht im geringsten.«

Und sie war im 20. Jahrhundert geboren. Ein Fall für ein Lehrbuch der Sexualpsychologie. »Mrs. Emily X., 1901 geboren, befand sich nach unseren Feststellungen zum Zeitpunkt des Waffenstillstands vom 11. November 1918 in einem Zustand vollkommener Unschuld und Unaufgeklärtheit« usw.

»Und Sie haben ihn also geheiratet?«

Sie nickte.

»Und dann?«

Schaudernd schlug sie die Hände vors Gesicht. Der Liebhaber-Onkel, nun vom Amateurstatus zu dem des professionellen Gatten übergewechselt, war gekommen, um seine Rechte geltend zu machen. Er war betrunken. Sie hatte sich gewehrt, hatte sich ihm entzogen, war weggelaufen und hatte sich in einem Zimmer eingeschlossen. In der zweiten Nacht ihrer Flitterwochen brachte er ihr eine Beule an der Stirn und eine Bißwunde an der linken Brust bei, die eine wochenlang schwärende Infektion zur Folge hatte. In der vierten Nacht hatte er sie, entschlossener denn je, so wütend an der Gurgel gepackt, daß ein Blutgefäß platzte und sie hellrotes Blut in die Bettücher hustete. Der Liebhaber-Onkel hatte sich gezwungen gesehen, einen Arzt kommen zu lassen, und die folgenden Wochen hatte Emily in einer Privatklinik verbringen müssen. Das alles lag nun vier Jahre zurück. Ihr Gatte hatte wohl versucht, sie zur Rückkehr zu bewegen, doch Emily hatte sich geweigert. Sie besaß ein wenig eigenes Vermögen, das ihr die Weigerung ermöglichte. Der Liebhaber-Onkel hatte sich indes mit anderen, gefügigeren Nichten getröstet.

»Und niemand hat seitdem versucht, Ihnen den Hof zu machen?«

»O doch, viele haben es versucht.«

»Und ohne Erfolg?«

Sie schüttelte den Kopf. »Ich mag Männer nicht«, sagte sie. »Die meisten sind abscheulich, es sind Unmenschen.«

»*Anch'io*?«

»Wie bitte?« fragte sie verwirrt.

»Bin ich auch ein Unmensch?« Und hinter seinem Bart fühlte er sich plötzlich selbst ziemlich unmenschlich.

»Nein«, sagte Emily nach kurzem Zögern. »Sie sind anders. Zumindest glaube ich das. Obwohl Sie manchmal«, fügte sie freimütig hinzu, »Dinge tun und sagen, bei denen ich mich frage, ob Sie wirklich so anders sind.«

Der ganze Kerl lachte.

»Lachen Sie nicht so«, sagte sie. »Es ist ziemlich dumm.«

»Sie haben vollkommen recht«, sagte Gumbril. »Das ist es.«

Aber was machte sie mit ihrer Zeit? Er setzte die Exploration fort.

Nun ja, sie las sehr viel. Aber die meisten Romane, die sie sich bei Boots' besorgte, kamen ihr ziemlich albern vor.

»Immer das gleiche. Immer wieder die Liebe.«

Der ganze Kerl zuckte die Achseln. »So ist das Leben.«

»Aber es sollte nicht so sein«, sagte Emily.

Und wenn sie sich auf dem Lande aufhielt – und sie war oft auf dem Lande und logierte sich wochen- und monatelang in kleinen Dörfern ein –, dann unternahm sie lange Spaziergänge. Molly konnte nicht begreifen, was Emily am Landleben gefiel, aber sie liebte es nun einmal. Die Blumen waren ihr ganzes Entzücken. Sie meinte, sie hätte sie lieber als die Menschen.

»Ich möchte malen können«, sagte sie. »Wenn ich das könnte, wäre ich vollkommen glücklich, wenn ich nur Blumen malte. Aber ich kann nicht malen.« Kopfschüttelnd gestand sie: »Ich habe es oft genug versucht. Aber es kommen mir nur schmutzige, häßliche Kleckse aufs Papier. Und in meinem Kopf ist alles so wunderschön, genau wie in der Natur.«

Gumbril begann, sich mit großer Gelehrsamkeit über die Flora West-Surreys zu verbreiten. Er wußte, wo man Knabenkraut, Frauenschuh und den »Grünen Mann« fand, und ihm war das Gehölz bekannt, in dem die Stachelmyrte, zuweilen auch als Stechender Mäusedorn bezeichnet, gedieh, und er wußte die Stellen, wo die tonige Erde zutage trat, in der die gelben Narzissen wachsen. All diese ausgefallenen Kenntnisse drangen plötzlich aus einer verschütteten Quelle seines Gedächtnisses in sein Bewußtsein. An Blumen dachte er sonst das ganze Jahr nicht. Aber seine Mutter hatte die Blumen geliebt. Den Frühling und Sommer pflegten sie alljährlich in ihrem Haus auf dem Lande zu verbringen. Alle Spaziergänge und alle Fahrten in der leichten zweirädrigen Kutsche hatten nur ein Ziel: die Jagd nach Blumen. Und selbstverständlich hatte das Kind an dieser Jagd mit demselben Eifer wie seine Mutter teilgenommen. In seinen Büchern verwahrte er gepreßte Blumen, die er im heißen Sand gedörrt hatte. Er hatte topographische Skizzen gezeichnet und dabei mit verschiedenfarbigen Tinten angedeutet, wo welche Blumen zu finden waren. Aber wie lange lag das zurück! Es war nicht auszudenken. Mancher Same war auf den steinigen Grund seines Herzens gefallen, war üppig ins Kraut geschossen und dann dahingewelkt, weil es an Erde gefehlt hatte. Ja, viele Saatkörner waren ausgesät worden und vergangen, seit seine Mutter den Samen wildblühender Blumen ausgestreut hatte.

»Und wenn Sie die Blume Sonnentau suchen«, schloß er, »so werden Sie sie im Punch Bowl, unterhalb von Hindhead, finden. Oder auch in der Gegend von Frensham, am Kleinen Teich, wohlverstanden, nicht am Großen!«

»Aber Sie wissen ja alles über Blumen!« rief Emily entzückt aus. »Ich schäme mich, selbst so wenig zu wissen. Sie müssen sie wirklich ebenso lieben wie ich!«

Gumbril wollte es nicht bestreiten, und fortan verband sie beide eine Blumenranke.

Aber was sie sonst tat?

Nun ja, sie spielte natürlich Klavier, sehr viel, auch sehr schlecht, aber es machte ihr Freude. Beethoven. Ihn hatte sie am liebsten. Mehr oder weniger kannte sie alle seine Sonaten, wenn es ihr auch nie gelang, bei den schwierigen Stellen das Tempo zu halten.

Auch hier zeigte sich Gumbril vorzüglich im Bilde. »Wetten, daß Sie das Tremolo auf dem tiefen *H* in der vorletzten Variation der Sonate *Opus 106* nicht so spielen können, daß es nicht komisch klingt!«

Selbstverständlich konnte sie es nicht, und natürlich freute sie sich, daß er alles verstand, auch, wie unmöglich es war.

Als sie an jenem Abend im Taxi nach Kew zurückfuhren, hatte der ganze Kerl den Augenblick für gekommen gehalten, etwas Entscheidendes zu wagen. Der Abschiedskuß – mehr ein scherzhafter geräuschvoller Schmatz als eine ernsthafte Umarmung – gehörte bereits zum Protokoll, wie es von Molly noch vor ihrer Abreise mit Kichern unterschrieben und besiegelt worden war. Nun fand es aber der ganze Kerl an der Zeit, daß dieser Abschiedskuß einen weniger formellen und auch weniger scherzhaften Charakter annahm. Und eins, zwei, drei, als sie gerade über den Hammersmith Broadway fuhren, führte er seinen Entschluß aus. Emily brach in Tränen aus. Darauf war er nicht gefaßt gewesen; vielleicht hätte er es sein müssen. Nur nach flehentlichen Bitten – viel fehlte nicht, und er hätte selbst auch geweint – gelang es Gumbril, sie von dem Entschluß, ihn nie wiederzusehen, abzubringen.

»Und ich hatte geglaubt, Sie wären anders«, brachte Emily unter Schluchzen hervor. »Und jetzt –«

Er flehte sie an: »Bitte, bitte!« Er war drauf und dran, sich den Bart abzureißen und auf der Stelle alles zu beichten. Doch das würde die Sache wahrscheinlich nur noch schlimmer machen, überlegte er im nächsten Augenblick.

»Bitte, ich verspreche es.«

Schließlich gab sie nach und willigte ein, ihn zunächst noch einmal zu treffen, und zwar am Tag darauf in Kew Gardens. Sie verabredeten sich an dem kleinen Tempel auf der Anhöhe über dem Heidetal.

Und nun hatten sie sich soeben getroffen. Der ganze Kerl war zu Hause geblieben in der obersten rechten Kommodenschublade, zusammen mit den Kragen und Krawatten. Er hatte vermutet, daß Emily dem sanften Melancholiker den Vorzug geben würde, und er hatte recht gehabt. Gleich auf den ersten Blick hatte sie ihn »sanfter« gefunden.

»Ich vergebe Ihnen«, sagte er und küßte ihre Hand. »Ich vergebe Ihnen.«

Hand in Hand gingen sie zu dem Tal voller Heidekraut hinunter.

»Ich weiß nicht recht, warum Sie mir etwas zu vergeben haben«, erklärte sie lachend. »Ich dachte, das Verzeihen läge bei mir. Nach dem, was gestern geschah.« Mit einem Blick auf ihn schüttelte sie den Kopf. »Sie hatten mich sehr verletzt.«

»Aber Sie haben mir doch schon verziehen.«

»Für so selbstverständlich sollten Sie das nicht halten«, sagte Emily. »Seien Sie da nicht zu sicher!«

»Aber das bin ich«, sagte Gumbril. »Ich sehe es.«

Emily lachte. »Ich bin glücklich«, gestand sie.

»Ich auch.«

»Wie grün das Gras ist!«

Nach den vorausgegangenen langen regnerischen Monaten leuchtete das Gras in der Sonne wie von einem inneren Licht.

»Und die Bäume!«

Diese farblosen, hohen, bis auf die verkrustete Rinde gestutzten Bäume des englischen Frühlings; diese schwarzen symmetrischen Kiefern, die hier und dort vereinzelt auf dem Rasen standen, jede mit ihrer eigenen Silhouette gegen den Himmel und ihrem eigenen Schatten auf dem Gras zu ihren Füßen, Schatten von undurchdringlichem Dunkel oder auch gesprenkelt mit flimmerndem Licht.

Schweigend setzten sie ihren Weg fort. Gumbril nahm seinen Hut ab und atmete die weiche, nach dem Grün des Parks duftende Luft ein.

»Auch unser Gemüt kennt solche stillen Plätze«, sagte er nachdenklich. »Aber wir stellen Musikpavillons und Fabriken darauf. Vorsätzlich – um dem Frieden und der Stille ein Ende zu bereiten. Denn wir lieben Frieden und Stille nicht. Unaufhörlich gehen uns die Gedanken und Bedenken im Kopf herum.« Er deutete mit der Hand eine kreisende Bewegung an. »Und dann die Jazzbands, die Schlagermusik, die Zeitungsjungen, die die letzten Nachrichten ausrufen – wozu das alles? Was ist der Sinn von alledem? Nun, dem Frieden und der Stille ein Ende zu machen, sie zu zertrümmern und zu zerstreuen und ihr

171

Dasein um jeden Preis zu leugnen. Aber sie sind da, trotz allem sind sie da und warten hinter allem. Manchmal, wenn man nachts wachliegt – nicht voller Unruhe, sondern in gelassener Erwartung des Schlafs –, stellt sich nach und nach ein innerer Friede wieder her, vergleichbar dem äußeren von Gras und Bäumen. Stellt sich wieder her aus den Scherben, die wir am Tage nach allen Richtungen geschäftig verstreut haben. So wächst in uns und erfüllt uns eine kristallene Ruhe – oder ein wachsender, sich ausdehnender Kristall. Er wird größer und vollkommener. Er ist schön und schrecklich, ja ebenso schön wie erschreckend. Denn man ist allein in dem Kristall, ohne Hilfe und Stütze von außen. Es gibt kein Außen: nichts Bedeutendes, an das man sich halten, nichts Alltägliches, über das man sich, voll überlegener Verachtung, erheben könnte. Nichts ist außen, über das man lachen, und nichts, das uns mit Begeisterung erfüllen könnte. Nur der innere Friede wächst, schön und unerträglich. Und am Ende bemerkt man, daß sich da etwas nähert. Es ist wie ein leises Geräusch von Schritten. Etwas unaussprechlich Schönes und Wunderbares dringt durch den Kristall ein und kommt immer näher. Aber es ist auch unaussprechlich schrecklich. Denn wenn es uns berührte, uns ergriffe und verschlänge, müßten wir sterben. Das heißt, der gewöhnliche, normale, sozusagen alltägliche Teil von uns müßte sterben. Es hieße das Ende von Schlagern und Maschinenlärm, und wir müßten ein schwieriges, strenges Leben in der Stille beginnen, schwierig auf eine merkwürdige, bisher beispiellose Weise. Immer näher kommen die Schritte, aber man kann dem, was da näher kommt, nicht ins Auge sehen. Man wagt es nicht. Zu schmerzlich, zu schrecklich wäre dieser Tod. Rasch denn, bevor es zu spät ist! Setz die Maschinen wieder in Gang, schlag auf die Pauke, blas das Saxophon! Denk an die Frauen, mit denen du schlafen möchtest, denk an deine Pläne, zu Geld zu kommen, denk an den Klatsch, den man sich über deine Freunde erzählt, oder an den letzten politischen Skandal! An alles, wenn es nur ablenkt! Brich das Schweigen und zerbrich den Kristall! Da sind die Scherben, er ist schnell zerbrochen. Denn er ist schwer aufzubauen, aber leicht zu zerstören. Und jene Schritte? Ach, sie haben sich schnell entfernt. Beim ersten

Sprung des Kristalls waren sie verschwunden. Und in diesem Augenblick ist das Schöne und Schreckliche eine Unendlichkeit von uns entfernt. Und man liegt ruhig in seinem Bett und stellt sich vor, was man anfangen würde, wenn man zu zehntausend Pfund käme, und man träumt von all den Sünden, die man doch nie begehen wird.« Er dachte an Rosies rosa Wäsche.

»Bei Ihnen wird alles so kompliziert«, sagte Emily nach einer Weile.

Gumbril breitete seinen Mantel auf einem grünen Hang aus, und sie setzten sich. Die Hände hinter dem Kopf verschränkt, streckte er sich aus und betrachtete Emily, die neben ihm saß. Sie hatte ihren Hut abgenommen, und der Wind spielte in ihren kindlichen Locken; im Nacken und an den Schläfen flimmerten ein paar einzelne Härchen im Sonnenlicht, wie von einem kleinen goldenen Glorienschein umgeben. Sie hielt mit den Händen ihre Knie umklammert, saß still da und blickte über die grüne Fläche hinweg zu den Bäumen und zu den weißen Wolken am Horizont. Sie hatte den inneren Frieden, mußte Gumbril denken. Für sie war jene kristallene Welt die Heimat, und ihr klangen jene Schritte in der Stille trostreich, und das Schöne war für sie nicht von Schrecknissen begleitet. Für sie war alles leicht und einfach.

So einfach! Wie das Teilzahlungssystem, mit dessen Hilfe Rosie sich ihr rosa Bett gekauft hatte. Und so einfach war es auch, klares Wasser zu trüben und einer Blume die Blütenblätter auszureißen! Jeder wildblühenden Blume, bei Gott, an der man je in einer leichten zweirädrigen, von einem dickbäuchigen Pony gezogenen Kutsche vorbeigefahren war! Wie einfach war es, in der Kirche auf den Fußboden zu spucken! *Si prega di non sputare!* Wie einfach, jemandem ein Bein zu stellen – und sich dann an rosa Wäsche zu erfreuen. Es war ganz einfach.

»Es ist wie die ›Arietta‹, finden Sie nicht?« fragte Emily plötzlich, »die Arietta aus *Opus 111*.« Und sie summte die ersten Takte des Arietta-Themas. »Finden Sie auch, daß es so ist?«

»Was ist so?«

»Alles«, erwiderte Emily. »Ich meine, der heutige Tag. Und Sie und ich. Der Park . . .« Und sie summte weiter.

Gumbril schüttelte den Kopf. »Das ist für mich zu einfach«, sagte er dann.

Emily lachte. »Ja, aber dann bedenken Sie, wie unmöglich es gleich darauf wird.« Sie bewegte krampfhaft ihre Finger, als ob sie versuchte, diese »unmöglichen« Stellen zu spielen. »Es fängt wohl leicht an für so schlichte Gemüter wie mich. Aber dann wird es bald immer komplexer, subtiler, schwieriger und – umfassender. Und doch ist es noch immer derselbe Satz.«

Die Schatten auf dem Rasen wurden immer länger, und als die Sonne sich neigte, bewirkten die jetzt fast horizontal fallenden Strahlen eine Unzahl von dunklen Tupfen im Gras. Und auf den Fußwegen, die unter der Mittagssonne noch glatt wie ein Tisch ausgesehen hatten, ließen sich nun unzählige kleine schattige Abgründe und darüber von der Sonne beschienene Gipfel erkennen. Gumbril sah auf seine Uhr.

»Gott im Himmel! Wir müssen uns beeilen.« Er sprang auf. »Schnell, schnell!«

»Warum denn?«

»Weil wir sonst zu spät kommen.« Er wollte ihr aber nicht verraten, wozu zu spät. »Warten Sie ab!« war alles, was Emily von ihm auf ihre Fragen zu hören bekam. Sie liefen rasch aus dem Park, und ungeachtet aller Proteste Emilys bestand Gumbril darauf, ein Taxi für ihre Rückkehr in die Stadt zu nehmen. »Ich habe noch soviel unverdientes Geld, das ich wieder loswerden muß«, erklärte er. Gumbrils Patenthosen waren ihm in diesem Augenblick ferner gerückt als die allerfernsten Sterne.

DREIZEHNTES KAPITEL

Trotz des Taxis und obwohl sie das Essen in aller Eile hinuntergeschlungen hatten, kamen sie zu spät. Das Konzert hatte bereits begonnen.

»Macht nichts«, sagte Gumbril. »Zum Menuett kommen wir immer noch rechtzeitig. Und da wird es erst richtig schön.«

»Saure Trauben«, sagte Emily und preßte das Ohr an die Tür. »Ich finde es einfach herrlich.«

Sie standen da wie Bettler, die elend vor der Tür des Bankett-
saals warten, und lauschten auf die Bruchstücke von Musik, die
verlockend herausdrangen. Aufrauschender Beifall kündete
endlich an, daß der erste Satz beendet war. Die Türen gingen
auf, und gierig stürzten Gumbril und Emily in den Saal. Das
Sclopis-Quartett verbeugte sich zusammen mit einem Brat-
schenspieler vom Podium herab. Dann hörte man das Stimmen
der Instrumente, worauf eine erwartungsvolle Stille einsetzte.
Sclopis nickte und hob den Bogen. Das Menuett aus Mozarts
g-Moll-Quintett begann, in knapper, entschiedener Phrasie-
rung, ab und zu mit einem leidenschaftlichen *sforzando*-Ak-
kord, der mit seiner herben und unvermittelten Emphase überraschte.

Minuetto – alle Kultur, so würde Mr. Mercaptan sagen, war
in diesem köstlichen Wort und der reizenden Sache, die es be-
zeichnete, enthalten. Preziöse Damen und Herren, noch ganz
im Bann geistreicher Galanterien im Stil Crébillons, schritten
mit Grazie zum Takt einer Musik von unbekümmerter Heiterkeit. Doch, so fragte sich Gumbril, wie hätten sie wohl tänzeln
und trippeln mögen zu diesem leidenschaftlichen Aufschrei,
diesem dunklen, zornigen Hader mit dem Schicksal?

Wie rein war die Leidenschaft, wie aufrichtig, klar und ma-
kellos, bar jeder Prätention, die Trauer des folgenden langsamen Satzes! Selig sind, die reinen Herzens sind, denn sie werden Gott schauen. Rein und unbefleckt, rein und unverfälscht.
»Nicht leidenschaftlich, Gott sei es gedankt! Nur sinnlich und
mit Empfindung.« Im Namen des Ohrwurms. Amen! Rein,
rein. Man weiß von Menschen, die versuchten, den Statuen der
Götter Gewalt anzutun; die Schuld lag wohl bei den Schöpfern
der Statuen. Und wie ausdrucksvoll ein Künstler zu leiden versteht! Und das im Angesicht der ganzen Albert Hall! Was für
ein eindrucksvolles Gebärdenspiel und Grimassenschneiden!
Aber selig sind, die reinen Herzens sind, denn sie werden Gott
schauen! Die Instrumente vereinen sich und trennen sich wieder. Lange Silberfäden hängen luftig über einem murmelnden
Wasser. Plötzlich inmitten eines unterdrückten Schluchzens ein
Aufschrei. Die Springbrunnen bauen ihre schlanken Säulen
auf, und das Wasser fällt von Schale zu Schale, und jeder Fall

bewirkt irgendwie ein höheres Aufbäumen des Strahls. Beim letzten Fall aber springt die steigende Säule hoch in die Sonne hinauf, und vom Wasser geht die Musik in einen Regenbogen über. Selig sind, die reinen Herzens sind, denn sie werden Gott schauen; aber sie werden Gott auch für andere sichtbar werden lassen.

Das Blut pocht in den Ohren. Pocht, pocht, pocht. Ein langsames Trommeln in der Dunkelheit, das dem Fiebernden und vom Übermaß des Leids Übermannten in schlafloser Nacht in den Ohren dröhnt. Unaufhörlich pocht es in den Ohren, ja im Geist selbst. Körper und Geist sind nicht zu trennen, und das Blut pocht schmerzlich in unserem Bewußtsein. Traurige Gedanken gehen hindurch. Taumelnd kommt ein kleines reines Licht durch die Finsternis herab und verharrt dann still, als resigniere es vor der Dunkelheit seines Unglücks. Ja, da ist Resignation, aber das Blut pocht noch immer in den Ohren. Es pocht noch immer schmerzlich, auch wenn der Geist sich in Geduld gefügt hat. Aber plötzlich ermannt sich der Geist, schüttelt Fieber und Leidensübermaß von sich ab und befiehlt mit einem Lachen dem Körper zu tanzen. Die Introduktion zum letzten Satz kommt zu einem schwebenden, pochenden Schluß. Da ist ein Augenblick der Erwartung, und dann beginnt, mit einer Reihe von steigenden Trochäen und raschem Abwärts, Schrittchen um Schrittchen, im Tripeltakt, der Tanz. Respektlos, ja ohne Beziehung zu allem, was voranging. Aber die größte Stärke des Menschen besteht in seiner Fähigkeit, etwas außerhalb allen Zusammenhangs zu tun. Mitten in einer Zeit der Pest, des Krieges, der Hungersnot baut er Kathedralen. Obwohl ein Sklave, kann er doch die Gedanken eines freien Mannes denken. Der Geist ist der Sklave des fiebernden Pulses, ausgeliefert einem dunklen, tyrannischen Unglück. Aber ganz ungehörigerweise entschließt er sich, im Tripeltakt zu tanzen – ein Sprung in die Höhe und ein Trappeln bergab.

Das g-Moll-Quintett ist zu Ende. Der Beifall braust auf. Enthusiasten springen von ihren Sitzen und rufen laut bravo. Und die fünf Männer auf dem Podium erheben sich, um mit einer Verbeugung zu danken. Der große Sclopis nimmt seinen Anteil am Beifall mit müder Herablassung entgegen. Müde sind seine umränderten Augen, müde sein Lächeln ohne Illusion. Dies ist nicht mehr, als ihm gebührt, wie er wohl weiß. Aber er hat schon so viel Beifall gehabt und so viele schöne Frauen. Er hat eine Adlernase und eine gewaltige Stirn, aber – wenn auch die lohfarbene Musikermähne alles tut, um es zu verbergen – zu dieser Stirn gar keinen Hinterkopf. Garofalo, die zweite Geige, ist von dunklem Teint; er hat einen dicken Bauch und runde, glänzende Augen. Der Schein der Kronleuchter gleitet über sein glänzendes kahles Haupt, wenn er seine militärisch knappen Verbeugungen macht. Peperkoek, zwei Meter hoch, verneigt sich mit geschmeidiger Höflichkeit. Gesicht und Haar sind bei ihm von der gleichen bräunlichen Lederfarbe. Er lächelt nie, und seine ganze Erscheinung hat etwas Grimmiges und Steinernes. Ganz anders der übersprudelnde Knoedler, der schweißüberströmt lächelt, sein Cello umarmt und dann die Hand zum Herzen führt, um sich fast bis auf den Boden zu verbeugen, so als ob dieser Tumult allein ihm gelte. Was dagegen den armen kleinen Mr. Jenkins angeht, die zusätzliche Bratsche, so ist er bescheiden in den Hintergrund getreten in der Überzeugung, daß dies der Abend des Sclopis-Quartetts sei und er, nur ein Gast und Fremder, kein Anrecht auf diese Beifallsdemonstrationen habe. Er verbeugt sich denn auch kaum, sondern zeigt nur ein unbestimmtes, ängstliches Lächeln. Ab und zu schneidet er eine kleine verkrampfte Grimasse, wie um auszudrücken, daß er nicht etwa undankbar oder gar hochmütig sei, nur daß eben unter den Umständen – Sie verstehen, es ist ein bißchen peinlich und nicht leicht zu erklären ...

»Merkwürdig, wenn man sich vorstellt«, sagte Gumbril, »daß diese lächerlichen Figuren eben noch das zum Leben gebracht haben sollen, was wir hier gehört haben.«

Die umränderten Augen Sclopis' ruhten jetzt auf Emily, die mit erhitztem Gesicht leidenschaftlich applaudierte. Und er schenkte ihr, ihr allein, ein müdes Lächeln. Morgen früh würde er dann, vermutete er, einen Brief erhalten, der unterzeichnet war: »Ihre kleine Bewunderin aus der dritten Reihe.« Er fand sie sehr attraktiv. Er lächelte ihr noch einmal zu, um sie zu ermutigen. Doch Emily hatte es überhaupt nicht bemerkt. Ihr Beifall galt der Musik.

»Hat es Ihnen gefallen?« fragte Gumbril, als sie auf die um diese Stunde verlassene Bond Street hinaustraten.

»Gefallen?« Emily lachte herzlich. »Nein, ›gefallen‹ ist nicht das Wort dafür. Es hat mich glücklich gemacht. Es ist eine unglückliche Musik, aber sie hat mich glücklich gemacht.«

Gumbril winkte ein Taxi heran und nannte dem Fahrer die Adresse seiner Wohnung in der Great Russell Street. »Glücklich«, wiederholte er, als sie dort beide in der Dunkelheit nebeneinander saßen. Auch er war glücklich.

»Wohin fahren wir?« fragte sie.

»Zu mir«, sagte Gumbril. »Dort werden wir ungestört sein.« Er war auf einen möglichen Einwand von ihr gefaßt – nach allem, was gestern geschehen war. Aber sie sagte nichts.

»Manche Leute glauben, man könne nur glücklich sein, wenn man Lärm macht«, meinte sie nach einer Weile. »Ich finde es eine viel zu delikate und melancholische Angelegenheit für Lärm. Denn Glücklichsein hat etwas Melancholisches – wie eine sehr schöne Landschaft, wie diese Bäume heute und der Rasen und die Wolken und die Sonne.«

»Von außen betrachtet erscheint es sogar ziemlich langweilig«, sagte Gumbril. Sie stolperten im dunklen Treppenhaus die Stufen zu seiner Wohung hinauf. Dort zündete er zwei Kerzen an und stellte den Kessel auf den Gasherd. Dann saßen sie zusammen auf dem Diwan und tranken Tee. In dem warmen, weichen Kerzenschein sah Emily anders aus; sie wurde schöner. Die Seide ihres Kleides schien wunderbar glänzend und kostbar wie die Blütenblätter einer Tulpe, und über ihr Gesicht, die nackten Arme und den Hals breitete der Kerzenschimmer einen feinen glänzenden Flaum. An der Wand hinter ihnen reckten sich, gewaltig und tiefschwarz, ihre Schatten bis zur Decke.

»Wie unwirklich das alles ist!« flüsterte Gumbril. »Wie imaginär! Dieses abgelegene versteckte Zimmer. Diese Lichter und Schatten wie aus einer anderen Zeit. Und Sie, aus dem Nichts gekommen, und ich, aus einer Vergangenheit weit vor der Ihrigen, wir sitzen hier zusammen – und sind glücklich. Das ist das Merkwürdigste bei allem: glücklich ohne Grund. Es ist vollkommen unwirklich.«

»Warum?« fragte Emily. »Es ist hier und geschieht jetzt. Es *ist* wirklich.«

»Es kann im nächsten Augenblick verschwinden«, sagte er.

Emily lächelte, und in ihrem Lächeln war ein wenig Trauer. »Es wird verschwinden, wenn die Zeit dazu gekommen ist«, sagte sie. »Und auf ganz natürliche Weise, ohne alle Zauberei. Es wird verschwinden, so wie alles verschwindet und sich wandelt. Aber jetzt ist es hier.«

Sie überließen sich ganz ihrer Verzauberung. Die Kerzen brannten gleich zwei leuchtenden Flammenaugen, ruhig, Minute um Minute, ohne ein Blinzeln. Aber für sie gab es keine Minuten mehr. Emily hatte sich an ihn gelehnt. Er hatte den Arm um ihre Taille gelegt, und ihr Kopf ruhte an seiner Schulter. Mit seiner Wange strich er zärtlich über ihr Haar, und zuweilen drückte er ihr einen zarten Kuß auf die Stirn oder die geschlossenen Augen.

»Wenn ich Sie doch schon vor Jahren kennengelernt hätte«, sagte sie mit einem Seufzer. »Aber damals war ich noch ein albernes junges Ding. Ich hätte nicht einmal den Unterschied zwischen Ihnen und den anderen bemerkt. – Ich werde sehr eifersüchtig sein«, begann sie wieder nach einem langen Schweigen. »Es darf nie eine andere geben, nicht den Schatten einer anderen.«

»Es wird nie eine andere geben«, sagte Gumbril.

Lächelnd schlug Emily die Augen auf und blickte zu ihm hinauf. »Nein, nicht hier«, sagte sie, »nicht in diesem wirklichen unwirklichen Zimmer. Nicht während dieser Ewigkeit. Es wird andere Zimmer geben, nicht weniger wirklich als dieses.«

»Nein, nicht so wirklich!« Er beugte sich über sie. Emily schloß die Augen, und ihre Lider flatterten in einem plötzlichen Tremolo bei der leichten Berührung durch seine Lippen.

Es gab für sie keine Minuten mehr. Aber die Zeit verging, sie floß dahin in einem dunklen Strom, der unaufhaltsam wie aus einer geheimnisvollen tiefen Wunde der Welt kam, die nicht aufhörte zu bluten. Eine der beiden Kerzen war bis zum Leuchter herabgebrannt, und die lange qualmende Flamme flackerte heftig. Das zuckende Licht tat ihren Augen weh, die Schatten bewegten sich unheimlich. Emily sah zu ihm auf.

»Wie spät ist es?« fragte sie.

Gumbril sah auf die Uhr. Es war fast ein Uhr. »Zu spät für Sie, um noch nach Hause zu kommen«, sagte er.

»Zu spät?« Emily setzte sich auf. Ach, der Zauber brach, gab nach wie eine dünne Eisschicht unter einer Last, wie ein Spinnengewebe vor einem Windstoß. Sie sahen sich an. »Was soll ich tun?« fragte sie.

»Sie könnten hier schlafen«, antwortete Gumbril mit einer Stimme, die von weither kam.

Eine ganze Weile saß Emily schweigend da und sah aus halbgeschlossenen Augen auf die sterbende Kerzenflamme. Gumbril beobachtete sie in einem Zustand qualvoller Spannung. Würde das Eis brechen, das Spinnengewebe endlich und endgültig zerreißen? Die Verzauberung könnte doch verlängert, die Ewigkeit erneuert werden. Er fühlte sein Herz schlagen, er hielt den Atem an. Es wäre schrecklich, wenn sie jetzt ginge, es würde eine Art Tod sein. Die Kerze flackerte heftiger, die Flamme züngelte lang und dünn und qualmend auf und erlosch dann nahezu ganz. Emily stand auf und blies sie aus. Die andere Kerze brannte ruhig und stetig weiter.

»Darf ich bleiben?« fragte sie. »Erlauben Sie es mir?«

Er begriff die Bedeutung ihrer Frage und nickte. »Selbstverständlich«, sagte er.

»Selbstverständlich? Ist es wirklich so selbstverständlich?«

»Wenn ich es Ihnen sage.« Er lächelte ihr zu. Die Ewigkeit war wieder hergestellt, die Verzauberung dauerte an. Man brauchte jetzt an nichts anderes als an den Augenblick zu denken. Die Vergangenheit war vergessen, die Zukunft aufgehoben. Es gab nur dieses versteckte Zimmer mit seinem Kerzenlicht und dem unwirklichen, unmöglichen Glück, zu zweit zu sein. Jetzt, da die Gefahr einer Entzauberung abgewendet war, würde sie ewig dauern. Er erhob sich vom Diwan und ging durch das Zimmer; er nahm ihre Hände und küßte sie.

»Wollen wir jetzt schlafen gehen?« fragte sie.

Gumbril nickte.

»Stört es Sie, wenn ich die Kerze ausblase?« Ohne seine Antwort abzuwarten, drehte Emily sich um und löschte das Licht. Das Zimmer lag nun in Dunkelheit. Ein Rascheln verriet ihm,

daß sie sich entkleidete. Eilig zog auch er sich aus und nahm die
Decke vom Diwan. Darunter war das Bett schon gemacht. Er
schlug es auf und schlüpfte hinein. Schwaches grünliches Licht
von der Gaslaterne unten auf der Straße drang durch den Spalt
der Vorhänge und erhellte spärlich das gegenüberliegende
Ende des Zimmers. In diesem Dämmerlicht sah er ihre Silhouette. Sie stand ganz still, so als ob sie vor einer unsichtbaren
Grenze zauderte.

»Emily«, flüsterte er.

»Ich komme«, antwortete sie. Ein paar Augenblicke stand
sie noch bewegungslos da. Doch dann überschritt sie die
Grenze. Leise kam sie durch das Zimmer und setzte sich auf
den Rand der niedrigen Couch. Gumbril lag vollkommen still;
ohne ein Wort zu sagen, wartete er in der verzauberten, zeitlo-
sen Dunkelheit. Emily zog die Knie an und steckte ihre Füße
unter die Bettdecke; dann streckte sie sich neben ihm aus. Das
Lager war so schmal, daß sich ihre Körper berührten. Gumbril
fühlte ihr Zittern. Jäh fuhr sie auf, ein kleiner Schauder schüttelte sie, und noch einmal fuhr sie hoch.

»Du frierst«, sagte er und schob den Arm unter ihre Schulter,
um ihren schlaffen, keinen Widerstand leistenden Körper an
sich zu ziehen. So blieb sie liegen, an ihn gepreßt. Allmählich
hörte sie auf zu zittern. Ganz still lagen beide in dem Frieden
ihrer Verzauberung. Nun ist die Vergangenheit vergessen und
die Zukunft aufgehoben; es gibt nur diesen dunklen, ewig wäh-
renden Augenblick. Eine selige, trunkene Benommenheit be-
mächtigte sich seines Geistes; er lag wie eingehüllt in eine
warme, köstliche Betäubung. Und doch wußte er, ungeachtet
alles beglückenden Schwindels, mit furchtbarer, quälender Ge-
wißheit, daß das Ende kommen mußte. Wie ein Mann in der
Nacht vor seiner Hinrichtung sah er, durch die endlose Gegenwart hindurch, schon das Ende seiner Ewigkeit. Und danach?
Es war alles ungewiß, nichts war sicher.

Zart und behutsam begann er, ihre Schultern, ihren langen
schlanken Arm zu streicheln; langsam und leicht fuhr er mit
den Fingerspitzen über die glatte Haut, langsam vom Hals über
die Schulter und, nachdem er eine Zeitlang bei dem Ellbogen
verweilt hatte, bis zur Hand. Und immer wieder. Er lernte ih-

181

ren Arm gleichsam auswendig. Seine Form gehörte nunmehr zu dem Wissensschatz seiner Fingerspitzen. Seine Finger kannten ihn, wie sie ein Musikstück kannten, zum Beispiel die Zwölfte Sonate von Mozart. Und in seiner Vorstellung erklangen, sublim und funkelnd, die so rasch aufeinanderfolgenden Themen zu Beginn des ersten Satzes und wurden zu einem Element seiner Bezauberung.

Durch die Seide ihres Hemdes spürte er die Kurve ihrer Hüfte, den glatten geraden Rücken und den Grat der Wirbel. Er streckte den Arm nach unten und berührte ihre Knie und Füße. Unter dem Stoff spürte er ihren warmen Körper, den er zart und langsam streichelte. Jetzt kannte er sie bereits. Seine Finger, so schien ihm, konnten sie, eine warme runde Statue, in der Dunkelheit nachschaffen. Er begehrte sie nicht. Sie zu begehren hätte geheißen, den Zauber zu brechen. Immer tiefer tauchte er in diese dunkle Betäubung seines Glücksgefühls. Sie war in seinen Armen eingeschlafen, und bald schlief auch er.

VIERZEHNTES KAPITEL

Mrs. Viveash stieg die Stufen zur King Street hinunter. Auf dem Bürgersteig blieb sie eine Weile stehen und sah unentschlossen nach rechts und nach links. Klein und geräuschvoll fuhren die Taxis auf ihren weißen Rädern vorbei, während die schlanken, langgestreckten Limousinen wie ein Windhauch vorüberglitten. In der Luft lag der Geruch von besprengtem Staub, der nur in der unmittelbaren Nähe von Mrs. Viveash mit dem Duft von italienischem Jasmin – ihrem Parfum – vermischt war. Auf dem Bürgersteig gegenüber, der im Schatten lag, gingen zwei junge Männer würdevoll im Schmuck der grauen Zylinderhüte ihres Weges.

Das Leben, fand Mrs. Viveash, sah trotz des schönen Wetters heute morgen eher ein bißchen trübe aus. Sie blickte auf ihre Uhr: es war eins. Zeit, bald zum Essen zu gehen. Aber wo und mit wem? Sie hatte keine Verabredung. Die ganze Welt stand ihr offen, sie war absolut frei für den ganzen Tag. Als sie gestern all diese drängend vorgebrachten Einladungen abgelehnt hatte, schien ihr noch die Aussicht auf einen freien Tag etwas Herrliches zu sein. Freiheit, keine Komplikationen, keine Kontakte – eine noch leere, jungfräuliche Welt, in der sie tun konnte, was ihr beliebte.

Doch heute, als es soweit war, war ihr diese Freiheit verhaßt. Jetzt, um ein Uhr, so ins Leere zu treten, hatte etwas Absurdes und Erschreckendes. Vor ihr öffnete sich der Ausblick auf eine grenzenlose Langeweile. Ganze Steppen der Langeweile mit immer weiter zurückweichendem Horizont, immer gleich ... Sie blickte wieder nach rechts und nach links. Endlich faßte sie den Entschluß, sich nach links zu wenden. Langsam schritt sie, gleichsam balancierend auf ihrem privaten Seil zwischen ihren eigenen, privaten Abgründen, nach links. Plötzlich kam ihr die Erinnerung an einen Tag im Sommer 1917, der so strahlend wie der heutige gewesen war, an dem sie dieselbe Straße entlanggegangen war, ebenso langsam, auf der Sonnenseite, zusammen mit Tony Lamb. Jener ganze Tag und die Nacht waren ein einziger langer Abschied gewesen. Er mußte am nächsten Morgen an die Front zurück. Keine Woche später war er tot. Nie wieder, nie wieder – es hatte eine Zeit gegeben, in der sie sich zum Weinen bringen konnte, wenn sie nur diese beiden Worte ein- oder zweimal vor sich hin flüsterte. Nie wieder, nie wieder. Leise sprach sie sie jetzt. Aber sie spürte keine Tränen in sich aufsteigen. Der Kummer bringt einen nicht um, und die Liebe bringt einen nicht um. Aber die Zeit tötet alles, sie tötet das Begehren, sie tötet den Kummer und am Ende auch das in uns, das Begehren und Kummer empfindet; die Zeit läßt den Körper schrumpfen und erschlaffen, während er noch lebt, läßt ihn verfaulen wie eine Mispel, bevor sie auch ihn endlich tötet. Nie wieder, nie wieder. Statt zu weinen, lachte sie laut. Der hühnerbrüstige alte Herr, der gerade, die Enden seines militärischen weißen Schnurrbarts zwischen Zeigefinger und Daumen zwirbelnd, an ihr vorbeigekommen war, drehte sich überrascht um. Hatte sie vielleicht über ihn gelacht?

»Nie wieder«, murmelte Mrs. Viveash.

»Verzeihung?« fragte der martialische alte Herr mit tönender, von Portwein und Zigarren imprägnierter Stimme.

Mrs. Viveash sah ihn mit so großäugigem Erstaunen an, daß der alte Herr völlig verstört war. »Bitte tausendmal um Verzeihung, gnädige Frau. Ich glaubte, Sie hätten mich ... ahem ... ahem ...« Er setzte den Hut wieder auf, straffte die Schultern und entfernte sich mit behendem Schritt, links, rechts, wobei er wie eine kleine Kostbarkeit seine Hühnerbrust vor sich hertrug. Armes junges Ding, dachte er. Führt Selbstgespräche. Muß wohl übergeschnappt sein, nicht ganz bei Trost. War vielleicht auch drogensüchtig. Das war wahrscheinlicher. Es war sogar sehr viel wahrscheinlicher. Das taten heutzutage ja die meisten: Drogen nehmen. Diese lasterhaften jungen Frauen! Lesbierinnen, Rauschgiftsüchtige, Nymphomaninnen, Trinkerinnen – durch und durch verdorben, heutzutage, vollkommen verdorben. In ausgezeichneter Laune traf er in seinem Club ein.

Nie wieder, nie und niemals wieder. Mrs. Viveash hätte gern geweint.

Vor ihr breitete sich St. James' Square aus. Romantisch tänzelte unter den Bäumen das bronzene Pferd. Die Bäume brachten Mrs. Viveash auf einen Gedanken. Sie könnte doch für den Nachmittag aufs Land fahren; sie könnte ein Taxi nehmen und irgendwohin fahren, nur aus der Stadt hinaus! Vielleicht auf irgendeinen Hügel. Box Hill, Leith Hill, Holmbury Hill, Ivinghoe Beacon – irgendeine Anhöhe, wo man sitzen konnte und den Blick über die Ebene hatte. Man konnte von seiner Freiheit auch einen schlechteren Gebrauch machen.

Aber auch keinen sehr viel schlechteren, fügte sie bei sich hinzu.

Sie war bis zur Nordseite des Platzes gelangt und befand sich fast an der Nordwestecke, als sie mit einem entzückten Erbeben, mit einem Gefühl äußerster Erleichterung eine vertraute Gestalt erblickte, welche die Freitreppe zur London Library hinunterlief.

»Theodore!« rief sie mit schwacher und doch durchdringender Stimme von ihrem inneren Sterbelager aus. »Gumbril!« Sie winkte ihm mit ihrem Sonnenschirm.

Gumbril blieb stehen, wandte sich um und kam ihr lächelnd entgegen. »Wie schön«, sagte er, »aber auch was für ein Pech!«

»Wieso Pech?« fragte Mrs. Viveash. »Bin ich von schlechter Vorbedeutung?«

»Pech«, erklärte Gumbril, »weil ich einen Zug bekommen muß und deshalb von unserer Begegnung nicht profitieren kann.«

»Aber nein, Theodore. Sie werden keinen Zug nehmen«, erklärte Mrs. Viveash. »Sie werden vielmehr mit mir lunchen. Die Vorsehung hat es so gewollt. Sie können sich nicht gegen die Vorsehung auflehnen.«

»Das muß ich aber«, sagte Gumbril und schüttelte den Kopf. »Ich habe schon jemand anderem zugesagt.«

»Wem?«

»Ah!« sagte Gumbril nur geheimnisvoll auf eine scheue und zugleich herausfordernde Weise.

»Und wohin geht die Reise?«

»Oh!« sagte Gumbril.

»Wie unausstehlich langweilig und albern Sie doch sind!« erklärte Mrs. Viveash. »Man könnte glauben, Sie wären ein sechzehnjähriger Schuljunge, der sein erstes Rendezvous mit einem Ladenmädchen hat. In Ihrem Alter, Gumbril!« Sie schüttelte den Kopf und lächelte, schmerzlich und verächtlich. »Wer ist es? Was für eine schmutzige Straßenbekanntschaft?«

»Schmutzig nicht im geringsten!« widersprach Gumbril.

»Aber von der Straße aufgelesen jedenfalls?« Gerade vor ihnen lag eine Bananenschale im Rinnstein, die wie ein heruntergekommener Seestern aussah. Mrs. Viveash trat einen Schritt vor und hob sie behutsam mit der Spitze ihres Sonnenschirms auf, um sie Gumbril zu offerieren.

»*Merci!*« Gumbril verbeugte sich.

Sie warf die Schale in den Rinnstein zurück. »Jedenfalls«, sagte sie, »kann die junge Dame so lange warten, bis wir mit unserem Lunch fertig sind.«

Gumbril verneinte mit einem Kopfschütteln. »Ich habe die Verabredung getroffen«, sagte er. In seiner Tasche steckte der Brief von Emily. Sie hatte das allerschönste kleine Landhaus ganz in der Nähe von Robertsbridge in Sussex gemietet. Aber wirklich das reizendste kleine Landhaus, das man sich nur denken konnte. Für den ganzen Sommer. Er konnte kommen und sie dort besuchen. Und er hatte ihr telegrafiert, daß er heute nachmittag kommen würde, und zwar mit dem Zug, der um vierzehn Uhr von Charing Cross abfuhr.

Mrs. Viveash nahm ihn beim Ellbogen. »Kommen Sie«, sagte sie. »Da ist ein Postamt in der Passage zwischen Jermyn Street und Piccadilly. Dort können Sie Ihr unendliches Bedauern telegrafisch aufgeben. Solche Affären gewinnen nur durch ein bißchen Zurückhaltung. Was für ein Entzücken werden Sie auslösen, wenn Sie morgen dann wirklich kommen!«

Gumbril ließ sich von ihr mitschleppen. »Was für eine unausstehliche Frau Sie doch sind!« sagte er lachend.

»Sie sollten mir lieber dankbar sein, daß ich Sie zum Lunch einlade!«

»Ich bin Ihnen dankbar«, sagte Gumbril. »Und erstaunt.«

Er sah sie an. Mrs. Viveash lächelte und fixierte ihn einen Augenblick mit ihren hellen ausdruckslosen Augen, aber sie sagte nichts.

»Jedenfalls muß ich um vierzehn Uhr auf der Charing Cross Station sein«, sagte Gumbril.

»Aber wenn wir doch bei Verrey's essen!«

Gumbril schüttelte den Kopf.

Sie waren jetzt bis zur Ecke der Jermyn Street gekommen. Mrs. Viveash blieb stehen und verkündete ihr Ultimatum, und das um so eindrucksvoller, als es mit der ersterbenden Stimme geschah, in der jemand *in articulo mortis* seine letzten, höchst bedeutenden Worte spricht. »Wir essen bei Verrey's, Theodore, oder ich werde nie, nie wieder mit Ihnen sprechen.«

»Aber seien Sie doch vernünftig, Myra«, flehte er sie an. Wenn er ihr doch nur gesagt hätte, daß es eine geschäftliche Verabredung sei! Wie blödsinnig, sich diese dummen Anspielungen entfahren zu lassen – und in diesem Ton!

»Ich möchte lieber nicht vernünftig sein«, sagte Mrs. Viveash.

Gumbril beschrieb eine Geste der Verzweiflung und schwieg. Er dachte an Emily in ihrem ländlichen Frieden zwischen den Blumen, in einem Landhaus, das schier zu idyllisch war, mit Geißblatt, Kletter- und Stockrosen – obwohl, recht bedacht, keine dieser Blumen jetzt schon blühte –, glücklich im weißen Musselinkleid damit beschäftigt, auf ihrem Landhausklavier wenigstens die leichteren Stellen der »Arietta« zu spielen. Ein bißchen komisch vielleicht, wenn man es so sah, aber doch sehr kostbar und anbetungswürdig, ein Geschöpf reinen Herzens und ohne Fehl in seiner strahlenden, transparenten Integrität, vollkommen wie ein Kristall im facettenreichen Schliff. Sie würde auf ihn warten, sich nach ihm sehnen, und dann würden sie gemeinsam über gewundene Feldwege laufen; vielleicht wäre auch eine zweirädrige Kutsche zu mieten, die von einem dicken Pony gezogen wurde, das wie ein Faß auf Beinen aussah; jedenfalls würden sie im Wald nach Blumen suchen, und vielleicht konnte er sich noch erinnern, wie eine Grasmücke sang; aber wenn er sich nicht daran erinnerte, könnte er es immerhin mit aller Autorität behaupten. »Das ist eine Grasmücke, Emily. Hörst du? Die, die immer ›Tuidli-widli, widli-di‹ macht.«

»Ich warte«, sagte Mrs. Viveash. »Wenn auch mit Geduld.«

Gumbril warf ihr einen Blick zu und fand, sie habe das Lächeln einer tragischen Maske. Alles in allem, überlegte er, würde Emily auch noch dasein, wenn er morgen kam. Es wäre töricht, sich mit Myra um etwas zu streiten, was im Grunde, recht besehen, nicht besonders wichtig war. Es war töricht, sich überhaupt mit irgendwem über irgendwas zu streiten, besonders aber mit Myra wegen dieser Geschichte. In ihrem weißen Kleid mit den schwarzen Arabesken darauf fand er sie bezaubernder denn je. Es hatte Zeiten gegeben ... Die Vergangenheit führt zur Gegenwart ... Nein, aber jedenfalls machte es Spaß, mit ihr zusammenzusein.

»Gut«, sagte er und seufzte erleichtert nach gefaßtem Entschluß, »dann wollen wir das Telegramm aufgeben.«

Mrs. Viveash enthielt sich jeden Kommentars. Nachdem sie die Jermyn Street überquert hatten, gingen sie durch die enge Passage, an Wrens nüchtern-strengem Bau der St.-James-Kirche vorbei, zum Postamt.

»Ich werde eine Katastrophe vorschützen«, sagte Gumbril, als sie eintraten. Er ging an den Telegrafenschalter und schrieb: »Leichter Unfall auf dem Weg zum Bahnhof nichts Ernstes

aber ein bißchen unpäßlich komme morgen mit gleichem Zug.«
Er fügte die Adresse hinzu und reichte das Formular in den
Schalter.

»Ein bißchen *was*?« fragte die junge Dame hinter dem Schalter, als sie den Text las und dabei auf jedes Wort mit der Spitze
ihres stumpfen Bleistifts tippte.

»Ein bißchen unpäßlich«, sagte Gumbril und schämte sich
plötzlich sehr. »Ein bißchen unpäßlich« – nein, das ging zu weit!
Er wollte das Telegramm zurückziehen und schließlich doch
fahren.

»Fertig?« fragte Mrs. Viveash, die vom anderen Ende des
Schalterraums kam, wo sie Briefmarken gekauft hatte.

Gumbril schob eine Zweischillingmünze unter dem Gitter
hindurch.

»Ein bißchen unpäßlich«, wiederholte er unter höhnischem
Gelächter und humpelte zur Tür, wobei er sich schwer auf seinen Stock stützte. »Ein leichter Unfall«, erklärte er.

»Was soll die Clownerie?« fragte Mrs. Viveash.

»Ja, was soll sie?« Gumbril war zur Tür gehumpelt und hielt
sie für Mrs. Viveash auf. Er lehnte die Verantwortung für sich
und sein Tun ab. Es war der Clown, der so agierte, und der
Clown, der Ärmste, war *non compos sui*, nicht ganz bei Sinnen,
und konnte also für seine Handlungen nicht zur Rechenschaft
gezogen werden. Er humpelte hinter Mrs. Viveash her in Richtung Piccadilly.

»*Guidicato guaribile entro cinque giorni*«, stellte Mrs.
Viveash lachend fest. »Wie es die italienischen Zeitungen immer so reizend ausdrücken. Die wankelmütige Frau, der eifer-
süchtige Liebhaber, der Dolchstich, der *colpo di rivoltella*, ein
blaues Auge – alles wird vom diensttuenden Polizeiarzt für
›heilbar in fünf Tagen‹ erklärt. Und sind Sie, mein armer Gumbril, auch in fünf Tagen heilbar?«

»Es kommt darauf an«, sagte Gumbril. »Es könnten auch
Komplikationen eintreten.«

Mrs. Viveash schwenkte den Sonnenschirm, und ein Taxi
fuhr vor ihnen an den Rand des Bürgersteigs heran. »Aber
einstweilen kann man von Ihnen nicht erwarten, daß Sie zu Fuß
gehen«, sagte sie.

Bei Verrey's aßen sie Hummer und tranken weißen Wein dazu. »Wer Fisch ißt, wird springen wie ein Floh«, zitierte Gumbril gutgelaunt eine alte Weisheit. Während der ganzen Mahlzeit trieb er seine Späße auf seine unnachahmliche Weise. Da rollte das Gespenst einer zweirädrigen Kutsche über die gewundenen Feldwege von Robertsbridge. Aber man kann ja die Verantwortung ablehnen; ein Clown kann nicht zur Rechenschaft gezogen werden. Außerdem, wie kann es, wenn die Zukunft und die Vergangenheit aufgehoben sind und nur – ob verzaubert oder nicht – der Augenblick zählt und wenn weder Ursachen noch Motive, noch zukünftige Folgen zu bedenken sind, wie kann es dann eine Verantwortlichkeit geben, auch wenn man kein Clown ist? Gumbril trank reichlich Rheinwein, und als es zwei Uhr schlug und der Zug schnaubend sich anschickte, Charing Cross zu verlassen, konnte er sich nicht enthalten, auf das Wohl des Viscount Lascelles zu trinken. Dann begann er, Mrs. Viveash von seinen Abenteuern als ganzer Kerl zu erzählen.

»Sie hätten mich sehen sollen«, sagte er, als er seinen Bart beschrieb.

»Es hätte mich umgeworfen.«

»Also Sie werden mich zu sehen bekommen«, versprach Gumbril. »Ah, was für ein Don Giovanni!

> *Là ci darem la mano,*
> *Là mi dirai di si,*
> *Vieni, non è lontano,*
> *Partiam, ben mio, da qui!*

Und sie kamen, und wie sie kamen! Ohne jedes Zögern, ohne alles *vorrei e non vorrei* oder *mi trema un poco il cor.* Einfach geradewegs.«

»*Felice, io so, sarei*«, hauchte Mrs. Viveash von einem fernen Sterbelager aus.

Ach, das Glück! Ein bißchen langweilig, wie jemand weise bemerkt hat, wenn man es von außen betrachtet. Eine Angelegenheit von Duetten auf dem Landhausklavier, von Hand-in-Hand-Spaziergängen, um Blumen fürs Herbarium zu pflücken. Eine Sache der Integrität und des Friedens.

»Ach, diese Geschichte der jungen Frau, die vor vier Jahren geheiratet hat«, rief Gumbril mit der Heiterkeit eines Clowns, »und die noch heute Jungfrau ist – was für eine Episode für meine Memoiren!« In verzauberter Dunkelheit hatte er ihren jugendlichen Körper erfahren. Er betrachtete seine Finger; die Schönheit ihres Körpers war ein Teil ihres Wissens geworden. Er trommelte auf dem Tischtuch die ersten Takte der Zwölften Sonate von Mozart. »Und sogar nachdem sie das Duett mit Don Giovanni gesungen hat, ist sie bis zum heutigen Tage Jungfrau geblieben«, fuhr er fort. »Aber es gibt eine keusche Lust, eine sublimierte Sinnlichkeit, die von einer erregenderen Wollust ist« – und hier warf er mit der gezierten Gebärde eines Restaurateurs, der die Spezialität seines Hauses anpreist, eine Kußhand in die Luft – »als aller Sinnentaumel der gröberen Art.«

»Wovon sprechen Sie eigentlich?« fragte Mrs. Viveash.

Gumbril leerte sein Glas. »Ich spreche nur für Eingeweihte verständlich«, erklärte er, »und das zu meinem, nicht zu Ihrem Vergnügen.«

»Aber erzählen Sie mir doch noch etwas mehr von Ihrem Bart«, bat Mrs. Viveash. »Die Sache mit dem Bart hat mir sehr gut gefallen.«

»Schön«, sagte Gumbril, »versuchen wir, mit Konsequenz unwürdig zu sein.«

Sie saßen, Zigaretten rauchend, noch lange bei Tisch, und es wurde halb vier, bis Mrs. Viveash vorschlug zu gehen.

»Es ist fast Zeit für den Tee«, sagte sie mit einem Blick auf ihre Uhr. »Eine verdammte Mahlzeit nach der anderen. Und nie etwas Neues zu essen! Und jedes Jahr hat man sich wieder etwas von den alten Sachen übergegessen. Hummer, zum Beispiel! Früher bin ich ganz verrückt auf Hummer gewesen! Und jetzt – es war wirklich nur Ihrer Konversation zu danken, Theodore, daß ich ihn halbwegs genießbar fand.«

Gumbril legte die Hand aufs Herz und verbeugte sich. Er fühlte sich auf einmal sehr niedergeschlagen.

»Und der Wein! Früher schwärmte ich für Orvieto-Wein. Aber als ich in diesem Frühjahr in Italien war, fand ich ihn nicht besser als irgendeine trübe, minderwertige Art von Vouvray.

Oder diese weichen Bonbons, die *Fiats* heißen – ich konnte sie essen, bis mir schlecht wurde. Aber diesmal in Rom war mir schon schlecht, bevor ich mit einem fertig war. Eine Enttäuschung nach der anderen«, stellte Mrs. Viveash kopfschüttelnd fest.

Sie gingen durch die dunkle Passage vor zur Straße.

»Gehen wir nach Hause«, sagte Mrs. Viveash. »Heute nachmittag fühle ich mich zu nichts anderem mehr aufgelegt.« Dem Chauffeur, der die Tür des Taxis öffnete, gab sie die Adresse ihrer Wohnung in St. James' an.

»Ob man wohl je die Lust an seinen alten Freunden und Genüssen wiederfindet?« fragte sie in einem Ton gelinder Erschöpfung, als sie langsam durch den dichten Verkehr der Regent Street fuhren.

»Nicht, indem man ihnen nachjagt«, sagte Gumbril, aus dem der Clown inzwischen wieder verschwunden war. »Aber wenn man sich ganz still verhielte, würden sie vielleicht von selbst wiederkommen ...« Dann würde man ein leises Geräusch, wie von näher kommenden Schritten, durch die Stille vernehmen.

»Ich denke nicht nur an Essen und Trinken«, erklärte Mrs. Viveash. Sie hatte die Augen geschlossen und sich in ihre Ecke zurückgelehnt.

»Das glaube ich gern.«

»Ich meine alles. Nichts ist mehr, wie es war. Ich glaube nicht, daß es je wieder so sein wird.«

»Nie wieder«, stimmte Gumbril ein.

»Nie wieder«, kam das Echo von Mrs. Viveash. »Nie wieder.« Ihre Augen waren trocken geblieben. »Haben Sie eigentlich Tony Lamb gekannt?« fragte sie.

»Nein«, antwortete Gumbril aus einer Ecke heraus. »Was ist mit ihm?«

Mrs. Viveash antwortete nicht. Ja, was war mit ihm? Sie dachte an seine strahlenden blauen Augen und sein glänzendes blondes Haar, das heller als sein sonnengebräuntes Gesicht war. Braun das Gesicht und der Hals, rotbraun die Hände, und sein ganzer übriger Körper weiß wie Milch. »Ich hatte ihn sehr gern«, sagte sie schließlich. »Das ist alles. Er ist 1917 gefallen, es war gerade um diese Jahreszeit. Kommt Ihnen das auch schon so weit zurückliegend vor?«

»Finden Sie das?« Gumbril zuckte die Achseln. »Ich weiß nicht. *Vivamus, mea Lesbia!* Wenn ich nicht so schrecklich deprimiert wäre, würde ich Sie umarmen. Es wäre eine kleine Kompensation für« – er tippte mit dem Spazierstock gegen seinen Fuß – »meinen leichten Unfall.«

»Sie sind also auch deprimiert?«

»Man sollte nie schon zum Lunch trinken«, sagte Gumbril. »Es verdirbt einem den Nachmittag. Und man sollte auch nie an die Vergangenheit denken, sowenig wie an die Zukunft. Das ist eine uralte Weisheit. Aber vielleicht nach einem Schluck Tee« – er beugte sich vor, um die Zahlen auf dem Taxameter zu erkennen, denn das Auto hatte angehalten – »nach einem Schluck der anregenden Gerbsäure« – er riß die Tür auf – »mögen wir uns wieder besser fühlen.«

Mrs. Viveash lächelte gequält. »Für mich«, sagte sie, während sie auf den Bürgersteig trat, »hat selbst das Tannin seine Reize verloren.«

Der Salon von Mrs. Viveash war geschmackvoll im modernen Stil eingerichtet. Die Muster der Polsterbezüge waren von Dufy gezeichnet – Rennpferde und Rosen, kleine Tennisspieler gruppiert inmitten riesiger Blumen –, das alles in Grau und Okker auf weißen Grund gedruckt. Es gab ein paar Lampenschirme von Balla. An den hellen, rosagetüpfelten Wänden hingen drei Porträts von ihr, gemalt von drei verschiedenen und sehr verschiedenartigen Malern, dann eine Auswahl der üblichen Orangen- und Zitronen-Stilleben und schließlich ein ziemlich gewagter moderner Akt, in zwei Grüntönen gemalt.

»Wie satt ich dieses Zimmer mit all diesen scheußlichen Bildern habe!« behauptete Mrs. Viveash, als sie eintraten. Sie nahm ihren Hut ab und glättete ihr kupferfarbenes Haar vor dem Spiegel über dem Kaminsims.

»Sie sollten sich ein kleines Landhaus mieten«, sagte Gumbril, »und ein Pony und eine zweirädrige Kutsche kaufen und damit über gewundene Feldwege fahren, um Blumen zu suchen. Nach dem Tee würden Sie den Deckel vom Klavier aufschlagen«, und dem Wort die Tat folgen lassend, ließ sich Gumbril vor dem Blüthner-Flügel nieder, »und dann würden Sie spielen und spielen.« Sehr langsam und mit parodistischer Innerlichkeit spielte er das Anfangsthema der »Arietta«. »Dann würden Sie sich nicht langweilen«, sagte er, als er aufhörte und sich nach ihr umdrehte.

»Wirklich nicht?« fragte Mrs. Viveash. »Und mit wem sollte ich Ihrer Meinung nach dieses Landhaus teilen?«

»Mit irgend jemandem, den Sie gern haben«, sagte Gumbril. Seine Finger schwebten, wie in tiefes Nachsinnen versunken, über den Tasten.

»Aber ich habe niemanden gern«, erklärte Mrs. Viveash laut und überaus heftig von ihrem Sterbelager her . . . So, nun war es heraus. Die Wahrheit war gesagt. Es klang wie ein Scherz. Tony war jetzt fünf Jahre tot. Seine strahlenden blauen Augen – nie wieder. Alles zu nichts verwest.

»Dann sollten Sie es einmal versuchen«, sagte Gumbril, dessen Hände begonnen hatten, sich behutsam der Zwölften Sonate zu bemächtigen. »Sie müßten einen Versuch machen.«

»Das tue ich ja«, erwiderte sie. Die Ellbogen auf den Kaminsims gestützt und das Kinn auf die gefalteten Hände gelegt, blickte sie starr auf ihr Spiegelbild. Helle Augen sahen unverwandt in helle Augen. Der rote Mund und seine Spiegelung tauschten ein gequältes Lächeln aus. Sie hatte es versucht. Mit Abscheu dachte sie daran, wie oft sie es versucht hatte, jemanden so sehr zu lieben, wie sie Tony geliebt hatte. Sie hatte versucht, etwas zurückzuholen, wieder wachzurufen, wieder lebendig zu machen. Doch sie hatte nie etwas anderes empfunden als Ekel. »Ich habe es nicht gekonnt«, sagte sie nach einer Weile.

Die Musik war von F-Dur in d-Moll übergegangen; mit hüpfenden Anapästen stieg sie auf bis zu einem schwebenden Akkord, glitt abwärts, stieg von neuem an, in c-Moll übergehend, und darauf, nach einer Passage von Tremolos, in As-Dur und über die Dominante von Des und die Dominante von C zu c-Moll und schließlich zu einem neuen klaren Thema in Dur.

»Das tut mir leid für Sie«, sagte Gumbril und ließ seine Finger gleichsam selbständig weiterspielen. Leid taten ihm aber auch die Opfer der verzweifelten Experimente von Mrs.

Viveash. Wenn es ihr nicht gelungen war, sie zu lieben, so hatten umgekehrt sie, die armen Teufel, sie im allgemeinen nur allzusehr geliebt ... Nur allzusehr ... Er dachte an die kalten feuchten Flecke auf seinem Kopfkissen nachts. Diese Tränen der Verzweiflung und des Zorns. »Es fehlte nicht viel, daß Sie mich beinahe getötet hätten«, sagte er.

»Nur die Zeit tötet«, sagte Mrs. Viveash, noch immer Aug in Auge mit sich selbst. »Ich habe noch keinen glücklich gemacht«, fügte sie nach einer Weile hinzu. Keinen, dachte sie. Außer Tony. Und Tony war gefallen. Ein Kopfschuß. Auch seine strahlenden Augen waren verwest, wie alles verweste. Auch sie war damals glücklich gewesen. Nie wieder.

Das Mädchen kam mit dem Tee.

»Ah, die Gerbsäure, das Tannin!« sagte Gumbril entzückt und brach sein Spiel ab. »Die einzige Hoffnung.« Er schenkte zwei Tassen voll, nahm eine und ging damit zum Kamin. Er blieb hinter Mrs. Viveash stehen, und während er langsam an dem hellen Getränk nippte, blickte er ihr über die Schulter und auf ihrer beider Bild im Spiegel.

»*Là ci darem la mano*«, summte er. »Hätte ich nur meinen Biber!« Er strich sich über das Kinn, und mit der Spitze des Zeigefingers bürstete er die herabhängenden Enden seines Schnurrbarts. »Zitternd wie Zerlina würden Sie sich in seinen goldenden Schatten flüchten.«

Mrs. Viveash lächelte. »Ich wünsche mir nichts Besseres«, sagte sie. »Was für eine prächtige Rolle! *Felice, io so, sarei: Batti, batti, o bel Masetto!* Beneidenswerte Zerlina!«

Geräuschlos erschien das Mädchen noch einmal.

»Ein Herr«, sagte sie, »ein Mr. Shearwater würde gern —«

»Sag ihm, daß ich nicht zu Hause bin«, antwortete Mrs. Viveash, ohne sich umzudrehen.

Es folgte ein Schweigen. Mit hochgezogenen Augenbrauen sah Gumbril Mrs. Viveash über die Schulter, um ihr Bild im Spiegel zu sehen. Ihre Augen blickten ruhig und ausdruckslos, und weder lächelte sie, noch zog sie die Stirn kraus. Gumbril musterte sie fragend. Dann brach er in Lachen aus.

FÜNFZEHNTES KAPITEL

Die Band spielte die letzte Neuheit von jenseits des großen Teiches: »Was bedeutet er der Hekuba?« Süß, süß und zugleich durchdringend rührte das Saxophon ans Innerste, weckte Mitleiden und Zärtlichkeit, kam wie eine Offenbarung vom Himmel und durchdrang die Tänzer wie der süße Pfeil des Engels die Hüfte der ekstatisch bebenden heiligen Theresia. Mit reiferem, runderem Klang, mit einer freundlichen, minder qualvollen Wollust meditierte das Cello über jene mohammedanischen Ekstasen, deren jede sich, unter den grünen Palmen des Paradieses, sechshundert unsagbare Jahre hinzieht. In diese elektrisch geladene Atmosphäre ließ die Violine einen frischen Luftzug hinein, kühl und dünn wie der Hauch von einem Wasserstrahl. Und das Klavier hämmerte und rasselte drauflos, ohne Rücksicht auf die Sensibilitäten der anderen Instrumente, unaufhörlich klapperte es weiter und erinnerte jeden sehr nüchtern und sachlich daran, daß dies ein Kabarett war, in das die Leute kamen, um Foxtrott zu tanzen, und nicht eine alte Barockkirche, in der fromme Beterinnen in religiöse Verzükkung gerieten, sowenig wie ein liebliches, glückseliges Tal mit herumtollenden Huris.

Jedesmal beim Refrain begannen die vier Neger des Orchesters, oder doch wenigstens die drei, die zum Spiel nur die Hände brauchten – denn der Saxophonist blies in diesem Augenblick mit doppelter Intensität in sein Instrument und schmückte die Passage mit einem schmetternden Monolog im Kontrapunkt aus, der einen im Innersten aufwühlte –, jedesmal beim Refrain begannen also die drei Neger mit melancholisch schleppender Stimme zu fragen:

> »Was bedeutet er Hekuba?
> Gar nichts bedeutet er Hekuba.
> Darum wird auch aus der Hochzeit nichts
> Am Mittwoch in acht Tagen
> Unten im guten alten Bengalen.«

»Wie unsäglich traurig!« sagte Gumbril, während er die komplizierten Figuren tanzte. »Ewige Leidenschaft, ewige

Qual. *Les chants désespérés sont les chants les plus beaux, Et j'en sais d'immortels qui sont de purs sanglots.* Rum tidle-dum-dum, pum-pum. Amen. Was bedeutet er Hekuba? Nichts. Gar nichts, wohlgemerkt. Nichts und wieder nichts.«

»Nichts«, wiederholte Mrs. Viveash. »Darüber weiß ich Bescheid.« Sie seufzte.

»Ich bedeute Ihnen nichts«, sagte Gumbril, der sich und seine Tänzerin geschickt zwischen der Wand und einem Paar hindurchmanövrierte, das einen neuen Schritt ausprobierte. »Und Sie bedeuten mir nichts, Gott sei es gedankt! Und doch sind wir nun hier, zwei Körper und ein Gedanke, ein Tier mit zwei Rücken, ein vollendeter Kentaur, der ohne Unterbrechung dahintrottet.« Sie trotteten.

»Was bedeutet er Hekuba?« Die Schwarzen wiederholten grinsend die Frage und gaben die Antwort in einem Ton gräßlicher Qual. Das Saxophon schmetterte, bis es barst. Die Paare drehten sich, traten auf der Stelle und machten wieder ihre Tanzschritte mit gewohnter Präzision, als ob sie einen uralten, bedeutungsvollen Ritus zelebrierten. Einige der Paare waren in Kostümen erschienen, denn es handelte sich um einen Gala-Abend. Junge Damen, gekleidet als Florentiner Pagen oder als Gondolieri in blaue oder als Toreros in schwarze Kniehosen, kreisten wie Monde um den Saal, zuweilen in den Armen von Arabern oder weißen Clowns, die meisten aber in denen nicht kostümierter Partner. Die Gesichter in den Spiegeln waren von der Art, daß man glaubte, sie vom Sehen zu kennen. Das Publikum hier war »künstlerisch«.

»Was bedeutet er Hekuba?«

Mrs. Viveash murmelte die Antwort, beinahe ehrfürchtig, als ob sie das allmächtige und allgegenwärtige Nichts verehrte. »Ich finde dieses Lied phantastisch«, sagte sie. Es füllte den Raum aus, es bewegte die Tänzer, ließ sie hüpfen und in Zuckungen verfallen; es erfüllte die Zeit und gab einem das Gefühl, zu leben. »Eine göttliche Melodie, wirklich göttlich«, wiederholte sie mit allem Nachdruck und schloß die Augen in dem Versuch, sich ganz ihrem Gefühl hinzugeben, zu schweben und dem Nichts zu entkommen.

»Was für ein entzückender kleiner Torero!« sagte Gumbril,

der mit verliebtem Interesse eine Frau in schwarzen Kniehosen beobachtete.

Mrs. Viveash öffnete die Augen. Man entkam nicht dem Nichts. »Meinen Sie die mit Piers Cotton? Mein lieber Theodore, Sie haben einen etwas gewöhnlichen Geschmack.«

»Sie grünäugiges Ungeheuer!«

Mrs. Viveash lachte. »Als man mir in Paris im Internat den letzten Schliff gab«, erzählte sie, »drängte mich Mademoiselle immer, Fechtstunden zu nehmen. *C'est un exercice très gracieux. Et puis*« – Mrs. Viveash setzte eine Miene von konzentriertem Ernst auf, wie sie Mademoiselle gehabt haben mochte – »*et puis ça développe le bassin.* Ihr Torero, mein lieber Gumbril, sieht ganz so aus, als ob er Meister im Florett wäre. *Quel bassin!*«

»Pst!« machte Gumbril, denn sie befanden sich jetzt unmittelbar neben dem Torero und seinem Partner. Piers Cotton sah mit seinem langen Windhundgesicht zu ihnen hinüber.

»Wie geht's?« fragte er, die Musik übertönend.

Sie nickten ihm zu. »Und Ihnen?«

»Oh, ich schreib' euch ein Buch«, schrie Piers Cotton, »so ein richtig brillantes, funkelndes Buch.« Der Tanz trennte sie wieder. »So funkelnd wie ein Lächeln mit falschen Zähnen«, rief er ihnen über die sich rasch verbreiternde Kluft zu und verschwand in der Menge.

»Was bedeutet er Hekuba?« Mit weinerlicher Stimme stellten die übermütigen Neger ihre Frage, in der die Trauer über die bereits bekannte Antwort schon mitschwang.

Das Nichts, das allgegenwärtige Nichts, die Weltseele, der geistige Verräter aller Materie. Das Nichts in der Gestalt eines Toreros in schwarzen Kniehosen, mit einem mondförmigen Becken. Das Nichts in der Gestalt eines Mannes mit einer Windhundnase. Das Nichts in Gestalt von vier Mohren. Das Nichts in Gestalt einer göttlichen Melodie. Das Nichts in Gestalt von Gesichtern, die man vom Sehen kannte und die aus den Spiegeln des Saals blickten. Das Nichts in Gestalt dieses Gumbrils, der seinen Arm um eine Taille legt und dessen Füße sich zwischen anderen hin und her bewegen. Nichts, gar nichts.

Deswegen wird es keine Hochzeit geben. Keine Hochzeit in St. George's, Hanover Square – oh, was für ein verzweifeltes Experiment! –, mit dem Nichts Viveash, diesem charmanten Jungen, diesem charmanten Garnichts, der gegenwärtig bei den Tikki-tikki-Pygmäen, im Kampf mit Fieber und Raubtieren, Elefanten jagt. Deshalb wird es am Mittwoch in acht Tagen keine Hochzeit geben. Denn Lycidas[1] ist tot, tot, bevor er die Blüte seiner Jahre erreichte. Denn die strohblonden Haare (nicht eine Locke ist geblieben!), das gebräunte Gesicht, die rotbraunen Hände und der glatte Jünglingskörper, milchweiß und milchwarm, sind nichts mehr. Nichts diese fünf Jahre. Nichts die strahlenden blauen Augen, und nichts alles andere.

»Immer dieselben Leute«, klagte Mrs. Viveash, während sie sich im Saal umschaute. »Die alten, bekannten Gesichter. Nie ein neues. Wo bleibt die junge Generation, Gumbril? Wir sind alt, Theodore. Millionen sind jünger als wir. Wo sind sie?«

»Ich bin nicht für sie verantwortlich«, sagte Gumbril. »Nicht einmal für mich selbst bin ich verantwortlich.« Er dachte an ein Landhauszimmer, unterm Dach, mit dem Fenster nahe am Boden und der schrägen Mansardendecke, an der man sich ständig den Kopf stieß. Und im Kerzenschein Emilys unschuldige Augen, ihr ernster und glücklicher Mund; im Dunkeln unter seinen Fingern die Rundungen ihres kräftigen Körpers.

»Warum kommen sie nicht her und verdienen sich ein Abendessen, indem sie uns etwas vorsingen?« fragte Mrs. Viveash in gereiztem Ton. »Es ist ihre Aufgabe, uns zu amüsieren.«

»Wahrscheinlich denken sie daran, sich selbst zu amüsieren«, gab Gumbril zu bedenken.

»Dann sollten sie es da tun, wo wir sie sehen können.«

---

1 Anspielung auf das gleichnamige Gedicht John Miltons, in dem er den Tod eines Freundes beklagt. (Anm. d. Ü.)

»Was bedeutet er Hekuba?«

»Gar nichts«, trällerte Gumbril und machte wieder den Clown. Mit dem Landhauszimmer hatte er nichts zu tun. Er sog eine Erinnerung an das italienische Jasminparfum ein und preßte für einen Augenblick seine Wange an Mrs. Viveashs glattes Haar. »Gar nichts.« Dieser glückliche Clown!

Weit weg in Bengalen, unter den grünen paradiesischen Palmen, zwischen ekstatischen Mystagogen und Heiligen, die unter göttlichen Zärtlichkeiten aufschrien, endete die Musik. Die vier Neger wischten sich die schweißglänzenden Gesichter ab. Die Paare trennten sich. Gumbril und Mrs. Viveash setzten sich und rauchten eine Zigarette.

SECHZEHNTES KAPITEL

Die Neger hatten das Podium verlassen. Der an beiden Seiten nach oben geraffte Vorhang war heruntergegangen, hatte die Bühne vom Rest des Saales getrennt und so »zwei Welten geschaffen«, wie Gumbril es elegant und vielsagend ausdrückte, »wo erst nur eine gewesen war«. Und zwar war die eine der beiden Welten »eine bessere Welt, weil sie unwirklich war«, wie er, ein bißchen zu philosophisch, hinzufügte. Es herrschte eine gespannte Stille wie im Theater. Der Vorhang ging auf.

Auf einem schmalen Bett – vielleicht einer Bahre – ruht der Leichnam einer Frau. Vor ihm kniet ihr Ehemann. Am Fußende des Bettes steht der Arzt; er packt seine Instrumente ein. In einer rosa, mit Bändern geschmückten Wiege liegt ein Scheusal von einem Baby.

Der Ehemann: Margaret! Margaret!

Der Arzt: Sie ist tot.

Der Ehemann: Margaret!

Der Arzt: Ich sagte Ihnen doch, sie ist an einer Sepsis gestorben.

Der Ehemann: Ich wollte, ich wäre auch tot!

Der Arzt: Morgen werden Sie es nicht mehr wollen.

Der Ehemann: Morgen! Ich möchte den morgigen Tag nicht mehr erleben!

Der Arzt: Morgen werden Sie anders darüber denken.

Der Ehemann: Margaret! Margaret! Warte auf mich dort, wo du jetzt bist. Ich werde dich dort unten im düsteren Tal bald wiedersehen.

Der Arzt: Sie werden sie ganz schnell überleben.

Der Ehemann: Christus, erbarme dich unser!

Der Arzt: Sie sollten lieber an das Kind denken.

Der Ehemann *(erhebt sich und beugt sich drohend über die Wiege)*: Ist das das Ungeheuer?

Der Arzt: Es ist nicht schlimmer als andere.

Der Ehemann: Gezeugt in einer Nacht reiner Lust, mögest du, Ungeheuer, ein Leben ohne Liebe, in Schmutz und Sünde führen!

Der Arzt: Gezeugt in Dunkelheit und voller Wollust, möge dir, o Ungeheuer, deine Unreinheit in deinen Augen immer himmlisch erscheinen!

Der Ehemann: Mörder, langsam sollst du dein ganzes Leben lang sterben!

Der Arzt: Das Kind muß genährt werden.

Der Ehemann: Genährt? Womit?

Der Arzt: Mit Milch.

Der Ehemann: Die Milch ist ihr in den Brüsten gefroren.

Der Arzt: Es gibt immerhin noch Kühe.

Der Ehemann: Tuberkulöse Shorthornkühe. (*Er ruft.*) Führt das Shorthorn herein!

Stimmen (*draußen*): Shorthorn! Shorthorn (*schwächer werdend*) Short ...

Der Arzt: 1921 sind siebenundzwanzigtausendneunhundertdreizehn Frauen im Kindbett gestorben.

Der Ehemann: Aber keine davon gehörte zu meinem Harem.

Der Arzt: Jede war die Frau eines Mannes.

Der Ehemann: Selbstverständlich. Aber Menschen, die wir nicht kennen, sind nur Statisten in der menschlichen Komödie. Die großen Tragöden sind immer wir selbst.

Der Arzt: Nicht in den Augen der Zuschauer.

Der Ehemann: Denke ich denn an Zuschauer? Ach, Margaret! Margaret!

Der Arzt: Die siebenundzwanzigtausendneunhundertvierzehnte.

Der Ehemann: Die einzige!

Der Arzt: Da kommt die Kuh.

(Shorthorn wird von einem Bauern hereingeführt.)

Der Ehemann: Mein gutes Shorthorn! *(Er tätschelt das Tier.)* Sie ist in der vorigen Woche untersucht worden, nicht wahr?

Der Bauer: Ja, Sir.

Der Ehemann: Und da hat man festgestellt, daß sie tuberkulös ist, nicht wahr?

Der Bauer: Sogar an den Eutern, halten zu Gnaden, Sir.

Der Ehemann: Ausgezeichnet! Melken Sie die Kuh, hier, in dieses schmutzige Waschbecken.

Bauer: Sofort, Sir.

Der Ehemann: Ihre Milch – ihre Milch ist schon kalt. Alles, was Frau an ihr war, ist in ihren Brüsten erkaltet und geronnen. Oh, mein Gott! Welch wunderwirkendes milchtreibendes Mittel wird die Nahrung je wieder fließen lassen?

Der Bauer: Das Waschbecken ist voll, Sir.

Der Ehemann: Dann führen Sie die Kuh hinaus.

Der Bauer: Komm, Shorthorn, na komm schon! *(Führt die Kuh ab.)*

Der Ehemann *(füllt die Milch um in eine Saugflasche mit langem Schlauch)*: Das ist für dich, Ungeheuer. Damit trink auf deine eigene Gesundheit! *(Er gibt dem Kind die Flasche.)*

Vorhang

»Vielleicht ein bißchen schwerfällig«, sagte Gumbril, als der Vorhang fiel.

»Aber die Kuh hat mir gefallen«, sagte Mrs. Viveash und öffnete ihr Zigarettenetui. Es war leer. Gumbril bot ihr von seinen Zigaretten an. Sie schüttelte den Kopf. »Ich will gar nicht rauchen«, sagte sie.

»Ja, die Kuh war beste pantomimische Tradition«, stimmte Gumbril ihr zu. Wie lange war es her, daß er eine Weihnachtspantomime gesehen hatte. Nicht mehr seit den Tagen Dan Lenos. Damals hatten Dutzende von kleinen Cousins und Cousinen, von Onkeln und Tanten väter- wie mütterlicherseits jedes Jahr wieder fast eine ganze Reihe im ersten Rang des Drury-Lane-Theaters besetzt. Rosinenbrötchen gingen klebrig von Hand zu Hand; Schokolade machte die Runde, während die Großen Tee tranken. Die Pantomime aber ging weiter, von Triumph zu Triumph, unter dem strahlenden Gewölbe der Bühne. Stunden und Stunden. Die Erwachsenen wollten immer schon vor der Harlekinade gehen. Und den Kindern war von zuviel Schokolade schlecht geworden, oder sie mußten so dringend auf die Toilette, daß sie mitten in der Verwandlungsszene, über jedermanns Füße stolpernd, hinausgeführt werden mußten – und jedes Stolpern machte die Qual drängender. Und da war Dan Leno gewesen, der unnachahmliche Dan Leno, nun tot wie der arme Yorick, nicht mehr als ein Totenschädel wie irgendein anderer. Seine Mutter, erinnerte Gumbril sich, hatte manchmal so über ihn gelacht, daß ihr die Tränen über das Gesicht rannen. Sie genoß immer alles gründlich und mit ganzem Herzen.

»Wenn sie sich nur nicht soviel Zeit ließen mit der zweiten Szene«, klagte Mrs. Viveash. »Wenn mir etwas auf die Nerven geht, dann sind es Pausen.«

»Aber das Leben ist fast immer eine Pause«, sagte Gumbril. Seine augenblickliche Stimmung melancholischer Frivolität schien ihn zu witzigen Sentenzen zu inspirieren.

»Bitte, keine Geistreicheleien!« wehrte Mrs. Viveash ab. Trotzdem, überlegte sie, was tat sie anderes, als darauf zu warten, daß der Vorhang sich wieder hob, als mit unsäglicher Geduld auf das Aufgehen des Vorhangs zu warten, der sich vor tausend Jahren über diesen blauen Augen, diesem strohblonden Haar und dem von Wind und Sonne gegerbten Gesicht gesenkt hatte?

»Gott sein Dank!« hauchte sie mit todernster Miene, »jetzt kommt die zweite Szene!«

Der Vorhang teilte sich. In einem kahlen Raum stand das Ungeheuer, vom Säugling zu einem schmächtigen, gebeugten jungen Mann mit O-Beinen herangewachsen. Im Hintergrund der

Bühne ein großes Fenster, das auf die Straße blickt. Leute gehen vorbei.

Das Ungeheuer *(allein)*: Wie es heißt, rangen in Sparta die jungen Mädchen mit nackten jungen Spartanern. Die Sonne liebkoste ihre Haut, bis sie braun und durchscheinend wurde wie Bernstein oder eine Flasche mit Olivenöl. Ihre Brüste waren hart und ihre Bäuche flach. Sie waren rein und besaßen die Keuschheit schöner Tiere. Ihre Gedanken waren klar, ihr Gemüt kühl und gelassen. Ich aber spucke Blut ins Taschentuch, und manchmal spüre ich im Munde etwas Schleimiges, Weiches, Ekelhaftes, wie eine Schnecke – dann habe ich ein Stückchen meiner Lunge ausgehustet. Die Rachitis, an der ich als Kind litt, hat meine Knochen verbogen und sie alt und morsch gemacht. Mein ganzes Leben habe ich in dieser riesigen Stadt verbracht, deren Kuppeln und Türme eine stinkende Wolke verhüllt, eine Wolke, die die Sonne verbirgt. Die schleimigen Lungenstückchen, die ich ausspucke, sind schwarz von dem Ruß, den ich in all diesen Jahren eingeatmet habe. Ich bin eben volljährig geworden. Der lang ersehnte einundzwanzigste Geburtstag hat aus mir einen Bürger gemacht, der alle Rechte besitzt, einen Bürger dieses großen Reiches, dessen edle Pairs die Eigentümer des *Daily Mirror*, der *News of the World* und des *Daily Express* sind. Irgendwo – das sagt mir meine Vernunft – muß es andere Städte geben, gebaut von Menschen für Menschen, um darin zu leben. Irgendwo in der Vergangenheit, in der Zukunft, weit weg von hier ... Aber vielleicht sind die einzigen Pläne, die wirklich die Straßen einer Stadt verschönern können, die in den Köpfen ihrer Bewohner: vor allem die Pläne von Verliebten. Ah! Da kommt sie!

(Die Junge Dame *erscheint. Sie steht draußen auf der Straße vor dem Fenster, ohne auf das Ungeheuer zu achten. Anscheinend wartet sie auf jemanden.)*

Sie ist wie ein blühender Pfirsichbaum. Wenn sie lächelt, ist es, wie wenn die Sterne leuchten. Ihr Haar ist wie die Ernte in einem Hirtenlied, ihre Wangen sind wie die Früchte des Sommers. Ihre Arme und Schenkel sind so schön wie die Seele der heiligen Katharina von Siena. Und erst ihre Augen! Sie sind von unermeßlicher Tiefe und von der kristallenen Klarheit eines Bergquells.

Die Junge Dame: Wenn ich bis zum Sommerschlußverkauf warte, bekomme ich den Crêpe de Chine um mindestens zwei Schilling weniger pro Meter, und das macht bei sechs Untertaillen eine ganze Menge aus. Die Frage ist nur, kann ich von jetzt, Mai, bis Ende Juli mit meiner Wäsche auskommen?

Das Ungeheuer: Wenn ich sie kennte, würde ich die Welt kennen!

Die Junge Dame: Was ich habe, ist so schrecklich spießig. Wenn zum Beispiel Roger einmal zufällig –

Das Ungeheuer: Oder, besser gesagt, ich könnte mir dann erlauben, die Welt zu ignorieren, da ich dann mein privates Universum besäße.

Die Junge Dame: Wenn ... also wenn er ... es wäre mir ziemlich peinlich mit denen, die ich habe ... beinahe wie ein Dienstmädchen ...

Das Ungeheuer: Wenn man liebt, ist man mit der Welt einverstanden. Die Liebe setzt der Kritik ein Ende.

Die Junge Dame: Mit der Hand hat er schon einmal ...

Das Ungeheuer: Werde ich es je wagen, ihr zu sagen, wie schön sie ist?

Die Junge Dame: Alles in allem glaube ich, es ist besser, schon jetzt zu kaufen, auch wenn es mehr kostet.

Das Ungeheuer (*läuft verzweifelt auf das Fenster zu, wie zu einem Sturmangriff*): Oh, meine Schöne!

Die Junge Dame (*sieht ihn an und lacht*): Ha, ha, ha!

Das Ungeheuer: Aber ich liebe Sie doch, blühender Pfirsichbaum, ich liebe Sie, goldene Ernte, ich liebe Sie, Früchte des Sommers, ich liebe Sie, Ihren Körper und Ihre Glieder, so schön wie die Seele einer Heiligen.

Die Junge Dame (*lacht lauter*): Ha, ha, ha!

Das Ungeheuer (*ihre Hand ergreifend*): Sie können nicht grausam sein! (*Ein heftiger Hustenanfall schüttelt es derart, daß es sich krümmt. Das Taschentuch vor seinem Mund färbt sich rot.*)

Die Junge Dame: Sie ekeln mich! (*Sie zieht ihren Rocksaum fort, damit er nicht mit dem Ungeheuer in Berührung kommt.*)

Das Ungeheuer: Aber ich schwöre Ihnen, daß ich Sie liebe – *(ein neuer Hustenanfall unterbricht es.)*

Die Junge Dame: Bitte, gehen Sie fort. *(Mit veränderter Stimme)* Ah, Roger! *(Sie geht auf einen kraushaarigen, stupsnasigen Kerl zu, der in diesem Augenblick erscheint und der wie ein Reitknecht aussieht.)*

Roger: Ich hab' das Motorrad an der Ecke stehen.

Die Junge Dame: Dann wollen wir gleich gehen.

Roger *(auf das Ungeheuer weisend)*: Was ist das?

Die Junge Dame: Oh, nichts Besonderes.

(Beide brechen in Gelächter aus. Roger führt die junge Dame hinaus und tätschelt ihr vertraulich den Rücken, während sie sich entfernen.)

Das Ungeheuer *(ihr nachsehend)*: Ich habe eine Wunde davongetragen, hier in der linken Brusthälfte. Sie hat das ganze weibliche Geschlecht geschändet. Ich kann nicht mehr . . .

»Du lieber Gott!« flüstert Mrs. Viveash. »Wie mir dieser junge Mann auf die Nerven geht!«

»Ich muß gestehen«, antwortete Gumbril, »daß ich eine gewisse Schwäche für Moralitäten habe. Diese allegorischen und stereotypen Figuren haben so eine angenehm erhebende Unbestimmtheit, die mir gut gefällt.«

»Sie waren schon immer ein charmanter Einfaltspinsel«, sagte Mrs. Viveash. »Doch wer ist das? Solange der junge Mann auf der Bühne nicht allein ist, mag es noch angehen.«

Eine andere weibliche Gestalt ist auf der Straße hinter dem Fenster erschienen. Es ist die Prostituierte. Ihr in zwei Rottönen sowie in Weiß, Grün, Blau und Schwarz geschminktes Gesicht ist ein überaus gelungenes Stilleben.

Die Prostituierte: Schätzchen?

Das Ungeheuer: Hallo!

Die Prostituierte: So allein?

Das Ungeheuer: Ja.

Die Prostituierte: Soll ich Ihnen ein bißchen Gesellschaft leisten?

Das Ungeheuer: Eine gute Idee.

Die Prostituierte: Sagen wir, dreißig Schilling?

Das Ungeheuer: Wie Sie wollen.

Die Prostituierte: Dann wollen wir anfangen.

(Sie steigt durch das Fenster. Die beiden verlassen zusammen die Bühne durch die linke Tür. Der Vorhang fällt für einen Augenblick, um sich alsbald wieder zu heben. Das Ungeheuer und die Prostituierte kommen durch die Tür zurück, durch die sie hinausgegangen waren.)

Das Ungeheuer *(zieht ein Scheckbuch und einen Füllhalter aus der Tasche)*: Dreißig Schilling ...

Die Prostituierte: Danke. Keinen Scheck! Ich nehme keine Schecks an. Wie soll ich wissen, ob er auch gedeckt ist und ob die Bank sich nicht weigert, ihn auszuzahlen? Vielen Dank! Für mich nur bares Geld!

Das Ungeheuer: Aber ich habe im Augenblick kein bares Geld bei mir.

Die Prostituierte: Ich nehme keinen Scheck. Gebranntes Kind scheut das Feuer.

Das Ungeheuer: Aber wenn ich dir doch sage, daß ich kein bares Geld bei mir habe.

Die Prostituierte: Ich kann dir nur sagen, daß ich hier bleibe, bis ich es kriege. Und wenn das nicht bald geschieht, schlage ich Lärm.

Das Ungeheuer: Das ist doch lächerlich. Ich gebe dir einen einwandfreien Scheck ...

Die Prostituierte: Und ich nehme ihn nicht. Basta!

Das Ungeheuer: Dann nimm meine Uhr. Sie ist mehr wert als dreißig Schilling. *(Er zieht eine goldene Taschenuhr aus seiner Westentasche.)*

Die Prostituierte: Danke bestens. Und ich lasse mich verhaften, sowie ich damit ins Pfandhaus gehe! Nein, ich verlange bares Geld!

Das Ungeheuer: Aber wo, zum Teufel, glaubst du, daß ich um diese Nachtstunde bares Geld herbekomme?

Die Prostituierte: Ich weiß es nicht. Aber du wirst dich beeilen müssen.

Das Ungeheuer: Du bist unvernünftig.

Die Prostituierte: Gibt es kein Personal im Hause?

Das Ungeheuer: Doch.

Die Prostituierte: Dann geh zu einem von ihnen und borge dir das Geld.

Das Ungeheuer: Ich bitte dich! Das wäre doch zu peinlich und beschämend für mich.

Die Prostituierte: Wie du willst. Dann werde ich jetzt Krach schlagen. Ich gehe ans Fenster und schreie so lange, bis alle Nachbarn wach geworden sind und die Polizei kommt, um zu sehen, was los ist. Dann kannst du dir das Geld von den Bullen borgen.

Das Ungeheuer: Du willst wirklich meinen Scheck nicht nehmen? Ich schwöre, daß er in Ordnung ist. Auf meinem Konto ist mehr als genug Geld, um ihn zu decken.

Die Prostituierte: Jetzt reicht's mir. Ich habe das Hin und Her satt. Gib mir sofort das Geld, oder ich schreie los. Eins, zwei, drei ... *(Sie öffnet den Mund, wie um zu schreien.)*

Das Ungeheuer: Also gut. *(Es geht.)*

Die Prostituierte: Wo kommen wir denn hin, wenn wir armen Mädchen uns von diesen jungen Schnöseln um unser gutes Geld betrügen lassen! Diese gemeinen, widerlichen Schweine! Am liebsten würde ich einem von ihnen die Kehle durchschneiden.

Das Ungeheuer *(kommt zurück)*: Bitte, da hast du es. *(Es gibt ihr das Geld.)*

Die Prostituierte *(prüft es)*: Danke, Liebling. Wenn du dich wieder einmal einsam fühlst ...

Das Ungeheuer: Nein, nein!

Die Prostituierte: Wo hast du es denn nun herbekommen?

Das Ungeheuer: Ich habe die Köchin geweckt.

Die Prostituierte *(bricht in schallendes Gelächter aus)*: Na dann, auf Wiedersehen, Schätzchen! *(Ab.)*

Das Ungeheuer *(allein)*: Irgendwo muß die Liebe wie Musik sein. Eine harmonische, geordnete Liebe: zwei Seelen und zwei Körper, die sich im Kontrapunkt zueinander bewegen. Irgendwo muß doch dieser dumme tierische Akt einen Sinn bekommen haben, eine Bereicherung erfahren, eine Bedeutung annehmen. Irgendwo die Lust, wie der Walzer Diabellis, eine dumme Melodie, von einem Genie in dreiundzwanzig phantastische Variationen umgesetzt werden. Irgendwo –

207

»Ach du meine Güte!« seufzte Mrs. Viveash.
»Charmant!« widersprach Gumbril.

– muß Liebe wie ein Lager von seidigen Flammen sein, wie
eine Landschaft im Sonnenschein vor einem Hintergrund purpurnen Sturms, wie die Lösung eines kosmischen Problems,
wie der Glaube –

»Herrgott!« stöhnte Mrs. Viveash.

– Irgendwo! Aber in meinen Adern rollen die Keime der Syphilis –

»Ich muß schon sagen!« Mrs. Viveash schüttelte den Kopf. »Es
wird zu medizinisch!«

– und kriechen ins Hirn, in den Mund, bohren sich in die Knochen. Unersättlich.
Das Ungeheuer warf sich zu Boden, und der Vorhang senkte
sich.

»Es wurde auch Zeit!« stellte Mrs. Viveash fest.
»Charmant!« Gumbril ließ sich nicht beirren. »Wirklich
charmant!«
In der Nähe der Tür war eine gewisse Unruhe entstanden.
Mrs. Viveash wandte sich um, damit sie sehen konnte, was da
vor sich ging. »Und jetzt, gleichsam als Krönung des Abends«,
sagte sie, »kommt Coleman herein und lärmt. Er ist mit einem
Betrunkenen zusammen, den ich nicht kenne.«
»Haben wir es verpaßt?« brüllte Coleman. »Haben wir diese
ganze entzückend grausame Farce verpaßt?«
»Entzückend grausam!« wiederholte sein Begleiter voller al-
koholisierter Begeisterung, wobei ihn krampfhaftes, unbe-
herrschbares Gelächter schüttelte. Er war noch sehr jung, mit
glatten dunklen Haaren und einem Gesicht von griechischer
Schönheit, das nur im Augenblick vom Rausch entstellt war.
Coleman begrüßte seine Bekannten im Saal, indem er jedem
von ihnen eine fröhliche Obszönität zurief. »Oh, Bumbril--

Gumbril!« rief er, als er ihn endlich in der vordersten Reihe entdeckte. »Und Hetaira-Myra!« Er bahnte sich seinen Weg durch die Menge, und schwankend folgte ihm sein jugendlicher Anhänger. »So, hier seid ihr also«, sagte er, als er vor ihnen stand, und sah auf sie mit einer rätselhaften Bosheit in den strahlenden blauen Augen hinunter. »Wo ist denn der Physiologe?«

»Bin ich der Hüter des Physiologen?« fragte Gumbril. »Er wird wohl mit seinen Drüsen und Hormonen beschäftigt sein. Ganz zu schweigen von seiner Frau.« Er lächelte verstohlen.

»Mit Hormonen sollst du mich verschonen«, trällerte Coleman. »Übrigens, ich habe gehört, daß in dem Stück eine reizende Prostituierte vorkommt.«

»Sie haben sie verpaßt«, sagte Mrs. Viveash.

»So ein Pech«, rief Coleman. »Wir haben die entzückende Hure verpaßt«, sagte er, zu dem jungen Mann gewandt.

Der junge Mann lachte nur.

»Übrigens, darf ich vorstellen«, sagte Coleman, auf den dunkelhaarigen Jungen weisend. »Dies ist Dante, und ich bin Vergil. Wir machen einen Rundgang – oder, besser gesagt –, wir bewegen uns auf einer absteigenden Spirale durch die Hölle. Aber wir sind einstweilen nur bis zum ersten Kreis gekommen. Hier, Alighieri, siehst du zwei verdammte Seelen und nicht, wie du vielleicht glaubst, Paolo und Francesca.«

Der Junge lachte nur weiter, glücklich und ohne ein Wort zu verstehen.

»Wieder so eine nicht enden wollende Pause«, klagte Mrs. Viveash. »Ich sagte gerade zu Theodore, wenn es etwas gibt, was ich mehr als alles andere verabscheue, dann ist es eine lange Pause.« Ob die ihre je enden würde?

»Und wenn es etwas gibt, was *ich* mehr als alles andere verabscheue«, erklärte der junge Mann und brach, mit ungemein ernster Miene, zum erstenmal sein Schweigen, »dann ... dann ist es eins mehr als das andere.«

»Und damit hast du völlig recht«, sagte Coleman. »Absolut recht.«

»Ich weiß«, erwiderte der junge Mann bescheiden.

Als der Vorhang wieder aufging, geschah es über einem bejahrten Ungeheuer mit einem schwarzen Fleck am linken Nasenflügel, das alle Haare und Zähne verloren hatte. Es hockte hinter den Gitterstäben einer Irrenanstalt.

Das Ungeheuer: Esel, Affen und Hunde! So nannte sie Milton, und er wußte wohl, warum. Aber irgendwo mußte es doch Menschen geben: Die Diabelli-Variationen beweisen es. Und die Kuppel Brunelleschis ist etwas mehr als die Vergrößerung des Busens der Cléo de Mérode. Irgendwo gibt es kraftvolle Männer, die vernünftig leben. So wie die Griechen und Römer unserer Mythen. Sie führen ein sauberes Leben, und die Götterbilder sind ihre Porträts. Sie stehen unter ihrem eigenen Schutz. *(Das Ungeheuer klettert auf einen Stuhl und nimmt die Positur einer Statue ein.)* Ich, Jupiter, Vater der Götter und Menschen, segne mich selbst und schleudere meine Blitze gegen meinen Ungehorsam; ich erhöre meine Gebete, und ich verkünde Orakelsprüche, um meine Fragen zu beantworten. Ich schaffe die Beulenpest, die Syphilis, das Blutspucken und die Knochenerweichung ab. Mit Liebe schaffe ich die Welt neu, von innen her. Europa setzt dem Elend ein Ende, Leda räumt mit der Tyrannei auf, und Danae mäßigt die Dummheit. Nach Durchführung dieser Reformen im sozialen Untergrund klettere ich durch den Schacht, klettere ich aus dem Schacht hinaus, über die Menschheit hinaus. Denn der Schacht, das Senkloch, das Mannloch ist dunkel, wenn auch nicht so schmutzig und schäbig, wie es das Hundeloch war, bevor ich es änderte. Und durch den Schacht hinauf in die reine Luft. Hinauf, hinauf! *(Er läßt seinen Worten die Tat folgen und klettert die Sprossen der Rückenlehne seines Stuhls hinauf. Dank eines Wunders der Akrobatik bleibt er auf der obersten Querleiste stehen.)* Jetzt sehe ich die Sterne mit anderen Augen als den meinen. Schon mehr als ein Hund, werde ich auch mehr als ein Mensch. Ich beginne, eine Ahnung von Gestalt und Sinn der Dinge zu bekommen. Nach oben, nach oben strecke ich mich, recke ich mich, blicke ich. *(Das sicher balancierende Ungeheuer reckt und streckt sich, späht und greift nach oben.)* Und ich fasse es, ich fasse es! *(Indem es diese Worte hinausschreit, fällt es kopfüber schwer zu Boden und bleibt bewegungslos liegen. Nach ei-*

ner Weile öffnet sich die Tür, und der von der ersten Szene her bekannte Arzt tritt mit einem Wärter ein.)

Der Wärter: Ich habe einen Fall gehört.

Der Arzt *(der uralt geworden ist und einen wallenden Bart trägt)*: Sie scheinen recht gehört zu haben. *(Er untersucht das Ungeheuer.)*

Der Wärter: Immer ist er auf seinen Stuhl geklettert.

Der Arzt: Er wird es nicht wieder tun. Er hat sich das Genick gebrochen.

Der Wärter: Ist das Ihr Ernst?

Der Arzt: Allerdings.

Der Wärter: Nein, so was!

Der Arzt: Lassen Sie ihn in die Anatomie bringen.

Der Wärter: Ich rufe die Träger. *(Einzeln ab.)*

Vorhang

»Also, ich bin froh, daß es vorüber ist!« erklärte Mrs. Viveash.

Die Musik setzte wieder ein, mit Saxophon und Cello und dem dünnen Hauch der Violine, der die Ekstasen abkühlen sollte, und dem hämmernden Klavier, das an die Realitäten erinnerte. Gumbril und Mrs. Viveash mischten sich unter die tanzende Menge; sie drehten sich wie aus alter Gewohnheit.

»Diese Ersatzhandlungen für die wirkliche Kopulation«, erklärte Coleman seinem Jünger, »sind unter der Würde von zwei Höllenhunden, wie wir es sind.«

Entzückt lachte der junge Mann. Er war ganz Ohr, als säße er zu Füßen des Sokrates. Coleman hatte ihn in einem Night Club gefunden, in dem er eigentlich Zoe gesucht hatte. Der Junge war sehr betrunken gewesen und hatte sich in der Gesellschaft von zwei enormen Frauen befunden, die fünfzehn oder zwanzig Jahre älter als er gewesen waren und die ihn unter ihre Fittiche genommen hatten, zum Teil aus rein mütterlicher Herzensgüte, zum Teil aber auch aus professionellem Interesse, denn er schien ziemlich viel Geld bei sich zu haben. Jedenfalls war er nicht mehr imstande, auf sich selbst achtzugeben. Coleman hatte sich sofort auf ihn gestürzt, wobei er sich auf eine alte Freundschaft berief, die der junge Mann deshalb nicht ableugnen konnte, weil er dafür zu betrunken war. Coleman nahm ihn also mit. Der Anblick von Kindern, die sich im Dreck suhlen, war ihm immer besonders interessant erschienen.

»Hier gefällt es mir«, sagte der junge Mann.

»Über den Geschmack läßt sich nicht streiten«, erwiderte Coleman mit einem Achselzucken. »Deutsche Gelehrte haben Tausende von Personen registriert, deren ganze Wonne darin besteht, Kot zu essen.«

Der junge Mann lächelte und nickte etwas unsicher. »Gibt es hier etwas zu trinken?« fragte er.

»Dazu ist das Haus zu seriös«, antwortete Coleman mit einem Kopfschütteln.

»Dann ist das ein ekelhafter Laden«, sagte der junge Mann.

»Aber manche Leute lieben das Ekelhafte. Manche lieben auch Stiefel, und manche lieben lange Handschuhe und Korsetts. Und manche die Rute. Und andere rutschen für ihr Leben gern einen Abhang herunter und können nicht die *Nacht* von Michelangelo auf dem Medici-Grab sehen, ohne daß ihnen schwindelig wird, weil die Skulptur herabzugleiten scheint. Und wieder andere —«

»Aber ich will etwas zu trinken haben«, verlangte hartnäckig der junge Mann.

Coleman stampfte mit dem Fuß auf und fuchtelte mit den Armen.»*À boire, à boire!*« brüllte er wie ein widerauferstandener Gargantua. Doch niemand achtete auf ihn.

Die Musik hörte auf, und Gumbril und Mrs. Viveash kamen an ihren Platz zurück.

»Dante will etwas zu trinken haben«, sagte Coleman. »Wir müssen also anderswohin gehen.«

»Mir ist alles recht, wenn wir nur nicht hierbleiben«, sagte Mrs. Viveash. »Wie spät ist es?«

Gumbril sah auf seine Uhr. »Halb zwei.«

Mrs. Viveash seufzte. »Dann kann ich unmöglich schon ins Bett«, erklärte sie. »Frühestens in einer Stunde.«

Sie traten auf die Straße hinaus. Die Sterne standen groß und leuchtend über ihnen. Ein leichter Wind wehte, er schien von den Feldern und Wiesen zu kommen. Gumbril wollte es jedenfalls so scheinen. Er dachte ans Land.

»Die Frage ist nur, wohin?« sagte Coleman. »Sie können

gern in mein Bordell kommen, aber es ist ein weiter Weg, und
Zoe verabscheut uns alle dermaßen, daß sie wahrscheinlich mit
dem Küchenmesser auf uns losgehen würde. Wenn sie überhaupt schon zurück ist. Sie kann auch die ganze Nacht unterwegs sein. Wollen wir es riskieren?«

»Mir ist es vollkommen gleichgültig«, sagte Mrs. Viveash mit
so schwacher Stimme, als hauche sie nun vollends ihren Geist
aus.

»Oder wir gehen zu mir«, sagte Gumbril so abrupt, als risse
er sich selbst aus einem Traum.

»Aber du wohnst doch noch entlegener«, sagte Coleman.
»Bei den ehrwürdigen Eltern, mit einem Fuß schon im Grabe,
und so weiter. Wollen wir denn den Klang der Hornpfeife und
des Totenglöckchens miteinander mischen?« Er begann, den
Chopinschen Trauermarsch zu summen, aber in dreimal so raschem Tempo wie vorgeschrieben, nahm den jungen Mann in
seine Arme und tanzte mit ihm ein paar Schritte im Twostep auf
dem Bürgersteig. Plötzlich ließ er den Jungen los, so daß der
gegen ein Vorgartengitter taumelte.

»Nein, ich meine nicht den Familiensitz«, erklärte Gumbril,
»sondern ich dachte an meine kleine Wohnung ganz in der
Nähe. In der Great Russell Street.«

»Ich habe gar nicht gewußt, daß Sie eine Wohnung haben,
Theodore«, stellte Mrs. Viveash fest.

»Niemand hat es gewußt.« Und warum sollten sie es jetzt
erfahren? Weil der Wind plötzlich nach Land roch? »Ich habe
auch etwas zu trinken da«, fügte er hinzu.

»Großartig!« rief der junge Mann. Es waren alles prächtige
Menschen.

»Ich habe Gin«, sagte Gumbril.

»Ein hervorragendes Aphrodisiakum!« bemerkte Coleman.

»Einen leichten Weißwein.«

»Von harntreibender Wirkung.«

»Und Whisky.«

»Das bewährte Brechmittel«, sagte Coleman. »Vorwärts!«
Er stimmte die faschistische Hymne an: »*Giovinezza, giovinezza, primavera di bellezza* ...« Der Lärm verlor sich auf den
langen, verlassenen Straßen.

Der Gin, der Weißwein und, dem jungen Fremden zuliebe, der alles probieren wollte, auch das Brechmittel Whisky kamen auf den Tisch.

»Mir gefällt Ihre kleine Wohnung«, sagte Mrs. Viveash, während sie sich umsah. »Was ich Ihnen übelnehme, ist, daß Sie sie mir verschwiegen haben, Theodore.«

Coleman füllte das Glas des Jungen. »Trink, Kindskopf!«

»Es lebe die Verschwiegenheit!« Gumbril hob das Glas. Verrate nichts, laß alles im dunkeln, vertusche es! Schweige, gebrauche Ausflüchte oder lüge rundheraus! Er lachte und trank. »Können Sie sich noch an die belehrenden Anzeigen für *Eno's Fruit Salts* in unserer Jugend erinnern? Da gab es eine kleine Anekdote von einem Doktor, der seinem hypochondrischen Patienten rät, doch einmal in den Zirkus zu gehen und sich den Clown Grimaldi anzusehen. ›Ich bin Grimaldi‹, antwortet der Patient. Erinnern Sie sich?«

»Nein«, sagte Mrs. Viveash. »Und warum erinnern Sie sich daran?«

»Ich weiß nicht. Oder besser, ich weiß es«, korrigierte Gumbril sich und lachte wieder.

Plötzlich begann der junge Mann zu prahlen. »Gestern habe ich zweihundert Pfund beim *Chemin de fer* verloren«, berichtete er und blickte sich beifallheischend um.

Coleman tätschelte ihm den Lockenkopf. »Mein liebes Kind«, sagte er, »Sie kommen entschieden aus der Welt der Hogarthschen Karikaturen.«

Ärgerlich schob der junge Mann ihn beiseite. »Was machen Sie?« brüllte er. Er drehte sich um, den anderen zu. »Ich konnte es mir überhaupt nicht leisten, keinen einzigen Penny. Es war nicht einmal mein eigenes Geld.« Er schien das Ganze unglaublich komisch zu finden. »Und die zweihundert Pfund waren nicht alles«, fügte er hinzu und lachte sich halbtot.

»Theodore, erzählen Sie doch einmal Coleman, wie Sie sich seinen Bart ausgeliehen haben.«

Gumbril blickte so angespannt in sein Glas, als ob er in dem gelblichweißen Gemisch von Gin und Sauternes, wie in einem Kristall, Bilder der Zukunft zu sehen erwartete. Mrs. Viveash berührte ihn am Arm und wiederholte ihre Aufforderung.

»Ach, das ist doch nicht so interessant«, erwiderte Gumbril ein wenig gereizt.

»O doch, das ist es! Ich bestehe darauf«, erklärte Mrs. Viveash, von ihrem Sterbelager aus gebieterisch Befehle erteilend.

Gumbril trank seinen Gin mit Sauternes. »Na schön«, sagte er widerstrebend und begann.

»Ich weiß nicht, was mein alter Herr dazu sagen wird«, unterbrach der junge Mann ein paarmal, aber niemand achtete auf ihn. Darauf verfiel er in ein mürrisches und, wie er glaubte, sehr würdevolles Schweigen. Außer dem warmen und heiteren Gefühl von Trunkenheit verspürte er erschauernd etwas von einer bösen Ahnung. Er schenkte sich noch einmal Whisky ein.

Gumbril redete sich beim Erzählen warm, und Mrs. Viveash lachte ersterbend oder lächelte tödlich erschöpft. Coleman brüllte wie ein Indianer.

»Und nach dem Konzert hierher«, sagte Gumbril.

Nur zu, laß alle Scham beiseite! Nur alles in den Dreck gezogen! Und laß es dort, damit die Hunde das Bein heben, wenn sie vorüberkommen.

»Ah! Diese platonischen Stümper, wie sie im Buch stehen«, bemerkte Coleman.

»Ich bin Grimaldi«, versicherte Gumbril lachend. Weiter ließ sich der Scherz schwerlich treiben. Da drüben auf dem Diwan, wo jetzt Mrs. Viveash und Coleman saßen, hatte sie schlafend in seinen Armen gelegen.

Unwirklich. Ewig in geheimnisvoller Dunkelheit. Eine Nacht wie eine ewige Parenthese inmitten aller anderen Nächte und Tage.

»Ich glaube, mir wird schlecht«, sagte plötzlich der junge Mann. Er hätte gern noch länger schweigend und hochmütig gegrollt, aber sein Magen versagte ihm die Mitwirkung bei dem würdevollen Spiel.

»Mein Gott!« Gumbril sprang auf. Doch bevor er noch irgend etwas Nützliches tun konnte, hatte der junge Mann schon seine Ankündigung wahr gemacht.

»Der eigentliche Charme der Unmäßigkeit«, bemerkte Coleman mit philosophischer Überlegenheit, »besteht in ihrer vollkommenen Witzlosigkeit und vor allem in ihrer unglaublichen Langweiligkeit. Wenn sie wirklich nur Freude und Erheiterung schenkte, wie es sich diese armen Kinder wohl einbilden, dann könnte man genausogut in die Kirche gehen oder höhere Mathematik studieren. Ich würde jedenfalls keinen Tropfen Wein zu mir nehmen oder mich jemals wieder mit einer Prostituierten einlassen. Es wäre gegen meine Grundsätze. – Ich sagte Ihnen doch, daß es ein Brechmittel ist«, wandte er sich an den jungen Mann.

»Und was für Grundsätze haben Sie?« fragte Mrs. Viveash.

»Streng moralische«, antwortete Coleman.

»Sie haben die Verantwortung für dieses arme Geschöpf«, sagte Gumbril und wies auf den jungen Mann, der jetzt auf dem Boden vor dem Kamin saß und seine Stirn an dem marmornen Sims kühlte. »Sie müssen ihn nach Hause bringen. Nein, was für eine scheußliche Geschichte!« Seine Nase und sein Mund waren vor Ekel krausgezogen.

»Es tut mir leid«, murmelte der junge Mann. Er hatte die Augen geschlossen. Sein Gesicht zeigte eine fahle Blässe.

»Aber mit Vergnügen«, sagte Coleman. »Wie heißen Sie?« fragte er den jungen Mann. »Und wo wohnen Sie?«

»Mein Name ist Porteous«, murmelte er.

»Mein Gott!« rief Gumbril und ließ sich auf den Diwan neben Mrs. Viveash fallen. »Das hat mir noch gefehlt!«

SIEBZEHNTES KAPITEL

Der Zwei-Uhr-Zug verließ schnaufend die Charing Cross Station, aber niemand trank diesmal auf die Gesundheit des Viscount Lascelles. Vielmehr machte eine knochentrockene Nüchternheit aus der Ecke, in der Gumbril in seinem Abteil dritter Klasse saß, einen Ort der absoluten Dürre. Gumbrils Gedanken glichen einer endlosen Sandwüste, ohne eine Palme in Sicht oder eine Fata Morgana. Noch einmal griff er in seine Brusttasche und holte ein dünnes Blatt Papier heraus, das er entfaltete, um es noch einmal zu lesen. Und wie oft hatte er es schon gelesen!

»Ihr Telegramm hat mich sehr betrübt. Nicht allein wegen
Ihres Unfalls – obwohl der Gedanke, daß Ihnen, lieber Theodore, etwas Ernstliches zugestoßen sein könnte, mir einen
Schrecken eingejagt hat –, sondern auch, ganz egoistisch, meinetwegen. Ich war so enttäuscht. Ich hatte mich so sehr auf
unser Zusammensein gefreut und mir alles genau ausgemalt.
Ich hätte Sie mit dem Einspänner am Bahnhof abgeholt, und
wir wären zum Landhaus gefahren. Sie hätten dieses Haus
wunderbar gefunden. Wir hätten dann Tee getrunken, und ich
hätte Ihnen – nach Ihrer langen Fahrt – auch ein Ei gekocht.
Wir hätten dann einen Spaziergang gemacht. Gestern habe ich,
nach einem Weg durch den herrlichsten Wald, eine Stelle entdeckt, von wo aus man einen prachtvollen Ausblick hat, über
viele Meilen hinweg. Wir wären immer weiter gewandert, hätten uns dann unter einem Baum gelagert, und die Sonne wäre
untergegangen. Langsam wäre die Dämmerung in Nacht übergegangen. Wir wären umgekehrt und nach Hause gegangen,
und zu Hause wären die Lampen angezündet und der Tisch
gedeckt gewesen. Das Essen, zugegeben, wäre nicht großartig
gewesen. Mrs. Vole ist nicht gerade eine Kochkünstlerin. Dann
das Klavier. Denn ein Klavier ist hier, und ich hatte gestern
eigens einen Klavierstimmer von Hastings kommen lassen, so
daß es jetzt nicht gar so verstimmt ist. Dann hätten Sie gespielt,
und vielleicht hätte auch ich ein bißchen darauf geklimpert.
Endlich wäre es Zeit gewesen für die Kerzen und das Bett. Als
ich erfuhr, daß Sie kommen wollten, hatte ich Mrs. Vole über
Sie eine Lüge erzählt. Ich sagte ihr, Sie seien mein Mann, denn
natürlich ist sie schrecklich ehrpusselig, und es würde sie sehr
stören, wenn Sie nicht mein Mann wären. Aber mir selbst sagte
ich es auch: ich meinte, Sie sollten es sein. Sie sehen, ich sage
Ihnen alles. Ich schäme mich nicht. Ich hatte Ihnen alles geben
wollen, was ich geben kann, und wir wären immer zusammen-
geblieben und hätten uns geliebt. Ich wäre Ihre Sklavin gewesen, Ihr Eigentum, und hätte in Ihrem Leben gelebt. Aber Sie
hätten mich immer lieben müssen.

Und als ich mich nun bereit machte und die Kutsche bestellte, kam Ihr Telegramm. Ich las das Wort ›Unfall‹, und ich
stellte mir vor, wie Sie überall bluteten und verletzt waren – es

war furchtbar. Aber als Sie es dann fast als einen Scherz darstellten – warum schrieben Sie wohl: ›ein bißchen unpäßlich‹? Es klang irgendwie so dumm, fand ich – und mir telegrafierten, daß Sie morgen kommen wollten, hat mich nicht eigentlich das fassungslos gemacht. Sondern meine tiefe Enttäuschung. Diese Enttäuschung war wie ein Dolchstoß; sie tat weh, über alles vernünftige Maß weh. Ich habe so viel weinen müssen, daß ich glaubte, nie mehr aufhören zu können. Aber allmählich begann ich zu begreifen, daß der Schmerz meiner Enttäuschung durchaus nicht unvernünftig war. Es handelte sich ja nicht nur darum, daß Sie Ihr Kommen um einen Tag verschoben hatten, sondern daß es auf ewig verschoben worden war und ich Sie nie wiedersehen würde. Ich begriff, daß dieser Unfall in Wirklichkeit von der Vorsehung gewollt worden war. Er sollte mich warnen und mir zeigen, was ich zu tun hatte. Ich begriff, wie hoffnungslos unmöglich das Glück war, von dem ich geträumt hatte. Ich begriff, daß Sie mich nicht so liebten, nicht so lieben konnten, wie ich Sie liebte. Ich war für Sie nur ein komisches Abenteuer, ein Erlebnis unter anderen, ein Mittel zu irgend einem anderen Zweck. Wohlgemerkt, ich mache Ihnen daraus nicht den geringsten Vorwurf. Ich sage Ihnen nur die Wahrheit oder das, was ich allmählich als die Wahrheit zu begreifen lernte. Und wenn Sie nun gekommen wären – was dann? Ich hätte Ihnen alles gegeben, meinen Körper, meine Gedanken, meine Seele, mein ganzes Leben. Ich hätte den Faden meines Lebens mit dem Geflecht des Ihren verwoben. Und wenn Sie dann irgendwann den Zeitpunkt für gekommen gehalten hätten, das komische kleine Abenteuer zu beenden, hätten Sie den Knäuel durchtrennen müssen, und das hätte mich getötet. Es hätte auch Ihnen weh getan. Jedenfalls glaube ich es. Am Ende dankte ich Gott für diesen Unfall, der Sie abhielt zu kommen. Auf diese Weise läßt uns die Vorsehung noch einmal glimpflich davonkommen – Sie mit ein paar blauen Flecken (denn ich hoffe doch, mein Liebster, daß es wirklich nichts Ernstes ist) und mich mit einem blauen Fleck mehr innen, so in der Herzgegend. Aber wir werden beide rasch darüber hinwegkommen. Und wir haben für das ganze Leben nun die Erinnerung an einen Nachmittag unter Bäumen, an einen Abend voll

Musik und im Dunkeln, nachts, eine Ewigkeit voller Glück. Ich werde Robertsbridge sofort verlassen. Leben Sie wohl, Theodore! Wie lang dieser Brief geworden ist! Aber es ist der letzte, den Sie je von mir bekommen werden. Der letzte – wie weh dieses Wort tut! Ich bringe den Brief sogleich auf die Post, aus Furcht, ich könnte sonst schwach werden, es mir noch einmal zu überlegen und Sie morgen kommen zu lassen. Ich bringe ihn sofort zur Post, dann gehe ich nach Hause, packe meine Sachen und erzähle Mrs. Vole irgendein neues Märchen. Und dann werde ich mir vielleicht erlauben, wieder zu weinen. Leben Sie wohl!«

Die Sandwüste dehnte sich in ihrer Dürre, ohne Baum und selbst ohne Fata Morgana, ausgenommen vielleicht eine unbestimmte, verzweifelte Hoffnung, er könnte noch vor Emilys Aufbruch ankommen und sie vielleicht ihren Entschluß geändert haben. Hätte er doch ihren Brief etwas früher gelesen! Aber er war erst um elf Uhr aufgewacht, und vor halb zwölf war er nicht hinuntergekommen. Am Frühstückstisch hatte er den Brief gelesen.

Die Eier mit Speck waren, falls dies überhaupt möglich war, noch kälter geworden, als sie schon vorher waren. Er hatte den Brief bis zum Ende gelesen und darauf das Kursbuch konsultiert. Es gab keinen passenden Zug vor dem um zwei Uhr.

Hätte er den Zug um sieben Uhr siebenundzwanzig genommen, wäre er gewiß noch vor ihrer Abreise angekommen. Wäre er doch nur ein bißchen früher aufgewacht! Aber dann hätte er auch ein bißchen früher zu Bett gehen müssen. Und um früher zu Bett zu gehen, hätte er Mrs. Viveash verlassen müssen, bevor sie sich bis zu jenem letzten Punkt der Erschöpfung hindurchgelangweilt hatte, an dem auch sie endlich ein Schlafbedürfnis empfand. Sie vorher zu verlassen, war unmöglich; sie duldete es nicht, daß man sie allein ließ. Wäre er doch gestern nur nicht in die London Library gegangen! Ein so überflüssiger und nutzloser Besuch! Denn die Fahrt, die er vorhatte, war zu kurz, als daß er dafür ein Buch gebraucht hätte. Und die Biographie Beckfords, die er hatte haben wollen, war natürlich ausgeliehen gewesen, und ein anderes Buch – unter den zwei- bis dreihunderttausend Bänden in den Regalen der Bibliothek –, das er gern gelesen hätte, war ihm einfach nicht eingefallen. Übrigens, was zum Teufel, hatte er mit dem *Leben Beckfords* eigentlich gewollt? Hatte er nicht sein eigenes Leben, das Leben Gumbrils, um das er sich zu kümmern hatte? War nicht ein Leben genug, auch ohne den überflüssigen Besuch der London Library auf der Suche nach anderen Leben? Und dann dieses ausgemachte Pech, gerade in diesem Augenblick Mrs. Viveash in die Arme zu laufen! Und diese verächtliche Schwäche, sich dazu verleiten zu lassen, dieses Telegramm zu schicken! »Ein bißchen unpäßlich ...« O Gott! Gumbril schloß die Augen und knirschte mit den Zähnen. Noch die Erinnerung ließ ihn vor Scham erröten.

Natürlich war es sinnlos, daß er jetzt nach Robertsbridge fuhr. Selbstverständlich war sie schon fort. Und doch gab es noch immer diese verzweifelte Hoffnung, diese Fata Morgana über der Wüste, wenn man auch wußte, daß sie trog, und es sich schon beim zweiten Blick herausstellte, daß es nicht einmal eine Fata Morgana war, sondern nur ein paar rotbraune Flekken hinter den Pupillen. Trotzdem war diese Reise es wert, unternommen zu werden – als eine Buße, als Befriedigung des Gewissens und als ein Selbstbetrug mit der Illusion von Aktivität. Außerdem war der Umstand, daß er seine Verabredung mit Rosie für den Nachmittag verschoben hatte, gleichfalls höchst befriedigend. Und er hatte die Verabredung nicht nur verschoben, sondern Rosie auch – das war die tollste und denkbar geschmackloseste Clownerie – einen Streich gespielt. »Unmöglich, zu Ihnen zu kommen, erwarte Sie Sloane Street 213, zweiter Stock, bin ein bißchen unpäßlich«, hatte er telegrafiert. Wie sie wohl mit Mr. Mercaptan zurechtkommen würde? Denn in dessen Rokoko-Boudoir und auf dessen vom Geiste Crébillons verhextes Sofa hatte er Rosie geschickt, als er, einem grotesken Einfall nachgebend, auf dem Weg zum Bahnhof noch einmal rasch das Postamt aufgesucht hatte.

Unendlich dehnte sich die Wüste. Hatte Emily recht gehabt mit ihrem Brief? Hätte es wirklich nur eine kleine Weile gedauert und hätte es, wie sie prophezeite, mit dem grausamen Durchschneiden des Knäuels geendet? Oder hatte sie ihm vielmehr seine einzige Hoffnung auf Glück geboten? War sie nicht vielleicht das einzige Geschöpf, mit dem er in Gelassenheit auf das Schrecklich-Herrliche zu warten gelernt hätte, vor dessen leisen Schritten er mehr als einmal so schändlich geflohen war? Er konnte die Frage nicht beantworten. Es war unmöglich, die Antwort darauf zu finden, bevor er sie wiedergesehen, bevor er sie besessen und sein Leben mit dem ihren vermischt hatte. Und nun hatte sie sich ihm entzogen; er wußte, daß er sie nicht wiederfinden würde. Seufzend sah er aus dem Fenster.

Der Zug hielt an einer kleinen Vorortstation. Eindeutig Vorort, obwohl London schon ein gutes Stück hinter ihnen lag. Aber die kleinen nachgemachten Fachwerkhäuser in der Nähe des Bahnhofs zeugten ebenso wie die neuen Ziegel und der Rauhputz der auf dem Hügel gebauten Häuser von der Anwesenheit Londoner Geschäftsleute, die mit der Zeitkarte zwischen Stadt und Land pendelten. Gumbril blickte voller melancholischem Ekel auf diese Häuser. Seine Gefühle waren seinem Gesicht wohl sehr deutlich abzulesen, denn der Herr in der Ecke gegenüber beugte sich plötzlich vor und schlug ihm vertraulich aufs Knie. »Ich sehe«, sagte er, »Sie stimmen mit mir darin überein, daß es zu viele Menschen auf dieser Welt gibt.«

Gumbril hatte bis dahin kaum bemerkt, daß ihm jemand gegenübersaß; jetzt musterte er den anderen genauer. Es war ein großer, breitschultriger alter Herr von robustem, blühendem Aussehen, mit einem Gesicht wie aus runzligem braunem Pergament und einem weißen Schnurrbart, der in eleganter Kurve sich mit den Koteletten verband, in einer Weise, daß man sich an die Bilder von Kaiser Franz Joseph erinnert fühlte.

»Ich stimme vollkommen mit Ihnen überein«, antwortete Gumbril. Hätte er seinen Bart getragen, würde er wohl in etwa erklärt haben, daß ein geschwätziger alter Herr in einer Eisenbahn zu den überflüssigsten Wesen dieses Planeten gehörte. Wie die Dinge aber lagen, antwortete er höflich und lächelte in seiner gewinnendsten Art.

»Wenn ich mir diese gräßlichen Häuser ansehe«, fuhr der alte Herr fort, wobei er den idyllischen Behausungen der Pendler die Faust zeigte, »bin ich geradezu empört. Ich glaube zu fühlen, Sir, wie mir die Galle überläuft.«

»Ich kann Sie gut verstehen«, sagte Gumbril. »Diese Architektur ist alles andere als ein Augentrost.«

»Es ist nicht eigentlich die Architektur, die mich so stört«, gab der alte Herr zurück, »das ist eine Frage der Kunst und, wenn Sie mich fragen, ohnehin nur Schnickschnack. Was mich aufbringt, das sind die Menschen in dieser Architektur, genau gesagt, ihre Zahl und die Art und Weise, wie sie sich vermehren. Wie Maden! Millionen von ihnen überziehen das Land und verbreiten Fäulnis und Dreck, wohin sie kommen. Alles verderben sie. Nein, es sind die Menschen, gegen die ich etwas habe.«

»Versteht sich«, sagte Gumbril. »Aber was können Sie anderes erwarten, wenn man sanitäre Bedingungen schafft, die eine ungehemmte Ausbreitung von Epidemien verhindert, wenn man den Müttern sagt, wie sie ihre Kinder aufzuziehen haben, statt der Natur freie Hand zu lassen, die Kleinen auf natürliche Weise umzubringen, oder wenn man den unbegrenzten Import von Getreide und Fleisch gestattet! Natürlich wächst ihre Zahl!«

Der alte Herr tat das alles mit einer Handbewegung ab. »Ich frage nicht nach den Ursachen«, bekannte er. »Die sind mir vollkommen gleichgültig. Wogegen ich mich wende, sind die Wirkungen. Ich bin alt genug, um mich an Spaziergänge über die herrlichen Wiesen hinter Swiss Cottage zu erinnern. Ich habe noch gesehen, wie die Kühe in West Hampstead gemolken wurden. Und was sehe ich heute dort? Scheußliche rote Städte, in denen es von Juden wimmelt. Von reichen Juden. Habe ich nicht recht, empört zu sein? Nicht recht, wie der Prophet Jonas zu zürnen?«

»Durchaus, Sir«, sagte Gumbril mit wachsender Begeisterung. »Und zwar um so mehr, als dieser erschreckende Bevölkerungszuwachs zum gegenwärtigen Zeitpunkt die schlimmste Gefahr für die Menschheit darstellt. Bei einem Bevölkerungszuwachs von jährlich ein paar Millionen allein in Europa wird jede politische Voraussicht unmöglich. Noch ein paar Jahre dieser nur tierisch zu nennenden Vermehrung genügen, um auch die gescheitesten Pläne von heute sinnlos zu machen, oder«, verbesserte er sich rasch, »würden genügen, sie sinnlos zu machen, wenn man nämlich heute überhaupt an solchen Plänen arbeitete!«

»Sehr wohl möglich«, sagte der alte Herr, »aber wogegen ich mich empöre, ist, zusehen zu müssen, wie aus gutem Ackerboden Straßen werden, und daß auf den Wiesen, auf denen einmal die Kühe geweidet haben, jetzt Häuser stehen, die von unnützen, widerlichen Menschen bewohnt werden. Es ärgert mich zu sehen, wie das Land in kleine Gemüsegärten aufgeteilt wird.«

»Und gibt es denn die geringste Aussicht«, fragte Gumbril, »daß wir in Zukunft unsere Bevölkerung noch ernähren können? Wird die Zahl der Arbeitslosen einmal abnehmen?«

»Das weiß ich nicht, Sir«, erwiderte der alte Herr. »Aber die Geburtenrate bei den Arbeitslosen wird bestimmt zunehmen.«

»Wie recht Sie haben«, sagte Gumbril. »Und bei den Leuten, die Arbeit haben, und bei den Wohlhabenden wird die Geburtenrate mit der gleichen Stetigkeit abnehmen. Man muß es bedauern, daß mit der Geburtenkontrolle am falschen Ende der Skala begonnen wurde. Es scheint so etwas wie einen Grad von Armut zu geben, bei dem man die Geburtenkontrolle nicht mehr für der Mühe wert hält, und einen Grad von Bildung, der die Geburtenkontrolle unmoralisch erscheinen läßt. Merkwürdig, wieviel Zeit es gebraucht hat, daß sich in der Vorstellung des Menschen die Ideen ›Liebe‹ und ›Fortpflanzung‹ voneinander lösten. Aber im Bewußtsein der meisten Menschen sind sie immer noch untrennbar miteinander verbunden, sogar noch in unserem zwanzigsten Jahrhundert. Immerhin«, so fuhr er hoffnungsvoll fort, »man macht Fortschritte, man macht langsam, aber sicher Fortschritte. Zum Beispiel ist es erfreulich, aus den letzten Statistiken zu erfahren, daß die Geistlichkeit als Klasse sich heute durch ihre niedrige Geburtenrate auszeichnet. Der alte Scherz ist nicht mehr zeitgemäß. Wäre die Hoffnung vermessen, daß diese Herren sich mit der Zeit dazu verstehen, auch zu predigen, was sie bereits praktizieren?«

»Das wäre es in der Tat, Sir«, antwortete der alte Herr entschieden.

»Wahrscheinlich haben Sie recht«, sagte Gumbril.

»Wenn wir alle das predigen sollten, was wir praktizieren«, fuhr der alte Herr fort, »würde aus der Welt bald ein Irrenhaus werden, ein Affenkäfig, ein Schweinestall! Wie die Dinge liegen, ist sie bisher nur ein Platz, an dem es zu viele Menschen gibt. Das Laster muß der Tugend seinen Tribut zahlen, sonst sind wir alle verloren.«

»Ich bewundere Ihre Weisheit, Sir«, sagte Gumbril.

Der alte Herr war entzückt. »Und mich haben Ihre philosophischen Betrachtungen sehr beeindruckt«, gestand er. »Sagen Sie, interessieren Sie sich vielleicht für alten Kognak?«

»Nicht als Philosoph«, sagte Gumbril. »Nur als reiner Empiriker.«

»Als reiner Empiriker!« Der alte Herr lachte. »Dann erlauben Sie mir, Ihnen eine Kiste anzubieten. Ich habe einen Weinkeller, den ich, Gott sei's geklagt, nicht mehr leertrinken werde, solange ich lebe. Mein einziger Wunsch ist, daß der Rest nur an Menschen verteilt wird, die wirklich zu schätzen wissen, was ich ihnen zu überlassen habe. In Ihnen, mein Herr, sehe ich den würdigen Empfänger einer Kiste Kognak.«

»Sie machen mich verlegen, Sir«, sagte Gumbril. »Sie sind zu gütig und, wenn ich das sagen darf, Sie schmeicheln mir zu sehr.« Der Zug, der mit tödlicher Langsamkeit fuhr, kam zum hundertstenmal knirschend zu einem Halt.

»Aber keineswegs«, widersprach der alte Herr. »Wenn Sie vielleicht Ihre Visitenkarte bei sich haben . . .«

Gumbril durchsuchte seine Taschen. »Nein, ich habe keine Karte mitgenommen.«

»Das macht nichts«, sagte der alte Herr. »Ich muß einen Bleistift bei mir haben. Wenn Sie mir Ihren Namen und Ihre Adresse geben wollen, werde ich Ihnen sofort die Kiste zustellen lassen.«

In aller Ruhe suchte er seinen Bleistift, dann nahm er das Notizbuch aus der Tasche. Indessen setzte sich der Zug mit einem Ruck wieder in Bewegung.

»Also«, sagte der alte Herr.

Gumbril begann zu diktieren. »Theodore«, sagte er langsam.

»The – o – dore«, buchstabierte der alte Herr.

Mit kaum zunehmender Geschwindigkeit kroch der Zug weiter durch die Station. Bei einem zufälligen Blick aus dem Fenster sah Gumbril den Namen des Ortes an einem Laternenpfahl. Es war Robertsbridge. Gumbril stieß einen unartikulierten Laut aus, riß die Tür des Abteils auf, trat auf das Trittbrett und sprang. Er landete heil auf dem Bahnsteig und stolperte, mit dem Schwung seines Sprungs aus dem fahrenden Zug, noch ein paar Schritte, bevor er zum Stehen kam. Eine Hand kam aus dem Innern des Abteils und zog die pendelnde Tür zu. Einen Augenblick später erschien ein Gesicht im Fenster, das von weitem mehr denn je an Kaiser Franz Joseph erinnerte. Es blickte auf den zurückweichenden Bahnsteig. Der Mund öffnete und schloß sich, ohne daß ein Wort von dem, was er sagte, zu hören war. Auf dem Bahnsteig führte Gumbril eine komplizierte Pantomime auf. Mit den Schultern zuckend und beredt die Hand aufs Herz pressend, deutete er sein Bedauern an. Und wie zur Entschuldigung für seinen abrupten Aufbruch betonte er die Notwendigkeit, an eben dieser Station – und unter welchen Mühen! – auszusteigen, indem er auf den Namen auf den Stationsschildern, dann auf sich selbst und zuletzt auf das Dorf zwischen den Feldern wies. Der alte Herr winkte ihm zu, und in seiner Hand erkannte Gumbril das Notizbuch, in das er soeben noch seinen, Gumbrils, Vornamen geschrieben hatte. Dann entzog ihn der Zug seinen Blicken. Und mit ihm verschwand, konstatierte Gumbril betrübt, auch die wahrscheinlich einzige Kiste alten Kognaks, die er je in seinem Leben besessen haben würde. Plötzlich erinnerte er sich wieder an Emily; er hatte sie eine Zeitlang vollkommen vergessen gehabt.

Als er das Landhaus schließlich entdeckt hatte, fand er es genauso malerisch, wie er es sich vorgestellt hatte. Emily war natürlich fort und hatte, wie zu erwarten gewesen, keine Adresse hinterlassen. Er nahm den Abendzug nach London. Jetzt war die Dürre um ihn vollkommen; selbst die Hoffnung auf eine Fata Morgana war entschwunden. Es gab auch keinen alten Herrn, der ihm Ablenkung bedeutet hätte. Die Geburtenrate der Geistlichkeit, ja sogar das Schicksal Europas erschienen Gumbril jetzt nicht mehr sehr wichtig, ja sie waren ihm vollkommen gleichgültig geworden.

ACHTZEHNTES KAPITEL

Sloane Street 213. Das war eine entschieden gute Adresse, fand Rosie, während sie einen synthetisch hergestellten Maiglöckchenduft über ihren geschmeidigen Körper versprühte. Eine Adresse, die einen angemessenen Wohlstand und eine gewisse Distinktion verriet. Diese Adresse bestärkte sie jedenfalls in ihrer ohnehin hohen Meinung von dem bärtigen Fremden, der so überraschend in ihr Leben getreten war, wie in Erfüllung aller Prophezeiungen, die ihr je von Wahrsagern gemacht worden waren. Ja, er war in ihr Leben getreten und hatte sich dort häuslich eingerichtet. Als heute früh sein Telegramm gekommen war, hatte sie der Gedanke entzückt, nun etwas mehr über den geheimnisvollen Mann zu erfahren. Denn voller Geheimnis und Rätsel war er geblieben und fern noch in den Augenblicken der intimsten Nähe. Nicht einmal seinen Namen wußte sie. »Nenn mich Toto«, hatte er geantwortet, als sie ihn danach fragte. Und Toto hatte sie ihn nennen müssen mangels einer bestimmteren oder verbindlicheren Auskunft. Aber heute ließ er sie tiefer in sein Geheimnis eindringen. Rosie war entzückt. Als sie in den hohen Spiegel blickte, fand sie ihre Wäsche einfach hinreißend. Sie musterte sich, indem sie sich erst nach links, dann nach rechts wandte und schließlich über die Schulter sah, um auch die Wirkung der Rückseite zu begutachten. Sie reckte eine Zehe, bog und streckte das Knie und beglückwünschte sich zu ihren langen, schlanken und wohlgeformten Beinen (»die meisten Frauen haben Beine wie Dackel«, hatte Toto behauptet). In den weißen Seidenstrümpfen sahen ihre Beine bezaubernd aus, und wie großartig hatten die Selfridgeleute diese Strümpfe nach dem neuen Patentverfahren gestopft! Ganz wie neu, und das für vier Schilling! Aber es wurde Zeit, sich anzuziehen. Schluß also mit dem rosa Unterrock und den langen weißbestrumpften Beinen! Sie öffnete den Kleiderschrank, und als der Spiegel auf der Innenseite der Tür sich im Halbkreis drehte, zeigte er nacheinander ein rosa Bett, die Tapeten mit den Rosengirlanden, die kleinen Freundinnen und den sterbenden Heiligen, der im Begriff war, die letzte Kommunion zu empfangen. Rosie entschied sich für das Kleid, das sie sich neulich in einem der kleinen Läden in Soho gekauft hatte, wo man kleinen Schauspielerinnen und Kokotten so aparte Dinge so billig verkaufte. Toto kannte das Kleid noch nicht. Sie sah darin ungemein distinguiert aus. Und der kleine Hut mit dem winzigen Schleier, der einer Maske glich, die, indem sie nichts verbarg, verführte – er stand ihr wunderbar. Ein letzter Tupfer mit der Puderquaste, ein letzter Sprühregen von synthetischem Maiglöckchenduft, und sie war fertig. Sie schloß die Tür hinter sich, und der heilige Hieronymus blieb zurück, um in der rosa Einsamkeit die Kommunion zu nehmen.

Mr. Mercaptan saß an seinem Schreibtisch – einem köstlichen, amüsanten Stück aus Papiermaché, mit eingelegtem Blumenornament in Perlmutter und bemalt mit Ansichten von Windsor Castle und der Abtei von Tintern in der romantischen Manier der späteren Prince-Albert-Epoche – und feilte bis zu letzter Vollkommenheit an einem seiner Feuilletons. Er hatte sich ein großartiges Thema ausgesucht, das *Jus primae noctis* oder *le Droit du Seigneur* – »jenes köstliche *droit*«, so hatte er geschrieben, »auf welchem, wie wir gern glauben, die Könige Englands so entschieden bestehen mit ihrem Wahlspruch *Dieu et mon droit ... de Seigneur*«. Es war ein charmanter Einfall, urteilte Mr. Mercaptan, als er seine Arbeit noch einmal durchlas. Und ihm gefiel auch dieser Absatz, der ein wenig elegisch begann: »Aber, ach, das Recht der ersten Nacht gehört einem Mittelalter an, das nicht weniger mythisch, aber glücklicherweise anders war als jene schauerlichen Epochen, die der Phantasie eines Morris oder Chesterton entsprungen sind. Das Recht des Herrn, wie wir es uns gern vorstellen, ist ein Produkt der barocken Phantasie des 17. Jahrhunderts. Es hat nie existiert. Oder wenn es existierte, dann unterschied es sich bedauerlicherweise sehr von der von uns gehegten Vorstellung. «Und er fuhr gelehrsam fort, indem er das Konzil von Karthago heranzog, das 398 von den Gläubigen forderte, daß sie die Nacht der Hochzeit enthaltsam verbrachten. Das war das Recht des Herrn – das *droit* eines himmlischen *Seigneurs*. Diese Tatsachen legte er einer brillanten Predigt zugrunde, die von jener melancholischen sexuellen Perversion handelte, die als Enthaltsamkeit bekannt ist. »Wieviel glücklicher wären wir alle, wenn das historische *Droit du Seigneur* in der Tat das mythische Recht unserer ein wenig lasziv-libidinösen Phantasie gewesen wäre!« Er hoffe auf ein goldenes Zeitalter, in dem alle Menschen Seigneurs wären, im Besitz von Rechten, die in die Freiheit aller übergegangen waren. Und so weiter. Während Mr. Mercaptan seine Arbeit noch einmal durchging, zeigte seine Miene lächelnde Befriedigung. Hier und da brachte er sorgfältig in roter Tinte eine Korrektur an. Über der Wendung von der »ein wenig lasziv-libidinösen Phantasie« ließ er den Füllhalter eine gute Minute lang schweben. War sie nicht vielleicht eine Spur zu alliterativ, ein bißchen zu billig? Wäre vielleicht »begehrliche Phantasie« oder »lüsterne Träume« besser? Er wiederholte für sich mehrmals diese Alternativen, kostete andächtig ihren Klang aus, den er auf der Zunge zergehen ließ wie ein Teekoster den Tee. Am Ende aber war er überzeugt, daß »lasziv-libidinöse Phantasie« das Richtige war. Keine Frage, es war *le mot juste*.

Mr. Mercaptan war gerade zu diesem Entschluß gekommen, und sein Füller schwebte weiter über die Zeilen, als ihn das Geräusch streitender Stimmen aufhorchen ließ, das vom Korridor her durch die geschlossene Tür drang.

»Was gibt es denn, Mrs. Goldie?« fragte er gereizt, denn es war nicht schwer, die laute, quengelige Stimme seiner Haushälterin herauszuhören. Er hatte Anordnung gegeben, ihn unter keinen Umständen zu stören. Für das schwierige Geschäft einer Korrektur brauchte man absolute Ruhe.

Aber an diesem Nachmittag sollte Mr. Mercaptan keine Ruhe beschieden sein. Die Tür zu seinem geheiligten Boudoir wurde rüde aufgerissen, und herein schritt, wie ein Gote in das elegante marmorne *Vomitorium* des Petronius Arbiter, eine hagere, zerzauste Gestalt, in der Mr. Mercaptan mit einem leisen Unbehagen Casimir Lypiatt erkannte.

»Welchem Umstand verdanke ich das *Vergnügen* dieses unerwarteten –?« begann Mr. Mercaptan mit einem Versuch zu offensiver Höflichkeit.

Doch Lypiatt, dem der Sinn für die feineren Nuancierungen abging, unterbrach ihn grob. »Hör mal zu, Mercaptan, ich habe mit dir zu reden.«

»Mit dem größten Vergnügen, selbstverständlich«, erwiderte Mr. Mercaptan. »Und worüber, wenn ich fragen darf?« Natürlich wußte er es schon, und die Aussicht auf diese Unterhaltung erschreckte ihn.

»Darüber«, sagte Lypiatt und hielt ihm etwas, das wie eine Papierrolle aussah, entgegen.

Mr. Mercaptan nahm die Rolle und öffnete sie. Sie erwies sich als ein Exemplar der *Weekly World.* »Ah, die *World*!« rief er im Ton entzückter Überraschung aus. »Hast du meinen kleinen Artikel gelesen?«

»Eben darüber wollte ich mit dir sprechen«, sagte Lypiatt.

»Das ist zuviel der Ehre«, bemerkte Mr. Mercaptan mit bescheidenem Lachen.

Mit einer Gelassenheit, die seinem Wesen völlig fremd war, erklärte Lypiatt bemüht ruhig und so, als habe er sich alles reiflich überlegt: »Dies ist ein widerlicher, heimtückischer und schändlicher Angriff auf mich.«

»Na hör mal!« protestierte Mr. Mercaptan. »Ein Kritiker muß doch das Recht haben, zu kritisieren.«

»Aber es gibt Grenzen!« sagte Lypiatt.

»Ganz deiner Meinung«, pflichtete Mr. Mercaptan eifrig bei. »Aber du kannst doch nicht behaupten, Lypiatt, daß ich diesen Grenzen in irgendeiner Weise auch nur nahe gekommen wäre. Hätte ich dich einen Mörder genannt oder auch nur einen Ehebrecher, dann, das gebe ich zu, hättest du Grund, dich zu beschweren. Aber das habe ich nicht getan. In dem ganzen Artikel findet sich keine einzige persönliche Bemerkung über dich.«

Lypiatt lachte höhnisch, und seine Miene zersplitterte in tausend Stückchen, gleichsam wie die Oberfläche eines Teiches, in den man einen Stein geworfen hat.

»Nein, du hast nur gesagt, daß ich unaufrichtig bin, ein Komödiant, ein Scharlatan, ein Knattermime, der bombastischen Unsinn pathetisch deklamiert. Sonst nichts.«

Mr. Mercaptan gab mit seiner Miene zu verstehen, daß er sich gekränkt und mißverstanden fühlte. Er schloß die Augen und winkte heftig ab. »Ich habe lediglich angedeutet, daß du zuviel sagen willst. Du stehst durch ein Zuviel an Emphase deinen eigenen Absichten entgegen. All diese *folie de grandeur*, dieses Trachten nach *terribilità*« – hier schüttelte Mr. Mercaptan weise den Kopf – »hat schon so viele Menschen irregeführt. Jedenfalls kannst du von *mir* wirklich nicht erwarten, daß ich dafür große Sympathie aufbringe.« Mr. Mercaptan lachte kurz auf und sah sich dann mit liebevollem Blick in seinem Boudoir um, in diesem intimen, parfümierten Nest, in dem sich so viel Kultur entfaltet hatte. Er blickte auf sein geschnitztes, vergoldetes und mit weißem Atlas bezogenes Sofa, das so tief war – ein großes, viereckiges Möbel, fast ebenso breit wie lang –, daß man, wenn man sich an das Rückenpolster lehnen wollte, die Beine hochziehen und sich der Länge nach ausstrecken mußte. Unter diesem weißen Atlas hatte der Geist Crébillons in dieser späten Epoche der Décadence eine gastliche Zuflucht gefunden. Der Blick Mr. Mercaptans glitt über seine kostbaren Kondorschwingen über dem Kaminsims, über das reizende Bild der Marie Laurencin von zwei blassen, beerenäugigen Mädchen, die, sich umarmend, durch die wie von einem Kurzsichtigen gesehene flache Landschaft schreiten, inmitten eines Rudels von hochspringenden heraldischen Hunden. Und glitt über die Vitrine in der Ecke voll von Nippes, in der die Negermaske und der prachtvolle chinesische Phallus aus Bergkristall einen so amüsanten Kontrast zu dem Chelsea-Porzellan bildeten, nicht zu vergessen die kleine elfenbeinerne Madonna, die vielleicht eine Nachahmung war, aber in jedem Fall genauso gut wie jedes französische Original aus dem Mittelalter, und die italienischen Medaillen. Und schließlich wandte er seinen Blick auf diesen komischen Schreibtisch aus blankem schwarzem Papiermaché mit den Perlmuttereinlegearbeiten, auf seinen Artikel über das *Jus primae noctis* mit den sauberen schwarzen Buchstaben auf dem Papier und den roten Korrekturen, die von seiner nie ermüdenden und, wie er sich schmeichelte, fast stets erfolgreichen Suche nach dem überzeugenden Wort sprachen. Ach nein, man konnte nicht ausgerechnet von ihm erwarten, sich für die Ideen Lypiatts zu begeistern!

»Das erwarte ich auch nicht von dir«, sagte Lypiatt, »und, bei Gott, ich wünsche es mir auch nicht. Aber du nennst mich unaufrichtig, und das kann und will ich nicht hinnehmen. Wie kannst du es nur wagen?« Er hatte die Stimme erhoben.

Wieder reagierte Mr. Mercaptan mit einer abwehrenden Handbewegung. »Allerhöchstens«, korrigierte er den anderen, »habe ich gesagt, daß einige deiner Bilder irgendwie unaufrichtig wirken. Übrigens kaum vermeidbar bei Arbeiten dieser Art.«

Plötzlich verlor Lypiatt seine Selbstbeherrschung. Der ganze angestaute Zorn und die ganze Bitterkeit der letzten Tage brachen aus ihm heraus. Seine Ausstellung war ein absolutes Fiasko gewesen. Kein einziges Bild verkauft, zumeist schlechte Kritiken, oder wenn sie gut waren, dann aus falschen Gründen, die für ihn kränkend waren. Zum Beispiel: »Brillante, effektvolle Malerei«; »Mr. Lypiatt würde einen hervorragenden Bühnenbildner abgeben.« Gott sollte sie strafen! Und dann, nachdem die Tagespresse ihr Gekläff beendet hatte, kam dieser Mercaptan in der *Weekly World* und benutzte ihn als Anlaß für einen Essay über die Unaufrichtigkeit in der Kunst. »Wie kannst du es wagen?« brüllte er wütend. »Ausgerechnet du, wie kannst du es wagen, über Aufrichtigkeit zu sprechen? Was weißt du denn davon, du häßliche, kleine Wanze!« Und als wollte er an Mr. Mercaptan Rache nehmen für die Vernachlässigung, die ihm die Welt zuteil werden ließ, Rache dafür, daß ihm das Schicksal den ihm zustehenden Anteil von Talent verweigert hatte, sprang Lypiatt auf und packte den Autor des *Jus primae noctis* an den Schultern. Er schüttelte ihn energisch, hob ihn hoch und stieß ihn wieder in den Sessel zurück, um ihn alsdann zu ohrfeigen. »Wie kannst du die Unverfrorenheit haben«, fragte er ihn, indem er ihn endlich losließ, doch immer noch, ihn überragend, bedrohlich vor ihm stand, »dich an etwas heranzuwagen, das auch nur versucht, anständig und groß zu sein?« All diese Jahre, diese unglückseligen Jahre der Armut, des Ringens und der verzweifelten Hoffnung, Jahre des Mißerfolgs und immer neuer Enttäuschungen – und nun dieser letzte Fehlschlag, größer als alle vorangegangenen! Er zitterte vor Zorn; wenigstens vergaß man seinen Schmerz, solange man wütend war.

Mr. Mercaptan hatte sich indessen von seinem ersten Schrekken erholt. »Ich muß schon sagen«, begann er. »Was für barbarische Manieren! Sich zu raufen wie die Rüpel!«

»Wenn du wüßtest«, setzte Lypiatt wieder an, hielt dann aber inne. Wenn du wüßtest, hatte er sagen wollen, was mich diese Arbeiten gekostet haben, was sie mir bedeuten, wie viele Gedanken und wieviel Leidenschaft ich in sie investiert habe! Aber wie konnte Mercaptan das verstehen? Und außerdem würde es sich so anhören, als wollte er an das Mitgefühl dieser Kreatur appellieren. »Du Wurm!« brüllte er statt dessen, »du Wurm!« Und er schlug mit der flachen Hand zu, während Mr. Mercaptan die Hände vors Gesicht hielt und mit zugekniffenen Augen den Kopf einzog.

»Aber ich muß schon sagen«, protestierte er. »Das geht zu weit!«

Unaufrichtig? Vielleicht war etwas daran. Wütender denn je packte Lypiatt den Mann und schüttelte ihn immer wieder. »Und diese niederträchtige Beleidigung mit der Vermouth-Reklame!« brüllte er. Er hatte es nicht verwinden können. Diese grellen, vulgären Plakate! »Du hast geglaubt, du könntest mich straflos verhöhnen und durch den Dreck ziehen, nicht wahr? Du dachtest wohl, nachdem ich mir schon so viel gefallen ließ, würde ich mir alles gefallen lassen. War es nicht so? Aber da hast du dich geirrt!« Er hob die Faust. Mr. Mercaptan duckte sich und hob den Arm, um seinen Kopf zu schützen. »Du feiger Wicht, warum verteidigst du dich nicht wie ein Mann?« brüllte Lypiatt. »Aber du kannst nur mit Worten gefährlich werden. Sehr geistreich und boshaft und schneidend diese Bemerkung über die Vermouth-Reklame, nicht wahr? Aber den Mut, dich mit mir zu schlagen, hättest du nicht, wenn ich dich herausfordern würde!«

»Also, genaugenommen«, sagte Mercaptan, unter dem schützenden Arm hervorlugend,» genaugenommen ist diese spezielle kritische Bemerkung nicht meine eigene Erfindung. Den *Apéritif* habe ich mir ausgeliehen.« Sein Lachen klang schwach – mehr nach Kanarienvogel als nach Stier.

»Ach, du hast ihn dir also ausgeliehen, den Apéritif?« fragte Lypiatt voller Verachtung. »Und darf ich fragen, von wem?« Nicht, daß es ihn etwa tatsächlich interessierte!

»Wenn du es absolut wissen willst«, sagte Mr. Mercaptan, »ich habe ihn von unserer gemeinsamen Freundin Myra Viveash.«

Einen Augenblick verschlug es Lypiatt die Sprache. Dann ließ er die drohend erhobene Hand sinken und wandte sich ab. »Oh!« sagte er zurückhaltend und schwieg dann.

Erleichtert setzte sich Mr. Mercaptan wieder aufrecht in seinem Sessel auf; mit der Rechten fuhr er glättend über das zerzauste Haar.

Draußen, in der Sonne, ging Rosie mit beschwingtem Schritt die Sloane Street entlang, immer mit dem Blick auf die Hausnummern über den Türen. 199, 200, 201; jetzt mußte sie bald da sein. Vielleicht trugen alle Menschen, die hier so unbeschwert, elegant und müßig an ihr vorübergingen, ein so köstliches und erheiterndes Geheimnis mit sich herum wie sie. Rosie stellte es sich jedenfalls so vor; es machte das Leben so viel interessanter. Und sie selbst, überlegte sie, was für einen Eindruck von selbstverständlicher und ungezwungener Distinktion sie wohl auf die anderen machte! Ob wohl irgend jemand, der sie hier die Straße entlangbummeln sah, auf den Gedanken kam, daß zehn Häuser weiter im zweiten Stock ein junger Dichter – oder jedenfalls etwas, was dem sehr nahe kam – sehnsüchtig auf sie wartete? Natürlich kam und konnte auch niemand auf diesen Gedanken kommen. Das war ja das Phantastische, das ungeheuer Aufregende an der ganzen Geschichte! Einfach großartig in ihrem unbeschwerten Losgelöstsein, einfach großartig in ihrer Leidenschaft, die sie jederzeit wieder zügeln und beherrschen konnte, schwebte sie, ganz Dame, in all ihrer Schönheit durch den Sonnenschein, der Befriedigung ihrer Caprice entgegen. Gleich Diana beugte sie sich über den jungen Schäfer. Ungeduldig erwartete sie der hungernde junge Dichter in seiner Mansarde. 212, 213. Ein Blick in den Hausflur belehrte Rosie, daß die »Mansarde« nicht gar so dürftig sein und der junge Dichter keineswegs am Hungertuch nagen konnte. Sie trat ein und studierte die Tafel mit den Namensschildern. Parterre: Mrs. Budge. Erster Stock: F. de M. Rowbotham. Zweiter Stock: P. Mercaptan.

P. Mercaptan ... Das war ein charmanter Name, ein romantischer Name, gerade passend für einen jungen Dichter! Mercaptan – mehr denn je war sie mit ihrer Wahl zufrieden. Die verwöhnte Dame hätte keinen glücklicheren Einfall haben können. Mercaptan ... Mercaptan ... Sie fragte sich, wofür das P stand. Peter, Philipp, Patrick, vielleicht gar Pendennis? Sie konnte natürlich nicht ahnen, daß der Vater von Mr. Mercaptan, ein hervorragender Bakteriologe, vor vierunddreißig Jahren darauf bestanden hatte, seinen Erstgeborenen *Pasteur* zu nennen.

Ein bißchen ängstlich, ungeachtet ihrer äußeren Gelassenheit, stieg Rosie die Treppen hinauf. Fünfundzwanzig Stufen bis zum ersten Stock – eine Treppe mit dreizehn Stufen, was ihr von übler Vorbedeutung schien, und eine Treppe mit zwölf Stufen. Dann folgten zwei Treppen mit je elf Stufen, und schon hatte sie den zweiten Stock erreicht. Sie stand vor einer Wohnungstür, an der sich ein Klingelknopf, rund wie ein Auge, und ein messingnes Namensschild befanden. Für eine an Abenteuer dieser Art gewohnte große Dame spürte Rosie ein recht heftiges Herzklopfen. Natürlich lag es nur an diesen Treppen! Sie verschnaufte einen Augenblick, atmete zweimal tief durch und drückte dann auf den Klingelknopf.

Eine alte Haushälterin von geradezu abschreckend ehrbarem Äußeren öffnete die Tür.

»Ist Mr. Mercaptan zu sprechen?«

Die Frau an der Tür erging sich in einer weitschweifigen zornigen Tirade; aber worum es eigentlich ging, konnte Rosie nicht mit Sicherheit ausmachen. Soviel verstand sie immerhin, daß Mr. Mercaptan Anweisung gegeben hatte, ihn unter keinen Umständen zu stören. Desungeachtet war bereits jemand gekommen und hatte ihn gestört. »Er hat sich einfach mit Gewalt hier hereingedrängt, ein Grobian ohne jede Rücksichtnahme.« Und da Mr. Mercaptan nun schon einmal gestört worden sei, sähe sie nicht ein, warum er nicht noch einmal gestört werden sollte. Allerdings wüßte sie nicht, wohin es noch führen sollte, wenn man sich einfach so mit Gewalt in die Häuser drängte. Bolschewismus war das in ihren Augen.

Rosie murmelte ein paar Worte des Mitgefühls und wurde daraufhin in einen dunklen Vorraum geführt. Während sie sich weiter voller Grimm über die Bolschewisten ereiferte, die sich einfach mit Gewalt in eine Wohnung drängten, führte die Alte sie einen Korridor entlang, riß eine Tür auf und meldete in grollendem Ton: »Eine Dame wünscht Sie zu sprechen, Master *Paster*« – denn Mrs. Goldie war ein altes Faktotum der Familie und gehörte zu den wenigen Menschen, die den Vornamen Mr. Mercaptans nicht nur kannten, sondern auch das Vorrecht hatten, ihn damit anzusprechen. Sobald Rosie die Schwelle überschritten hatte, schnitt Mrs. Goldie ihr den Rückzug ab, indem sie mit Krach die Tür ins Schloß warf und, noch immer unter Murren, in ihre Küche zurückging.

Nein, eine Mansarde war es wirklich nicht. Ein erster flüchtiger Blick, ein Duft von Kräutern aus der aromatischen Potpourrivase und das Gefühl des Teppichs unter ihren Füßen – das genügte, um sie davon zu überzeugen. Aber nicht der Raum fesselte so sehr ihre Aufmerksamkeit als vielmehr die darin anwesenden Personen. Der eine der beiden Männer war von hagerer Gestalt, mit scharfen Zügen und, in Rosies jungen Augen, ziemlich alt; er stand, einen Ellbogen auf den Sims gestützt, am Kamin. Der andere, eine gepflegtere und liebenswürdigere Erscheinung, saß vor dem Schreibtisch am Fenster. Aber keiner der beiden – und Rosie wandte den Blick verzweifelt von einem zum anderen, in der vergeblichen Hoffnung, sie könnte einen blonden Bart übersehen haben –, keiner der beiden war Toto.

Der elegante Mann stand vom Schreibtisch auf und trat auf sie zu.

»Ein unerwartetes Vergnügen«, sagte er mit einer Stimme, die abwechselnd donnerte und flötete. »Zu reizend! Aber welchem Umstand verdanke ich –? *Wer*, wenn ich fragen darf –?«

Er hatte seine Hand ausgestreckt, und automatisch streckte sie ihm die ihrige entgegen. Der elegante junge Mann ergriff sie und schüttelte sie mit Herzlichkeit, ja fast zärtlich.

»Ich ... glaube, ich muß mich geirrt haben«, sagte sie. »Mr. Mercaptan ...?«

Der elegante junge Mann lächelte. »Ich bin Mr. Mercaptan.«

»Und Sie wohnen im zweiten Stock?«

»Ich habe noch nie mathematischen Ehrgeiz entwickelt«,

235

sagte der junge Mann mit einem Lächeln, als applaudiere er sich selbst, »aber ich habe immer geglaubt, daß . . .« er zögerte, »*enfin que ma demeure se trouve en effet* im zweiten Stock. Lypiatt wird es Ihnen gewiß bestätigen.« Er wandte sich dem hageren Mann zu, der sich vom Kamin nicht weggerührt hatte, sondern nach wie vor bewegungslos dort stand, den Ellbogen auf den Sims gestützt, und mit düsterer Miene zu Boden sah.

Lypiatt blickte auf. »Ich muß gehen«, sagte er unvermittelt und schritt zur Tür. Wie eine Vermouth-Reklame! Ein Vermouth-Plakat! So, das war Myras witziger Einfall gewesen! All sein Zorn war verraucht wie eine erloschene Flamme. Er selbst war sozusagen völlig erloschen, von seinem Unglück wie ausgelöscht.

Zuvorkommend beeilte sich Mr. Mercaptan, ihm die Tür zu öffnen. »Dann auf Wiedersehen!« sagte er leichthin.

Ohne zu antworten, ging Lypiatt in den Vorraum hinaus. Dröhnend schlug die Tür hinter ihm ins Schloß.

»Schon gut, schon gut«, sagte Mr. Mercaptan und ging quer durchs Zimmer, wieder zu Rosie, die noch immer unschlüssig dastand. »Das nenne ich *furor poeticus*! Aber *bitte*, nehmen Sie doch Platz! Ich bitte Sie herzlich. Da, auf unserem Crébillon.« Er zeigte auf das gewaltige weiße Atlas-Sofa. »Ich nenne es Crébillon«, erklärte er ihr, »weil es unzweifelhaft von der Seele dieses großen Schriftstellers heimgesucht wird. Ganz ohne Frage! Sie kennen natürlich sein Buch? Sie kennen doch *Le Sopha*?«

In den weichen Schoß Crébillons versinkend, mußte Rosie gestehen, daß sie *Le Sopha* nicht kannte. Allmählich gewann sie ihre Fassung zurück. Wenn es auch nicht *der* junge Dichter war, so doch in jedem Fall *ein* junger Dichter. Und ein ganz besonderer dazu. Als große Dame akzeptierte sie lachend die merkwürdige Situation.

»Sie kennen nicht *Le Sopha*?« verwunderte sich Mr. Mercaptan. »Aber meine liebe und geheimnisvolle junge Dame, erlauben Sie mir, Ihnen auf der Stelle ein Exemplar zu leihen. Keine Bildung kann als abgeschlossen gelten ohne die Kenntnis dieses göttlichen Buches.« Er stürzte zum Bücherregal und kam mit einem schmalen, in Pergament gebundenen Buch zurück. »Die

Seele des Helden«, erklärte er ihr, indem er ihr das Buch überreichte, »geht nach den Gesetzen der Seelenwanderung in ein Sofa über. Sie ist verurteilt, ein Sofa zu bleiben bis zu dem Zeitpunkt, an dem sich zwei Menschen in den Polstertiefen dieses Möbels in gegenseitiger und gleich starker Liebe verbinden. Das Buch ist die Geschichte der Hoffnungen und Enttäuschungen des armen Sofas.«

»O du meine Güte!« sagte Rosie und betrachtete das Titelblatt.

»Aber wollen Sie mir jetzt nicht erklären«, sagte Mr. Mercaptan, während er sich auf den Rand des Sofas neben sie setzte, »welch glücklicher Verwechslung ich diesen so unvermuteten wie erfreulichen Einbruch in meine Abgeschiedenheit verdanke?«

»Also«, begann Rosie und stockte. Es war ja wirklich nicht so leicht zu erklären. »Ich war mit jemandem verabredet.«

»Ich verstehe«, ermutigte Mr. Mercaptan sie, weiterzusprechen.

»Und er schickte mir ein Telegramm.«

»Ein Telegramm«, wiederholte Mr. Mercaptan wie ein Echo.

»Er schlug für unsere Verabredung einen anderen als den ursprünglich vereinbarten Ort vor. Das heißt, er bat mich, ihn hier zu treffen.«

»Hier?«

Rosie nickte. »Im zweiten Stock«, präzisierte sie ihre Antwort.

»Aber im zweiten Stock wohne *ich*«, sagte Mr. Mercaptan. »Sie wollen doch nicht sagen, daß Ihr Freund Mercaptan heißt und ebenfalls hier wohnt?«

Rosie lächelte. »Ich weiß nicht, wie er heißt«, gestand sie mit ironischer Nonchalance, ganz *grande dame.*

»Sie wissen nicht, wie er heißt?« Mr. Mercaptan wollte sich vor Lachen ausschütten. »Aber das ist ja phantastisch!«

»Zweiter Stock, so stand es in meinem Telegramm.« Rosie war wieder vollkommen unbefangen. »Als ich nun Ihren Namen las, glaubte ich, daß dies sein Name sei. Ich muß gestehen«, fügte sie hinzu, während sie auf Mr. Mercaptan einen

Seitenblick warf und gleich darauf die Magnolienblütenblätter ihrer Lider senkte, »daß ich diesen Namen sehr reizvoll fand.«

»Sie machen mich ganz verlegen«, sagte Mr. Mercaptan und lächelte über das ganze Gesicht, das das eines vergnügten Fauns war. »Und was *Ihren* Namen angeht – aber ich bin zu diskret, um danach zu fragen. Und was besagt schon ein Name? Eine Rose, welchen Namen man ihr auch gibt . . .«

»Wie es der Zufall will«, sagte sie und hob und senkte noch einmal ihre glatten, weißen Lider, »heiße ich tatsächlich Rose oder zumindest doch Rosie.«

»Dann umgibt Sie dieser Duft zu Recht«, sagte Mr. Mercaptan mit einer Galanterie, die er als erster zu würdigen wußte. »Darauf müssen wir einen Tee trinken.« Er sprang auf und läutete. »Wie glücklich mich dieser erstaunliche Zufall macht!«

Rosie sagte nichts. Dieser Mercaptan, dachte sie, war allem Anschein nach noch mehr ein Mann der großen Welt der Kunst als Toto.

»Eines ist mir allerdings rätselhaft«, fuhr er fort, »warum Ihr anonymer Freund aus Millionen von Adressen gerade meine ausgewählt hat. Er muß mich kennen oder jedenfalls von mir gehört haben.«

»Ich könnte mir denken, daß Sie eine Menge Freunde haben«, sagte Rosie.

Mr. Mercaptan lachte – man glaubte, ein ganzes Orchester vom Fagott bis zur Pikkoloflöte zu hören. »*Des amis, des amies* – mit und ohne stummes *e*«, erklärte er.

Die grimmige alte Haushälterin erschien in der Tür.

»Tee für zwei, Mrs. Goldie.«

Mißtrauisch sah sich Mrs. Goldie um. »Der andere Herr ist wohl gegangen?« fragte sie. Und nachdem sie sich vergewissert hatte, daß er tatsächlich nicht mehr da war, wiederholte sie ihre Meinung. »Sich so mit Gewalt hereinzudrängen, das nenne ich Bolschewismus«, sagte sie.

»Schon recht, Mrs. Goldie. Bringen Sie uns nur den Tee so schnell wie möglich.« Mr. Mercaptan hob gebieterisch die Hand, wie ein Polizist, der den Verkehr regelt.

»Sofort, Master Paster«, versprach Mrs. Goldie resignierend und zog sich zurück.

»Aber sagen Sie mir, wenn es nicht zu indiskret ist, wie Ihr Freund aussieht«, fuhr Mr. Mercaptan fort.

»Nun, er ist blond«, antwortete Rosie, »und er trägt einen Bart, obwohl er noch sehr jung ist.« Mit den Händen deutete sie auf ihrem bescheidenen Busen die Konturen von Totos breitem blonden Fächer an.

»Ein Bart! Du lieber Himmel!« Mr. Mercaptan schlug sich auf die Schenkel. »Das ist Coleman, ohne den geringsten Zweifel Coleman!«

»Wer immer es war, er hat sich einen sehr dummen Scherz mit mir erlaubt«, bemerkte Rosie mit Strenge.

»Für den ich ihm dankbar bin. *De tout mon cœur*!«

Lächelnd warf ihm Rosie einen ihrer Seitenblicke zu. »Trotzdem werde ich ihm gehörig die Meinung sagen.«

Arme Tante Aggie! Nein, wirklich. Im Licht dieses Boudoirs sahen ihr getriebenes Kupfer und ihre Fayencen schon ein bißchen komisch aus.

Nach dem Tee machte Mr. Mercaptan den Cicerone bei der Besichtigung des Zimmers. Sie inspizierten den Schreibtisch aus Papiermaché, die Kondorschwingen, die Marie Laurencin, die Ausgabe von *Du côté de chez Swann* von 1914, die Madonna, die vermutlich eine Fälschung war, die Negermaske, das Chelsea-Porzellan, den chinesischen Kunstgegenstand aus Bergkristall und das maßstabgetreue Wachsmodell der Queen Victoria unter einer Glasglocke. Toto, soviel wurde ihr klar, war nur der Vorläufer gewesen, die wahre Offenbarung war Mr. Mercaptan. Ach, arme Tante Aggie! Und als Mr. Mercaptan dann begann, ihr seinen kleinen Artikel über das *Droit du Seigneur* vorzulesen, da wollte ihr schlechthin jedermann »arm« und bedauernswert erscheinen. Arme Mutter mit ihren lächerlich altmodischen und prüden Ansichten; armer, immer ernster Vater mit seinem Unitarismus, seinem *Hibbert Journal* und seinen Leserbriefen an die Zeitung, in denen er von der Notwendigkeit einer geistigen Erneuerung sprach.

»Bravo!« rief sie aus den Tiefen Crébillons. Sie lag in eine Ecke zurückgelehnt, ungezwungen und träge sich rekelnd; die Füße, in Schuhen aus gefleckter Schlangenhaut, hatte sie hochgenommen und unter sich gezogen. »Bravo!« rief sie laut, als

Mr. Mercaptan zu Ende gelesen hatte und in Erwartung ihres Beifalls aufblickte.

Mr. Mercaptan verbeugte sich.

»Sie drücken so wunderbar aus, was wir alle —« und mit umfassender Gebärde schien sie alle anderen Märchenprinzessinnen einbeziehen zu wollen, die in diesem Augenblick gleich ihr an weiße Atlaspolster lehnten, »— was wir alle fühlen, die wir nur nicht intelligent genug sind, um es in Worte zu fassen.«

Mr. Mercaptan war entzückt. Er stand vom Schreibtisch auf und ging quer durchs Zimmer, um sich neben sie auf das Sofa zu setzen. »Aufs Fühlen, aufs Gefühl kommt es an«, sagte er.

Rosie erinnerte sich, daß ihr Vater einmal bemerkt hatte: »Alles, worauf es ankommt, geschieht in unserem Herzen.«

»Ich stimme Ihnen durchaus zu«, sagte sie.

Die kleinen braunen Augen rollten verliebt wie bewegliche Rosinen im Teig seines Faunsgesichts. Er nahm Rosies Hand und küßte sie. Diskret quietschte Crébillon, als Mr. Mercaptan ihr ein bißchen näher rückte.

Es war am Abend desselben Tages. Rosie lag auf ihrem Sofa zu Hause – ein ärmliches Warenhausmöbel, wenn man es mit Mr. Mercaptans prächtigem Stück mit weißem Atlaspolster, Schnitzereien und Vergoldungen verglich, aber immer noch ein Sofa –; die Füße hatte sie über die Seitenlehne gelegt; ihre langen anmutigen Beine wurden, unter dem sich öffnenden Kimono, bis zum oberen Rand der straff sitzenden Strümpfe sichtbar. Sie las in dem schmalen pergamentgebundenen Bändchen von Crébillon, das ihr Mr. Mercaptan beim Abschied überreicht hatte (»*À bientôt, mon amie*«), und zwar als Geschenk und nicht als Leihgabe, wie er ihr noch zu Beginn ihres gemeinsamen Nachmittags nicht ganz so großzügig angeboten hatte. Auf das Vorsatzblatt hatte er ihr eine Widmung voll geistreicher Anspielungen geschrieben:

Der, die keinen anderen Namen hat
als den der lieblich duftenden Blume
voller Dankbarkeit
vom
befreiten Crébillon

À bientôt – ja, sie hatte versprochen, bald wiederzukommen. Sie dachte wieder an seinen Artikel über das *Jus primae noctis* – ach, was wir alle empfinden, die wir nur nicht intelligent genug sind, es zu sagen. Wir, die wir auf dem Sofa liegen, grausam, schön und verwöhnt ...

»Ich bin stolz darauf, den *esprit d'escalier des dames galantes* darzustellen«, hatte Mr. Mercaptan in bezug auf seine Widmung gesagt.

Rosie war sich zwar nicht ganz sicher, was er eigentlich meinte. Aber es klang auf jeden Fall sehr geistreich.

Sie las das Buch nur langsam. Ihr Französisch verbot ihr ohnehin, es anders als langsam zu lesen. Sie wünschte sich, ihre Sprachkenntnisse wären besser. Vielleicht würde sie dann nicht so gähnen müssen. Es war eine Schande; sie nahm sich zusammen. Schließlich hatte Mr. Mercaptan es ein Meisterwerk genannt.

In seinem Arbeitszimmer versuchte sich Shearwater an einem Aufsatz über die regulierende Funktion der Nieren, aber er kam damit nicht voran.

Warum wollte sie mich gestern nicht sehen, fragte er sich immer wieder. Der Argwohn quälte ihn, sie könnte noch andere Liebhaber haben, und die Folge war, daß er sie nur noch heftiger begehrte. Jetzt fiel ihm ein, daß Gumbril irgend etwas über sie gesagt hatte, als sie sie neulich nachts am Kaffeekiosk getroffen hatten. Aber was hatte er gesagt? Er bedauerte, nicht aufmerksamer zugehört zu haben.

Sie hat mich satt. So rasch schon? Doch, es war offensichtlich.

Vielleicht war er für sie zu ungehobelt. Shearwater betrachtete seine Hände. Ja, er hatte schmutzige Nägel. Er holte aus seiner Westentasche ein Stäbchen aus Orangenholz und begann, die Nägel damit zu reinigen. Er hatte heute früh ein ganzes Päckchen davon gekauft.

Entschlossen griff er wieder zum Federhalter. »Die Konzentration von Wasserstoffionen im Blut –«, begann er einen neuen Absatz. Aber über die ersten sechs Worte kam er nicht hinaus.

Wenn, überlegte er in ratloser Verwirrung, wenn – wenn –

wenn –. Alles Konditionale der Vergangenheit – hoffnungslos vergangen. Wenn er zum Beispiel eine vornehmere Erziehung genossen hätte und sein Vater selber Rechtsanwalt gewesen wäre statt nur der Angestellte eines Rechtsanwalts! Wenn er in seiner Jugend nicht so hart hätte arbeiten müssen und dafür ein bißchen mehr ausgegangen wäre, getanzt und die Bekanntschaft von jungen Frauen gemacht hätte! Wenn er sie wenigstens ein paar Jahre früher kennengelernt hätte – sagen wir, während des Krieges, als er die Uniform eines Gardeleutnants trug ...

Damals hatte er freilich behauptet, sich nicht für Frauen zu interessieren, hatte erklärt, sie sagten ihm nichts und er stünde über diesen Dingen. Idiot, der er war! Genausogut hätte er sagen können, er stünde darüber, daß er ein Paar Nieren besitze. Es war schon viel, wenn er gnädigerweise zugab, daß sie eine physiologische Notwendigkeit waren.

O Gott, was für ein Idiot er gewesen war!

Und wie stand es um Rosie? Was für ein Leben hatte sie geführt, während er »über diesen Dingen stand«? Wenn er es sich überlegte, so wußte er tatsächlich nichts von ihr, außer daß sie vollkommen unfähig war, sich auch nur die einfachsten Tatsachen im Zusammenhang mit der Physiologie der Frösche einzuprägen. Nachdem er dies einmal festgestellt hatte, war es ihm leichtgefallen, auf eine weitere Erforschung ihrer Persönlichkeit zu verzichten. Wie hatte er nur so dumm sein können!

Rosie mußte wohl in ihn verliebt gewesen sein. Hatte er sich auch in sie verliebt gehabt? Nein, denn davor hatte er sich wohl gehütet. Aus Prinzip. Seine Heirat mit ihr war eine Maßnahme intimer Hygiene gewesen. Dazu kam eine fürsorgliche Zuneigung. Gewiß, Zuneigung war dabei, auch ein bißchen Spaß als Motiv, so, wie man sich ein Hündchen kauft.

Aber Mrs. Viveash hatte ihm die Augen geöffnet. Indem er sie sah, hatte er begonnen, auch Rosie zu sehen. Und jetzt wollte ihm scheinen, daß er sich nicht nur wie ein Dummkopf, sondern auch wie ein Tolpatsch und Prolet benommen hatte.

Was war zu tun? Eine lange Zeit saß er nur da und überlegte.

Am Ende hielt er es für das beste, sofort zu Rosie zu gehen und ihr alles zu sagen, wirklich alles.

Auch das mit Mrs. Viveash? Ja, auch das. Er würde dann leichter und schneller über diese Sache hinwegkommen. Und dann wollte er anfangen, sich ernstlich für Rosie zu interessieren. Er wollte ihre Persönlichkeit erforschen und entdecken, was für Eigenschaften sie außer ihrem Unvermögen, sich physiologische Fakten einzuprägen, noch besaß. Wenn er dann entdeckt hatte, wie sie wirklich war, wollte er seine Neigung zu ihr zu etwas Lebensvollerem und Gebieterischerem steigern. Es würde einen Neubeginn geben, diesmal befriedigender, mit all dem Wissen und Verständnis, das ihnen die Erfahrung geschenkt hatte.

Shearwater stand von seinem Schreibtischstuhl auf und wankte nachdenklich zur Tür, nicht ohne dabei gegen das drehbare Bücherregal und den Sessel zu stoßen. Er ging den Korridor entlang zum Salon. Rosie wandte nicht den Kopf, als er eintrat, sondern fuhr mit ihrer Lektüre fort, ohne im geringsten ihre Haltung zu verändern: die Füße in Pantoffeln waren höher als der Kopf gelagert, und ihre Beine waren noch immer aufs reizendste zur Schau gestellt.

Shearwater blieb vor dem leeren Kamin stehen, und zwar mit dem Rücken dazu, wie um sich an einer imaginären Flamme zu wärmen. Er hielt dies für den sichersten, strategisch günstigsten Punkt, von dem aus er sprechen konnte.

»Was liest du da?« fragte er.

»*Le Sopha*«, antwortete Rosie.

»Was ist das?«

»Was das ist?« wiederholte Rosie spöttisch seine Frage. »Nun, es ist eines der großen klassischen Werke der französischen Literatur.«

»Von wem?«

»Von Crébillon dem Jüngeren.«

»Nie gehört«, sagte Shearwater.

Schweigen. Rosie fuhr in ihrer Lektüre fort.

»Mir ist gerade der Gedanke gekommen«, begann Shearwater in seiner etwas ungeschickten, schwerfälligen Art, »daß du vielleicht nicht ganz glücklich bist, Rosie.«

Rosie blickte auf und lachte. »Wie kommst du darauf? Ich bin vollkommen glücklich«, versicherte sie.

243

Shearwater empfand eine gewisse Verlegenheit. »Nun, ich freue mich sehr, das zu hören«, sagte er. »Ich hatte nur geglaubt, daß *du* vielleicht meintest, *ich* vernachlässige dich zu sehr.«

Rosie lachte wieder. »Was hat das alles zu bedeuten?« fragte sie.

»Es belastet mein Gewissen«, sagte Shearwater. »Ich fange an, zu begreifen ... das heißt, etwas hat mich veranlaßt, zu begreifen ... daß ich nicht ... daß ich mich dir gegenüber nicht so verhalten habe, wie ich sollte ...«

»Das habe ich nicht bemerkt, sei überzeugt«, sagte sie und hörte nicht auf zu lächeln.

»Ich habe mich zu wenig um dich gekümmert.« Shearwater redete in einer Art von Verzweiflung weiter und fuhr sich mit den Fingern durch das dichte schwarze Haar. »Wir teilen nicht genug miteinander. Du stehst zu sehr außerhalb meines Lebens.«

»Aber schließlich«, sagte Rosie, »sind wir ein zi-vi-lisiertes Paar. Wir wollen doch nicht aneinander kleben, oder?«

»Nein, aber wir sind tatsächlich nichts weiter als Fremde füreinander«, sagte Shearwater. »Das ist nicht recht. Und die Schuld liegt bei mir. Ich habe nie versucht, mich mit deinem Leben vertraut zu machen. Du aber hast, am Anfang unserer Ehe, dein Bestes getan, das meine zu verstehen.«

»Ach, damals!« sagte Rosie unter Lachen. »Da hast du entdeckt, was für ein Dummerchen ich war.«

»Mach dich nicht lustig über mich«, sagte Shearwater. »Es ist nicht lustig, sondern bitterer Ernst. Ich sage dir, ich habe eingesehen, wie dumm und rücksichtslos und verständnislos ich dir gegenüber gewesen bin. Es ist mir plötzlich klar geworden. Die Sache ist nämlich die«, fuhr er überstürzt fort, und es war, als habe sich plötzlich eine Schleuse bei ihm geöffnet, »ich war letzthin viel mit einer Frau zusammen, die ich sehr gern habe, die aber mich nicht gern hat.« Da er von Mrs. Viveash sprach, gebrauchte er unbewußt ihre Sprache. Für Mrs. Viveash hatten Menschen eine Schwäche füreinander oder mochten sich gut leiden, womit sie euphemistisch auch die verzehrendste Leidenschaft und die vollkommenste Hingabe ausdrückte. »Und

244

irgendwie hat mir das die Augen geöffnet für eine ganze Reihe von Dingen, für die ich vorher blind gewesen bin – ich glaube, vorsätzlich blind. Unter anderem ist mir dabei klar geworden, daß ich mir, was dich angeht, manchen Vorwurf zu machen habe.«

Rosie hörte ihm mit einiger Verblüffung zu, die sie allerdings gut zu verbergen wußte. Also auch James hatte seine kleinen Affären! Es schien unglaublich und übrigens auch, wenn sie das Gesicht ihres Mannes musterte – hinter der struppig-männlichen Maske das Gesicht eines leidenden Babys –, von einer eher rührenden Komik. Wer mochte es sein, fragte sie sich. Aber sie verriet keine Neugier. Sie würde schon bald dahinterkommen.

»Es tut mir leid, daß es dich nicht glücklich gemacht hat«, sagte sie.

»Es ist zu Ende.« Shearwater machte eine entschiedene kleine Gebärde.

»Aber nein«, sagte Rosie und sah ihn lächelnd an. »Du solltest nicht so schnell aufgeben.«

Soviel Unvoreingenommenheit verblüffte ihn. Er hatte sich ihre Unterhaltung ganz anders vorgestellt, ernst und schmerzlich, aber zugleich auch mit einer heilenden, lindernden Wirkung. Nun wußte er nicht, wie er fortfahren sollte. »Ich hatte gedacht«, begann er stockend, »daß du ... daß wir ... nach dieser Erfahrung ... Ich wollte versuchen, dir näherzukommen ...« (Wie lächerlich das alles klang!) »Wir könnten sozusagen von einem neuen Ausgangspunkt aus noch einmal von vorn anfangen.«

»Aber, *cher ami*«, widersprach Rosie im Tonfall Mr. Mercaptans und in dem von ihm bevorzugten Idiom, »du kannst doch nicht im Ernst erwarten, daß wir jetzt wie Philemon und Baucis leben? Du machst dir meinetwegen ganz überflüssige Sorgen. Ich finde nicht, daß du mich vernachlässigst oder so etwas. Natürlich – du hast dein Leben. Und ich habe meines. Wir kommen uns gegenseitig nicht ins Gehege.«

»Glaubst du denn, daß dies die ideale Ehe ist?« fragte Shearwater.

»Jedenfalls die zi-vi-lisierteste«, antwortete Rosie lachend.

Gegenüber Rosies Zivilisation fühlte sich Shearwater hilflos.

»Nun, wenn du nicht willst«, sagte er. »Ich hatte gehofft ... ich hatte geglaubt ...«

Er ging in sein Studierzimmer zurück, um in Ruhe nachzudenken. Aber je mehr er nachdachte, desto mehr Vorwürfe macht er sich. Und unaufhörlich quälte ihn dabei der Gedanke an Mrs. Viveash.

NEUNZEHNTES KAPITEL

Nachdem er Mr. Mercaptan verlassen hatte, war Lypiatt schnurstracks nach Hause gegangen. Das strahlende Wetter empfand er wie eine Verhöhnung. Mit den leuchtend roten Autobussen, den Sonnenschirmen, den jungen Mädchen in Musselinkleidern, dem frischen Grün der Bäume und den Musikkapellen an den Straßenecken hatte dieser Tag zu viel von einer Gartenparty, um noch erträglich zu sein. Lypiatt wollte allein sein. Er nahm ein Taxi, um ins Atelier zurückzufahren. Eigentlich konnte er es sich nicht leisten, aber was kam es jetzt noch darauf an?

Das Taxi fuhr langsam und gleichsam mit Widerstreben an den schmutzigen Stallungen vorbei bis zum angegebenen Ziel. Lypiatt bezahlte. Dann öffnete er die schmale Pforte zwischen den breiten Stalltüren, stieg die steile Treppe hinauf und war wieder zu Hause. Er setzt sich und versuchte nachzudenken.

»Tod, Tod, Tod, Tod«, sagte er immer wieder vor sich hin und bewegte die Lippen wie im Gebet. Wenn er das Wort oft genug wiederholte und er sich ganz an die Vorstellung gewöhnt hatte, würde der Tod wie von selbst kommen. Er würde ihn kennenlernen, während er noch lebte; fast ohne es zu merken, würde er vom Leben in den Tod gleiten. In den Tod, dachte er, ja in den Tod. In den Tod wie in einen Brunnen. Der Stein fällt und fällt, Sekunde um Sekunde, und am Ende ist da ein Geräusch, weit weg, ein grausames Geräusch vom Tode und dann nichts mehr. Der Brunnen von Carisbrooke, mit einem Esel, der das Rad dreht und den Eimer mit Wasser, mit eiskaltem Wasser, hochwindet ... Er dachte noch lange an den Brunnen des Todes.

Draußen spielte eine Drehorgel die Melodie von *Wo gehn die Fliegen im Winter hin?* Lypiatt hob den Kopf und lauschte. Er lächelte. »*Wo* gehn die Fliegen im Winter hin?« Die Frage hatte eine dramatische, ja tragische Aktualität. Am Ende von allem der letzte groteske Schnörkel. Er konnte das alles wie von außen sehen. Er stellte sich vor, wie er da saß, allein gelassen und gebrochen. Er sah seine Hand, wie sie schlaff vor ihm auf dem Tisch lag. Es fehlte nur das Wundmal des Nagels, um daraus die Hand eines toten Christus zu machen.

Da hatte er's! Er machte schon wieder Literatur aus seinem Leben. Sogar in dieser Stunde! Er vergrub sein Gesicht in den Händen. Seine Gedanken irrten durch ein düsteres Labyrinth. Eine unsägliche, quälende Verwirrung war in ihm. Es war zu schwierig, das alles.

Als er schreiben wollte, stellte er fest, daß das Tintenfaß nichts als ein trockenes schwarzes Sediment enthielt. Schon seit Tagen hatte er Tinte kaufen wollen, es aber immer wieder vergessen. Nun mußte er mit dem Bleistift schreiben.

»Erinnern Sie sich«, schrieb er, »erinnern Sie sich noch, Myra, an unsere Fahrt aufs Land, am Fuße von Hog's Back, an den kleinen Gasthof dort, dessen Inhaber ein bißchen hoch hinaus wollte? Wissen Sie noch? *Hotel Bull*! Wie haben wir über dieses *Hotel Bull* gelacht! Und wie liebten wir die Landschaft! Die ganze Welt im Umkreis von ein paar Quadratkilometern. Kreidegruben und blaue Schmetterlinge auf dem Hog's Back. Und am Fuß des Hügels plötzlich der Sand, hart und gelb, und diese merkwürdigen Höhlenverstecke, die weiß der Himmel welche Schurken wann am Rande der Pilgerstraße ausgegraben haben! Und der feine graue Sand, auf dem das Heidekraut von Puttenham Common wächst! Und der Fahnenmast mit der Inschrift, die den Punkt verewigt, an dem Königin Victoria die Aussicht genoß. Und die weiten Wiesenhänge bei Compton, und der dichte, dunkle Wald. Und die Seen, die Heide, die schottischen Tannen von Cutt Mill. Der Wald von Shackleford. Alles war da. Erinnern Sie sich, wieviel Freude wir an alldem hatten? Ich jedenfalls hatte sie. In diesen drei Tagen bin ich glücklich gewesen. Ich habe Sie geliebt, Myra. Und ich glaubte, daß Sie vielleicht eines Tages auch mich lieben könnten. Aber es kam anders. Meine Liebe hat mir nur Unglück gebracht. Vielleicht lag der Fehler bei mir. Vielleicht hätte ich wissen müssen, wie ich Sie dazu bringen konnte, mich glücklich zu machen. Erinnern Sie sich an das wundervolle Sonett Michelangelos, in dem er die geliebte Frau mit einem Marmorblock vergleicht, aus dem der Künstler die vollkommene Statue seiner Träume zu hauen weiß? Wenn nun die Statue sich als schlecht herausstellt, und wenn es der Tod statt der Liebe ist, den der Liebende empfängt – nun, dann liegt die Schuld beim Künstler und beim Liebhaber, und nicht im Marmor oder bei der Geliebten.

> Amor dunque non ha, nè tua beltate,
> O fortuna, o durezza, o gran disdegno,
> Del mio mal colpa, o mio destino, o sorte,
> Se dentro del tuo cor morte e pietate
> Porti in un tempo, e che 'l mio basso ingegno
> Non sappia ardendo trarne altro che morte.

Ach ja, die Schuld lag bei meinem *basso ingegno*, bei meinem geringen Talent, das es nicht verstanden hatte, Ihnen Liebe zu entlocken, sowenig wie Schönheit dem Stoff, aus dem die Kunst gemacht ist. Ah, ich meine Ihr Lächeln zu sehen und Sie sagen zu hören: Mein armer Casimir, ist er jetzt endlich soweit, dies zuzugeben? Ja, doch, ich bin soweit, alles zuzugeben. Daß ich nicht malen kann, daß ich nicht schreiben kann und nicht komponieren. Daß ich ein Scharlatan und ein Pfuscher bin. Ein lächerlicher Schauspieler in Heldenrollen, der verdient, daß man ihn auslacht – und der ausgelacht wird. Aber wenn man so will, ist jedermann lächerlich, sobald man ihn von außen sieht und sobald man nicht mehr berücksichtigt, was in seinem Innern vorgeht. Aus dem *Hamlet* könnte man eine sarkastische Farce machen mit einer unüberbietbaren Szene, in der Hamlet seine angebetete Mutter beim Ehebruch überrascht. Und aus dem Leben Jesu könnte man die geistreichste Maupassant-Novelle machen, nur indem man den Anspruch des verrückten Rabbi und sein jämmerliches Los gegenüberstellt. Es ist eine Frage des Standpunkts. Ein jeder ist zugleich eine wandelnde Farce und eine wandelnde Tragödie. Der

Mann, der auf einer Bananenschale ausrutscht und sich den Schädel bricht, beschreibt bei seinem Sturz vor dem Hintergrund des Himmels eine sehr komische Arabeske. Und Sie selbst, Myra – was glauben Sie, was die bösen Klatschmäuler über Sie sagen? Was für eine Boulevardkomödie ist Ihr Leben in den Augen dieser Leute! Wie ich Sie sehe, Myra, schreiten Sie stets durch eine namenlose, unbegreifliche Tragödie. Aber was sind Sie für die anderen? Nur eine leichtsinnige Frau mit amüsanten Abenteuern. Und ich? Ein Scharlatan und Pfuscher, ein anmaßender, eingebildeter Idiot, unfähig, etwas anderes als Vermouth-Plakate zu malen. (Warum hat mir dieses Wort so weh getan? Ich weiß es nicht. Es bestand für Sie kein Grund, nicht so zu denken, wenn Sie es so sehen wollten.) Ich war das alles wirklich – und dazu von grotesker Lächerlichkeit. Sehr wahrscheinlich war Ihr Lachen berechtigt und Ihr Urteil zutreffend. Ich weiß nicht, ich kann es nicht sagen. Vielleicht bin ich ein Scharlatan, vielleicht bin ich auch unaufrichtig, anmaßend den anderen gegenüber und vielleicht betrüge ich mich selbst. Ich sage Ihnen, ich weiß es nicht. In meinem Kopf herrscht ein großes Durcheinander. Mir ist, als sei mein ganzes Leben in Scherben gefallen; es ist ein furchtbares Chaos. Es gelingt mir nicht mehr, Ordnung in meine Gedanken zu bringen. Habe ich mich selbst belogen? Habe ich den großen Mann gespielt, um mich davon zu überzeugen, ich sei ein großer Mann? Habe ich etwas in mir, oder habe ich nichts? Habe ich etwas geschaffen, was Wert hat, irgend etwas, was sich mit meinen Vorstellungen und Träumen deckt (denn die Träume waren schön, das weiß ich genau!)? Ich blicke in das Chaos meiner Seele, und ich sage Ihnen, daß ich die Antwort nicht weiß. Aber etwas weiß ich – daß ich fast zwanzig Jahre den Scharlatan gespielt habe, über den ihr alle lacht. Daß ich gelitten habe, seelisch und auch körperlich – zuweilen beinahe gehungert –, nur um ihn weiter spielen zu können. Daß ich gerungen habe, mich begeistert in den Kampf gestürzt und – ach, wie oft! – niedergeworfen wurde, um mich wieder aufzuraffen und den Kampf von neuem aufzunehmen! Nun, ich vermute, daß das alles sehr komisch ist, wenn man es so sehen will. Es ist lächerlich, daß ein Mensch so lange Entbehrungen auf sich nimmt um einer Sache

willen, die in Wirklichkeit nicht existiert. Ja, ich begreife die
köstliche Komik von alledem. Ich begreife es sozusagen *in abstracto*. Aber in diesem besonderen Fall bin ich, wie Sie nicht
vergessen sollten, kein unbeteiligter Beobachter. Und wenn
mich jetzt etwas übermannt, dann gewiß nicht das Lachen. Sondern ein unsägliches Gefühl des Unglücks, mit dem bitteren
Geschmack des Todes. Tod, Tod, Tod. Immer wieder rufe ich
mir dieses Wort zu. Ich denke an den Tod, ich versuche, ihn mir
vorzustellen, ich neige mich über ihn und schaue hinab, wo die
Steine fallen und fallen, und da kommt ein furchtbares Geräusch, dann wieder Stille: ich blicke in den Brunnen des Todes.
Er ist so tief, daß auf seinem Grund kein Wasser blinkt. Ich habe
keine Kerze, die ich hinunterwerfen könnte. Es ist schrecklich,
aber ich mag nicht weiterleben. Leben wäre schlimmer als –«

Lypiatt griff nach einem neuen Briefbogen, als ihn das Geräusch von Schritten auf der Treppe aufschreckte. Er wandte
sich zur Tür. Das Herz schlug ihm bis zum Hals. Ein merkwürdiges Gefühl ängstlicher Erwartung ergriff ihn. Voller Grauen
wartete er auf das Näherkommen eines unbekannten schrecklichen Wesens. Die Füße des Todesengels kamen Stufe um Stufe
näher. Lypiatt spürte sein Zittern. Er wußte, daß er in ein paar
Sekunden sterben würde. Die Henker hatte ihn schon gebunden, die Soldaten des Exekutionskommandos schon die Gewehre angelegt. *Eins, zwei* . . . Er dachte an Mrs. Viveash, wie sie
barhäuptig, den Wind im Haar, vor der Flaggenstange stand,
von der aus Königin Victoria den Anblick des fernen Selborne
bewundert hatte. Er erinnerte sich an ihr schmerzliches Lächeln, und er mußte daran denken, wie sie einmal seinen Kopf in
ihre Hände genommen und ihn geküßt hatte. »Weil Sie ein so
goldiger Esel sind«, hatte sie lachend dabei gesagt. *Drei* . . . Es
klopfte leise an der Tür. Lypiatt preßte die Hand auf sein Herz.
Die Tür ging auf.

Ein kleiner Mann, der mit seiner langen spitzen Nase und
seinen schwarzen blanken und runden Knopfaugen etwas von
einem Vogel hatte, trat ins Zimmer.

»Mr. Lydgate, wenn ich nicht irre?« begann er. Doch dann
blickte er auf eine Karte, auf der offenbar ein Name und eine
Adresse verzeichnet waren. »Lypiatt, will ich sagen. Bitte tau-

sendmal um Verzeihung. Mr. Lypiatt, wie ich wohl annehmen darf?«

Lypiatt lehnte sich in seinen Stuhl zurück und schloß die Augen. Sein Gesicht war kreidebleich. Er atmete schwer, und seine Schläfen waren feucht von Schweiß, so als ob er schnell gelaufen sei.

»Die Tür unten war offen, und da bin ich einfach heraufgekommen. Ich hoffe, Sie werden das entschuldigen ...« Der Fremde lächelte schüchtern.

»Wer sind Sie?« fragte Lypiatt und öffnete wieder die Augen. Sein Herz schlug noch immer heftig. Nur langsam beruhigte er sich nach der Aufregung. Er trat vom Rand des schrecklichen Brunnens zurück; der Augenblick, sich herabzustürzen, war noch nicht gekommen.

»Mein Name ist Boldero«, erklärte der Fremde. »Herbert Boldero. Unser gemeinsamer Freund Mr. Gumbril, Mr. Theodore Gumbril junior«, präzisierte er, »hat mir nahegelegt, Sie aufzusuchen, um mit Ihnen über etwas zu sprechen, woran er und ich gleichermaßen interessiert sind und wofür Sie sich vielleicht auch interessieren könnten.«

Wortlos nickte Lypiatt.

Indessen musterte Mr. Boldero mit blanken Vogelaugen das Atelier. Das Porträt von Mrs. Viveash stand, nun so gut wie vollendet, auf der Staffelei. Mr. Boldero trat auf das Bild zu, ganz der Kenner.

»Es erinnert mich stark an Bacosso«, sagte er. »Ja, sehr stark, wenn ich so sagen darf. Auch ein bißchen an ...« Er zögerte, vergeblich in seinem Gedächtnis nach dem Namen eines anderen Malers suchend, den Gumbril erwähnt hatte. Aber da er sich beim besten Willen nicht mehr an die nicht sehr eindrucksvollen Silben des Namens Derain erinnern konnte, wollte er sichergehen und sagte: »... an Orpen[1].« Er warf einen

---

1 Sir William Newenham Montague Orpen, naturalistischer Maler; bekannt sind seine Szenen aus dem Ersten Weltkrieg und von der Friedenskonferenz. (Anm. d. Üb.)

forschenden Blick auf Lypiatt, um sich zu vergewissern, daß er das Richtige getroffen hatte.

Aber Lypiatt schwieg noch immer, ja er schien überhaupt nicht gehört zu haben, was der andere gesagt hatte.

Mr. Boldero begriff, daß es zu nichts führte, wenn er weiter über moderne Kunst sprach. Dieser Bursche sah so aus, als ob bei ihm etwas nicht ganz in Ordnung sei. Mr. Boldero hoffte, daß es nicht die Grippe war. Sie grassierte zur Zeit wieder. »Bei der erwähnten Angelegenheit«, fuhr er in verändertem Ton fort, »geht es um ein kleines geschäftliches Projekt, das Mr. Gumbril und ich gemeinsam verfolgen. Es handelt sich um pneumatische Hosen«, erläuterte er mit einer vagen Handbewegung.

Lypiatt brach plötzlich in Gelächter aus – ein erbitterter Titan. Wohin gehen die Fliegen? Wohin die Seelen? Erst die Drehorgel und jetzt pneumatische Hosen! So plötzlich, wie er es begonnen hatte, brach er das Gelächter wieder ab. Machte er schon wieder Literatur und spielte Theater? »Sprechen Sie weiter! Entschuldigen Sie bitte!« sagte er.

»Aber ich bitte Sie, keine Ursache!« versicherte Mr. Boldero nachsichtig. »Ich weiß, die Vorstellung hat zunächst, wenn ich so sagen darf, etwas Komisches. Aber ich versichere Ihnen, Mr. Lydgate – Mr. Lypiatt, will ich sagen, daß in der Sache Geld steckt. Geld!« Mr. Boldero schaltete eine Kunstpause ein. »Also«, fuhr er nun fort, »unsere Idee war, den neuen Artikel mit einer gewaltigen Propagandakampagne auf den Markt zu werfen. Ein paar Tausend springen zu lassen für Zeitungsannoncen und einen Haufen Plakate an Bauzäunen und in der U-Bahn. Und dafür, Mr. Lypiatt, brauchen wir, wie Sie sich leicht denken können, ein paar gute und wirkungsvolle Bilder. Mr. Gumbril nannte mir Ihren Namen und schlug mir vor, Sie aufzusuchen und zu fragen, ob Sie vielleicht geneigt wären, Ihr Talent in den Dienst unserer Sache zu stellen. Und, Mr. Lypiatt«, betonte er mit Wärme, »nachdem ich dieses Beispiel Ihrer Kunst gesehen habe« – er deutete auf das Bildnis von Mrs. Viveash – »möchte ich hinzufügen, daß ich überzeugt bin, Sie bringen dafür ein ganz ungewöhnliches Talent mit . . .«

Mr. Boldero kam mit seinem Satz nicht zu Ende, denn Lypiatt sprang auf, stürzte sich mit einem schrillen, unartikulierten, tierischen Laut auf den Finanzmann, packte ihn mit beiden Händen an der Kehle, schüttelte ihn und schleuderte ihn zu Boden. Dann zog er ihn am Rockkragen wieder hoch und trieb ihn mit Fußtritten zur Tür. Mit einem letzten Stoß warf er Mr. Boldero die steile Treppe hinunter. Er lief ihm nach, aber Mr. Boldero hatte sich aufgerafft, die Haustür aufgerissen, war hinausgeschlüpft und hatte die Tür hinter sich zugeschlagen. Dann rannte er die Stallgasse hinunter, noch bevor Lypiatt am Fuß der Treppe angekommen war.

Lypiatt öffnete die Tür und blickte hinaus. Mr. Boldero war schon weit weg, fast schon an dem an Piranesis Stiche gemahnenden Torbogen. Lypiatt verfolgte ihn mit den Augen, bis er außer Sicht war. Dann ging er wieder nach oben und warf sich, das Gesicht in die Kissen vergrabend, aufs Bett.

ZWANZIGSTES KAPITEL

Zoe beendete die Diskussion, indem sie Coleman ein Taschenmesser gut einen Zentimeter tief in·den linken Arm stieß und darauf türenschlagend die Wohnung verließ. Coleman war an derlei gewöhnt, ja, diese Dinge waren der Grund, weshalb er überhaupt lebte. Behutsam zog er das Taschenmesser aus der Wunde, das dort steckengeblieben war. Er musterte die Klinge und stellte erleichtert fest, daß sie nicht so schmutzig war, wie man hätte erwarten können. Er hatte etwas Watte gefunden und tupfte damit das Blut ab, das aus dem Einstich sickerte. Die Wunde selbst behandelte er mit Jodtinktur. Dann ging er daran, sich einen Verband anzulegen. Doch sich selbst den linken Arm zu verbinden, ist nicht eben leicht. Coleman wollte es nicht gelingen, das Stückchen Scharpie fest an seinem Platz zu halten und den Verband straff zu wickeln. Nach einer Viertelstunde hatte er nur erreicht, sich ausgiebig mit Blut zu beschmieren; aber die Wunde war noch immer nicht verbunden. Darauf gab er den Versuch auf und begnügte sich damit, das Blut immer wieder abzutupfen.

»›Und sogleich traten Blut und Wasser aus‹«, deklamierte er

und blickte auf den roten Fleck auf der Watte. Er wiederholte die Worte immer wieder, und beim fünfzigsten Mal brach er in Gelächter aus.

Plötzlich läutete die Glocke in der Küche. Wer konnte es sein? Er ging zur Wohnungstür und öffnete sie. Draußen stand eine große schlanke junge Frau mit schräggestellten chinesischen Augen und breitem Mund, die ein elegantes schwarzes Kleid mit weißem Besatz trug. Den Wattebausch auf den blutenden Arm gedrückt, verbeugte sich Coleman so artig, wie es ihm nur möglich war.

»Treten Sie ein«, sagte er. »Sie kommen gerade im rechten Augenblick. Ich bin im Begriff zu verbluten. ›Und sogleich traten Blut und Wasser aus.‹ Kommen Sie«, forderte er sie auf, da sie noch immer unentschlossen auf der Schwelle stand.

»Aber ich wollte Mr. Coleman sprechen«, sagte sie, ein wenig stotternd und verlegen errötend.

»Ich bin Mr. Coleman.« Er nahm für einen Augenblick den Wattebausch vom Arm und betrachtete mit fachmännischem Blick das Blut. »Nur werde ich es nicht mehr lange sein, wenn Sie nicht hereinkommen und meine Wunden verbinden.«

»Aber Sie sind nicht der Mr. Coleman, den ich dafür gehalten habe«, erklärte die junge Dame immer verwirrter. »Sie haben zwar auch einen Bart, aber ...«

»Dann muß ich mich also damit abfinden, dieses Leben zu verlassen?« Er breitete mit einer Gebärde der Verzweiflung die Arme aus. »Fort mit dir, vergänglicher Coleman. ›Fort, verdammter Fleck!‹«[1] Er tat, als wollte er die Tür schließen.

Die junge Dame hielt ihn zurück. »Wenn Sie wirklich einen Verband brauchen, will ich ihn Ihnen natürlich machen. Ich habe im Krieg meine Prüfung in Erster Hilfe abgelegt.«

Coleman öffnete wieder die Tür. »Gerettet!« sagte er. »Kommen Sie herein!«

---

1 Vergl. *Macbeth*, 5. Akt, 1. Szene, in der Lady Macbeth schlafwandelnd von ihren Händen vermeintliches Blut abwaschen will: »Fort, verdammter Fleck!« (Anm. d. Ü.)

Ursprünglich war es am Tag zuvor die Absicht von Rosie gewesen, von Mr. Mercaptan direkt zu Toto zu gehen. Sie hatte ihn sofort sprechen und ihn fragen wollen, was er sich wohl dabei gedacht habe, als er diesen dummen Streich spielte. Sie hatte sich vorgenommen, ihm tüchtig die Meinung zu sagen. Sogar, daß sie ihn nie wiedersehen wollte. Aber natürlich, wenn er genügend Reue zeigte und ihr eine plausible Erklärung zu bieten gehabt hätte, wäre sie auch bereit gewesen, ihn – wenn auch nur widerstrebend – in Gnaden wiederaufzunehmen. In den aufgeschlossenen und vorurteilslos empfindenden Kreisen, in denen sie sich neuerdings bewegte, war ein solcher Streich wohl nur eine Bagatelle, und es wäre lächerlich, sich deswegen ernsthaft zu streiten. Trotzdem war sie entschlossen, Toto eine Lektion zu erteilen.

Aber als sie endlich Mr. Mercaptans erlesenes Boudoir verließ, war es für sie zu spät geworden, um bis Pimlico, zu der von Mr. Mercaptan angegebenen Adresse, zu gehen. Sie entschloß sich, ihren Besuch auf den nächsten Tag zu verschieben.

So hatte sie sich denn heute auf den Weg nach Pimlico gemacht, um dort einen gewissen Mr. Coleman aufzusuchen. Nach Sloane Street und Mr. Mercaptan erschien ihr das alles ziemlich langweilig und zweitklassig. Der arme Toto! Die Brillanz Mr. Mercaptans hatte ihm viel von seinem Glanz genommen. Zum Beispiel dieser Essay über das *Jus primae noctis!* Daran dachte sie, als sie jetzt durch die häßlichen labyrinthischen Gassen von Pimlico irrte, und lächelte. Armer Toto! Aber auch – das durfte sie nicht vergessen – dummer, boshafter, idiotischer Toto! Sie war sich bereits darüber klar, was sie ihm sagen wollte, und sie wußte auch schon, was Toto ihr antworten würde. Wenn die Szene dann vorbei war, würden sie beide zum Essen ins Café Royal gehen – in den oberen Stock, wo sie noch nie gewesen war. Übrigens würde sie ihn eifersüchtig machen, indem sie ihm sagte, wie sympathisch ihr Mr. Mercaptan gewesen war – aber auch nicht zu eifersüchtig. Denn wie ihr Vater zu sagen pflegte, wenn sie wütend wurde und am liebsten jedermann etwas Unangenehmes an den Kopf geworfen hätte: Schweigen war Gold. Bei manchen Dingen war Schweigen ganz sicherlich Gold.

In der düsteren kleinen Querstraße der Lupus Street, die ihr Ziel war, fand Rosie die angegebene Hausnummer und in der Reihe von Klingelknöpfen und Namensschildern auch den richtigen Namen. Rasch und entschlossen stieg sie die Treppe hinauf.

»Ich hatte doch geglaubt«, wollte sie sagen, sowie sie seiner ansichtig wurde, »daß Sie ein gebildeter, ein kultivierter Mensch seien.« Mr. Mercaptan hatte leise angedeutet, daß Coleman nicht wirklich kultiviert sei. Aber Rosie genügte schon die bloße Andeutung, um zu verstehen. »Doch wie ich sehe«, wollte sie dann fortfahren, »war ich in einem Irrtum befangen. Am Umgang mit Flegeln ist mir weniger gelegen.« Schließlich hatte die verwöhnte Dame ihn als jungen Dichter auserwählt und nicht als Stallburschen.

Derart gut auf ihre Rolle vorbereitet, drückte Rosie auf den Klingelknopf. Die Tür ging auf, und es erschien dieser riesige, bärtige Kosak von einem Mann, lächelte und betrachtete sie mit gefährlich blitzenden Augen, zitierte die Bibel und blutete im übrigen wie ein Schwein. Blutig waren sein Hemd, seine Hosen, seine Hände; auf dem Gesicht hatte er Blutflecke, und sogar der blonde Bart war an den Rändern hier und da blutbeschmiert. Es war wirklich zuviel für sie, selbst für ihre aristokratische Nonchalance.

Aber am Ende folgte sie ihm dann doch über eine kleine Diele in einen hellen, weißgetünchten Raum. In diesem Zimmer befanden sich keine Möbel außer einem Tisch, ein paar Stühlen und einer breiten Couch, die wie eine Insel in der Mitte des Raumes stand und, je nach Bedarf, mal als Bett und mal als Sofa diente. Über dem Kaminsims war eine große photographische Reproduktion an die Wand geheftet: eine Studie Leonardos über die Anatomie der Liebe. Sonst gab es keine Bilder an den Wänden.

»Da haben Sie das ganze Instrumentarium«, sagte Coleman und wies auf den Tisch. »Scharpie, Verbandszeug, Watte, Jodtinktur, Mull und ölimprägnierte Seide. Ich habe immer alles bereit für solche kleinen Unfälle.«

»Passiert es Ihnen öfter, daß Sie sich in den Arm schneiden?« fragte Rosie. Sie zog ihre Handschuhe aus und ging daran, ein großes Paket Scharpie zu öffnen.

»Geschnitten wird man«, erklärte Coleman. »Sie verstehen, kleine Meinungsverschiedenheiten. So dich dein Auge ärgert, reiß es aus! Liebe deinen Nächsten wie dich selbst! Ergo: So dich das Auge deines Nächsten ärgert – Sie verstehen? Wir leben hier nach christlichen Grundsätzen.«

»Wer ist ›wir‹?« fragte Rosie, während sie die Schnittwunde ein letztes Mal mit Jodtinktur behandelte und dann ein großes viereckiges Stück Scharpie darauf legte.

»Nur ich und – wie soll ich es ausdrücken? – meine Lebensgefährtin«, antwortete er. »Aber Sie sind ja fabelhaft geschickt in diesen Dingen«, fuhr er fort. »Sie sind der ideale Typ der Krankenschwester, voll mütterlicher Instinkte.«

Rosie lachte. »Ich verbringe aber nicht meine ganze Zeit mit dem Verbinden von Wunden«, sagte sie und blickte einen Moment von dem Verband auf. Sie hatte nach der ersten Überraschung ihre Fassung zurückgewonnen.

»Sehr gut«, begeisterte sich Coleman. »Auch Sie verursachen Wunden, nicht wahr? Erst fügen Sie sie zu und dann pflegen Sie sie nach alter homöopathischer Weise. Großartig! Sie sehen, was Leonardo zu dem Thema zu sagen hat.« Mit der freien Hand deutete er auf die Photographie über dem Kaminsims.

Rosie hatte das Bild gleich bei ihrem Eintritt bemerkt und zog es vor, es beim zweiten Mal nicht allzu genau zu betrachten. »Ich finde es eigentlich abstoßend«, sagte sie und widmete ihre ganze Aufmerksamkeit dem Verband.

»Aber das ist es ja gerade, darum geht es doch!« sagte Coleman, und in seinen klaren blauen Augen funkelte es von tanzenden Lichtern. »Das ist die Schönheit der großen Leidenschaft. Sie *ist* abstoßend. Lesen Sie, was die Kirchenväter über die Liebe zu sagen haben. War es nicht Odo von Cluny, der die Frau einen *saccus stercoris*, einen ›Sack voll Dreck‹ genannt hat? ›*Si quis enim considerat quae intra nares et quae intra fauces et quae intra ventrem lateant, sordes ubique reperiet.*‹« Wie ein beredter Donner kam das Latein von seinen Lippen. »»*Et si nec extremis digitis flegma vel stercus tangere patimur, quomodo ipsum stercoris saccum amplecti desideramus?*‹« Er schnalzte mit der Zunge. »Großartig!« erklärte er.

257

»Latein verstehe ich nicht«, sagte Rosie, »und ich bin froh darüber. Ihr Verband ist fertig. Sehen Sie?«

Coleman dankte mit einem Lächeln. »Aber ich fürchte, der Abt Odo würde selbst Sie nicht geschont haben, sogar nicht um Ihrer guten Werke willen. Und schon gar nicht um Ihrer Schönheit willen, die ihn nur um so mehr provoziert haben würde, sich über die fragwürdigen Geheimnisse auszulassen, die sie verbirgt.«

»Ich muß schon bitten«, protestierte Rosie. Sie wäre jetzt gern aufgestanden und wieder gegangen, aber die blauen Augen des Kosaken blitzten sie mit so seltsamem Ausdruck an, sein Lächeln war so rätselhaft, daß sie unwillkürlich sitzen blieb wo sie war und seiner geschwinden Rede und den gewollten und beängstigenden Ausbrüchen seines gellenden Gelächters weiter lauschte.

»Was für sinnliche Naturen die damals waren!« begeisterte er sich und warf die Arme hoch. »Sie hatten ein wahrhaft wollüstiges Empfinden für Dreck und Trübsinn, für Schmutz und Langeweile und für alle Greuel des Lasters. Sie taten so, als wollten sie die Menschen vom Laster abhalten, indem sie seine Greuel einzeln aufzählten. Aber in Wirklichkeit machten sie das Laster nur noch pikanter, wenn sie die Greuel beim Namen nannten. *O esca vermium, o massa pulveris!* Was für ekelerregende Umarmungen! Das die Kopulation bezeichnende Zeitwort mit einem Sack voll Gekröse in Verbindung zu bringen – könnte etwas auf erlesenere, verzweifeltere und wahnwitzigere Weise gemein und abstoßend sein?« Er warf den Kopf zurück und lachte, und die blutbeschmierten Spitzen seines blonden Bartes bebten. Rosie starrte auf sie, vom Ekel fasziniert.

»An Ihrem Bart klebt Blut«, fühlte sie sich verpflichtet zu sagen.

»Na und? Warum denn nicht?«

Verwirrt fühlte Rosie, wie sie errötete. »Weil es ziemlich widerlich ist. Ich weiß nicht warum, aber es ist so.«

»Ein guter Grund, mir auf der Stelle um den Hals zu fallen!« sagte Coleman. »Von einem Bart geküßt zu werden, ist schon schlimm genug. Aber erst von einem blutigen Bart – stellen Sie sich das vor!«

Rosie schauderte bei diesem Gedanken.

»Was ist denn eigentlich Interessantes oder Amüsantes dabei, wenn man immer nur das Übliche auf die übliche Weise tut? Ein Leben *au naturel* . . .« Er schüttelte den Kopf. »Es geht nicht ohne Knoblauch und Safran. Glauben Sie an Gott?«

»Nicht sehr«, sagte Rosie mit einem Lächeln.

»Ich bedaure Sie. Dann müssen Sie das Leben entsetzlich langweilig finden. Aber wenn Sie an Gott glauben, bekommt alles Überlebensgröße. Phallische Symbole, hundert Meter hoch.« Er hob die Hand. »Ein Gehege grinsender Zähne, über die man einen Hundertmeterlauf veranstalten könnte.« Er grinste sie durch seinen Bart hindurch an. »Und Wunden, groß genug, um sechsspännig in ihre eitrigen Schlupfwinkel einzufahren. Noch der geringfügigste Akt gewinnt ewige Bedeutung. Nur wer an Gott glaubt, und vor allem wer an die Hölle glaubt, kann das Leben richtig genießen. Wenn Sie zum Beispiel in ein paar Minuten der Zudringlichkeit meines blutigen Bartes nachgeben – wie unendlich viel mehr würden Sie es genießen, wenn Sie glauben könnten, daß Sie damit eine Sünde wider den Heiligen Geist begehen! Wenn Sie sich während der ganzen Dauer der Affäre in aller Ruhe und Gelassenheit sagen könnten: Dies ist nicht nur eine grauenhafte Sünde, es ist auch häßlich, grotesk, eine bloße Entleerung, eine –«

Rosie hob die Hand. »Sie sind wirklich abscheulich«, sagte sie. Coleman lächelte ihr zu. Aber sie ging nicht.

»»Wer nicht mit mir ist, der ist gegen mich««, sagte Coleman. »Wenn Sie sich nicht dazu entschließen können, für mich zu sein, ist es bestimmt besser, wenn Sie positiv gegen mich sind, als mir nur eine negative Gleichgültigkeit entgegenzubringen.«

»Unsinn!« protestierte Rosie schwach.

»Wenn ich meine Geliebte eine nymphomanische Hündin nenne, rennt sie mir das Taschenmesser in den Arm.«

»Genießen Sie das?«

»Ganz und gar. Denn es ist zugleich gemein bis zum äußersten und von unendlicher, ja ewiger Bedeutsamkeit.«

Coleman schwieg, und auch Rosie blieb stumm. Vergebens wünschte sie jetzt, es wäre Toto gewesen, den sie hier antraf, und nicht dieser grauenhafte und gefährliche Kosak. Mr. Mercaptan hätte sie warnen müssen. Aber er hatte natürlich geglaubt, daß sie diesen Menschen schon eine Weile kannte. Sie blickte zu ihm auf und fand seine funkelnden Augen auf sie gerichtet. Er lachte stumm.

»Wollen Sie denn nicht wissen, wer ich bin?« fragte sie. »Und wieso ich hier bin?«

Coleman schüttelte höflich den Kopf. »Nein, überhaupt nicht.«

Irgendwie fühlte sich Rosie ratloser denn je. »Warum nicht?« fragte sie so kühn und dreist, wie sie nur konnte.

Coleman antwortete mit einer Frage. »Warum sollte ich das?«

»Es wäre doch nur natürliche Neugier.«

»Aber ich weiß doch alles, was ich wissen will«, sagte er. »Sie sind eine Frau oder haben jedenfalls alle weiblichen Merkmale. Nicht allzu üppig entwickelt, wenn ich das hinzufügen darf. Ihre Beine sind nicht aus Holz. Und Ihre Lider flattern über Ihren Augen wie eine auf- und zuklappende Jalousie vor einer Signallampe, die im vertrauten Code die Buchstaben AMOR sendet, nicht aber, falls ich mich nicht sehr täusche, die Buchstaben CASTITAS. Ihr Mund sieht ganz so aus, als verstünde er sich auf Schmecken und Beißen. Sie –«

Rosie sprang auf. »Ich gehe«, sagte sie.

Coleman lehnte sich auf seinem Stuhl zurück und wollte sich vor Lachen ausschütten. »Beiß! Beiß! Beiß!« sagte er. »Zweiunddreißigmal.« Und er öffnete und schloß seinen Mund, so schnell wie er konnte, und mit einem kleinen trockenen, beinernen Geräusch stießen seine Zähne aufeinander. »Jeder Biß zweiunddreißigmal. Das hat Mr. Gladstone gesagt. Und gewiß hat Mr. Gladstone« – er klapperte wieder mit seinen spitzen weißen Zähnen – »gewiß hat Mr. Gladstone gewußt, wovon er sprach.«

»Auf Wiedersehen«, sagte Rosie von der Tür her.

»Auf Wiedersehen«, rief Coleman zurück. Aber unmittelbar darauf sprang er auf und stürzte durch das Zimmer auf sie zu.

Mit einem Schrei schlüpfte Rosie hinaus, schlug die Tür hinter sich zu und eilte über die Diele zur Wohnungstür, wo sie sich aufgeregt an den Riegeln zu schaffen machte. Die Tür wollte nicht aufgehen, wollte einfach nicht aufgehen. Rosie war schlecht vor Angst. Sie hörte ein Geräusch an der Tür hinter sich und dann ein brüllendes Gelächter. Da waren die Hände des Kosaken auf ihren Armen, sein Gesicht spähte über ihre Schulter, und der blutverschmierte blonde Bart kitzelte sie am Hals und im Gesicht.

»O nein, nein, nein!« flehte sie mit abgewandtem Gesicht. Und plötzlich begann sie heftig zu weinen.

»Tränen!« rief Coleman in einem Taumel des Entzückens. »Echte Tränen!« Er beugte sich gierig über sie, um sie wegzuküssen, sie zu trinken, noch während sie fielen. »Was für ein Rausch!« sagte er und blickte nach oben, zur Decke, wie ein Huhn, das einen Schluck Wasser getrunken hat. Er leckte sich die Lippen.

Rosie schluchzte unbeherrscht. Noch nie in ihrem Leben hatte sie sich so wenig wie eine verwöhnte große Dame gefühlt.

EINUNDZWANZIGSTES KAPITEL

»Da bin ich wieder«, sagte Gumbril.

»Schon?« Ein heftiges Kopfweh hatte Mrs. Viveash gezwungen, nach ihrer Lunchverabredung mit Piers Cotton sogleich nach Hause zu gehen. Sie hatte Pyramidon genommen und ruhte nun auf dem Dufy-Sofa, unter ihrem von Jacques-Emile Blanche geschaffenem Porträt in Lebensgröße. Ihre Kopfschmerzen hatten sich zwar nicht wesentlich gebessert, aber sie langweilte sich, und so sagte sie dem Mädchen, das Gumbril meldete, es möge ihn hereinführen.

»Ich bin sehr krank«, fuhr sie mit ersterbender Stimme fort. »Sehen Sie mich an«, und sie zeigte auf sich, »und vergleichen Sie, wie ich da aussehe.« Diesmal wies sie auf das Porträt mit seiner geradezu knisternden Brillanz. »Vorher und nachher. Sie wissen, wie die Reklameplakate. Jedes Bild erzählt seine Geschichte.« Sie lachte leise. Dann verzog sie das Gesicht und griff sich, die Luft rasch durch die Lippen einziehend, an die Stirn.

»Arme Myra!« Gumbril holte sich einen Stuhl an ihr Lager und saß dort wie ein Arzt am Bett seiner Patientin. »Aber vor und nach wovon?« fragte er, fast wirklich wie ein Arzt.

»Ich weiß nicht«, sagte sie mit einem fast unmerklichen Schulterzucken.

»Doch keine Grippe, hoffe ich?«

»Nein, das glaube ich nicht.«

»Nicht etwa Liebe, zufällig?«

Mrs. Viveash riskierte kein zweites Lachen, sondern begnügte sich mit einem schmerzlichen Lächeln.

»Es wäre nur eine gerechte Strafe gewesen für das, was Sie mir angetan haben«, fuhr Gumbril fort.

»Was habe ich Ihnen angetan?« fragte sie, die blaßblauen Augen weit aufgerissen.

»Nichts. Nur mein Leben ruiniert.«

»Seien Sie nicht kindisch, Theodore. Erklären Sie mir, was Sie meinen, aber ohne diese albernen, hochtönenden Phrasen.« In ihre ersterbende Stimme war ein ungeduldiger Ton gekommen.

»Ich meine nur«, sagte Gumbril, »daß Sie mich davon abgehalten haben, den einzigen Menschen zu sehen, den ich je in meinem Leben wirklich sehen wollte. Und als ich gestern versuchte, sie zu treffen, war sie schon fort. Verschwunden. Und ich bleibe zurück in einem Vakuum.«

Mrs. Viveash schloß die Augen. »Wir leben alle in einem Vakuum«, sagte sie. »Es wird Ihnen trotzdem nicht an Gesellschaft fehlen.« Sie schwieg einen Augenblick. »Doch es tut mir leid«, fügte sie hinzu. »Warum haben Sie es mir nicht gesagt? Und warum sind Sie nicht einfach zu ihr gefahren, ohne sich um mich zu kümmern?«

»Ich habe es Ihnen nicht gesagt«, erwiderte Gumbril, »weil ich es da noch nicht wußte, und ich bin nicht zu ihr gefahren, weil ich mit Ihnen nicht streiten wollte.«

»Danke«, sagte Mr. Viveash und streichelte seine Hand. »Aber was wollen Sie jetzt unternehmen? Nicht mit mir zu streiten, dürfte eine ziemlich negative Genugtuung für Sie bleiben.«

»Ich habe vor, morgen früh England zu verlassen.«

»Ah, das klassische Heilmittel! Aber doch wohl nicht, um auf die Großwildjagd zu gehen?« Sie dachte an ihren Mann bei den Tikki-tikki und den Tsetsefliegen. Er war ein reizender Mensch, aber ... ja, was denn?

»Lieber Gott, für wen halten Sie mich? Die Großwildjagd!« Er lehnte sich zurück und lachte herzhaft, zum erstenmal seit seiner Rückkehr am Tag zuvor von Robertsbridge. Und er hatte geglaubt, nie wieder lachen zu können. »Sehen Sie mich etwa mit Tropenhelm und geschultertem Gewehr für die Elefantenjagd?«

Mrs. Viveash griff sich an die Stirn. »Ich sehe Sie, Theodore«, sagte sie, »aber ich bemühe mich, mir vorzustellen, daß Sie dabei ganz normal aussähen – mit Rücksicht auf meine Kopfschmerzen.«

»Zunächst gehe ich nach Paris«, sagte er. »Was danach kommt, weiß ich noch nicht. Ich werde überall dorthin reisen, wo ich hoffen kann, daß man pneumatische Hosen kauft. Ich reise in Geschäften.«

Diesmal lachte Mrs. Viveash ungeachtet ihrer Kopfschmerzen.

»Ich habe daran gedacht, mir ein Abschiedsbankett zu geben«, fuhr Gumbril fort. »Vor dem Abendessen wollen wir die Runde machen – das heißt, wenn Sie sich dazu wohl genug fühlen – und ein paar Freunde einladen. Dann wollen wir, von tiefer Schwermut erfüllt, essen und trinken. Am Morgen aber werde ich, unrasiert, erschöpft und von allem angewidert, auf der Victoria Station in den Zug steigen und dem Himmel danken, England verlassen zu können.«

»Das wollen wir tun«, sagte Mrs. Viveash, matt und doch nicht unterzukriegen, auf ihrem Sofa, dem zum Sterbebett nicht mehr viel fehlte. »Aber zunächst wollen wir noch einmal Tee aufbrühen lassen, und Sie können mir etwas erzählen.«

Das Tannin wurde gebracht, und Gumbril begann zu erzählen und Mrs. Viveash, ihm zuzuhören, nicht ohne sich ab und zu die Stirn mit Eau de Cologne zu betupfen oder am Hirschhornsalz zu riechen.

Gumbril erzählte. Er berichtete von den Hochzeitszeremonien achtarmiger Tintenfische und ihren komplizierten Riten in

263

den grünen Grotten auf dem Meeresboden des Indischen Ozeans. Bei der Summe von sechzehn Armen ergeben sich wieviel Variationen und Kombinationen der Umarmung? Ganz zu schweigen von dem Umstand, daß sich inmitten eines jeden Bündels von Armen ein Maul befand, das wie der Schnabel eines Ara aussah.

Auf der Rückseite des Mondes, dies pflegte ihm sein Freund Umbilikow, der Mystiker, zu versichern, lagerten die Seelen der Gestorbenen in Gestalt von kleinen Blasen, wie gequollener Sago aufeinandergeschichtet, bis sie unter dem ständig wachsenden und unerträglich werdenden Gewicht sich gegenseitig zerdrückten und zerquetschten. Im Diesseits wurde übrigens dieses Zerquetschen auf der Rückseite des Mondes irrtümlich unter der Bezeichnung »Hölle« bekannt. Um aber auf die Sternbilder zu kommen, so war der Skorpion der erste von allen mit einer Art von Rückgrat. Dank einer ungewöhnlichen Willensanstrengung gelang es ihm, seinen Außenpanzer zu verschlingen, den er alsdann in seinem Körper komprimierte und neu formte, wodurch er zum ersten Vertebraten wurde. Dies war, wie man sich vorstellen kann, ein denkwürdiger Tag in der Geschichte unseres Kosmos.

Die Mieten in all diesen neuen Häusern in Regent Street und Piccadilly belaufen sich heutzutage auf drei bis vier Pfund pro Quadratmeter. Indessen ist all die von John Nash einst geschaffene architektonische Schönheit verschwunden, und ein barbarisches Chaos herrscht wieder souverän auch in der Regent Street. Der Geist des älteren Gumbril schwebte durch das Zimmer.

Wer lebt länger? Jemand, der zwei Jahre lang Heroin nimmt und dann stirbt, oder der, welcher von Roastbeef, Wasser und Kartoffeln lebt und fünfundneunzig wird? Der eine verbringt vierundzwanzig Monate in der Ewigkeit. Der Roastbeefesser lebt die Jahre nur nach dem Zeitbegriff. »Über Heroin kann ich Ihnen alles sagen«, warf Mrs. Viveash ein.

Lady Capricorn hielt, wie er hörte, noch immer offenes Bett. Wie Rubens ihre seidenen Kissen bewundert hätte und diese gewaltigen Zentifolien und ihre runden rosa Perlen, größer als die Perlen, die Kapitän Nemo in der uralten Auster entdeckte.

Und das warme, trockene Rascheln von Haut auf Haut, wenn sie geht, ein Bein vorsetzend, dann das andere nachziehend.

Da wir gerade von Polypen sprechen, die Schwimmblase der Tiefseefische ist mit fast absolut reinem Sauerstoff gefüllt. *C'est la vie* – Gumbril zuckte die Achseln.

Auf den Weideplätzen der Alpen beginnen die Heuschrekken ihren Flug, mit schrillem Zirpen, als trügen sie ein Uhrwerk in sich. Zuerst unsichtbar, offenbaren sie sich dem Auge, sobald sie über die Blüten hinweggleiten – ein Streifen wie ein blauer Blitz, mit einer roten Schleife am Ende. Dann schließt sich die Flügeldecke wieder über dem farbigen Flügel darunter, und die Heuschrecken sind von neuem die unsichtbaren Fiedler, die unter den Blumen über ihnen, wie Lady Capricorn, ihre Schenkel aneinanderreiben.

Fälscher verleihen ihren alten Elfenbeinarbeiten Patina, indem sie sie üppigen Jüdinnen leihen, damit diese sie wie ein Amulett ein paar Monate zwischen ihren Brüsten tragen.

Auf den italienischen Friedhöfen sind die Familiengrüfte wie Treibhäuser Glas-und-Eisen-Konstruktionen.

Sir Henry Griddle hat nun endlich die Dame mit dem Schweinskopf geheiratet.

Piero della Francescas Fresko von der Auferstehung Christi in Sansepolcro ist das schönste Bild der Welt, und das Hotel dort ist alles andere als schlecht. Skrjabin – *le* Tschaikowski *de nos jours*. Der langweiligste Landschaftsmaler ist Marchand. Der beste Dichter –

»Sie langweilen mich«, sagte Mrs. Viveash.

»Muß ich also von der Liebe sprechen?« fragte Gumbril.

»Es bleibt wohl nichts anderes übrig«, antwortete Mrs. Viveash und schloß die Augen.

Gumbril erzählte ihr die Anekdote über Jo Peters, Connie Asticot und Jim Baum. Dann die Geschichte von Lola Knopf und der Baronin Gnomon. Von Margherita Radicofani, ihm selbst und Pastor Meyer. Schließlich die von Lord Cavey und dem kleinen Toby Nobes. Als er soweit gekommen war, stellte er fest, daß Mrs. Viveash eingeschlafen war.

Er fühlte sich nicht gerade geschmeichelt. Aber ein bißchen Schlaf, meinte er, würde ihrem schmerzenden Kopf sehr guttun. Und da er wußte, daß eine plötzlich eintretende Stille sie vermutlich wieder aufwecken würde, fuhr er fort, ruhig weiter vor sich hinzusprechen.

»Wenn ich diesmal im Ausland bin«, erklärte er in seinem Selbstgespräch, »werde ich nun wirklich mit meiner Autobiographie beginnen. Es geht nichts über ein Hotelzimmer, um zu arbeiten.« Er kratzte sich nachdenklich den Kopf und bohrte sogar in der Nase – eine seiner schlechten Angewohnheiten, wenn er allein war. »Wer mich kennt«, fuhr er fort, »wird denken, daß ich über die leichte zweirädrige Kutsche und meine Mutter und die Blumen und so weiter nur deswegen schreibe, weil ich hier drinnen weiß« – er kratzte sich etwas heftiger den Kopf, um sich selbst zu zeigen, daß er von seinem Hirn sprach – »daß das genau das ist, worüber man zu schreiben hat. Man wird mich für einen schäbigen kleinen Romain Rolland halten, der den hoffnungslosen Versuch unternimmt, all die Gefühle und die großen geistigen Erlebnisse vorzutäuschen, die die wirklich bedeutenden Männer haben. Vielleicht haben die Leute damit sogar recht. Vielleicht wird die Biographie Gumbrils genauso offenkundig ein *Ersatz*[1] wie das *Leben Beethovens*. Andererseits könnten sie auch zu ihrer Überraschung feststellen, daß es der wahre und unverfälschte Stoff ist. Nun, wir werden sehen ...« Bedächtig nickte Gumbril, während er zwei Pennies von der rechten Hosentasche in die linke beförderte. Die Entdeckung, daß die Kupfermünzen sich unbefugt unter das Silber gemischt hatten, war ihm ganz und gar nicht recht. Das Silber gehörte in die rechte Tasche, das Kupfer in die linke. Dies war ein Gesetz, das zu brechen höchst unheilvoll war. »Ich habe so ein Vorgefühl«, fuhr er fort, »daß ich nächstens als Heiliger aufwachen könnte. Ein erfolgloser Heiliger, zitternd wie eine Kerze, die fast ganz niedergebrannt ist. Was die Liebe angeht – ach du lieber Gott! Und berühmte Leute, die ich kennengelernt habe – nun, ich werde darauf hinweisen, daß ich die meisten bedeutenden Persönlichkeiten Europas

---

1 Deutsch im Original (Anm. d. Ü.)

kennengelernt und von allen dasselbe gesagt habe, wie nach meinem ersten Liebesabenteuer: ›Und das ist alles?‹«

»Haben Sie das wirklich nach Ihrem ersten Liebesabenteuer gesagt?« fragte Mrs. Viveash, die gerade wieder aufgewacht war.

»Sie nicht?«

»Nein. Ich sagte: Das *ist* alles. Alles, die ganze Welt. In der Liebe ist es immer das Ganze oder nichts.« Sie schloß die Augen und war sofort wieder eingeschlafen.

Gumbril nahm sein Selbstgespräch und Wiegenlied wieder auf.

»›Dieses charmante kleine Buch‹ ... *The Scotsman.* ›Dieses Sammelsurium von Obszönitäten, übler Nachrede und falscher Psychologie‹ ... *Darkington Echo.* ›Mr. Gumbrils leiblicher Vetter ist der heilige Franz Xavier, sein Vetter zweiten Grades der Earl of Rochester, sein Vetter dritten Grades der ›Mann von Gefühl‹[1] und ein Vetter vierten Grades David Hume.‹ ... *Court Journal.*« Gumbril hatte die Lust an seinem Spaß schon verloren. »Wenn ich bedenke, wie das Licht mir schwand«[2], fuhr er fort, »ja, wenn ich's bedenke ... *Herr Jesus*[3], wie *Fräulein Nimmernein* in kritischen Momenten auszurufen pflegte.«

Er stand auf und schritt auf Zehenspitzen bis zum Schreibtisch. Dort lag neben der Schreibunterlage ein indischer Dolch, den Mrs. Viveash als Brieföffner benutzte. Gumbril ergriff ihn und führte mit ihm einige Stöße in die Luft. »Daumen auf die Klinge und dann nach oben stoßen«, sagte er. »Jetzt den Ausfall. Bis ans Heft dringt er ein! Streichle den Dolch von der Spitze bis zum Knauf. Zip!« Er ließ die Klinge zwischen den Fingern hindurchgleiten. Dann legte er den Dolch nieder und blieb einen Moment stehen, um sich vor

---

1 Titel eines Romans von Henry Mackenzie (Anm. d. Ü).
2 When I consider how my light is spent – so beginnt das Sonett John Miltons über seine Erblindung. (Anm. d. Ü.)
3 Deutsch im Original (Anm. d. Ü.)

dem Spiegel über dem Kaminsims eine Grimasse zu schneiden. Schließlich nahm er wieder auf seinem Stuhl Platz.

Um sieben Uhr wachte Mrs. Viveash auf. Sie schüttelte den Kopf, um festzustellen, ob der Schmerz vielleicht noch irgendwo in ihrem Schädel lauerte.

»Ich glaube wirklich, es ist vorbei«, sagte sie und sprang schon auf. »Los! Ich fühle mich bereit für alles.«

»Und ich fühle mich bereit, den Würmern als Speise zu dienen«, sagte Gumbril. »Trotzdem: *Versiam a tazza piena il generoso umor*.« Er summte das Trinklied aus *Robert der Teufel*, und mit dieser Melodie von treuherziger Heiterkeit auf den Lippen verließen sie das Haus.

Das Taxi kostete sie an diesem Abend mehrere Pfund. Sie ließen den Chauffeur hin- und zurückfahren, gleichsam im Pendelverkehr, von einem Ende Londons bis zum anderen. Immer wenn sie über Piccadilly Circus kamen, lehnte sich Mrs. Viveash aus dem Fenster, um die Lichtreklamen über dem Monument des Earl of Shaftesbury ihren endlosen Veitstanz tanzen zu sehen.

»Ich liebe sie«, sagte sie, als sie das erstemal vorbeikamen. »Diese Räder, die sich drehen, bis die Funken unter ihnen hervorstieben! Dieses Auto in voller Fahrt! Und die Portweinflasche, die das Glas füllt, verschwindet und von neuem erscheint, um das Glas noch einmal zu füllen. Es ist zu schön!«

»Es ist zu abscheulich!« verbesserte Gumbril sie. »Diese epileptischen Zuckungen sind das Symbol für alles, was es an Bestialischem und Idiotischem in unserer Zeit gibt. Schauen Sie auf diese Scheußlichkeiten – und dann sehen Sie dahin!« Er wies auf das Gebäude der Feuerversicherung an der Nordseite des Platzes. »Dort sehen Sie Anstand, Würde, Schönheit, Harmonie. Hier ein Flackern, Schnattern und Zucken. Etwa nicht? Ruhelosigkeit, Zerstreuung, die Weigerung, nachzudenken, alles für ein turbulentes Leben ...«

»Was für ein reizender Pedant Sie sind!« Sie wandte den Kopf vom Fenster weg, legte ihre Hände auf seine Schultern und sah ihm in die Augen. »Bezaubernd komisch!« Sie küßte ihn.

»Sie werden mich nicht dazu bringen, meinen Standpunkt

aufzugeben.« Gumbril lächelte ihr zu. »*Eppur si muove* – ich bleibe, wie Galilei, bei meinen Überzeugungen. – Das bewegt sich, und es ist scheußlich.«

»Es ist wie ich«, sagte Mrs. Viveash mit Nachdruck. »Diese Dinge – das bin ich.«

Zuerst fuhren sie in die Stallgasse zu Lypiatt. Unter dem Bogen à la Piranesi hindurch. Die Wäscheleinen, die quer über die Straße von Balkon zu Balkon geknüpft waren, hätten die Seile sein können, die einen so wesentlichen wie geheimnisvollen Anteil an der Architektur der berühmten »Gefängnisse« haben. Es roch schlecht, die Kinder brüllten und das hyänenhafte Gelächter Halbwüchsiger hallte in der engen Gasse wider. Alles, was Gumbril an sozialem Verantwortungsgefühl besaß, erwachte augenblicklich.

Eingeschlossen in sein Zimmer, hatte Lypiatt den ganzen Tag über geschrieben. Er hatte alles über sein Leben geschrieben, über seine Ideen und Ideale, alles für Myra. Der Stapel der beschriebenen Blätter wuchs immer höher. Gegen Abend machte Lypiatt Schluß; er hatte nun alles geschrieben, was er hatte schreiben wollen. Er aß, was von dem gestern gekauften Brot noch übrig war, und trank dazu Wasser; es war ihm plötzlich zu Bewußtsein gekommen, daß er den ganzen Tag gefastet hatte. Und nun wollte er in Ruhe über alles nachdenken. Er legte sich auf den Rand des Brunnens und blickte in die blinde Tiefe hinab.

Er besaß noch seinen Militärrevolver. Er holte ihn aus der Schublade, in der er ihn verwahrte, lud ihn und legte ihn auf die Kiste, die ihm als Nachttisch diente. Dann streckte er sich auf dem Bett aus. Er lag ganz ruhig, jeder Muskel entspannt, und atmete kaum. Er stellte sich vor, tot zu sein. Aber wie lächerlich! Der Sprung in den Brunnen war noch zu machen.

Er ergriff den Revolver und sah in den Lauf. Schwarz und tief wie der Brunnen. Die Mündung, an die Stirn gedrückt, war wie ein kalter Mund.

Über den Tod gab es nichts Neues, das zu bedenken wäre. Es gab nicht einmal die Möglichkeit zu einem neuen Gedanken. Nur die alten Gedanken, die alten grausamen Fragen kamen wieder.

Den eisigen Mund an die Stirn gepreßt, den Finger am Abzug ... Schon würde er fallen und fallen. Die tödliche Explosion würde dem fernen Todeslaut vom Boden des Brunnens gleichen. Und dann, wenn alles still war? Die alte Frage noch immer.

Er würde in seinem Blut liegen, und die Fliegen würden es trinken, als sei es roter Honig. Schließlich würde man ihn finden und fortbringen. Die Jury des Coroners würde ihn im Leichenschauhaus untersuchen und die Feststellung treffen, daß er in einem Anfall von geistiger Umnachtung gehandelt habe. Dann würde er in einem schwarzen Loch begraben werden, würde begraben werden und verwesen.

Und außerdem: geschah da gleichzeitig noch etwas anderes? Kein neuer Gedanke, keine neue Frage. Und noch immer keine Antwort.

Im Zimmer begann es zu dunkeln. Die Farben schwanden, die Formen verschmolzen ineinander. Die Staffelei und das Porträt Myras bildeten nun eine einzige schwarze Silhouette vor dem Fenster. Nähe und Ferne gingen ineinander über, waren eins geworden in der Dunkelheit, selbst Teil der Dunkelheit. Draußen wurde das bleiche Dämmer immer dunkler. Die Kinder spielten im grünen Licht der Gaslaternen und stießen dabei schrille Schreie aus. Das wilde und unfrohe Lachen junger Mädchen hatte etwas Höhnisches und zugleich Lockendes. Lypiatt streckte die Hand aus und fingerte an der Pistole.

Plötzlich hörte er unten an der Tür lautes Klopfen. Lauschend hob er den Kopf. Er unterschied zwei Stimmen, die eines Mannes und die einer Frau. Myras Stimme erkannte er sofort; die des Mannes, so vermutete er, mochte Gumbril gehören.

»Ein schrecklicher Gedanke, daß es Menschen gibt, die unter solchen Bedingungen wohnen«, sagte Gumbril. »Sehen Sie sich nur diese Kinder an. Es müßte gesetzlich verboten werden, in einer solchen Straße Kinder zur Welt zu bringen.«

»Mich halten sie hier immer für den Rattenfänger von Hameln«, sagte Mrs. Viveash. Lypiatt stand auf und schlich sich ans Fenster. Er konnte alles hören, was sie sagten.

»Ob Lypiatt überhaupt zu Hause ist? Ich sehe überhaupt kein Licht.«

»Aber er hat schwere Vorhänge«, sagte Mr. Viveash, »und ich weiß positiv, daß er seine Gedichte immer im Dunkeln schreibt. Vielleicht schreibt er gerade ein Gedicht.«

Gumbril lachte.

»Klopfen Sie noch einmal«, sagte Mrs. Viveash. »Dichter sind immer in ihre Gedanken vertieft, wissen Sie. Und Casimir ist auf jeden Fall ein Dichter.«

»*Il Poeta* – mit großem P. Wie d'Annunzio in den italienischen Zeitungen«, sagte Gumbril. »Wußten Sie, daß d'Annunzio für sein Badezimmer Bücher hat, die auf wasserdichtem Stoff gedruckt sind?« Er klopfte noch einmal. »Ich habe es kürzlich im Klub im *Corriere della Sera* gelesen. Die ›Fioretti‹, die ›Blümlein des heiligen Franziskus‹, sind seine Lieblingslektüre in der Badewanne. Außerdem hat er einen Füllfederhalter mit wasserresistenter Tinte in seiner Seifenschale, so daß er, wenn ihm danach zumute ist, ein paar eigene *Fioretti* hinzufügen kann. Wir sollten das einmal Casimir vorschlagen.«

Die Arme verschränkt, stand Lypiatt lauschend am Fenster. Wie unbekümmert warfen sie sich sein Leben, sein Herz zu, wie einen Ball im Spiel! Plötzlich dachte er daran, wie oft er selbst geringschätzig oder boshaft über andere gesprochen hatte. Aber seine eigene Person war ihm bei solchen Gelegenheiten immer sakrosankt erschienen. Natürlich wußte man theoretisch, daß die anderen schlecht über einen sprachen, wie man es selbst mit ihnen machte. Aber praktisch konnte man es sich kaum vorstellen.

»Armer Casimir!« seufzte Mrs. Viveash. »Ich fürchte, seine Ausstellung war ein Mißerfolg.«

»Ich weiß, daß es ein Mißerfolg war«, sagte Gumbril. »Ein hundertprozentiger, absoluter Mißerfolg. Aber ich habe meinem braven Kapitalisten vorgeschlagen, Lypiatt für unsere Werbekampagne zu engagieren. Er wäre großartig bei so etwas, und für ihn würde es einmal gutes bares Geld bedeuten.«

»Aber das schlimme ist, daß er sich durch diesen Vorschlag nur beleidigt fühlen wird.« Sie blickte zum Fenster hinauf.

»Ich weiß nicht, warum«, fuhr sie fort, »aber dieses Haus kommt mir auf eine grauenhafte Weise tot vor. Ich will nur hoffen, daß dem armen Casimir nichts passiert ist. Ich habe ein sehr unangenehmes Gefühl, daß hier irgend etwas nicht stimmt.«

»Ah, die berühmte weibliche Intuition«, sagte Gumbril lachend und klopfte noch einmal an die Tür.

»Ich werde das Gefühl nicht los, daß er da oben tot liegt oder im Delirium oder sonst etwas.«

»Und ich werde das Gefühl nicht los, daß er ausgegangen ist, um zu essen. Ich glaube, wir werden auf ihn verzichten müssen. Leider. Es ist so amüsant, wenn er mit Mercaptan zusammen ist. Wie der Bär und die Bulldogge. Oder besser, wie der Bär und der Pudel, der Bär und der Spaniel. Oder wie diese kleinen Schoßhündchen heißen, die die Damen auf französischen Stichen des achtzehnten Jahrhunderts mit in ihr Bett nehmen. Gehen wir also?«

»Klopfen Sie doch noch einmal«, sagte Mrs. Viveash. »Vielleicht ist er wirklich in seine Arbeit versunken, oder er schläft oder ist krank.« Gumbril klopfte. »Horchen Sie doch. Es bleibt alles still.«

Sie schwiegen. Aus einiger Entfernung kam noch immer der Lärm der Kinder. Man hörte lautes Hufescharren, als ein Lastwagen rückwärts in eine nahe gelegene Remise gefahren wurde. Lypiatt stand bewegungslos am Fenster, mit verschränkten Armen, das Kinn auf die Brust gedrückt. Die Sekunden vergingen.

»Nicht ein Laut«, sagte Gumbril. »Er muß ausgegangen sein.«

»Ich glaube es auch«, sagte Mrs. Viveash.

»Dann kommen Sie, jetzt holen wir Mercaptan ab.«

Lypiatt hörte ihre Schritte auf der Straße und dann das Geräusch der zuschlagenden Taxitür. Der Motor wurde angelassen. Laut im ersten Gang, nicht mehr ganz so laut im zweiten und nur noch ein Brummen im dritten, fuhr das Taxi, allmählich das Tempo beschleunigend, davon, bis sich das Geräusch im Lärm der Stadt verlor. Nun waren sie fort.

Langsam ging Lypiatt zu seinem Bett zurück. Plötzlich bedauerte er, daß er nicht auf das Klopfen hinuntergegangen war und geöffnet hatte. Diese Stimmen – er hatte ihnen vom Brunnenrand aus gelauscht, vom äußersten Rand des Brunnens aus.

272

Jetzt lag er ganz still im Dunkeln, und am Ende hatte er das Gefühl, der Erde entschwebt zu sein, allein und nicht mehr in einem engen dunklen Raum zu sein, sondern draußen, weit weg, in einer Dunkelheit ohne Grenzen. Er beruhigte sich, und er fing an, über sich und über alles, was er erlebt hatte, nachzudenken, aber wie aus großer Entfernung.

»Diese wunderbaren Lichter!« sagte Mrs. Viveash, als sie wieder über Piccadilly Circus fuhren.

Gumbril schwieg. Was er zu sagen hatte, er hatte es schon gesagt.

»Und da ist ja noch eins«, rief Mrs. Viveash entzückt, als sie in der Nähe vom Burlington House an einer Fontäne von Sandemans Portwein vorbeikamen. »Schade, daß man nicht gleich eine automatische Jazzband an den Mechanismus angeschlossen hat!« fügte sie bedauernd hinzu.

Einsam und abgelegen lag der Green Park im Mondschein. »Die reinste Verschwendung, was uns betrifft«, sagte Gumbril, als sie vorbeifuhren. »Man müßte glücklich verliebt sein, um eine Sommernacht unter Bäumen zu genießen.« Er fragte sich, wo in diesem Augenblick Emily sein mochte. Schweigend fuhren sie in ihrem Taxi weiter.

Mr. Mercaptan hatte, wie sich herausstellte, London verlassen. Seine Haushälterin hatte ihnen eine lange Geschichte zu erzählen. Ein richtiger Bolschewik war gestern erschienen und mit Gewalt in die Wohnung eingedrungen. Dann hatte sie mitangehört, wie er Mr. Mercaptan in dessen eigenem Zimmer anschrie. Glücklicherweise war aber bald eine Dame gekommen, und der Bolschewik hatte das Feld geräumt. Heute früh nun hatte sich Mr. Mercaptan plötzlich entschlossen, für zwei, drei Tage zu verreisen. Und es würde sie ganz und gar nicht überraschen, wenn das etwas mit diesem gräßlichen Bolschewiken zu tun hatte. Wenn auch Master Paster selbstverständlich nichts darüber geäußerte hatte. Aber da sie ihn immerhin seit der Zeit kannte, als er noch so klein war, und ihn hatte aufwachsen sehen, durfte sie wohl behaupten, daß sie ihn gut genug kannte, um zu erraten, warum er etwas tat. Es gelang Gumbril und Mrs. Viveash nur mit brutaler Gewalt, sich von der Frau loszureißen.

Wohl abgeschirmt hinter einem Heer von Butlern und Bediensteten aß indessen Mr. Mercaptan behaglich in Oxhanger im Hause seiner getreuesten Bewundrin und Freundin, Mrs. Speegle. Ihr hatte er sein so brillantes kleines Buch *Die Lieben der Dickhäuter* gewidmet, denn Mrs. Speegle hatte beiläufig einmal bei einem Lunch geäußert, daß man die menschliche Rasse in zwei Kategorien unterteilen könne – die der Dickhäuter und die der anderen, deren Haut, wie die ihre und wie die Mr. Mercaptans und noch einiger weniger, dünn und empfänglich war, »empfänglich«, wie Mr. Mercaptan es formulierte, »für alle Berührungen, einschließlich der der reinen Vernunft«. Mr. Mercaptan hatte diese Bemerkung aufgegriffen und kunstvoll ausgearbeitet. Die barbarischen Dickhäuter hatte er in eine Anzahl von Unterarten eingeteilt: Steatozephale, Azephale, Theolater, die fleißigen Judaeorhynci (geschäftig, hart und gedrungen wie Mistkäfer), Russen und so weiter. Es war alles sehr geistreich und von subtiler Bosheit. Für Oxhanger hatte Mr. Mercaptan eine ständige Einladung. Und wenn gefährliche Dickhäuter wie Lypiatt in der Stadt frei umherschweiften, hielt er es für das beste, von dieser Einladung Gebrauch zu machen. Er wußte, daß Mrs. Speegle von seinem Besuch entzückt sein würde. Und sie war es in der Tat. Er kam gerade zur Lunchzeit; Mrs. Speegle und Maisie Furlonger waren bereits beim Fisch.

»Mercaptan!« Mrs. Speegle schien ihre ganze Seele in diesen Namen zu legen. »Setzen Sie sich«, fuhr sie gurrend wie ein Lachtäubchen fort. In jedem ihrer Worte schien Gesang zu sein. Sie wies auf den Stuhl neben dem ihren. »Sie kommen gerade zurecht, um uns alles über *Ihre* lesbischen Abenteuer zu erzählen.«

Mercaptan ließ sein vollorchestriertes Lachen hören, von Quieken und Winseln bis zum offenen Gebrüll, nahm Platz und begann auf der Stelle – übrigens auf französisch, und das nicht nur *à cause des valets* (mit einem Blick auf den Butler und den Diener), sondern auch, weil sich diese Sprache weit besser für diese Art von vertraulichen Mitteilungen eignete –, Mercaptan begann also, unterbrochen und angespornt vom Gurren Mrs. Speegles und dem beglückten Kreischen Maisie Furlongers, ausführlich und mit all dem Esprit, dessen er fähig war, von seinen Erlebnissen in der griechischen Inselwelt zu erzählen. Wie wunderbar, dachte er, in Gesellschaft wirklich kultivierter Menschen zu sein! In diesem glücklichen Haus fiel es schwer zu glauben, daß es so etwas wie Dickhäuter gab.

Aber Lypiatt lag noch immer, den Blick nach oben gerichtet, auf seinem Bett. Er hatte ein Gefühl, als schwebe er davon, weit hinaus in den dunklen leeren Raum zwischen den Sternen. Aus diesem fernen leeren Raum blickte er, wie ihm vorkam, gleichsam unpersönlich auf seinen Körper, der ausgestreckt am Rand des greulichen Brunnens lag, und zurück auf seine Vergangenheit. Alles, sogar sein Unglück, erschien ihm jetzt sehr klein und schön; von allen Krämpfen und Zuckungen war nur ein leises Kräuseln der Wasseroberfläche geblieben, und nur der zarteste melodische Klang drang von all dem Lärm bis zu ihm hinauf.

»Wir haben kein Glück«, sagte Gumbril, als sie wieder in das Taxi stiegen.

»Ich bin mir nicht ganz sicher, ob wir nicht gerade sehr großes Glück gehabt haben«, sagte Mrs. Viveash. »Lag Ihnen wirklich so viel daran, Mercaptan zu sehen?«

»Nicht im geringsten«, sagte Gumbril. »Aber liegt Ihnen wirklich so viel daran, mich zu sehen?«

Mrs. Viveash verzog die Mundwinkel zu einem schmerzlichen Lächeln und schwieg. »Kommen wir nicht wieder über Piccadilly Circus?« fragte sie. »Ich sähe gern noch einmal die Lichter. Für eine kleine Weile geben sie uns die Illusion, fröhlich zu sein.«

»Nein, wir fahren direkt zur Victoria Street.«

»Aber könnten wir nicht dem Fahrer ...«

»Unmöglich.«

»Auch gut«, sagte Mrs. Viveash. »Vielleicht ist man besser dran ohne Stimulantien. Ich erinnere mich, als ich noch sehr jung war und gerade anfing auszugehen, wie stolz ich damals war, den Champagner entdeckt zu haben. Ich fand es wunderbar, einen Schwips zu bekommen. Es war etwas, worauf man ungeheuer stolz sein durfte. Und doch, wie sehr verabscheute ich in Wahrheit jeden Wein! Ekelte mich vor dem Geschmack.

275

Manchmal, wenn ich mit Calliope allein irgendwo friedlich aß, ohne schreckliche Männer um uns herum und deshalb ohne die Verpflichtung, den Schein zu wahren, leisteten wir uns den Luxus eines großen Glases Zitronenlimonade oder auch Himbeersaft mit Soda. Wie gern möchte ich noch einmal den köstlichen Geschmack des Himbeersaftes erleben!«

Coleman war zu Hause. Nach einer Weile erschien er an der Tür. Er war im Pyjama, und sein Gesicht war überall rotbraun beschmiert, und auch die Spitzen seines Bartes waren mit demselben getrockneten Farbstoff verklebt.

»Was haben Sie denn angestellt?« fragte Mrs. Viveash.

»Mich nur mit dem Blut des Lamms gewaschen«, antwortete Coleman lächelnd, und in seinen Augen blitzte ein blaues Feuer wie von einer elektrischen Maschine.

Die Tür in der gegenüberliegenden Wand des kleinen Vorraums stand offen. Über Colemans Schulter hinweg konnte Gumbril in ein hellerleuchtetes Zimmer sehen, in dessen Mitte, vergleichbar einem großen, rechteckigen Eiland, ein breiter Diwan stand. Eine auf dem Diwan ruhende Odaliske von Ingres – nur schmaler, schlangengleicher, mehr wie eine geschmeidige rosa Boa – zeigte den Rücken. Das große braune Muttermal auf der rechten Schulter kam Gumbril bekannt vor. Aber als sich die Odaliske, erschreckt von den lauten Stimmen in ihrem Rücken, umwandte und zu ihrer unsäglichen Verlegenheit bemerkte, daß der Kosak die Tür offengelassen hatte, so daß man in das Zimmer sehen konnte, ja bereits hineinsah, da erkannte Gumbril die schräggestellten Augen unter den schweren weißen Lidern, die schmale Adlernase und den großen üppigen Mund noch deutlicher wieder, obwohl sie nur für den Bruchteil einer Sekunde sichtbar waren. Für den Bruchteil einer Sekunde hatte sich die Odaliske definitiv als Rosie zu erkennen gegeben. Doch gleich darauf zog eine Hand fieberhaft die Bettdecke hoch; die hautfarbene Boa ringelte sich zusammen, und wo eben noch eine Odaliske gewesen war, lag jetzt ein längliches Paket unter einem weißen Laken, wie ein Jockei mit einem Schädelbruch, der von der Rennbahn getragen wird.

Nun, ein starkes Stück ... Gumbril war empört, nicht eifersüchtig, bewahre, aber überrascht und zu Recht entrüstet.

»Wenn Sie mit Ihrem Bad fertig sind«, sagte Mrs. Viveash, »hoffe ich, werden Sie mit uns zusammen essen gehen.« Da Coleman zwischen ihr und der Tür stand, hatte Mrs. Viveash nichts von dem dahinterliegenden Zimmer sehen können.

»Ich habe zu tun«, antwortete Coleman.

»Das sehe ich.« Gumbril legte allen Sarkasmus, der ihm gegeben war, in seine Worte.

»Du siehst es?« fragte Coleman und wandte sich um. »Tatsächlich!« Er ging zurück und schloß die Tür.

»Es ist Theodores letztes Dinner«, erklärte Mrs. Viveash.

»Und wenn es sein letztes Abendmahl wäre«, sagte Coleman, glücklich, eine Gelegenheit zu einer kleinen Gotteslästerung gefunden zu haben. »Soll er gekreuzigt werden oder was sonst?«

»Nur eine Auslandsreise«, sagte Gumbril.

»Man hat ihm das Herz gebrochen«, erläuterte Mrs. Viveash.

»Eine platonische Tragödie?« Coleman ließ sein gemacht dämonisches Lachen hören.

»Das wäre es denn«, sagte Gumbril grimmig.

Aus ihrer unmittelbaren Verlegenheit durch das Schließen der Tür erlöst, warf Rosie einen Zipfel der Bettdecke zurück und streckte erst den Kopf und dann einen Arm und die Schulter mit dem Muttermal hinaus. Sie sah sich um und riß die schrägen Augen auf, soweit sie konnte. Die Lippen leicht geöffnet, lauschte sie den Stimmen, die jetzt durch die geschlossene Tür gedämpft hereindrangen. Es war ihr, als erwachte sie plötzlich, als hörte sie zum erstenmal dieses ohrenbetäubende Gelächter, als sähe sie erst jetzt diese kahlen weißen Wände und das einzige, zugleich schöne und grausame Bild. Wo war sie? Was bedeutete das alles? Rosie griff sich an die Stirn und versuchte, klar zu denken. Ihr Denken war immer nur eine Aufeinanderfolge von Bildern; eines nach dem anderen tauchten sie vor ihrem inneren Auge auf, um im nächsten Augenblick sich aufzulösen.

Ihre Mutter, wie sie ihr Pincenez abnahm und es putzte – und wie ihre Augen sofort ängstlich, verschwommen und hilflos blickten. »Du mußt immer erst den Herren über den Zauntritt klettern lassen«, sagte sie und setzte das Pincenez wieder auf. Und sofort wurden ihre Augen hinter den Gläsern wieder klar, durchdringend, fest und tauglich. Ja, ziemlich scharfe Augen. Sie hatten bemerkt, daß Rosie vor Willie Hoskyns über das Gatter geklettert war und zuviel von ihren Beinen gezeigt hatte.

James, wie er am Schreibtisch saß und las. Das schwere runde Haupt auf die Hand gestützt. Sie näherte sich ihm von hinten und schlang die Arme um seinen Hals. Sehr behutsam, und ohne die Augen vom Buch zu lösen, machte er sich von der Umarmung frei, und mit einem winzigen Stoß, der nur eine wortlose Andeutung war, bedeutete er ihr, daß er sie nicht dahaben wollte. Sie war in ihr rosa Zimmer gegangen und hatte geweint.

Ein andermal hatte James den Kopf geschüttelt und geduldig hinter seinem Schnurrbart gelächelt. »Das wirst du nie begreifen«, hatte er gesagt. Sie war in ihr Zimmer gegangen und hatte, auch diesmal, geweint.

Einmal hatten sie zusammen im Bett gelegen, in dem rosa Bett; nur konnte man wegen der Dunkelheit nicht sehen, daß es rosa war. Sie lagen sehr still. Sie fühlte sich warm, glücklich und entspannt. Zuweilen war es, als ob eine physische Erinnerung an die Lust an ihren Nerven zerrte, sie auffahren und erschauern ließ. James atmete, als ob er schliefe, aber plötzlich bewegte er sich. Mit nüchterner Freundlichkeit gab er ihr ein paar Klapse auf die Schulter. »Ich weiß schon, was es bedeutet«, sagte sie, »wenn du mir so auf die Schulter schlägst.« Und dabei schlug sie nun ihm in rascher Folge ein paarmal auf die Schulter. »Es bedeutet, daß du jetzt in dein Bett gehen willst.« – »Woher weißt du das?« fragte er. »Glaubst du denn, daß ich dich nach all dieser Zeit nicht kenne? Ich weiß, daß dieses Schulterklopfen kommt.« Plötzlich war das Gefühl warmen, stillen Glücks verschwunden. Alles war ausgelöscht. »Für dich bin ich nur eine Maschine für den Beischlaf«, sagte sie, »weiter gar nichts.« Die Tränen waren ihr nahe. Aber James lachte nur. »Unsinn!« Er zog ungeschickt seinen Arm unter ihrem Rücken fort. »Nun schlafe gut«, sagte er und drückte ihr einen Kuß auf die Stirn. Er stieg aus dem Bett, und sie hörte, wie er schwerfällig durch die Dunkelheit stolperte. »Verdammt!« sagte er einmal. Aber dann hatte er die Tür gefunden, geöffnet und war verschwunden.

Sie erinnerte sich auch an all die langen Geschichten, die sie sich ausdachte, wenn sie Besorgungen machte. Die verwöhnte Dame. Die Dichter. Alle ihre Abenteuer.

Toto hatte wundervolle Hände gehabt.

Sie sah Mr. Mercaptan und hörte ihm zu, als er ihr seinen Artikel vorlas. Ach, ihr armer Vater, der laut das *Hibbert Journal* las!

Und jetzt dieser blutverschmierte Kosak! Auch er könnte aus dem *Hibbert Journal* vorlesen – nur verkehrt herum, sozusagen. Sie hatte einen blauen Fleck am Arm. »Sie glauben, daß im Grunde nichts Schlimmes und Ekelhaftes dabei ist?« hatte er sie gefragt. »Aber ich sage Ihnen, es ist so!« Lachend hatte er sie geküßt, entkleidet und ihren Körper gestreichelt und liebkost. Sie hatte geweint, sich gewehrt und versucht, ihm zu entkommen. Aber am Ende übermannte sie eine Lust, wie sie sie so durchdringend und konvulsivisch noch nie empfunden hatte. Und während der ganzen Zeit hatte Coleman sich mit seinem blutverschmierten Bart über sie geneigt und ihr lächelnd ins Gesicht gesehen. Und fortwährend hatte er geflüstert: »Es ist grauenhaft. Es ist verrucht. Es ist schamlos.« Sie lag in einer Art Betäubung. Aber dann läutete es plötzlich. Der Kosak verließ sie, und nun war sie wieder wach, und es war grauenhaft und verrucht. Schaudernd sprang sie aus dem Bett und begann sich, so schnell sie nur konnte, anzukleiden.

»Wollen Sie wirklich nicht mitkommen?« drängte Mrs. Viveash. Sie war es nicht gewohnt, daß man ihr nein sagte, wenn sie um etwas bat und es so dringlich machte. Es mißfiel ihr durchaus.

»Nein«, sagte Coleman mit einem Kopfschütteln. »Sie mögen Ihr letztes Abendmahl haben, aber ich habe hier eine Verabredung mit Maria Magdalena.«

»Oh, eine Frau«, sagte Mrs. Viveash. »Warum haben Sie das nicht früher gesagt?«

»Ich hielt es für überflüssig, da ich die Tür offengelassen hatte.«

»Pfui!« sagte Mrs. Viveash. »Ich finde das recht widerlich. Wir wollen gehen.« Sie zupfte Gumbril am Ärmel.

»Auf Wiedersehen!« grüßte Coleman höflich. Er schloß die Tür hinter ihnen und ging über die kleine Diele ins Zimmer zurück.

»Was! Sie wollen doch nicht schon gehen?«

Rosie saß auf der Bettkante und zog sich die Schuhe an.

»Gehen Sie weg. Sie widern mich an.«

»Aber das ist ja wunderbar«, erwiderte Coleman. »Das ist alles genau so, wie es sein muß, so wie ich es mir wünschte.« Er setzte sich zu ihr auf die Bettkante. »Ich muß sagen, Sie haben herrliche Beine!« erklärte er voller Bewunderung.

Rosie hätte in diesem Augenblick alles in der Welt dafür gegeben, wieder in Bloxam Gardens zu sein. Auch wenn James sich immer nur hinter seinen Büchern vergrub ... Alles in der Welt hätte sie gegeben.

»Diesmal müssen wir aber unbedingt über Piccadilly Circus kommen«, forderte Mrs. Viveash.

»Es würde nur ein Umweg von drei Kilometern sein.«

»Das ist ja nicht sehr viel.«

Gumbril beugte sich vor, um dem Fahrer Bescheid zu sagen.

»Außerdem macht es mir Spaß, so herumzufahren«, sagte Mrs. Viveash. »Ich fahre um des Fahrens willen. Es ist wie unsere letzte gemeinsame Fahrt. Lieber Theodore!« Sie legte ihre Hand auf seine.

»Danke«, sagte Gumbril und küßte ihr die Hand.

Die kleine Autodroschke fuhr die menschenleere Mall entlang. Sie schwiegen. Bei dem trüben Wetter konnte man gerade noch die hellsten Sterne sehen. Es war einer dieser Abende, an denen man empfindet, daß Wahrheit, Güte und Schönheit ein und dasselbe sind. Bringt man aber am Morgen diese Entdeckung zu Papier und andere lesen sie schwarz auf weiß, kommt sie einem absolut lächerlich vor. Es war einer dieser Abende, an denen die Liebe wieder einmal zum erstenmal erfunden wird. Auch das erscheint manchmal am Morgen darauf ein wenig lächerlich.

»Da sind wieder die Lichtreklamen«, sagte Mrs. Viveash.

»Wie das hüpft, zuckt und ruckt – ja, wirklich, Theodore, eine Illusion von Heiterkeit!«

Gumbril ließ das Taxi halten. »Es ist schon nach halb neun«, sagte er. »Wenn wir in diesem Tempo weitermachen, werden wir heute nichts mehr zu essen bekommen. Warten Sie hier einen Augenblick!«

Er lief zu Appenrodt hinüber und kam bald darauf mit einem Paket Sandwiches mit geräuchertem Lachs, einer Flasche Weißwein und einem Glas zurück.

»Wir haben noch eine weite Fahrt vor uns«, erklärte er, als er wieder einstieg.

Sie aßen die Sandwiches und tranken dazu den Wein. Das Taxi fuhr und fuhr.

»Ich finde es positiv aufregend«, sagte Mrs. Viveash, als sie in die Edgware Road einbogen.

Von den Autoreifen poliert und glänzend wie kostbare alte Bronze erstreckte sich vor ihnen die Straße und spiegelte die Laternen wider. Sie hatte das Lockende einer Straße ohne Ende.

»Früher gab es hier so schöne Schaubuden«, erinnerte sich Gumbril mit einer gewissen Rührung, »eigentlich die Hinterzimmer von kleinen Läden, in denen man für zwei Pence die echte Seejungfrau sehen konnte, die aber, wie sich herausstellte, nur ein ausgestopftes Walroß war. Oder die tätowierte Dame. Einen Zwerg. Die lebenden Bilder, die man sich als Junge immer nackt und sehr aufregend vorstellt und die dann in Wirklichkeit von den ärmsten, arbeitslosen, in dicke rosa Wollwäsche gehüllten Bardamen gestellt wurden.«

»Glauben Sie, daß es heute noch etwas davon zu sehen gibt?« fragte Mrs. Viveash.

Gumbril schüttelte den Kopf. »Sie sind dem Vormarsch der Zivilisation gewichen. Aber wohin?« Fragend breitete er die Arme aus. »Ich weiß nicht, in welche Richtung die Zivilisation marschiert – ob nach Norden auf Kilburn und Golders Green zu oder über die Themse, zum Elefanten, nach Clapham, Sydenham und all diesen mysteriösen Gegenden. Die hohen Mieten sind in jedem Fall hier einmarschiert; da gibt es keine echten Seejungfrauen mehr in der Edgware Road. Was für Geschichten werden wir einmal unseren Kindern zu erzählen haben!«

»Glauben Sie, daß wir Kinder haben werden?« fragte Mrs. Viveash.

»Man kann nie wissen.«

»Man kann, will ich meinen«, sagte Mrs. Viveash. Kinder – das wäre das verzweifeltste aller Experimente, das verwegenste und vielleicht das einzige mit der Möglichkeit des Erfolges. Die Geschichte kannte Fälle ... Freilich, sie kannte auch Fälle, die das Gegenteil bewiesen. Es gab so viele einleuchtende Gründe, die gegen das Experiment sprachen. Aber wer weiß, eines Tages – so schob sie immer die Entscheidung auf.

Der Wagen war von der Hauptstraße in stillere, dunklere Nebenstraßen abgebogen.

»Wo sind wir jetzt?« fragte Mrs. Viveash.

»Jetzt biegen wir in Maida Vale ein. Bald werden wir dort sein. Armer alter Shearwater!« Er lachte. Die Verliebtheit der anderen war immer lächerlich.

»Ob er wohl zu Hause ist?« Es würde amüsant sein, Shearwater wiederzusehen. Sie hörte ihn gern reden, zugleich so gelehrt und so kindlich. Aber wenn das Kind über 1,80 m groß, 90 cm breit und 60 cm dick war und sich kopfüber in dein Leben stürzen will – nein, das denn doch nicht ... »Aber was wollten Sie denn von mir?« hatte er einmal gefragt. »Nur Sie anschauen«, hatte sie geantwortet. Nur schauen, weiter nichts. Music hall, nicht Boudoir.

»Wir sind da.« Gumbril stieg aus und läutete im zweiten Stock. Ein junges Dienstmädchen mit dreistem Blick öffnete die Tür.

»Mr. Shearwater ist in Labrador«, beantwortete sie Gumbrils Frage.

»Im Labor?« versuchte er zu korrigieren.

»Im Krankenhaus.« Nun war es klar.

»Und ist Mrs. Shearwater zu Hause?« fragte er boshaft.

Das kleine Dienstmädchen schüttelte den Kopf. »Ich habe sie erwartet, aber sie ist nicht zum Dinner nach Hause gekommen.«

»Würden Sie ihr bitte etwas ausrichten, wenn sie nach Hause

kommt?« fragte Gumbril. »Dann sagen Sie ihr, Mr. Toto habe es sehr bedauert, daß er nicht die Zeit hatte, sie zu sprechen, als er sie heute abend in Pimlico sah.«

»Mr. wer?«

»Mr. Toto.«

»Mr. Toto bedauert, daß er keine Zeit hatte, Mrs. Shearwater zu sprechen, als er sie heute abend in Pimlico sah. Ich werde es ausrichten, Sir.«

»Sie werden es auch nicht vergessen?«

»Nein, bestimmt nicht.«

Gumbril ging zum Taxi zurück und erklärte Mrs. Viveash, daß sie wieder einmal kein Glück gehabt hatten.

»Ich bin eher froh darüber«, sagte sie. »Denn wenn wir jemand angetroffen hätten, wäre es auch mit diesem Gefühl der Letzten Gemeinsamen Fahrt zu Ende gewesen. Und das wäre doch traurig. Es ist eine so schöne Nacht. Und im Augenblick kann ich auch gut auf die Lichtreklamen verzichten. Wie wäre es, wenn wir einfach nur so ein bißchen weiterführen?«

Aber das wollte Gumbril nicht zulassen. »Wir haben nicht genug zu essen gehabt«, sagte er und gab dem Chauffeur die Adresse seines Vaters.

Der alte Gumbril saß auf seinem kleinen eisernen Balkon zwischen ausgetrockneten Blumentöpfen, in denen einmal Geranien geblüht hatten, rauchte seine Pfeife und blickte mit ernster Miene in die Dunkelheit hinaus. Dicht aneinandergedrängt schliefen die Stare auf den vierzehn Platanen des Platzes. Kein Laut, nur das Rascheln von Blättern. Aber manchmal, ungefähr jede Stunde, wachten die Vögel auf. Irgend etwas hatte sie dann aufgestört, vielleicht ein Windstoß, der etwas stärker war, vielleicht ein angenehmer Traum von Würmern oder auch ein von dem ganzen Schwarm gemeinsam geträumter Alptraum von Katzen. Und dann fingen alle Stare gleichzeitig zu schnattern an, so laut und schrill, wie sie nur konnten. Es dauerte eine halbe Minute. Dann schliefen sie ebenso unvermittelt alle wieder ein, und wieder hörte man keinen Laut mehr außer dem Rascheln von Blättern im Wind. In solchen Augenblicken pflegte sich Mr. Gumbril senior vorzubeugen und Augen und Ohren aufzusperren, in der Hoffnung, etwas zu sehen und zu hören, irgend etwas Bedeutsames, das ihm Aufklärung und Befriedigung gäbe. Natürlich war das nie geschehen, aber das minderte in keiner Weise sein Glück.

Mr. Gumbril senior empfing die beiden auf seinem Balkon mit aller Höflichkeit.

»Ich wollte gerade schon hineingehen und mich wieder an meine Arbeit machen«, sagte er. »Und da kommen Sie und liefern mir den erwünschten Vorwand, noch ein bißchen länger hier draußen zu bleiben. Wie freue ich mich!«

Sein Sohn ging hinunter, um nachzusehen, was es an Eßbarem gäbe. Während er fort war, erklärte sein Vater Mrs. Viveash die Geheimnisse der Vögel. Er sprach voller Begeisterung, und das weiche, seidige graue Haar flatterte, während er gestikulierte, auf seinem Schädel auf und ab. Also die großen Schwärme formierten sich Gott wußte wo, flogen über den goldenen Himmel und ließen hier einen kleinen Trupp, dort eine ganze Legion zurück, und flogen weiter, bis endlich alle ihren bestimmten, festgesetzten Rastplatz gefunden hatten und kein einziger mehr am Himmel zu sehen war. In Mr. Gumbrils Schilderung klang die Geschichte dieser Nachtflüge geradezu episch, so als handele es sich um eine Völkerwanderung oder um den Durchzug ganzer Armeen.

»Und ich bin fest davon überzeugt«, fügte Gumbril, das Epos kommentierend, hinzu, »daß sie bei alledem eine Art von Telepathie anwenden, etwas wie eine unmittelbare Kommunikation untereinander, direkt von Hirn zu Hirn. Man kann, wenn man sie beobachtet, zu keinem anderen Schluß kommen.«

»Eine sehr reizvolle Schlußfolgerung«, bemerkte Mrs. Viveash.

»Ich glaube, diese Fähigkeit besitzen wir alle«, fuhr der ältere Gumbril fort. »Alle animalischen Wesen.« Er beschrieb eine Gebärde, die ihn selbst, Mrs. Viveash und die unsichtbaren Vögel auf den Platanenzweigen einschloß. »Sie werden mich jetzt fragen, warum wir von dieser Fähigkeit nicht öfter Gebrauch machen. Nun, aus dem einfachen Grund, meine liebe junge Dame, daß wir unser halbes Leben mit toten Dingen verbringen, mit denen man unmöglich in eine telepathische Verbindung treten kann. Daher die Entwicklung der fünf

Sinne. Meine Augen bewahren mich davor, daß ich gegen einen Laternenpfahl renne. Meine Ohren warnen mich, sobald ich dem Niagarafall zu nahe komme. Da nun dieses Instrumentarium vorzüglich funktioniert, verwende ich es auch im Umgang mit anderen vernunftbegabten Wesen. Ich lasse also meine telepathischen Fähigkeiten ungenutzt und ziehe ein kompliziertes und umständliches System von Symbolen vor, um Ihnen mit Hilfe Ihrer Sinne meine Gedanken mitzuteilen. Bei einigen Individuen ist aber diese telepathische Fähigkeit so gut ausgebildet – wie zum Beispiel bei anderen die Begabung für Musik oder Mathematik oder das Schachspiel –, daß sie gar nicht umhin können, mit anderen Personen, ob sie wollen oder nicht, in direkte geistige Verbindung zu treten. Wenn wir nur eine gute Methode wüßten, diese latente Fähigkeit in uns zu wecken und sie zu trainieren, würden wohl die meisten einigermaßen gute Telepathen abgeben, gerade so wie die meisten sich zu brauchbaren Musikern, Schachspielern und Mathematikern erziehen lassen. Einige wenige natürlich würden niemals mit ihren Mitmenschen in direkte Kommunikation treten können. Genauso, wie es ein paar Leute gibt, die *Rule Britannia* oder Bachs Konzert in d-Moll für zwei Violinen nicht erkennen, oder andere, die die Bedeutung eines mathematischen Symbols nicht begreifen. Sehen Sie doch die allgemeine Entwicklung der mathematischen und der musikalischen Fähigkeiten in den letzten zweihundert Jahren an! Bis zum einundzwanzigsten Jahrhundert werden wir alle Telepathen sein. Aber einstweilen sind uns diese zauberhaften Vögel zuvorgekommen. Da es ihnen nicht gegeben ist, eine Sprache oder ausdrucksvolle Gebärden zu erfinden, haben sie die Fähigkeit entwickelt, sich ihre einfachen Gedanken unmittelbar und augenblicklich mitzuteilen. Alle schlafen gleichzeitig ein, wachen gleichzeitig auf, sagen gleichzeig dasselbe und ziehen, wenn sie fliegen, die gleichen Kurven. Ohne Anführer und ohne Kommando tun sie, in vollkommener Übereinstimmung, alles zusammen. Manchmal, wenn ich abends hier sitze, bilde ich mir ein, ihre Gedanken spüren zu können. Ein paarmal ist es mir passiert, daß ich eine Sekunde vorher wußte, was gleich geschehen würde – daß die Vögel aufwachen und mit ihrem nicht länger als eine halbe Minute dauernden Ge-

schnatter im Dunkeln beginnen würden. Passen Sie auf! Still!«
Gumbril senior warf den Kopf zurück und preßte die Hand auf
seinen Mund, als ob er, indem er sich selbst Schweigen gebot,
jedermann Schweigen gebieten könnte. »Ich glaube, sie wachen
gleich auf. Ich kann es fühlen.«

Er schwieg. Mrs. Viveash blickte zu den dunklen Bäumen
hinüber und lauschte. Eine Minute verging. Dann brach der alte
Herr in ein vergnügtes Gelächter aus.

»Kompletter Irrtum!« sagte er. »Sie haben nie fester geschla-
fen.«

Auch Mrs. Viveash lachte. »Vielleicht haben sie es sich überlegt, als sie aufwachten«, gab sie zu bedenken.

Gumbril junior kam wieder herauf. Während er ging, waren
Gläserklirren und Geschirrklappern zu hören. Er trug ein
Tablett.

»Kaltes Rindfleisch«, kündete er an, »Salat und ein Rest kalter Apfelkuchen. Es könnte schlimmer sein.«

Sie stellten an den Arbeitstisch des alten Gumbril Stühle und
aßen dort, an einem Tisch voller Briefe, unbezahlter Rechnun-
gen und Modelle von Dogenpalästen, Rindfleisch und Apfelkuchen und tranken dazu den billigen *vin ordinaire* des Hauses.
Theodores Vater, der bereits gegessen hatte, sah ihnen vom
Balkon aus zu.

»Habe ich dir schon erzählt«, fragte der jüngere Gumbril,
»daß wir neulich den Sohn von Mr. Porteous getroffen haben?
Er war sternhagelvoll.«

Der ältere Gumbril warf die Arme hoch. »Wenn du wüßtest,
was für Katastrophen dieser junge Narr schon verschuldet hat!«

»Was hat er angestellt?«

»Geborgtes Geld, ich weiß nicht wieviel, verspielt. Und der
arme Porteous kann nichts erübrigen, sogar jetzt nicht.« Kopfschüttelnd griff Gumbril senior sich in den Bart und kämmte ihn.
»Es ist für ihn ein furchtbarer Schlag. Aber natürlich ist Porteous
sehr stark und gefaßt, und – Da!« Er unterbrach sich und hob die
Hand. »Hört!«

Auf den vierzehn Platanen waren plötzlich die Stare erwacht.

Es folgte ein wilder Ausbruch, der an eine stürmische Parla-
mentssitzung erinnerte. Gleich darauf war alles wieder still.

Entzückt lauschte der alte Gumbril. Als er sich dem Licht zukehrte, war sein Gesicht ein einziges Lächeln. Sein Haar hatte sich wie von selbst gelöst, gleichsam von einer inneren Kraft bewegt. Er strich es zurück.

»Haben Sie sie gehört?« wandte er sich an Mrs. Viveash. »Was können sie sich wohl um diese Nachtstunde zu erzählen haben?«

»Und haben Sie vorausgefühlt, daß sie gleich aufwachen würden?« fragte Mrs. Viveash.

»Nein«, antwortete der alte Mann in aller Aufrichtigkeit.

»Wenn wir gegessen haben«, sagte sein Sohn mit vollem Mund, »mußt du Myra dein London-Modell zeigen. Sie wird begeistert sein – abgesehen davon, daß die Lichtreklamen fehlen.«

Sein Vater sah plötzlich sehr verlegen aus. »Ich glaube nicht, daß es Mrs. Viveash sehr interessieren würde«, sagte er.

»Aber ja«, erklärte sie. »Wirklich.«

»Nun, um die Wahrheit zu sagen, ich habe es nicht mehr hier.« Wütend zupfte er sich am Bart.

»Nicht hier? Was ist denn damit passiert?«

Gumbril senior hatte offenbar keine Lust, Erklärungen abzugeben. Er überhörte einfach die Frage seines Sohnes und kam wieder auf die Stare zu sprechen. Später jedoch, als der junge Mann und Mrs. Viveash sich anschickten zu gehen, zog der Alte seinen Sohn in eine Ecke und gab ihm flüsternd eine Erklärung.

»Ich wollte es nicht vor Fremden ausposaunen«, begann er, als handele es sich um das uneheliche Kind des Dienstmädchens oder um eine W.C.-Reparatur. »Aber Tatsache ist, daß ich das Modell verkauft habe. Das *Victoria and Albert Museum* hatte Wind davon bekommen, daß ich an dem Modell arbeitete. Sie hatten es von Anfang an gern haben wollen. Und nun habe ich es ihnen überlassen.«

»Aber warum?« fragte ihn sein Sohn verwundert. Er wußte, mit welch väterlicher Liebe – nein, mehr als väterlich, denn er war fest davon überzeugt, daß sein Vater an seinen Modellen mehr hing als an seinem Sohn –, mit welchem Stolz er auf diese Geschöpfe seines Geistes blickte.

Gumbril senior seufzte. »Es war alles wegen dieses jungen Narren«, sagte er.

»Was für ein junger Narr?«

»Porteous' Sohn natürlich. Du mußt wissen, daß der arme Porteous unter anderem seine Bibliothek verkaufen mußte. Du hast keinen Begriff, was das für ihn bedeutet. All diese Kostbarkeiten, die er um den Preis mancher Entbehrung zusammengetragen hatte. Da habe ich mir gedacht, ich sollte ihm ein paar von den wichtigsten zurückkaufen. Und das Museum hat mir einen ganz hübschen Preis bezahlt.« Er trat aus dem Winkel und eilte auf Mrs. Viveash zu, um ihr in den Mantel zu helfen. »Gestatten Sie . . .«

Langsam und nachdenklich folgte ihm sein Sohn. Jenseits von Gut und Böse? Oder unterhalb von Gut und Böse? Im Namen des Ohrwurms . . . Da trabte das kleine rundliche Pony. Im Schatten der Haselnußsträucher stand Akelei mit hängenden sporenförmigen Blüten wie purpurnen Helmen. Die Zwölfte Sonate von Mozart war wie ein Insektizid: keine Ohrwürmer krochen durch diese Musik. Emilys Brüste waren fest und spitz. Am Ende war sie ganz ruhig, ohne jedes Erschauern, eingeschlafen. Im Schein der Sterne wurden das Gute, das Wahre und das Schöne eins. Aber schreib einmal diese Entdeckung in einem Buch – einem Buch, das wir am Morgen *legimus cacantes*. Sie gingen die Treppe hinunter. Vor dem Haus wartete das Taxi.

»Wieder die Letzte Fahrt«, sagte Mrs. Viveash.

»Golgatha Hospital, Southwark«, sagte Gumbril dem Fahrer, bevor auch er einstieg.

»Fahren, fahren, fahren«, sagte Mrs. Viveash. »Theodore, ich mag Ihren Vater. Eines schönen Tages wird er mit den Vögeln davonfliegen. Und wie nett von diesen Staren, einfach mitten in der Nacht aufzuwachen, nur um ihm Spaß zu machen! Wenn man bedenkt, wie scheußlich es ist, nachts geweckt zu werden! Wohin fahren wir eigentlich?«

»Wir besuchen Shearwater in seinem Laboratorium.«

»Ist das ein langer Weg?«

»Unendlich lang.«

»Dafür sei Gott gedankt!« hauchte Mrs. Viveash fromm, mit ersterbender Stimme.

ZWEIUNDZWANZIGSTES KAPITEL

Shearwater saß auf seinem Zimmerfahrrad und strampelte ohne Unterbrechung wie ein Mann in einem Alptraum. Die Pedale waren durch eine Kette mit einem kleinen Rad unter dem Sattel verbunden; der Rand des kreisenden Rädchens rieb an einer Bremse, die so reguliert war, daß sie die Arbeit des Mannes auf dem Sattel zwar erschwerte, aber doch nicht völlig unmöglich machte. Ein aus dem Fußboden tretendes Rohr spendete einen dünnen Wasserstrahl, der die Bremse kühlend umspielte. Shearwater dagegen wurde von keinem Wasserstrahl erfrischt. Seine Aufgabe war es, ins Schwitzen zu kommen, und diese Aufgabe erfüllte er.

Ab und zu erschien sein junger Freund Lancing – dessen Gesicht irgendwie an einen Pavian erinnerte – und blickte durch das Fenster des Versuchsraums, um sich zu vergewissern, wie Shearwater vorankam. Im Innern dieser kleinen Holzhütte (die Lancing, wenn ihm literarische Neigungen gegeben wären, an die Kiste erinnert hätte, in der Gulliver Brobdingnag verließ) boten sich dem Betrachter stets die gleichen Bilder. Shearwater war stets auf seinem Posten, das heißt im Sattel seines Alptraumfahrrads, und strampelte ohne Unterlaß. Das Wasser rieselte über die Bremse. Und Shearwater schwitzte. Unter seinem Haar sickerten dicke Schweißtropfen hervor, rannen ihm über die Stirn, blieben perlenförmig an den Augenbrauen hängen, bis sie ihm ins Auge liefen, die Nase entlang und die Wangen hinunter, um schließlich wie Regentropfen niederzufallen. Der massige Stiernacken war naß. Der ganze nackte Körper, die Arme und Beine glänzten von triefendem Schweiß, der, wenn er schließlich herabtropfte, von einem wasserdichten, trichterförmig gefalteten Leintuch aufgefangen wurde. Durch das Trichterloch in der Mitte des Tuches sickerte der Schweiß in ein großes Glasgefäß. Die durch Thermostat geregelte Heizanlage im Keller hielt die Temperatur in der Kiste gleichmäßig hoch. Als Lancing jetzt durch die beschlagenen Scheiben blickte, stellte er befriedigt fest, daß die Quecksilbersäule unverändert auf siebenundzwanzigeinhalb stand. Die Ventilatoren an den Wänden und an der Decke des Verschlags waren offen; Shearwater bekam also ausreichend Luft. Das nächste Mal, überlegte Lancing, würde man den Raum luftdicht abschließen und dann die Wirkung einer kleinen Kohlendioxydvergiftung nach exzessivem Schwitzen beobachten. Das könnte sehr interessant sein, aber heute wollten sie sich auf die Schweißabsonderung beschränken. Nachdem er also konstatiert hatte, daß die Temperatur unverändert und die Ventilatoren ordnungsgemäß geöffnet waren und daß das Wasser noch immer die Bremse berieselte, klopfte Lancing kurz an das Fenster. Shearwater, den Blick starr geradeaus gerichtet, während er langsam, doch stetig seine Alptraumstraße entlangfuhr, reagierte mit einer knappen Drehung des Kopfes auf das Geräusch.

»Alles in Ordnung?« Die Lippen Lancings bewegten sich, und seine Augenbrauen schoben sich fragend nach oben.

Shearwater nickte mit seinem runden großen Kopf, und die an den Augenbrauen und dem Schnurrbart haftenden Schweißtropfen fielen wie kleine flüssige Früchte hinab, die ein plötzlicher Windstoß abgeschüttelt hatte.

»Gut.« Lancing kehrte zu seinem dicken deutschen Buch zurück, das am anderen Ende des Labors unter der Leselampe lag.

Konstant wie die Temperatur, fuhr Shearwater fort, langsam und inbeirrbar in die Pedale zu treten. Abgesehen von ein paar kurzen Pausen, die er eingelegt hatte, um eine Kleinigkeit zu essen oder auszuruhen, radelte er jetzt seit dem Mittag. Um dreiundzwanzig Uhr würde er sich in das im Labor aufgestellte Bett legen und am nächsten Morgen um neun Uhr wieder in den Verschlag gehen und das feststehende Fahrrad besteigen. Den ganzen nächsten und übernächsten Tag würde er so weitermachen und danach, solange er es noch aushielt. Einen Tag, zwei, drei, vier. Radeln, radeln, radeln ... Seine Leistung an diesem Nachmittag entsprach in etwa einer Strecke von hundert Kilometern. Er könnte jetzt vor Swindon sein oder auch bei Portsmouth. Er könnte durch Cambridge durch sein oder Oxford hinter sich gelassen haben. Er könnte jetzt in der Gegend von Harwich sein und durch die grünen und goldenen Täler radeln, in denen Constable so gern gemalt hatte. Oder in

Winchester am glänzenden Fluß. Er hätte durch die Buchen-
wälder von Arundel fahren können, aufs Meer zu ...

Jedenfalls war er weit fort, er war auf der Flucht. Und Mrs.
Viveash folgte ihm, mit wiegendem Gang, als schritte sie auf
einem über den Abgrund gespannten Seil. Radeln, radeln ...
Die Konzentration von Wasserstoffionen in seinem Blut ...
Ihre Augen blickten in königlicher Gelassenheit, helle Kreise,
aus denen die Lider einen Bogen ausschnitten. Ihr Lächeln
konnte kreuzigen. Ihr sich ringelndes Haar glich kupfernen
Schlangen. Eine kleine Gebärde von ihr löste Teile des Univer-
sums aus den Fugen, die auf einen leisen Laut ihrer ersterbenden Stimme um ihn herum zerbarsten. Seine Welt war nicht
mehr gesichert, sie ruhte nicht mehr auf ihren Fundamenten.
Mrs. Viveash schritt zwischen den Trümmern seiner Welt hindurch und nahm sie nicht einmal wahr. Er mußte sie wieder
aufbauen. Radeln, radeln ... Er war nicht nur auf der Flucht, er
betätigte auch eine Baumaschine. Man mußte freilich mit einem Sinn für Proportionen bauen; der alte Mann hatte es gesagt. Der alte Mann erschien plötzlich vor ihm mitten auf der
Alptraumstraße und zauste seinen Bart. Proportionen, Proportionen! Da war zuerst nur ein Haufen dreckiger Steine; und
dann die St.-Pauls-Kathedrale! Diese Trümmer seines Lebens
mußten proportionsgerecht wieder aufgebaut werden.

Da war die Arbeit. Und da war das Gespräch über die Arbeit
und über Ideen. Und es gab Männer, mit denen man über die
Arbeit und über Ideen diskutieren konnte. Aber was ihn betraf, so schien das so ungefähr alles, wozu sie fähig waren. Er
mußte einmal dahinterkommen, was sie außerdem taten; es
wäre interessant. Und er müßte auch herausbekommen, was
andere Männer taten; Männer, die nicht über die Arbeit und
kaum über Ideen zu sprechen wußten. Ihre Nieren waren genauso gut wie die der anderen.

Und dann gab es die Frauen.

Auf der Alptraumstraße trat er auf der Stelle. Die Pedale
drehten und drehten sich unter dem Druck seiner Füße. Der
Schweiß rann an ihm hinab. Shearwater war auf der Flucht, und
gleichzeitig kam er immer näher. Er mußte immer näher kommen. »Weib, was habe ich mit dir zu schaffen?« Nicht genug

und zu viel. Nicht genug – er baute sie ein: ein großer Pfeiler neben dem anderen Pfeiler, dem der Arbeit.

Zu viel – er war auf der Flucht. Hätte er nicht sich selbst in diesen Schwitzkasten gesperrt, würde er ihr jetzt nachlaufen und sich ihr zu Füßen werfen, ganz zerbrochen, aufgelöst und nutzlos. Und sie wollte nichts von ihm wissen. Aber vielleicht wäre es schlimmer gewesen, ja weit schlimmer, wenn es anders wäre.

Seinen Bart zausend, stand der alte Mann vor ihm auf der Straße und schrie: »Proportionen, Proportionen!« Shearwater trat in die Pedale seiner Baumaschine und verarbeitete, stetig und beharrlich, die Trümmer seines Lebens in ein wohlproportioniertes Ganzes, in ein leichtes, geräumiges und hohes Kuppelgewölbe, das wie durch ein Wunder in der Luft schwebte. Er trat und trat, auf der Flucht, Meile um Meile, in die Erschöpfung, in die Weisheit. Nun war er schon in Dover und radelte über den Kanal. Er überquerte einen trennenden Abgrund, und drüben, auf der anderen Seite, erwartete ihn Sicherheit; die Klippen von Dover lagen bereits hinter ihm. Er wandte den Kopf, wie um auf sie zurückzuschauen, und schüttelte mit der Bewegung die Schweißtropfen von den Augenbrauen und den struppigen Spitzen seines Schnurrbarts. Er wandte den Kopf von der kahlen Holzwand vor ihm über die linke Schulter. Ein Gesicht schaute durch das Beobachtungsfenster hinter ihm – ein Frauengesicht.

Es war das Gesicht von Mrs. Viveash.

Shearwater stieß einen Schrei aus und drehte sich auf der Stelle wieder um. Mit verdoppeltem Eifer trat er jetzt in die Pedale. Eins, zwei, drei, vier – wütend raste er die Alptraumstraße entlang. Jetzt erschien sie ihm schon in Halluzinationen. Sie verfolgte ihn, sie kam ihm immer näher. Wille, Weisheit, Entschlossenheit und Verständnis waren also nutzlos? Es blieb die Mühsal der Anstrengung. Der Schweiß rann ihm übers Gesicht, strömte den ausgezackten Kanal der Wirbelsäule hinunter, die Rippen entlang; sein Lendentuch war zum Auswringen naß. Unaufhörlich trommelten die Tropfen auf das wasserdichte Leintuch. Die Waden und die Muskel der Oberschenkel taten ihm von der Tretbewegung weh. Eins, zwei, drei, vier –

er ließ auf beiden Seiten das Pedal hundertmal kreisen. Erst dann wagte er es, sich wieder umzudrehen. Erleichtert und zugleich enttäuscht stellte er fest, daß das Gesicht am Fenster verschwunden war. Er hatte die Halluzination gebannt und konnte wieder zu einer ruhigeren Gangart zurückkehren.

Im Nebenraum des Labors wurden die dort für den Dienst an der physiologischen Forschung gehaltenen Tiere durch das plötzliche Öffnen der Tür und den jähen Einfall von Licht geweckt. Die albinohaften Meerschweinchen lugten durch die Maschen ihres Käfigs, und ihre roten Augen leuchteten wie die Rückstrahler an einem Fahrrad. Schwangere Kaninchen bewegten sich schwerfällig, wackelten mit den Ohren und schnupperten mit bebenden Nüstern an der Tür. Der Hahn, in den Shearwater einen Eierstock eingepflanzt hatte, kam näher und wußte nicht, ob er krähen oder glucken sollte.

»Wenn er mit Hennen zusammen ist«, erklärte Lancing seinen Besuchern, »hält er sich für einen Hahn. Aber sobald er mit einem Hahn zusammenkommt, ist er überzeugt, ein Hühnchen zu sein.«

Die mit Milch aus einer Londoner Molkerei aufgezogenen Ratten krochen mit ängstlichem, hungrigem Quieken aus ihrem Nest. Sie wurden von Tag zu Tag dünner, und bald würden sie gestorben sein. Dagegen die alte Ratte, die mit erstklassiger Milch vom Lande ernährt wurde, machte sich kaum die Mühe, sich von ihrem Lager zu erheben. Sie war feist und glatt wie eine zum Bersten reife braune, haarige Frucht. Keine entrahmte Milch, kein kalkhaltiges Wasser und keine Tuberkelbakterien für diese Ratte! Sie strotzte vor Gesundheit. In der nächsten Woche jedoch planten die Parzen, sie künstlich mit Diabetes zu schlagen.

In ihrer kleinen Glaspagode krochen die Schwanzlurche, die *Axolotl* aus dem mexikanischen Wappen, über spärliches Gras. Und die Käfer, denen man den Kopf abgeschnitten und durch den Kopf anderer Käfer ersetzt hatte, flitzten unsicher umher; die einen gehorchten ihrem Kopf, die anderen ihren Geschlechtsorganen. Im Lichtkegel der elektrischen Taschenlampe Lancings erschien plötzlich ein fünfzehn Jahre alter Affe, verjüngt nach der Steinachschen Methode, der an den

Stäben rüttelte, die ihn von der bärtigen jungen Schönheit im nächsten Käfig trennten, einer Äffin mit grüner Behaarung und kahlem Gesäß. Der Affe fletschte die Zähne vor Leidenschaft.

Lancing erklärte seinen Besuchern alle Geheimnisse. Die ganze Welt, so gewaltig, unglaublich und phantastisch, breitete er mit seinen Worten vor ihnen aus. Da waren die Tropen, da die Eismeere, wimmelnd von Lebewesen, da die Wälder mit riesigen Bäumen, voller Schweigen und Dunkel. Da waren die Fermente und winzigen Giftstoffe in der Luft. Da die Leviathane, die ihre Jungen säugten, da die Fliegen und Würmer, da die Menschen in den großen Städten, denkende Wesen, die Gut und Böse unterscheiden konnten. Und alles war in jedem Augenblick in ständigem Wechsel begriffen, und doch blieb dank einer unvorstellbaren Magie alles und jedes immer es selbst. Sie alle lebten. Und auf der anderen Seite des Hofes, hinter dem Schuppen, in dem die Tiere schliefen oder sich unruhig bewegten, dort in dem großen Krankenhaus, das wie eine Felswand mit Fenstern steil in die Höhe ragte, hörten Männer und Frauen auf, sie selbst zu sein, oder rangen darum, sie selbst zu bleiben. Sie starben oder kämpften darum, am Leben zu bleiben. Die anderen Fenster blickten auf die Themse. Rechts waren die Lichter der London Bridge, links die der Blackfriars Bridge. Am anderen Ufer schwebte die Kuppel der St.-Pauls-Kathedrale wie von selbst gehalten im Mondschein. Wie die Zeit strömte der Fluß, schwarz und schweigend. Gumbril und Mrs. Viveash stützten die Ellbogen auf das Fensterbrett und schauten hinaus. Unaufhaltsam wie die Zeit strömte der Fluß, wie aus einer offenen Wunde der Welt. Eine lange Weile standen sie schweigend. Ohne ein Wort zu sagen, sahen sie über den Fluß der Zeit hinweg, zu den Sternen hinauf, zu dem Symbol der Menschheit, das wunderbarerweise im Mondlicht schwebte.

Lancing war zu seinem deutschen Buch zurückgekehrt. Er hatte keine Zeit zu verschwenden, indem er aus dem Fenster sah.

»Morgen —«, begann Gumbril schließlich nachdenklich.

»Morgen«, unterbrach ihn Mrs. Viveash, »ist es genauso schrecklich wie heute.« Sie hauchte es mit verlöschender

Stimme von ihrem inneren Sterbelager her, wie eine vorzeitig offenbarte Wahrheit von jenseits des Grabes.

»Also, ich weiß nicht recht«, protestierte Gumbril.

Shearwater aber vergoß seinen Schweiß im Schwitzkasten und trat in die Pedale. Er hatte nun bereits den Ärmelkanal überquert und fühlte sich in Sicherheit. Trotzdem trat und strampelte er weiter. Wenn er in diesem Tempo fortfuhr, würde er um Mitternacht in Amiens sein. Er war auf der Flucht, und er war ihnen schon entkommen. Jetzt baute er die mächtige und leichte Kuppel seines Lebens auf. »Alles in den rechten Proportionen!« rief ihm der Alte zu. Und da schwebte sie, die Kuppel, schön und in edlen Proportionen in dem dunklen und verworrenen Greuel seiner Begierden, fest und stark und von Dauer inmitten der Ruinen seiner Gedankenwelt. Dunkel floß die Zeit vorüber.

»Und jetzt«, sagte Mrs. Viveash und richtete sich auf, indem sie sich einen kleinen Ruck gab, »wollen wir nach Hampstead fahren und sehen, was mit Piers Cotton los ist.«

Aldous Huxley

Eine Gesellschaft auf dem Lande
Roman. Aus dem Englischen übertragen und mit einem Nachwort von
Herbert Schlüter. 2. Aufl., 5. Tsd. 1977. 248 Seiten. Leinen

Die Kunst des Sehens
Aus dem Englischen übertragen und mit einem Nachwort von Christoph Graf.
2. Aufl., 11. Tsd. 1983. 167 Seiten. Serie Piper 216

Meistererzählungen
Aus dem Englischen übertragen von Herbert Schlüter und Herberth E. Herlitschka.
1979. 343 Seiten. Gebunden

Moksha
Auf der Suche nach der Wunderdroge. Herausgegeben von Michael Horowitz
und Cynthia Palmer. Autorisierte Übersetzung aus dem Englischen von Kyra Stromberg.
1983. 312 Seiten. Serie Piper 287

Parallelen der Liebe
Roman. Aus dem Englischen übertragen und noch für diese Ausgabe neu durchgesehen
von Herberth E. Herlitschka. 1974. 369 Seiten. Leinen

Die Pforten der Wahrnehmung – Himmel und Hölle
Erfahrungen mit Drogen. Aus dem Englischen von Herberth E. Herlitschka.
11. Aufl., 62. Tsd. 1984. 134 Seiten. Serie Piper 6

Schöne neue Welt
Ein Roman der Zukunft
Dreißig Jahre danach
oder Wiedersehen mit der Schönen neuen Welt
Aus dem Englischen übertragen von Herberth E. Herlitschka.
2., durchgesehene Aufl., 8. Tsd. 1981. 369 Seiten. Gebunden

Die Teufel von Loudun
Übertragung aus dem Englischen von Herberth E. Herlitschka.
2., neu durchgesehene Aufl., 7. Tsd. 1978.
399 Seiten mit 7 Abb. Leinen

PIPER

SERIE PIPER

Franz Alt   Frieden ist möglich. SP 284

Jürg Amann   Franz Kafka. SP 260

Günter Ammon   Psychoanalyse und Psychosomatik. SP 70

Stefan Andres   Positano. SP 315

Stefan Andres   Wir sind Utopia. SP 95

Hannah Arendt   Macht und Gewalt. SP 1

Hannah Arendt   Rahel Varnhagen. SP 230

Hannah Arendt   Über die Revolution. SP 76

Hannah Arendt   Vita activa oder Vom tätigen Leben. SP 217

Hannah Arendt   Walter Benjamin – Bertolt Brecht. SP 12

Atomkraft – ein Weg der Vernunft?   Hrsg. v. Philipp Kreuzer/Peter Koslowski/
Reinhard Löw. SP 238

Alfred J. Ayer   Die Hauptfragen der Philosophie. SP 133

Ingeborg Bachmann   Anrufung des Großen Bären. SP 307

Ingeborg Bachmann   Frankfurter Vorlesungen: Probleme zeitgenössischer
Dichtung. SP 205

Ingeborg Bachmann   Die gestundete Zeit. SP 306

Ingeborg Bachmann   Die Hörspiele. SP 139

Ingeborg Bachmann   Das Honditschkreuz. SP 295

Ingeborg Bachmann   Die Wahrheit ist dem Menschen zumutbar. SP 218

Ernst Barlach   Drei Dramen. SP 163

Giorgio Bassani   Die Gärten der Finzi-Contini. SP 314

Wolf Graf von Baudissin   Nie wieder Sieg. Hrsg. von Cornelia Bührle/
Claus von Rosen. SP 242

Max Beckmann   Leben in Berlin. SP 325

Hans Bender   Zukunftsvisionen, Kriegsprophezeiungen, Sterbeerlebnisse.
SP 246

Bruno Bettelheim   Gespräche mit Müttern. SP 155

Bruno Bettelheim/Daniel Karlin   Liebe als Therapie. SP 257

Klaus von Beyme   Interessengruppen in der Demokratie. SP 202

Klaus von Beyme   Parteien in westlichen Demokratien. SP 245

Klaus von Beyme   Das politische System der Bundesrepublik Deutschland. SP 186

Norbert Blüm   Die Arbeit geht weiter. SP 327

Tadeusz Borowski   Bei uns in Auschwitz. SP 258

Alfred Brendel   Nachdenken über Musik. SP 265

Raymond Cartier   Der Zweite Weltkrieg. Band I SP 281, Band II SP 282,

SERIE PIPER

Band III SP 283
Horst Cotta   Der Mensch ist so jung wie seine Gelenke. SP 275
Dhammapadam – Der Wahrheitpfad. SP 317
Hilde Domin   Von der Natur nicht vorgesehen. SP 90
Hilde Domin   Wozu Lyrik heute. SP 65
Fjodor M. Dostojewski   Der Idiot. SP 400
Hans Eggers   Deutsche Sprache im 20. Jahrhundert. SP 61
Irenäus Eibl-Eibesfeldt   Liebe und Haß. SP 113
Einführung in pädagogisches Sehen und Denken. SP 222
Jürg Federspiel   Museum des Hasses. SP 220
Joachim C. Fest   Das Gesicht des Dritten Reiches. SP 199
Iring Fetscher   Herrschaft und Emanzipation. SP 146
Iring Fetscher   Überlebensbedingungen der Menschheit. SP 204
Iring Fetscher   Der Marxismus. SP 296
Asmus Finzen   Die Tagesklinik. SP 158
Andreas Flitner   Spielen – Lernen. SP 22
Fortschritt ohne Maß?   Hrsg. Reinhard Löw/Peter Koslowski/Philipp Kreuzer.
   SP 235
Viktor E. Frankl   Die Sinnfrage in der Psychotherapie. SP 214
Friedenserziehung in der Diskussion   Hrsg. von Christoph Wulf. SP 64
Richard Friedenthal   Diderot. SP 316
Richard Friedenthal   Goethe. SP 248
Richard Friedenthal   Leonardo. SP 299
Richard Friedenthal   Luther. SP 259
Walther Gerlach/Martha List   Johannes Kepler. SP 201
Albert Görres   Kennt die Religion den Menschen? SP 318
Goethe – ein Denkmal wird lebendig.   Hrsg. von Harald Eggebrecht. SP 247
Erving Goffman   Wir alle spielen Theater. SP 312
Helmut Gollwitzer   Was ist Religion? SP 197
Martin Greiffenhagen   Das Dilemma des Konservatismus in Deutschland. SP 162
Norbert Greinacher   Die Kirche der Armen. SP 196
Grundelemente der Weltpolitik   Hrsg. von Gottfried-Karl Kindermann. SP 224
Albert Paris Gütersloh   Sonne und Mond. SP 305
Olaf Gulbransson   Es war einmal. SP 266
Olaf Gulbransson   Und so weiter. SP 267
Wolfram Hanrieder   Fragmente der Macht. SP 231

SERIE PIPER

Bernhard Hassenstein   Instinkt Lernen Spielen Einsicht. SP 193

Bernhard und Helma Hassenstein   Was Kindern zusteht. SP 169

Elisabeth Heisenberg   Das politische Leben eines Unpolitischen. SP 279

Werner Heisenberg   Tradition in der Wissenschaft. SP 154

Jeanne Hersch   Karl Jaspers. SP 195

Werner Hilgemann   Atlas zur deutschen Zeitgeschichte. SP 328

Elfriede Höhn   Der schlechte Schüler. SP 206

Peter Hoffmann   Widerstand gegen Hitler. SP 190

Hospitalisierungsschäden in psychiatrischen Krankenhäusern.
   Hrsg. von Asmus Finzen. SP 82

Peter Huchel   Die Sternenreuse. SP 221

Aldous Huxley   Die Kunst des Sehens. SP 216

Aldous Huxley   Moksha. SP 287

Aldous Huxley   Narrenreigen. SP 310

Aldous Huxley   Die Pforten der Wahrnehmung – Himmel und Hölle. SP 6

Joachim Illies   Kulturbiologie des Menschen. SP 182

François Jacob   Das Spiel der Möglichkeiten. SP 249

Karl Jaspers   Die Atombombe und die Zukunft des Menschen. SP 237

Karl Jaspers   Augustin. SP 143

Karl Jaspers   Chiffren der Transzendenz. SP 7

Karl Jaspers   Einführung in die Philosophie. SP 13

Karl Jaspers   Kant. SP 124

Karl Jaspers   Kleine Schule des philosophischen Denkens. SP 54

Karl Jaspers   Die maßgebenden Menschen. SP 126

Karl Jaspers   Philosophische Autobiographie. SP 150

Karl Jaspers   Der philosophische Glaube. SP 69

Karl Jaspers   Plato. SP 147

Karl Jaspers   Die Schuldfrage – Für Völkermord gibt es keine Verjährung. SP 191

Karl Jaspers   Spinoza. SP 172

Karl Jaspers   Strindberg und van Gogh. SP 167

Karl Jaspers   Vom Ursprung und Ziel der Geschichte. SP 298

Karl Jaspers   Wahrheit und Bewährung. SP 268

Karl Jaspers/Rudolf Bultmann   Die Frage der Entmythologisierung. SP 207

Walter Jens   Fernsehen – Themen und Tabus. SP 51

Walter Jens   Momos am Bildschirm 1973–1983. SP 304

Walter Jens   Die Verschwörung – Der tödliche Schlag. SP 111

SERIE PIPER

Walter Jens Von deutscher Rede. SP 277

Louise J. Kaplan Die zweite Geburt. SP 324

Milko Kelemen Klanglabyrinthe. SP 208

Leszek Kolakowski Der Himmelsschlüssel. SP 232

Leszek Kolakowski Der Mensch ohne Alternative. SP 140

Christian Graf von Krockow Gewalt für den Frieden. SP 323

Christian Graf von Krockow Mexiko. SP 85

Christian Graf von Krockow Sport, Gesellschaft, Politik. SP 198

Hans Küng Die Kirche. SP 161

Hans Küng 24 Thesen zur Gottesfrage. SP 171

Hans Küng 20 Thesen zum Christsein. SP 100

Hans Lenk Wozu Philosophie? SP 83

Konrad Lorenz Die acht Todsünden der zivilisierten Menschheit. SP 50

Konrad Lorenz Das Wirkungsgefüge der Natur und das Schicksal des Menschen.
SP 309

Konrad Lorenz/Franz Kreuzer Leben ist Lernen. SP 223

Lust am Denken Hrsg. von Klaus Piper. SP 250

Franz Marc Briefe aus dem Feld. Neu hrsg. von Klaus Lankheit/Uwe Steffen.
SP 233

Yehudi Menuhin Ich bin fasziniert von allem Menschlichen. SP 263

Christa Meves Verhaltensstörungen bei Kindern. SP 20

Alexander Mitscherlich Auf dem Weg zur vaterlosen Gesellschaft. SP 45

Alexander und Margarete Mitscherlich Eine deutsche Art zu lieben. SP 2

Alexander und Margarete Mitscherlich Die Unfähigkeit zu trauern. SP 168

Margarete Mitscherlich Das Ende der Vorbilder. SP 183

Christian Morgenstern Werke in vier Bänden. Band I SP 271, Band II SP 272,
Band III SP 273, Band IV SP 274

Ernst Nolte Der Weltkonflikt in Deutschland. SP 222

Leonie Ossowski Zur Bewährung ausgesetzt. SP 37

Pier Paolo Pasolini Gramsci's Asche. SP 313

Pier Paolo Pasolini Teorema oder Die nackten Füße. SP 200

Pier Paolo Pasolini Vita Violenta. SP 240

P.E.N.-Schriftstellerlexikon Hrsg. von Martin Gregor-Dellin/Elisabeth Endres.
SP 243

Ludwig Rausch Strahlenrisiko!? SP 194

Fritz Redl/David Wineman Steuerung des aggressiven Verhaltens beim Kind.

SERIE PIPER

SP 129

Rupert Riedl   Die Strategie der Genesis. SP 290

Ivan D. Rožanskij   Geschichte der antiken Wissenschaft. SP 292

Hans Schaefer   Plädoyer für eine neue Medizin. SP 225

Wolfgang Schmidbauer   Heilungschancen durch Psychotherapie. SP 127

Wolfgang Schmidbauer   Sensitivitätstraining und analytische Gruppendynamik.
SP 56

Robert F. Schmidt/Albrecht Struppler   Der Schmerz. SP 241

Hannes Schwenger   Im Jahr des Großen Bruders. SP 326

Gerd Seitz   Erklär mir den Fußball. SP 5002

Sozialdemokraten im Kampf um die Freiheit   Hrsg. von Gert Gruner/
Manfred Wilke. SP 226

Robert Spaemann   Rousseau – Bürger ohne Vaterland. SP 203

Die Stimme des Menschen   Hrsg. von Hans Walter Bähr. SP 234

Alan J. P. Taylor   Bismarck. SP 228

Hans Peter Thiel   Erklär mir die Erde. SP 5003

Hans Peter Thiel   Erklär mir die Tiere. SP 5005

Hans Peter Thiel/Ferdinand Anton   Erklär mir die Entdecker. SP 5001

Ludwig Thoma   Heilige Nacht. SP 262

Ludwig Thoma   Moral. SP 297

Ludwig Thoma   Der Wilderer. SP 321

Giuseppe Tomasi di Lampedusa   Der Leopard. SP 320

Karl Valentin   Die Friedenspfeife. SP 311

Cosima Wagner   Die Tagebücher. Bd. 1 SP 251, Bd. 2 SP 252, Bd. 3 SP 253,
Bd. 4 SP 254

Richard Wagner   Mein Denken. Hrsg. von Martin Gregor-Dellin. SP 264

Paul Watzlawick   Wie wirklich ist die Wirklichkeit? SP 174

Der Weg ins Dritte Reich. SP 261

Johannes Wickert   Isaac Newton. SP 215

Wolfgang Wickler   Die Biologie der Zehn Gebote. SP 236

Wolfgang Wickler/Uta Seibt   männlich weiblich. SP 285

Wolfgang Wieser   Konrad Lorenz und seine Kritiker. SP 134

Wilhelm Worringer   Abstraktion und Einfühlung. SP 122

Heinz Zahrnt   Aufklärung durch Religion. SP 210

Dieter E. Zimmer   Der Mythos der Gleichheit. SP 212

Dieter E. Zimmer   Die Vernunft der Gefühle. SP 227